황송문 교수의
현대시 창작법

황송문 지음

국학자료원

머리말

대학에서 시창작특강을 강의하는 동안에 창작과 이론의 상반된 성격을 어떻게 균형있게 조화시키느냐 하는 문제에 고심해 온 나로서는 이 분야에 따르는 저술을 하고 싶었다.

차를 운전하거나 정비하는 사람이 그 차에 대한 구조나 기능에 대하여 알지 못한다면 제대로 대처할 수 없듯이, 시를 창작하려는 사람이 시의 작법에 관한 이론을 모르고서는 제대로 표현할 수 없을 것이다.

그러나 지나치게 이론에 집착하는 것도 바람직하지 않을 것이다. 이론에 치우치면 창작을 위한 상상력이 차단되기 때문이다. 시의 창작은 상상력의 소산인데 반하여 그 이론은 이성적 사고의 산물이기 때문에 그 대립적 양상을 어떻게 균형있게 조화시키느냐가 그 동안 나의 숙제였다.

이러한 생각에서 이 두 요소를 다루되 되도록이면 상상력이 차단되지 않도록 감상과 이해와 분석 비판의 순서를 거쳐서 마지막에는 창작으로 이어질 수 있도록 배려하였다. 시인 뿐만 아니라 모든 예술인들은 천부적인 재능과 부단한 노력이 어울려서 위대한 작품을 탄생시켜 왔다는 점을 간과해서는 안될 것이다. 정신이상자가 아닌 이상, 모든 인간은 표현의 자유를 누릴 수 있도록 창조되어진 천재들이라 할 수 있다.

다만 그 천재들 가운데는 정도의 차이가 있을 뿐이다. 높이 빠르게 나는 새는 걸어가기에 둔하고 걷기를 잘하는 닭은 높이 솟거나 빠르게 날지 못하는 것처럼, 시인이나 모든 예술가들도 장단점이 있기 마련이다. 문제는 자기의 장단점을 발견하여 장점은 살리고 단점은 시정하는 지혜가 요구된다.

나는 시에 있어서 창작적 기능을 발휘하기 위해서는 이론적인 '왜'에 대한 해답 보다는 창조적인, 또는 신비적인 '어쩐지'의 심상을 살려 나가는 데에 특별한 관심을 기울일 필요가 있다고 본다. 그것은 모든 인류가 추구하는 현실 이상의 어떤 절대가치를 생산적 상상을 통한 언어의 집을 짓고, 그 언어의 집에서 누리고자 하기 때문이다.

이 책에 수록한 내용은 시를 창작하는 데에 기본이 되는 감상과 이해와 분석, 평가 등을 망라하여 있다. 여기에 빠져있는 내용으로서 첨가할 게 있는데, 그것은 시를 쓰기 전에 먼저 사람이 되라는 주문이다.

가락이 곧은 물레는 부드러운 소리를 내거니와 그게 휘어진 물레는 털털거리며 떠는 소리를 낸다. 품위있는 옷을 지으려는 사람은 좋은 천부터 마련하듯이, 좋은 시를 쓰고자 하는 사람은 양질의 천같은 투명하고 따뜻한 마음씨를 기르고 닦기에 게을러서는 안된다는 점을 말해 두고자 한다.

이 책은 주로 시의 원리와 시의 구성, 시의 표현, 그리고 시의 감상과 비평 등으로 되어 있다. 이 책을 내게 된 데에는 선문대 국문학과에서 필자가 맡고 있는 시창작 강의와 동아일보 문화센터에서 17년 간의 '시작법 · 문장강화', 그리고 현재 숙명여대에서의 '현대시 강독'과 용산 아이파크 문화센터에서의 '시창작' 강의에 힘입은 바 컸음을 밝혀둔다.

시를 천직으로 여기거나 인생의 길동무로서 동고동락하고자 하는 이들에게 작은 길잡이라도 되어 도움이 되기를 바란다. 마지막으로 이 어려운 때에도 이 책을 기꺼이 펴내어 주신 정찬용 사장님께 감사의 말씀을 드린다. 이 책이 세상에 나온 탄생의 기쁨을 시를 사랑하는 모든 이들과 함께 자축하고자 한다.

　이 책을 낸지 8년 만에 증보하여 다시 펴낸다. 품절된 지 오래되었기 때문이다. 대학에서는 물론, 평생교육원, 문화센터 등지에서 책이 언제나 나오느냐고 성화가 대단하다. 즐거운 비명이다. 책을 내는 김에, 그리고 이미 늦은 김에 착실히 보충하여 후미를 장식했다. 새로운 푸성귀, 봄나물을 곁들인 셈이다. 신선한 식단이라 하겠다.

단기 4342년(서기 2009년) 3월 21일 황송문 적음

목 차

제2부 시의 구성

제3부 시의 표현

제1부

시의 원리

1.시란 무엇인가

1) 정의

시를 정의한다는 것은 거의 불가능한 일이 아닌가 한다. 인생이란 무엇이냐 하는 물음에 답을 구하려고 하는 것만큼이나 어려운 문제이기 때문이다. 그러나 지금까지 시를 정의한 동서양의 예를 살펴보면, 우리가 시도하려는 시의 정의에 접근할 수 있을 것이다.

영국의 시인 윌리엄 워즈워드(Wordsworth, William : 1770~1850)는 "훌륭한 시는 강한 감정이 자연스럽게 흘러나오는 것"이라 했고, 미국의 시인 에드가 알란 포우(Poe, Edgar Allan : 1809~1849)는 "아름다움의 음악적인 창조", 또는 "아름다움을 율동적으로 창조한 것이 시"라고 하였다. 이는 시가 담아야 할 내용을 중심으로 시를 정의한 것이다.

중국 최초의 시집인 『시경(詩經)』을 편찬한 공자(孔子 : B.C. 551~479)는 '시란 사무사(思無邪)'라 했다. 이 말은 '시를 감상하는 마음도 사악한 감정이 없어야 하는데, 하물며 시의 본질이야 어떠하겠는가'하는 뜻으로 해석된다. 직역하면 "시 3백편을 한 마디로 말한다면, 생각에 사악함이 없는 것이다(詩三百一言以蔽之日思無邪)"라는 뜻이다. 시에 국민을 교화할 수 있는 기능이 있는 것으로 보고 정의한 것이다. 즉 교훈주의적 관점이다. "시 3백편"은 『시경』의 시를 가리킨다.

『시경』의 서문을 쓴 주회(朱熹 : 1130~1200)는 『시경집주서(詩經集註

序)』에서 다음과 같이 말했다.

"사람이 태어나면서부터 고요한 상태로 있는 모습은 천성적인 성품
이다. 이 성품이 사물에 감응되어 발동하는 것을 가리켜 성(性 : 本性)의
욕망이라 한다. 인간에 있어서 본성이 발동하게 되면 사고(思考)하지 않
을 수 없게 된다. 또 사고하게 되면 언어가 있지 않을 수 없다. 언어가 있
어도 언어로써 능히 다 표현하지 못하게 된다. 슬픔이나 기쁨의 감탄사
를 써서 표현하는 그 이상의 어떤 깊은 감동의 극치에 이르고도 뭔가 모
를 부족한 듯한 여운(餘韻)이 남게 마련이다. 또 자연계의 음향이라든지
서로 어우러지는 화음(和音)에 있어서도 그것을 다 표현하지 못하는 것
으로 이것이 시(詩)가 이루어지는 까닭이다."

그는 또 "시란 사람의 마음이 사물에 감동되어 언어의 여운이 자연스럽
게 형용되는 것이다."라고 하였는데, 그 '여운'이나 '자연스러움' 그리고
'형용'이라는 말은 워즈워드가 말한 '자연스러움'이라든지, 포우가 말한
'율동적인 창조'라는 말과 일맥상통한다.

한자의 시(詩)는 '言+寺' 또는 '言+志'의 합자인데, '언(言)'은 모호한 소
리나 주고 받는 말이 아니라 '음조가 분명하고 고른 말'이라는 뜻이며, '지
(寺)'는 '지(持)'의 원래 글자로서 손을 움직여 어떤 일을 한다는 뜻을 가지
고 있다. 따라서 지(寺)는 '작업, 제작' 등과 연결될 수 있는 말이다. 또 시(詩)
를 '言+志'로 본다면, 지(志)란 마음이 무엇인가를 향해서 나아간다는 뜻이
므로 심정이나 마음이 움직여 나아가는 그대로를 표현한 것이라고 할 수 있
다. 시를 의미하는 포에트리(poetry), 시인을 의미하는 포에트(poet)는 각각
창작이나 제작, 무엇인가를 만드는 사람(maker)이라는 뜻이다. 동양에서는
옛부터 "시는 뜻을 말로 나타낸 것이며, 노래는 말을 길게 한 것이다(詩言
志, 歌永言)"라는 정의가 있다. 동양의 시(詩)나 영어의 포에트리(poetry)는
모두 제작, 창작의 뜻이 있거나 그러한 뜻과 관련이 있음을 알 수 있고, 그런

점에서 매우 흥미있는 일이기도 하다.

　동양에 있어서 최초의 시집은『시경(詩經)』이다. 다시 말하면 시다운 시, 시의 형식을 갖춘 최초의 모습이므로, 동양에 있어서는 시의 원형(原型)이 라고 할 수 있다.『시경』의 시는 풍(風), 아(雅), 송(頌)의 3부로 나누어 수록 하고 있다. '풍'이란 민간 생활의 풍속(風俗)이나 풍화(風化)의 뜻으로, 말하 자면 지은이를 알 수 없는 민간의 풍속이나 세태를 읊은 시다. 좀더 자세히 말하면 연애, 정역(征役), 풍자, 생활고, 여성의 탄식 등을 읊은 것이다. '풍' (또는 국풍)이 민간의 노래임에 반하여, '아(雅)'는 궁중의 노래이고, 지은이 도 대부분 사대부들이며, 그 내용은 모두 정치에 관한 것이다. '아'는 원래 바른 음악 즉 정악(正樂)이라는 뜻으로서 우리 나라의 아악(雅樂)과 비슷한 것으로 볼 수 있다. '송(頌)'은 주로 선왕의 공덕을 찬미하는 노래를 말하며, 제사 때에 연주되는 제가(祭歌)다.

　이렇게 보면,『시경』은 백성(국민)의 일상사에서부터 나라의 정치, 그리 고 제례(祭禮)에 이르기까지 망라하고 있다.『시경』이 지닌 이러한 내용은, 결국 시가 원시인의 생활과 노동(수렵, 농경), 정치와 같은 국가적 사회적 활 동, 조상 숭배나 경천(敬天)과 관련된 종교적 의식 등에 뿌리를 내리고 있음 을 알 수 있다. 시는 이와 같이 일상성, 집단성(또는 사회성), 신성성(神聖性) 등을 가지고 있어야 함도 알 수 있다.

　좋은 시를 쓰는 사람을 우수한 시인 또는 뛰어난 시인(excellent poet)이라 고 말한다. 역사상 영원히 남을 만한 가치있는 시를 쓴 사람을 위대한 시인 (great poet)이라고 말한다. 동양에서는 '위대한 시인'이라는 말 대신에 '시 성'(詩聖)이라고도 한다. 베토벤을 흔히 악성(樂聖)이라고 하듯이, 인도의 타골(Tagore, Sir Rabindranath : 1861~1941)이나 중국의 두보(杜甫, 727~770) 를 흔히 시성이라고 하여 성인으로 추앙하는 것은 그들이 모두 위대한 시인 이기 때문이다.

2) 순간의 형이상학

러시아의 작가 투르게네프(Turgenev Ivan Sergeevich : 1818~1883)는 "시는 신(神)의 말이다."라고 했는가 하면, 프랑스의 볼테르(Voltaire : 1694~1778)는 "시란 영혼의 음악이다."라고 하였다. '신의 말'이라든지, '영혼의 음악'이라는 말이 암시하는 바와 같이, 시는 영감에 의하여 쓰여지는 성질을 지닌다. 영감(inspiration)이란 신불(神佛)로부터 받은 것 같은 영묘(靈妙)한 신의 계시를 받는 것 같이 인간 영혼의 신묘(神妙)한 작용을 말한다. "모래알 한 알에 우주를 생각하고, 손바닥을 젖히면서 영원을 생각한다."고 노래한 윌리엄 블레이크(Blake, William : 1757~1828) 의 시구를 보자. 모래알이라는 공간적 무한소를 보는 순간에 우주라고 하는 공간적 무한대를 떠올리고, 손바닥을 젖히는 시간적 무한소에서 영원이라고 하는 시간적 무한대를 연상하는 것은 영감의 작용이라고 할 수 있다. 극미(極微)가 극대(極大)로 반전하는 영감의 섬광을 보게 된다.

G. 바쉴라르(Bachelard, Gaston : 1884~1962)도 이와 비슷한 말을 하였다. 그는 "시는 순간의 형이상학이다. 하나의 짤막한 시편 속에서 시는 우주의 비전과 영혼의 비밀과 존재와 사물을 동시에 제시해야 한다."고 하였다. '순간의 형이상학'이라는 말은 시에 있어서의 영감이나 계시를 의미하는 것으로 생각된다.

시인은 계시적인 영감, 즉 순간의 형이상학을 위해서 뮤즈(Muse)의 신(神)을 끌어들이고자 한다. 인간이 그 개성의 꽃으로 표현하는 시, 그것은 영감을 통해서 구성되는 인생의 새로운 해석과 발견이다. 신의 발견과 깨달음과 교류, 즉 형이상성의 인식을 통해서 비로소 인간은 개성진리체(個性眞理體)의 존재로서 그 빛을 발하게 된다. 그러나 시는 신성성(神聖性)이나 형이상성(形而上性)의 인식만으로 이루어지는 것은 아니다. 현대 사회는 나날이 급변하고, 우리의 생활은 복잡다단하다.

맹자(孟子, 372~289, B.C.)는 기쁨(喜), 노여움(怒), 슬픔(哀), 즐거움(樂), 사랑(愛), 미움(惡), 욕심(欲)의 일곱 가지 정서를 말한 바 있지만, 이러한 칠정(七情) 외에도 근심, 외로움, 놀람, 두려움, 무서움, 쓸쓸함, 불안 등의 정서가 있다. 이러한 여러 감정이나 정서가 생활, 사상에서 일어날 때, 우리는 이러한 것들을 일상성, 또는 일상적 비속성(卑俗性)이라고 말할 수 있고, 이러한 다양한 일상적 정서도 시의 중요한 내용이 된다. 그러나, 이러한 일상적 비속성이 타락하거나 부패하지 않고 시로서의 품격을 가지기 위해서는 신성성이나 형이상적 인식과 어울려 참되고 아름다운 예술적 가치를 지닌 형태로 조직되어야 한다.

이상은 시의 내용, 또는 시의 자료라고 할 만한 것을 개략적으로 말한 것이다. 그러나, 시는 이러한 내용 또는 자료가 형태를 갖추지 않으면 안된다. 내용이나 자료가 조직되어 예술적 형태를 지닐 때 비로소 우리는 시라고 할 수 있는 것이다. 시를 내용과 형식(form)으로 양분하는 것은 여러가지 모순이 있으나, 시를 분석하고 논의하기 위해서는 편의상 이러한 구별도 필요하다.

『논어』에는 "실질(實質)이 문식(文飾)보다 앞서면 야만스러워지고, 문식이 실질보다 앞서면 관료(官僚)적이다. 실질과 문식이 조화를 이루어야만 군자라고 할 것이다"(質勝文則野 文勝質則史 文質彬彬 然後 君子.)라는 글이 있다. '질'은 실질, '문'은 문식(文飾)을 의미하지만, 현대적 의미로 바꾸어 말하면 '내용'과 '형식'을 의미하는 것으로 볼 수도 있다. 결국 내용이 형식을 압도하면 야해지고, 형식이 내용을 압도하면 관료적이 되니, 형식과 내용이 균형을 지니고 조화를 이루어야 한다는 것이다. 공자의 이 말은 교양이나 문화 일반에 대한 언급이지만, 문학의 한 장르인 시도 여기에 해당됨은 두 말할 나위가 없다. 즉 시는 형식과 내용이 균형을 삽아 조화를 이루어야 좋은 시가 될 수 있다.

3) 최초의 언어

조지훈(1920~1968)은 "시란 지(知) 정(情) 의(意)가 합일된 그 무엇을 통하여 최초의 생명의 진실한 아름다움을 영원한 순간에 직관적으로 포착하여 이를 형상화한 것이다."라고 하였다.

여기서 우리의 주목을 끄는 부분은 ① "지(知) 정(情) 의(意)가 합일된 그무엇을 통하여", ② "최초의 생명", ③ "형상화한 것"이라는 대목이다. 시의 내용 또는 자료인 ①에 대해서는 이미 앞에서 말하였으므로 여기서는 ②와 ③에 관해서만 살펴보기로 한다. ②의 "최초의 생명"이란 여러가지로 해석할 수 있으나 '원초적 생명이 깃든 사물의 참된 모습'이라고 볼 수 있고, ③의 "형상화한 것"이란 상상력에 의하여 언어 이미지로 표현한 것을 의미한다. 상상력에 의하여 언어 이미지로 표현한 것은 다름 아닌 '원초적 생명이 깃든 사물의 참된 모습'이다.

언어는 어떤 대상, 어떤 사물을 나타내어 그 의미를 전달한다. '구름'이라는 말은 공기 중의 수분이 엉긴 자잘한 물방울 상태로 공중에 떠도는 뭉텅이를 가리키고, '꽃'이라는 말은 종자 식물이 암꽃술 숫꽃술 꽃부리 꽃받침의 4부분으로 이루어진 번식 기관을 가리킨다. 요컨대 구름은 공중에 떠돌면서 비나 눈을 뿌리는 실제의 구름을, 꽃은 진달래꽃, 국화꽃, 무궁화꽃 등실제의 꽃 종류를 모두 가리킨다. 그리고, 모든 언어는 가리키는 실제의 언어와 그 의미를 소리로 발음하는 음성으로 결합되어 있다.

그러나 원시시대의 언어에서는 대상인 사물과 그 사물을 나타내는 언어는 한 덩어리로 이루어져 분리되지 않았다. 사슴이나 멧돼지라고 하면 바로 눈 앞에 있는 실제의 사슴이나 멧돼지와 일치하는 것이다. 그러므로 원시시대의 언어 즉 원시 언어(최초의 언어)는 '언어=사물', '언어 즉 사물'이었던 것이다. 그런데, 인지가 발달하고, 문명이 진보함에 따라 언어와 그 언어가 가리키는 사물 사이에 틈이 생기고, 언어와 사물은 따로따로 분리되고 말았다. 언어는 사물과는 관계없이, 사물에서 떨어져 나와 그 자체의 세계, 의미의 세계로 발전하게 된 것이다. 이것을 언어의 가동성(可動性, mobility)이라고도 한다.

'태양'이라는 말은 우주에 있는 실제의 태양과는 관계없이 태양이라는 독립된 언어로서 존재하게 되었다. 말(馬), 돼지, 비둘기, 논밭, 숲, 구름, 바람, 바다, 집, 산, 이러한 모든 언어는 그 언어들이 가리키는 대상과 관계없이 존재하게 된 것이다. 그러나 일상 생활에서 사용하는 언어는, 그 언어의 바깥에 있는 대상, 외적 사물을 가리키며 전달하는 수단으로 사용되고 있다. 즉 언어가 의사 전달의 도구로 전락하고 있다. 신문 기사, 학술 저서, 모든 실용문도 다 언어를 전달의 도구로 사용하는 것이다. 말하자면 언어는 대상이나 사물에 종속된 수단에 지나지 않다. 이것이 산문(散文, prose)의 언어다.

그러나 시의 언어는 반대로, 의사 전달의 수단이 아니며 대상인 사물에도 종속되지 않고, 오히려 대상인 사물 자체를 형상하는 것이다. 시의 매재(媒材)는 언어이므로 시를 언어 예술이라고 말한다. 시의 언어는 사건이나 사물과 독자 사이의 전달 수단으로서의 중개자가 아니라, 언어 그 자체의 이미지(image), 언어 그 자체의 존재에 의하여 참된 시적 세계를 구축하는 것이다. 이러한 의미에서 시의 언어는 사물과 언어가 일치되어 생명감이 넘치는 원시 언어를 회복하는 일이라고도 할 수 있고, 언어 그 자체의 순수성, 자율성, 언어 그 자체의 존재성 확립 운동이라고도 할 수 있다.

언어는 사물과 떨어져서 그 자체 자율적으로 움직이고 있다고 말했다. 그런데 표현하고자 하는 사물, 새로 발견되거나 느끼게 되는 감정과 사상은 엄청나게 많은데, 언어의 양은 한계가 있다. 우리가 시를 창작한다는 것은 자기의 내면 세계의 혼돈을 밝히고, 잠자고 있던 여러 가지 정서에 불을 질러 상상의 연소 작용을 하는 것이다. 이 때 직면하는 것은 언어다. 그러나 언어는 모자라고 제약이 있기 때문에, 여기서 은유나 상징이나 역설(paradox)

같은 장치가 발생하는 것이다.

언어는 사물과 떨어져서 움직이는 기동성(mobility)을 지니고 있으면서 그 자체의 여러가지 기능을 다한다. 이를테면 이미지 환기, 의미 작용, 리듬 만들기 등이 그러한 것들이다. 언어 자체의 존재성이라는 것은 바로 언어 그 자체의 자율적 기능이 만들어 내는 이러한 이미지, 의미 작용, 리듬 등을 의미한다.

> 해와 하늘빛이
> 문둥이는 서러워
> 보리밭에 달뜨면
> 애기 하나 먹고
> 꽃처럼 붉은 울음을 밤새 울었다.
>
> ― 서정주의 시 「문둥이」 ―

"꽃처럼 붉은 울음". 이러한 이미지는 외적 세계, 실제로 일어나고 있는 문제가 아니라, 비현실적 상상 세계의 진실성 문제다. "꽃처럼 붉은 울음" 은 꽃과 울음이 어울려 현실 세계에서는 발견할 수 없는 새로운 이미지의 세계, 처절하기 이를 데 없는 극한적 비극을 상징하고 있다. 독자에게 상상적으로 작용하는 강력한 에너지를 이 상징이 가지고 있다고 하겠다. 시는 '언어의 예술'이라는 일차적 의미가 여기에 있다.

4) 뜨는 연습

시란 무엇인가 하는 물음의 대답은 언제나 한 마디의 정답이 있을 수 없 겠고, 그 언저리에 접근할 수밖에 없을 것이다. 왜냐하면 시란 '순간의 형이 상학'이기 때문이다. 그것은 거리를 두고 관조할 때 살아나고 붙들려고 할 때 사라지는 무지개 같은 성질의 것으로서 진리를 계시하고 암유한다.

피천득은 수필을 가리켜 '청자연적'으로 비유했지만, 나는 시를 가리켜 '구름 저쪽의 학(鶴)'이라 말하고 싶다. 그리고 시작과정을 가리켜 '뜨는 연습'이라 말하고 싶다. 시를 감상하는 것을 구름 저쪽을 날으는 학의 몸짓을 관조하는 것에 비긴다면, 시를 창작하는 경우에는 엄청난 무게의 점보 여객기의 엔진을 맹렬하게 가동시키듯, 그렇게 가동시켜 마침내 이륙 활동을 반복함으로써 구름 저쪽의 현실 이상의 현실을 창조하지 않으면 안되는 것이라 할 수 있다.

시쓰기의 과정은 점보 여객기의 활주로 이륙과 같은 행동의 반복과 유사한 것이다. 용광로와 같은 상상력의 연소, 현실의 초월을 통한 새 세계의 발견, 외적 사실을 그대로 반영하지는 않으나 사실 이상의 리얼리티를 창조하는 것이 시쓰기의 과정이다. 언어의 부단한 선택, 폐기, 생략, 절단, 교체 등, 한 편의 시적 구조가 짜여지는 성분으로서의 언어의 긴축정책, 또는 첨단 고성능 언어의 배열, 구성 등이 요구된다.

> 물 아래 그림자 지니 다리 위에 중이 간다
> 저 중아 게 있거라 너 가는데 물어 보자
> 막대로 흰구름 가리키고 돌아 아니보고 가노매라

이 시조가 보여 주는 맥락(context)은 '왜'와 '때문에' 같은 논리적 연결이 아니라, '글쎄'나 '아마도'와 '어쩐지' 같이 불확실성과 추측과 여운으로 연결되어 시적 기능을 북돋우고 있다. 보통 사람은 다리 위를 먼저 보겠지만, 물속에 비친 그림자를 먼저 보고 다리 위의 행인을 추측한 것도 재미있다. "저 중아 게 있거라"는 실제 대화의 한 토막이지만, 이러한 명령어 때문에 현장감을 더해 준다. 더욱이 중은 묻는 말에 말로서는 다 표현하기 어려우므로 막대기로 먼 구름을 가리키면서 속세 저쪽의 세계, 현실을 초월한 세계, 현실 보다는 더 높고 더 진실한 세계를 넌짓이 암시하고 있다. 그림자,

중, 막대, 흰구름 등의 시어는 선미(禪味)를 풍기고 있다.

5) 시와 상상력

시는 인간의 어떠한 능력이 만들어내는 것일까. 시인이 시라는 언어 예술을 만들어내기 위해서는 맨 먼저 외계의 사물을 감각적으로 받아들여야 한다. 장미꽃을 보면 그 꽃의 자극에 의하여 빛깔, 향기, 모양 등을 깨닫게 된다. 빛깔은 시각, 향기는 후각, 감촉은 촉각에 의하여 깨닫게 된다. 빨갛다, 향기롭다, 보드랍다 등의 감각은 한 순간에 직관적으로 받아들여지는 것이다. 이러한 여러가지 감각적 요소의 종합에서 아름답다든지, 슬프다든지, 쓸쓸하다든지, 정열적이라든지, 이러한 감흥이 일어난다. 이러한 감흥을 감정 또는 정서라고 한다. 이것은 감각이나 감수성의 작용에 의해 일어난다고 할 수 있다.

외계의 사물을 감각과 감수성이 받아들인 다음에는 지성이나 이성이 작용하게 된다. 장미꽃이나 구름이나 바다와 같은 사물에 의미를 부여하는 과정이 그것이다. 빨간 장미꽃에서 사랑의 정열을 느낀다든지, 허공에 떠도는 구름에서 인생의 무상, 정처없는 유랑, 허무를 깨닫는 것이 지성이나 이성의 활동이다. 시를 흔히 감정과 사상의 표현이라고 한다. 감정은 감각과 감수성에 의한 감흥의 단계이고, 사상은 그러한 단계 다음에 의미나 관념을 부여하는 단계에서 형성되는 것이다.

시를 생산하는 인간의 능력을 이렇게 본다면, 감각 감수성 지성 이성 등이 모두 시 창작에 관여한다는 사실을 알 수 있다. 하지만, 우리가 외계의 사물(자연의 어떤 한 부분, 경치, 광경, 사건, 사태 등)을 보는 그 순간에 시가 한 편의 작품으로 완성되는 것은 아니다. 물론 그 순간에 시가 되는 '즉흥시'라는 것도 있다. 즉흥시든 즉흥시가 아니든, 우리가 경험한 외계의 사물은 상상력에 의하여 언어로 형상화되지 않으면 시가 이루어질 수 없다. 앞에 든 감각, 감수성, 지성 등도 모두 상상력이라고 하는 종합적 통합적 형상력 속에서 그 작용이 가능한 것이다. 이렇게 보면 상상력이야말로 시 생산의 모태(母胎)임을 깨닫게 된다.

일반적으로 상상력(imagination)은 사물의 이미지(image)를 만들어내는 정신적인 에너지로 알려져 있다. 그러나 상상력의 의미를 정확하게 파악하기 위해서는 몇 가지 설명의 단계를 거쳐야 한다. 첫째, 잔상(殘像, after image)이라는 것이 있다. 외계의 어떤 사물로부터 자극을 받아 우리에게 감흥이 일어나고, 그 자극이 물러간 뒤에도 원래의 자극과 같은 감각적 경험이 남아 있게 된다. 구름을 본 뒤에 구름이 사라져 버려도 그 구름에 대한 잔상은 계속 남는다.

둘째로 기억(記憶, memory)이라는 것이 있다. 하루건 한 달이건 1년이건 간에, 원래의 사물 모습 거의 그대로 재생된다. 앞서 일어났던 감각적 경험이 다소간 확실성을 가지고 재생되는 것을 '기억'이라고 하고, 심리학에서는 이 기억을 재생적 상상력(再生的 想像力, reproductive imagination)이라고 말한다. 기억, 즉 재생적 상상력은 상상력의 제1단계라고 할 수 있다. 재생적 상상력은 미국의 심리학자 윌리엄 제임스(James, William, 1824~1010)의 용어다.

셋째로, 이전에 경험했던 원물(原物)의 재생 단계이기는 하나, 조금 더 복잡하고 폭넓은 상상력의 두번째 과정이 있다. 이전에 경험한 원물이 각 요소로 분리되었거나, 이전에 경험한 여러 가지 복수의 원물들이 어울려 그대로 재생되는 경우를 상상할 수 있다. 이것을 심리학에서는 연합적 상상력(聯合的 想像力, associative imagination)이라고 한다. 연합적 상상력은 재생적 상상력보다는 좀 더 복잡하고 폭 넓은 것이라고 할 수 있으나, 사물의 요소들의 연합이 있을 뿐, 창조적인 요소는 없다고 하겠다.

넷째로, 시작에 있어서 가장 중요한 단계인 생산적 또는 창조적 과정을 생각할 수 있다. 이미 경험했던 사물이 각 요소로 해체되었거나 분리되었을 때,

그것을 다시 연합할 뿐만 아니라 여기에 다른 경험의 사물을 덧붙여서 새로운, 혹은 실재하지 않는 이미지를 만들어 내는 것을 창조적 상상력(creative imagination), 또는 생산적 상상력(生産的 想像力, productive imagination)이라고 한다. 시 창작의 참된 에너지는 바로 이 단계의 상상력이라고 할 수 있다. 생산적 상상력이라는 말도 윌리엄 제임스의 용어다.

아무튼, 상상력은 예술 또는 시를 창조하는 근원적인 능력을 지닌다. 다음 시를 통해, 위에서 말한 재생적, 연합적, 생산적 상상력이 구체적으로 어떻게 작용하여 나타나고 있는가, 그 과정을 살펴 보고자 한다.

강물이 풀리다니
강물은 무엇하러 또 풀리는가

우리들의 무슨 서름 무슨 기쁨 때문에
강물은 또 풀리는가

기러기같이
서리 묻은 섣달의 기러기같이
하늘의 얼음짱 가슴으로 깨치며
내 한평생을 울고 가려했더니

무어라 강물은 다시 풀리어
이 햇빛 이 물결을 내게 주는가

저 민들레나 쑥니풀 같은 것들
또 한번 고개숙여 보라함인가

황토언덕
꽃상여
떼과부의 무리들

여기서서 또한번 더 바라보라 함인가
강물이 풀리다니
강물은 무엇하러 또 풀리는가
우리들의 무슨 서름 무슨 기쁨 때문에
강물은 또 풀리는가.

서정주의 시 「풀리는 한강가에서」 전문이다. 이미 알려져 있는 바와 같이, 이 시의 역사적 배경은 전쟁이 휩쓸고 지나간 후의 비극적 상황이다. 꽁꽁 얼어 붙었던 강물이 다시 풀리는 해빙 장면과 전쟁이라는 참혹한 상황이 어울려 그 비극성을 한층 더 강조하고 있다.

"강물이 풀리다니"는 직접 보고 체험한 해빙 장면의 재생이다. 즉 재생적 상상력의 이미지다. 그리고 "기러기"(기러기 같이/서리 묻은 섣달의 기러기같이)의 이미지와, '전쟁의 참혹상'(황토 언덕/꽃상여/떼과부의 무리)도 그 앞뒤의 맥락을 잘라 버리고 각각 단독으로 본다면, 해빙 이미지와 마찬가지로 재생적 상상력의 이미지다.

그러나, "얼어 붙은 강물의 풀림"과 "서리 묻은 섣달의 기러기"와 "황토 언덕, 꽃상여, 떼과부의 무리들"은 한 편의 작품이라는 조직 속에 서로 연결 연합하여 통일된 새로운 의미를 창출하고 있다. 겉으로 보면 별개인 개개의 이미지들을 연결 연합하는 것은 상상력의 연합적 통합적 기능 때문에 가능한 것이다. 해빙은 봄이 온다는 징조요, 봄이 옴은 죽음의 소생이나 부활을 의미하지만, 그러나 민들레나 쑥니풀을 다시 고개 숙여 보게 하고, 남아있는 전쟁의 참상(황토언덕, 꽃상여, 떼과부의 무리)을 한번 더 보게 하는 것이 아닌가 생각한다. 그래서 "강물은 무엇하러 또 풀리는가"하고 의문을 제기하면서 시상을 전개하고 있다. 여기서 해빙, 기러기, 전쟁의 참상 등이 어울려 통일된 새로운 의미의 주제를 창출하는 것이다.

영국의 시인 비평가인 콜리지(Coleridge, Samuel Taylor : 1772~1834)는 상상력에 대하여 더욱 적극적이며 적절한 개념을 보여 준다. 즉 그는 상상력을 종합적 마술적 정신 능력이라고 말한다.

"시인이란 우리가 단지 상상력이라는 이름을 붙인 종합적 마술적인 힘에 의하여 하나하나의 정신 능력을 서로 혼합하여 그것들을 용해시켜 버리는 조화적 통일의 정신을 방산(放散)한다. 처음에는 의지와 오성(悟性)에 의하여 활동하기 시작하여, 그리고 조용히 눈에 잘 뜨이지 않으나, 결코 경감(輕減)되지 않는 통제하에서 항상 보존되고 있는 이 힘은, 상반적인 것과 부조화적인 것, 즉 동일과 차이, 일반과 구상(具象), 관념과 심상, 개체와 전형(典型), 신기 참신(新奇斬新)과 일상의 진부한 것, 감정의 이상(異常) 상태와 이상한 질서, 명확한 판단력과 사물에 움직이지 않는 안정, 깊고도 격렬한 열정과 감정 사이의 균형 또는 조화로 나타난다"고 정의하고 있다. 상상력의 진정한 기능은 콜리지가 말하는, 이와 같은 종합적 마술적인 힘이 아닌가 생각된다.

6) 시와 비시

시를 제대로 쓰기 위해서는 시적인 글과 비시적인 글의 차이점에 대한 이해가 요구된다. 일반적으로 문학이라 할 때에는 정서와 사상을 상상의 힘을 빌려 문자로 나타내는 창작물을 말한다.

문학을 가리켜 인생 탐구니 인간 탐구니 하는 말은 삶의 방향성을 의미하는 것이기도 하다. 문학이 인생의 표현인 이상 인간 삶의 방향성과 무관할 수 없다. 따라서 시문학도 인생과 마찬가지로 방향성과 목적성이 주어진다.

가령, 비시적(非詩的)인 글의 경우에 있어서는 언어가 외부 세계를 지향하는 데에 반하여 시적인 글의 경우에는 언어가 언어 자체의 자율적인 세계를 지향한다. 이를 객관세계와 주관세계로 가름할 수도 있을 것이다.

기호로서의 언어는, 언어학자 소쉬르가 지적했듯이, 소리심상과 개념으로 이루어진다. '호수'라는 언어의 경우, 소리심상은 발음할 때 나는 [hosu]

이며, 개념은 우리 머리속에 그림으로 떠오르는 '물이 고여있는 큰 못'이다. 지시하고 의미하는 이러한 양면의 요소는 모든 사물이 내포하고 있는 성상적(性相的)인 면과 형상적(形象的)인 면으로 성격지어진다.

또한 비시적인 글의 목적이 전달기능을 발휘한다거나 논증하는 데에 있다면, 시적인 글은 새로운 세계를 창조함에 있다. 가령 신문기사가 노리는 것은 객관적인 정보전달이며, 학술논문이 노리는 것은 객관적 사실에 대한 합리적 판단과 실증적 증명이다. 문학적인 글, 특히 시에서 노리는 것은 합리적 판단이나 실증적 논증이 아니라 예술적 감흥이다.

> 멧새가 해를 따 먹어서
> 정원마다 노래가 터져 나옵니다.
>
> 멧새가 가슴마다 집을 지어서
> 가슴은 모두가 정원이 되어
> 다시 다시 꽃이 핍니다.
> 땅덩이에 커다란 나래가 돋히고
> 새로 나는 깃마다 꿈을 가져왔습니다.
>
> 세상은 모두 새가 되어
> 하늘에 집을 짓습니다.
>
> 나무는 푸른 군중 속에서 이야기하고
> 태양을 향하여 노래 부르고,
>
> 태양은 모든 영혼 속에서 목욕하고
> 물이란 물은 불꽃같이 피어 옵니다.
>
> 봄이 물과 불을 좋아하여
> 한꺼번에 가져왔습니다.
>
> ― 막스 다우텐다이의 시 「멧새」 ―

이 시에서는 객관적 사실에 대한 논리적 또는 실증적 증명이 불가능하다. 황진이의 시조도 마찬가지다. 객관적 사실에 대한 어떠한 합리성도 실증성도 기대할 수 없다.

동짓(冬至)달 기나긴 밤을 한허리를 둘헤 내어
춘풍(春風) 니블 아래 서리서리 넣었다가
어른님 오신 날 바미여드란 구비구비 펴리라.

문학적인 글, 창조의 개념 또는 예술의 개념이 제대로 자리를 잡으면서 정리된 시·소설·희곡·수필 등은 확실한 장르의식에 의해 형성된 문학 유형이라 할 수 있다. 이러한 문학의 장르의식은 신문기사나 과학논문 같은 비문학적인 글과 확연히 구분되기 마련이다.

비시적인 글의 가치가 유용성 명백성 실증성에 있다면, 시적인 글의 가치는 통일성·다의성·심미성에 있다. 비시적인 글의 가치는 그 글이 우리들의 현실 생활에 얼마나 유용하고, 그 의미가 명백히 드러나는가 하는 데 있다면, 시적인 글은 그 글의 평가 기준부터가 비시적인 글과는 전혀 다를 수밖에 없다.

가령, '자운영(紫雲英)'꽃을 예로 든다면, 식물학자와 시인의 관심사로 나누어 생각해 볼 수 있다. 식물학자 또는 사전 편찬자가 이 '자운영'에 대해 사실적으로 기록하기 위해서는 "자운영은 콩과의 이년초. 중국 원산의 녹비 작물(綠肥作物). 줄기는 지면을 따라 뻗으며, 꽃잎은 깃 모양의 겹잎임. 홍자색 꽃이 피고 4~5월에 꼬투리는 검게 익음. 밭에 심었다가 자란 뒤에 갈아엎어 녹비로 쓰며, 꽃에서는 꿀을 얻음."이라고 이렇게 명백하게 써야 한다.

이와같이 객관적인 사실을 기록함으로써 우리의 삶에 현실적으로 도움을 주고, 또 합리적으로 이용하게 한다. 그러나 시의 경우에는 객관적 정보나 어떤 실증성도 드러나지 않고, 그 사물에 대한 구체적인 내용도 명백하지 않으며, 우리들의 일상생활에 실용적인 가치를 주는 것도 아니다. 시는 어디까지나 어떤 실용적 가치보다는 독특한 미적 효과를 주는 것으로 만족해야 한다.

> 나는 그녀에게 꽃시계를 채워 주었고
> 그녀는 나에게 꽃목걸이를 걸어 주었다.
>
> 꿀벌들은 환상의 소리 잉잉거리며
> 우리들의 부끄러움을 축복해 주었다.
>
> 그러나
> 우리들의 만남은 이별,
> 보자기로 구름 잡는 꿈길이었다.
>
> 세월이 가고
> 늙음이 왔다.
>
> 어느 저승에서라도 만나고 싶어도
> 동그라미밖에 더 그릴 수가 없다.
>
> 이제는 자운영을 볼 수 없는 것처럼
> 그녀의 풍문조차 들을 수가 없다.
>
> 다만 알 수 있는 것은
> 나의 추억 속에 살아 있는
> 그녀의 미소
> 눈빛과 입술이다.

나는 그녀에게 사랑을 바쳤고
그녀는 나에게 시를 잉태해 주었다.

— 「자운영(紫雲英)」 —

  같은 사물인 '자운영'에 관한 글이지만, 비문학적인 앞의 산문과 뒤의 시 사이에는 확연한 구분이 있다. 앞의 비문학적인 글은 사고의 단위가 문장인데 비하여, 뒤의 시 작품은 사고의 단위가 시행(詩行)으로 되어 있다. 소리와 의미의 효과를 위한 행갈이로 인하여 시의 경우에는 소리 효과로서의 리듬, 의미 효과로서의 사고(思考)가 작용된다. 소리 효과로서의 리듬과 의미 효과로서의 사고를 좀더 실감있게 이해하기 위해서 김소월의 시 「엄마야 누나야」를 살펴 보고자 한다.

엄마야 누나야 강변 살자
뜰에는 반짝이는 금모래빛
뒷문 밖에는 갈잎의 노래
엄마야 누나야 강변 살자.

  시의 경우 이 외에도 사고의 단위를 연상(聯想)에 의해 연결한다거나 압축적인 방식으로 시를 씀으로써 언어를 경제적으로 사용하는 은유와 상징 기법도 중요한 요소 중의 하나라 할 수 있다.

2. 시를 왜 쓰는가

1) 개성진리체個性眞理體

시를 쓰고자 하는 문학 지망생이나 시를 업으로 삼는 시인에게 "시를 왜 쓰느냐?"고 묻는다면 그저 "쓰고 싶어서 쓴다."고 대답할 것이다. 시를 "왜 쓰고 싶을까?"하고 다시 묻는다면 그 때는 한 마디로 대답할 수가 없어서 말문이 막힐 것이다. 왜 말문이 막힐까? 시인이기 이전에 시를 쓰고 싶어하는 인간의 마음, 그 정서라든지 욕구에 대한 근원을 캐지 않고는 설명할 수 없기 때문이다.

"시를 왜 쓰고 싶어하는 것일까?" 또는 "시를 쓰고 싶은 마음은 어디로부터 기인되는 것일까?" 하는 물음에 답하기 위해서는 스스로 인간 자신에 대한 물음이라 할만한 어떤 자각이 요구된다. 따라서 인간은 어떠한 존재인가 하는 존재론(存在論)이나 본성론(本性論)에 입각해서 시 창작의 욕구 충동 문제를 확인할 필요가 있다.

시를 쓰고자 하는 욕구 충동이란 아름다움의 창조 내지는 기쁨의 창조를 의미한다. L.비투겐슈타인은 말하기를 "어느 예술가도 다른 사람들의 영향을 받고 있으며, 그 영향의 자국은 그들의 작품 속에 나타난다. 그러나 중요한 것은 예술가의 개성이다. 남에게서 이어받은 영향은 알의 껍질에 지나지 않는다."고 했는가 하면 H.반 다이크는 "개인주의는 치명적인 독극물이다. 그러나 개성은 일반 생활의 소금이다. 사람은 군중 속에서 살아야 할지 모르나 군중이 사는 것처럼 살아야 하는 것은 아니고, 그들이 먹는 것을 먹어야 하는 것도 아니다. 자기 개인의 과수원을 가질 수도 있고, 남이 모르는 샘물에서 물을 마실 수도 있다. 남에게 도움이 되려면 자기 자신을 잃지 말아야 한다."고 했는데, 이러한 주장은 모두 개성의 확립을 강조한 말이라 하겠다.

여기에서 중요시되는 말은 '本性'과 '言語'이다. 인간의 창조 본성은 개성진리체로 되어 있다. 정신과 육체라는 이중구조로 되어 있는 인간은 주체적 자아와 대상적 사물에 있어서, 무형(無形)이거나 실체(實體)이거나 자기의 모양대로 전개된 대상이 있어서 그것으로부터 오는 자극으로 말미암아 자체의 성상과 형상을 상대적으로, 또는 타각적으로 느낄 때 비로소 기쁨이 생긴다는 원리가 전제된다.

존재론에서 말해지고 있는 바의 인간은 우주를 총합(總合)한 실체상(實體相)이므로 그 몸 속에는 우주의 모든 모습을 잠재적으로 지닌다. 가령 산천초목의 경우, 그 산천초목의 색(色)과 형(形), 양(陽)과 음(陰), 강직성과 유연성 등등의 원형이 몸속(內界)에 있는 바, 그 원형과 현실의 사물이 주고 받는 작용을 통하여 합치되는 체험이 바로 인식이며, 그 일치에서 기쁨의 감정이 솟아나게 된다. 따라서 그 대상의 아름다움을 감지하기 위해서는 먼저 그 원형이 마음 속에서 떠오르지 않으면 안된다.

이러한 존재론 내지는 본성론적인 연유로 하여 인간은 개성진리체의 성격을 띠기 때문에 시의 창작에 있어서도 인간과 우주의 상관관계를 도외시할 수가 없다.

인간에 있어서의 시적 자아는 어떠한가. 시를 쓰는 동기로는 의식적 동기와 무의식적 동기를 들 수 있다. 시인으로서의 삶과 일상인으로서의 삶이 따로 있는 것은 아니지만, 그 성격은 판이하다. 현실적인 삶을 영위하면서 이상적인 삶을 꿈꾸지 않으면 안되기 때문이다. 이 두 가지 성격의 자아를 소유하지 않으면 안되는 시인은 특히 일상적 삶을 영위하면서도 시적 공간을 창조해 간다.

이 세상에 존재하는 창조물에는 自然(神)에 의한 창조물과 인간에 의한 창조물이 있다. 그런데 인간에 의해서 만들어진 물건 가운데에도 인공적인 생산물이 있고 예술적인 창조물이 있다.

가령, 홍도(紅島) 해변의 그 헤아릴 수 없이 많은 조약돌은 수 십억년 동안 갈고 다듬은 자연(신)의 창조물이기 때문에 인간 세계에서는 그저 자연 사물이라고 할 뿐 창작품이라고 하지 않는다. 그러나 쇠붙이로 식기를 대량으로 생산하여 판매한다면 이는 인공적 생산물에 해당된다. 그러나 같은 쇠붙이(동이나 은 등)라도 조각품들이 세상에 둘도 없는 유일무이(唯一無二)로 창작되었다면, 이는 마땅히 예술적 창조물이라 할 수 있다.

2) 일상적 언어와 예술적 시어

시에 있어서의 재료는 언어이다. 언어는 일상적 법칙의 지배를 받는다. 그러나 시의 창작의 경우에는 일상적 어법이 변형되거나 파괴된다. 우리가 시를 쓰는 것은 현실(사실) 이상의 것(세계)을 추구하는 행위라 할 수 있다. 자연발생적인 일상적 언어에 그치지 않고 새로운 표현을 위해 낯설게하기로 싱싱한 지각을 회복하기 위해서다.

일상적 언어	예술적 시어
자연 발생적	낯설게 하기
설명적(인과율)	표현론(목적론)
재료	기법
이야기	구성

인간은 천부적으로 부여받은 창조성을 타고 났는 바, 이 창조성을 계발하여 언어를 자유자재로 표현함으로써 미적인 기쁨을 누리고자 한다. 여기에

일상적 언어를 지나 예술적 시어로서의 가치가 주어진다.

이
창가에서
들어요
둘이서만 만난 오붓한 자리
빵에는 쨈을 바르지요
오 아니예요
우리가 둘이서 빵에 바르는
이 쨈은 쨈이 아니라 과수원이예요
우리는 과수원 하나씩을
빵에 얹어 먹어요.

이
불빛 아래서
들어요
둘이서만 만난 고요한 자리
잔에는 포도주를 따르지요
오 아니예요
우리가 둘이서 잔에 따르는
이 포도주는 포도주가 아니라 꿈의 즙
우리는 진한 꿈의 즙을 가득히
잔에 따라 마셔요.

나는
당신 앞에 당신은
내 앞에
둘이서만 만난 둘만의 자리
사실은 아무것도 먹지 않아도
오 배가 불러요

보세요 우리가 정결한 저를 들어
생선의 꼬리만 건들여도
당신과 내 안에 들어와서 출렁이는
이렇게 커다란 바다 하나를.

　전봉건의 시 「과수원과 꿈과 바다 이야기」 전문이다. 이 시에는 설명되는 일상적 언어와 표현되는 예술적 시어가 공존하고 있다. 설명되는 일상적 언어는 구태여 설명할 필요가 없거니와 표현되고 있는 시어, 가령 첫연 뒷부분 4행(우리가 둘이서 빵에 바르는 / 이 쨈은 쨈이 아니라 과수원이예요 / 우리는 과수원 하나씩을 / 빵에 얹어서 먹어요."라든지, 2연의 뒷부분 4행(우리가 둘이서 잔에 따르는 / 이 포도주는 포도주가 아니라 꿈의 즙 / 우리는 진한 꿈을 가득히 / 잔에 따라 마셔요.)은 일상적 상식의 범주 내에 있는 사고가 아니라 비일상적이며 비상식적인 비인과율로서의 사고로서, 시창작이라는 미적 목적을 위한 '낯설게하기'로서 예술적 시어를 도모하고 있다.

　이 시는 종래의 고정관념을 깨뜨린 새로운 사고와 기법으로서 구성되어 있다. 이 시에서는 "빵에 바르는 쨈은 쨈이 아니라 과수원이예요"하고 낯설게 할 뿐 아니라, "과수원 하나씩을 빵에 얹어 먹어요." 하고 일상적 상식선의 공간관념을 파괴하는 동시에 새로운 낯설게하기를 도모함으로써 새로운 싱싱한 시어로 신선한 충격을 주고 있다.

　이 시에서 핵심이 되는 시정신은 '우리가 둘이서'다. 사랑에 젖는 심상에서는 이러한 비일상적인 공간관념이 시어로 통한다. 둘이서 도모하는 사랑에는 되지 않을 게 없다고 하는 시정신이 결말에 가서 해명되고 정리된다.

둘이서만 만난 둘만의 자리
사실은 아무것도 먹지 않아도
오 배가 불러요.
보세요 우리가 정결한 저를 들어

생선의 꼬리만 건들여도
당신과 내 안에 들어와서 출렁이는
이렇게 커다란 바다 하나를.

이 결말 부분은, 둘이서만 만난 둘만의 자리에서는 아무것도 먹지 않아도 배가 부르다고 하는 심정적인 치열성이 내비치고 있다.

3) 시창작의 동기와 유형

앞에서도 진술한 바와 같이, 시 창작의 동기는 시인이 지닌 바의 자극적인 감성이 어떤 대상과의 관계에서 상대적으로 느낌으로써 기쁨을 얻게 된다. 인간은 누구나를 막론하고 절대행복 절대사랑을 추구하지만, 일상적 현실 사회에서는 그것을 성취하기가 불가능하기 마련이다. 현실적으로 불가능한 그러한 바램을 시인이나 독자는 시의 세계에서 대신 이루어내고자 한다. 여기에 허구를 차용한 시의 구체적 형상화 작업이 요구된다.

작은 애를 업고
큰 애 손을 잡으면
天方地方 어디로든
날아가고 싶어라

하늘 아래
하늘 위에
달나라 별나라로

꿈에도 본 적 없는
날개옷이 그리워
철딱서니 없이

서성대는 나의 中年.

유안진의 시 「날개옷」이다. 구전으로 전승되어 내려온 「선녀와 나무꾼」 설화에서 착상을 얻어, 두 아이를 둔 중년 여인으로서의 내면의식을 표현한 작품이다. 두 아이의 어머니인 중년 부인으로서 이와같은 시상(詩想)을 떠올린 그 동기는 '선녀와 나무꾼' 이야기에서처럼, 현실을 초탈하고자 하는 이상의 꿈꾸기에 있다. 이상의 꿈꾸기, 그것은 아이 셋을 낳기 전에는 그래도 포기하지 않고 하늘로 날아 오르고자 하는 '날개옷'의 소유자(선녀)로서의 '꿈꾸기'를 의미한다. 이러한 꿈꾸기는 허망한 공상이 아니라 구체적 형상화를 통해서 시작품이라는 새로운 가상적 현실 속에서 추구하는 시적 이상이 된다.

인간은 누구를 막론하고 이상을 추구한다. 현실 사회에서 흔히 체험하게 되는 일시적인 가변적 행복이나 사랑이 아닌, 영원 불변의 절대행복, 절대사랑을 추구한다. 그러나 이것은 모든 인간이 갖게 되는 희망사항에 불과하다. 이러한 희망, 이러한 꿈이 있기에 인간은 정신 세계에서 상상의 감주(甘酒)를 즐기게 되는지도 모른다.

사람의 마음 가운데 자리잡은 지(知)와 정(情)과 의(意)라고 하는 내적인 욕망은 외적인 진(眞)과 미(美)와 선(善)으로 나타나게 된다. 여기 「날개옷」에서는 일상적 현실에서 초탈하고자 하는, 즉 '하늘'이라는 지극히 높은 공간의식이 상징하는 이상 추구의 상승의식(上昇意識)이 선명하게 나타나 있다.

이 시의 결구(結句)에 "철딱서니 없이 서성대는 나의 중년"이라 표현한 것은 현실의식으로 돌아온 자각을 의미한다. 선녀의 날개옷을 입고 하늘나라(이상세계)로 날아보고 싶어하다가 겸연쩍어하는 중년 여성의 심리가 여실히 드러나는 작품이다. 이 시가 공감을 주는 까닭은, 모든 사람이 갖게 되는 보편적인 진리가 여기에 내재되어 있기 때문이다.

시 창작에 있어서 동기(motive)가 의식되거나 의식되지 않거나간에 모든 시의 동기는 의도하는 방향성을 지닌다. 실제적인 목적이건 심미적인 목적이건 그것은 궁극적으로 시의 구체적인 형상화에 있다.

시에 있어서의 동기는, 시인이 어떤 사물을 지각하고 그 사물에 대한 느낌을 시적으로 표현하고 싶다는 외적 사물 인식과 어떤 관념을 시적으로 표현하고 싶다는 욕구 충족을 위해 사물을 끌어들이는 내적 사물 인식으로 나누어 생각할 수 있다.

> 옷장 밑 빼닫이에서
> 당신의 신발 한 짝을 내 봅니다.
> 이것은 당신이 끌려가던 날 새벽
> 뜰악에 벗어진 당신의 신발입니다.
> — 황금찬의 시 「9월의 편지」 중 첫 연 —

> 신부님,
> 세례받고 반 년 만입니다.
> 천주님,
> 세례받고 반 년 만입니다.
> 천주님을 알고부터 유난히 낙엽소리 우수수 뼈속을 울리는 이 가을에
> 감히 두렵게도 저는
> 천주십계 중 여섯 번째인
> '간음하지 말라'는 그 계율만은
> 영 지킬 수가 없습니다.
> — 김여정의 시 「고백성사(告白聖事)」 중 앞부분 —

이 두 편의 시 중에서 앞의 시는 외적 사물에서 느껴지는 지각을 동기로 하여 그 사물에 얽힌 사연을 끌어내었다면, 그 다음 뒤의 시는 시인 자신의 내면의식을 토로할 수 있는 직정적인 동기에서 기인되고 있다. 즉 앞의 시(9

월의 편지)는 외적 사물에 얽힌 사연과 회상이 동기가 된다면, 뒤의 시(고백
성사)는 시인 자신의 열정적인 내면의식의 표출이 동기가 된다.

외적 사물에 기인하건 내적 자아의식의 분출에서 기인하건간에, 어느 쪽
을 막론하고 시의 무의식적 동기에 관하여 프로이드의 원망(願望) 충족의
이론이나 융의 집단무의식의 이론으로 비춰보게 될 때 억압된 무의식의 폭
로라든지 유아기의 성적 경험, 공격적 또는 본능적 에너지 등을 생각할 수
있으나 지나친 이론적 분석은 창작에 별로 도움이 되지 않으므로 생략하고
자 한다.

시 창작의 욕망이 일어나는 것은 사물을 지각할 때라든지 과거를 회상할
때, 또는 명상하거나 미묘한 심리적 분위기에 빠질 때 등이다. 이러한 요소
들은 끊은 듯이 그렇게 따로 따로일 수는 없고, 동기의 선후의 차이는 있겠
으며 복합적으로 일어나는 경우도 많다.

가령 사물의 지각, 즉 목욕하는 여인을 그림에서 보다가 과거 회상으로
이어진다거나 명상 또는 심리의 동요 속에서 시의 동기가 주어지는 경우는
「샘도랑집 바우」라는 시에서도 보기를 세울 만하다.

　　　　가까이 가지도 않았습니다.
　　　　탐욕의 불을 켜고
　　　　바라본 일도 없습니다.
　　　　전설 속의 나무꾼처럼
　　　　옷을 숨기지도 않았습니다.

　　　　그저 그저
　　　　달님도 부끄러워
　　　　구름 속으로 숨는 밤
　　　　물 소리를 들었을 뿐입니다.
　　　　죄가 있다면

그 소리 훔쳐들은 죄밖에 없습니다.

그런데, 그런데,
그 소리는 꽃잎이 되고 향기가 되었습니다.

껍질 벗는
수밀도의 향기……
밤하늘엔 여인의 비눗물이 흘러갑니다.

아씨가 선녀로 목욕하는 밤이면
샘도랑은 온통 별밭이 되어
가슴은 은하로 출렁이었습니다.

손목 한 번 잡은 일도 없습니다.
얘기 한 번 나눈 적도 없습니다.
다만 아슴프레한 어둠 저편에서
떨어지는 물소리에
정신을 빼앗겼던 탓이올시다.

始原의 乳頭 같은
물방울이 떨어질 때마다
머리카락으로 목덜미로 유방으로 허리로
그리고 또……
곡선의 시야 굼틀굼틀
어루만져 보고 껴안아 보던
그 달콤한 상상의 감주(甘酒),
죄가 있다면 이것이 죄올시다.

전설 속의 나무꾼처럼
옷 하나 감추지도 못한 주제에

죄가 있다면
물소리에 끌려간 죄밖에 없습니다.

— 자작시 「샘도랑집 바우」 —

이 「샘도랑집 바우」에서는 목욕하는 여인을 떠올리는 동기에서 시발하여 구체적인 시로 형상화하려는 목적을 지향하고 있다. 이러한 동기는 의식적으로 진행될 수도 있고, 무의식적으로 떠올릴 수도 있다. 무의식적 동기라 할지라도 심층심리 내면에 저장되어 있는 내면의식의 분출이므로 인과적 관련성을 부인할 수 없다.

시를 쓰고 싶은 바램에서 동기화로 일어나는 시작 과정은 시 창작의 시발점이라 할 수 있다. 이는 마치 난자와 정자가 만남으로써 하나의 생명체가 시작되는 성격의 것이라 할 수 있다.

4) 희열의 원리적 근거

인간은 피조물이기 때문에, 스스로 생겨난 것이 아니라 어떠한 다른 존재에 의해서 생겨나 존재한다는 사실을 부정할 수 없다. 이 엄연한 사실을 인정한다면, 종교에서 말하는 신(하나님)이라든지, 과학에서 말하는 조물주, 철학에서 말하는 근본이라는 용어의 그 창조주를 부정할 수도 없다.

인간과 만물을 왜 창조했는가 하는 창조의 목적과 시인이 시를 왜 쓰는가 하는 창작 의도를 함께 생각해 본다면 절대자와 인간의 존재 목적이라든지, 시작품의 존재가치도 확연히 드러날 것이다.

인간은 홀로 있을 때 기쁠 수 없다. 기쁨이란 독자적으로는 생겨나지 않기 때문이다. 기쁨이란 어떠한 대상과의 교감을 통해서만이 가능한 성격의 것이다.

가령 시인의 기쁨은 그가 지니고 있는 구상 자체가 대상이 되든가, 또는 그 구상이 시작품으로 나타났을 때, 그 대상으로부터 오는 자극으로 말미암아 비로소 기쁨을 상대적으로, 또는 타각적으로 느끼게 된다.

시인이 상상을 통한 어떠한 구상만으로 기쁨의 대상을 삼을 때에는 그로부터 오는 자극이 실체적인 것이 아니기 때문에 그로 인한 기쁨도 실체적인 것이 될 수는 없다. 이러한 인간의 심성은 절대자인 창조주에게서 나왔다고 보기 때문에 신이나 인간이나 모두 동질의 소성(素性)의 소유자로서 희열도 역시 상대적일 수밖에 없다는 논리가 성립된다.

따라서 예술론이 성립되는 희열의 원리적 근거는 인간과 만물 등 모든 존재세계가 기쁨의 대상으로 창조되었다는 점이다. 그 다음으로 추론할 수 있는 점으로서 인간을 비롯한 모든 피조물은 신의 기쁨의 대상이므로 그 절대존재의 섭리에 역행해서는 안된다는 점과 자기가 처한 사회라든지, 민족 국가 인류 등 보다 전체적인 목적을 위한 가치실현욕을 지닌다는 점이다.

인간을 가리켜 소위 소우주라고 한다. 이 말은 우주의 축소체라는 말도 되거니와 우주를 총합한 실체상(實體相)이라는 말도 된다. 이와 같이 만물은 인간의 기쁨의 대상으로 창조되었으므로 인간은 그 만물을 보고 희열을 느끼게 되어 있다. 따라서 인간은 만물을 통하여 기쁨을 얻으려는 가치추구욕을 지닌다. 여기에서부터 예술활동은 시작되고 천태만상의 조화의 미가 전개된다.

신이 인간에게 부여한 선물 가운데 가장 값진 선물은 가치추구 내지는 가치실현을 위한 창조성(창조력)이라 할 수 있다. 여기에서 존재와 인식에 대한 특별한 사고(思考)가 요구된다. 앞에서 말한 바와 같이, 인간은 우주를 총합한 실체상이므로, 가령 시인(인간)에게는 우주의 모든 소성이 잠재되어 있기 때문에 한 송이의 꽃을 바라보는 데 있어서도 그 꽃이 지닌 바의 형태나 색깔이나 향기나 부드러움 등의 원형이 관조자 자신에게도 내재되어 있는 바, 그 원형과 현실적으로 존재하는 꽃이 상호 교감을 통하여 합치되는 체험의 인식, 그 주체자(시인)와 대상(꽃) 사이의 교감되는 일치점에서 비로소 희열이 솟구쳐 오르게 된다.

> 돌담에 소색이는 햇발같이
> 풀아래 웃음짓는 샘물같이
> 내마음 고요히 고흔봄 길우에
> 오날하로 하날을 우러르고싶다
>
> 새악시 볼에 떠오는 부끄럼같이
> 詩의 가슴 살포시 젖는 물결같이
> 보드레한 에메랄드 얄게 흐르는
> 실비단 하날을 바라보고 싶다
>   ― 김영랑의 시 「돌담에 소색이는 햇발」 ―

김영랑의 이 시를 앞에서 전개한 원리적 예술 이론에 비추어 보게 되면, 이 작품에 나타난 '돌담', '햇발', '풀', '샘물', '고흔봄', '하날', '새악시', '볼', '부끄럼', '시의가슴', '물결', '에메랄드', '실비단' 등의 사물의 소성은 이미 이 시인의 의식세계에 내재해 있었던 요소들이라는 해석이 가능하다. 우리가 어떠한 사물을 보게 되어 그것이 무엇인지 인식이 가능해지는 것은 그 대상(사물)을 바라보는 주체(시인)에게도 그 대상과 같은 동질요소가 있어서 서로 닮은 두 요소가 합치되는 경우라고 할 때 그러한 인식의 논리가 여기에도 적용될 수 있다.

3. 시를 어떻게 쓸 것인가

시를 어떻게 쓸 것인가 할 때의 그 '어떻게'는 단순히 방법만을 뜻하지 않는다. 그것은 주제에도 관계되고 기교에도 관련된다. 무엇을 쓸까 또는 무슨 시를 쓸까 할 때의 그 '무엇'이란 단순한 소재에 불과하지만, '어떻게' 쓸까 하고 궁리한다면, 생각의 폭이 훨씬 넓어지고 깊어지기 마련이다.

그러므로 '무엇'을 쓸 것인가에 관심이 쏠리게 되면 소재주의에 빠지기 쉽다. 소재란 넓은 뜻으로는 예술 작품이 아니라, 그 작품으로 형상화할 모든 재료를 가리킨다. 어떤 가치 원리에 의해서 통일된 미적 형상 그 자체가 아니라, 그러한 형상에 이르기 이전의 정신적, 감각적 모든 재료를 의미한다.

문학적 또는 시적 표현이란 소재를 모사(模寫)하는 것이 아니라 주제에 의하여 어떠한 사상이나 가치를 발견하여 형식적 의의를 획득하는 형태를 말한다.

소재주의에 빠진다는 얘기는 주제를 등한히 할 수 있는 위험성을 안고 있음을 암시한다. 소재는 어디까지나 문학 작품의 내용이 되기 이전의 일상적 경험에서 주어지는 것에 지나지 않음으로 그것이 문학 작품이 되기 위해서는 주제에 도움이 될 수 있도록 정리되어 미적으로 형상화된 뒤라야 한다.

따라서 문장의 소재는 풍부하고 다양하며 확실할 뿐 아니라 주제를 밑받침하여 도움을 줄 수 있어야 한다. 소재주의에 빠지지 않기 위해서는 소재를 찾아 헤매기만 할 것이 아니라 주제에 도움이 되는 제재로 활용 될 수 있는지에 관심을 가져야 한다.

문학을 문학 밖의 어떤 목적을 위하여 도구나 방편으로 이용하려는 처지에 서서도 안된다. 가령 어떠한 이데올로기를 신봉하고 절대시하는 처지에 서게 되면, 그 이데올로기를 위하여 글을 쓰는 일은 하나의 도구나 방편이 될 수 밖에 없다. 돈을 벌기 위한 상업주의도 마찬가지다.

이러한 경우에는 소재가 우선하고 그 뒤에 주제 설정이나 방법 및 기교의 문제가 따르게 된다. 문학이 예술이라 한다면, 주제와 함께 그 방법 및 기교가 큰 비중을 차지할 수 밖에 없다.

시의 정도(正道), 문학의 정도, 예술의 정도는 소재에 있지 않다. 민중시니 도시시(都市詩)니 하는 편협된 소재주의가 문학의 정도인 것처럼 가장해서도 안된다.

1) 설명과 표현

시를 쓰고자 하는 문학 지망생들의 시는 흔히 설명의 차원에서 그치는 경우를 보게 되는데, 시를 쓰기 위해서는 이 점부터 바로잡아야 한다. 설명이란 시인이 아닌 일반인들도 어렵지 않게 구사할 수 있다. 또 설명되어 있는 글이란 두고두고 읽을 만한 가치도 없다. 다 아는 사실을 구태여 다시 읽을 필요가 있겠는가. 그러므로 우선 시는 설명하는 게 아니고 표현되어야 한다는 인식을 확실히 가질 필요가 있다.

벽돌 한 장을 쌓아 올리는 데에도 법칙이 있다. 2층 양옥을 올리건 12층 빌딩을 올리건 벽돌은 벽돌 특유의 기능을 발휘토록 하기 위해서 적재적소에 놓여져야 한다. 늘여놓은 줄대로 한장 한장 정확히 쌓아 올려가는 기술자라야 높은 건축물을 올릴 수 있듯이, 언어를 정확히 조립할 수 있는 작자라야 작품을 제대로 완성할 수 있다.

시창작, 또는 문예창작을 가리켜 '언어의 집짓기', 즉 언어의 집을 짓는다
고 한다. 마치 뽕잎을 먹은(독서를 한) 누에가 잠을 자고(사색을 하고) 투명
해진(마음을 비운) 상태에서 명주실(언어)을 늘여 고치(집)를 만들듯이 시
작 과정도 이와 흡사하다.

뽕을 많이 먹지 못한 누에는 책을 많이 읽지 못한 사람에 비유되어 부실
할 수 밖에 없고, 다섯잠까지 충분히 잠을 자지 못한 누에는 사색을 할줄 모
르는 사람에 비유되는데, 이러한 부류의 사람에게는 지혜가 있을 수 없다.

윤오영의 수필 「양잠설」에는 창작의 과정이 양잠에 비유되어 있는데, 이
는 설명을 지나서 표현의 기교를 살려낸 좋은 예가 될 것이다. 그 끝 부분에
는 다음과 같은 글이 있다.

> 우수한 문학가는 생활의 농도와 정력의 신비가 일반을 초월한다. 그
> 까닭에 이 연령은 천차만별로 단축된다. 우리는 남의 글을 읽으며 다음
> 과 같이 논평하는 수가 가끔 있다.
> "그 사람 재주는 비상한데, 밑천이 없어서."
> 뽕을 덜 먹었다는 말이다. 독서의 부족을 말함이다.
> "그 사람 아는 것은 많은데, 재주가 모자라."
> 잠을 덜 잤다는 말이다. 사색의 부족과 비판 정리가 안된 것을 말한다.
> "그 사람 읽기는 많이 읽었는데, 어딘가 부족해."
> 뽕을 한 번만 먹었다는 말이다. 독서기가 일회에 그쳤다는 이야기다.
> "학식과 재질이 다 충분한데 그릇이 작아."
> 사령(四齡)까지 가지 못했다는 이야기다.
> "그 사람 아직 글 때를 못 벗은 것 같애."
> 오령기(五齡期)를 못 채웠다는 말이다. 자기를 세우지 못한 것이다.
> "그 사람 참 꾸준한 노력이야, 대원로지. 그런데 별 수 없을 것 같아."
> 병든 누에다. 집 못 짓는 쭈구렁 밤송이다.
> "그 사람이야 대가(大家)지, 훌륭한 문장인데, 경지가 높지 못해."

고치를 못 지었다는 말이다. 일가(一家)를 완성하지 못한 것이다.

나는 양잠가에게서 문장론을 배웠다.

— 윤오영의 「양잠설(養蠶說)」에서 —

독자들은 이 글에 감탄할 것이다. 문장론을 논리적인 언어 또는 학술적인 언어로 설명하지 않고 수필의 형식을 빌어서 교묘히 표현하고 있다는 사실에 놀랄 것이다. 시가 아닌 다른 장르의 글에서도 이처럼 놀라운 표현을 해내는데 시에서는 더 말할 나위가 있겠는가.

> 내 가난한 마음을 가지소서
> 그리하여 영원토록
> 당신만을 향하여 열려있게 하옵소서
> 내 가슴에 당신의 도장을 찍으소서
> 그리하여 영원토록
> 사랑의 맹세만 아로새기게 하옵소서.

— 존 웨슬리의 「기도」 —

이 글은 설명되어 있는 기도문이다. 그런데, "내 가슴에 당신의 도장을 찍으소서"와 "사랑의 맹세만 아로새기게 하옵소서"로 표현되어 있어서 시라 해도 무방할 정도로 매력을 주고 있다. 표현은 이처럼 기도답게 하고 시답게 한다.

2) 주체와 대상간의 상사성

> 내가 그의 이름을 불러 주기 전에
> 그는 다만
> 하나의 몸짓에 지나지 않았다.
> 내가 그의 이름을 불러 주었을 때

그는 나에게로 와서
꽃이 되었다.

— 김춘수의 「꽃」 —

꽃을 바라보는 주체적 시인과 대상적 꽃 사이의 교감은 상사성, 즉 닮은 데에서 비롯된다. 주체와 대상, 시인과 꽃 사이에 동질의 요소가 없이는 이처럼 교감될 수가 없다. 이러한 현상은 인간이 천주(天宙)를 총합한 실체상으로서 우주의 축소체인 소우주이기에 가능하다.

꽃이라는 존재에 대한 본질을 추구하고 이름짓는 행위는 마치 창세기에 에덴동산에서 모든 사물에 명명(命名)하는 아담의 행위와도 흡사하다. 이와같이 시는 어디까지나 개인적 독창적인 인식의 원리에 지배된다. 이와는 달리, 개념적이거나 보편적 인식으로서는 성공할 수가 없다.

객관적으로 보게 될 경우에는 꽃은 그대로 꽃일 뿐이다. 그러나 관조하는 시인의 주관에 의해서 교감되고 새로운 의미가 부여될 때 비로소 숨을 쉬는 시로서 탄생하게 된다.

G.무리에는 "얼굴에 마주치는 바람이 인간을 지혜롭게 만든다."고 했는데, 바람은 그저 바람일 뿐인데, 무리에가 그렇게 사고함으로써 그런 말을 탄생시킨 것이다.

서정주 시인은 "스물 세해 동안 나를 키운 건 8할이 바람이다."라고 했는가 하면, 팔만대장경(八萬大藏經)에는 "꽃향기에 거슬려 부는 바람은 모든 탐욕과 고통과 죄악을 뜻한다. 그러므로 빠른 바람은 번뇌를 일으킨다."는 구절도 있다.

이 무거운 글에 비하여 "솔밭에 불어오는 바람 소리가 우리에게 쾌감을 맛보게 하는 것은 그 바람이 가시가 없고 모가 나지 않았기 때문이다."라고 한 H.미쇼의 말은 그렇게 가볍고 경쾌할 수가 없다.

지금까지 열거한 바람의 정체란 공기의 이동에서 파생된 자연현상에 불과하다. 이것을 가지고 자기의 축적된 경험에 따라서 다양하게 의미를 부여하게 된 것이다. 이러한 결과는 관점의 차이에서 비롯된다. 그것은 바깥의 사물과 인생에 대한 마음의 자세에서 기초한다. 그리하여 앞에서 본 바와 같이 예술성이 짙은 글에는 직관이, 그리고 논리적이고 철학적인 글에는 오성(悟性)이 작용하게 된다.

여기에서 떠올릴 수 있는 것은 바람에 관한 관심이다. 그것이 성애(性愛)로, 지혜로, 탐욕으로, 번뇌로, 죄악으로 상징되고 은유된다 할지라도 그것은 인간 내부에 내재되어 있는 동질의 요소라는 점이다.

이와 같이 시에 있어서는 아무리 천태만상의 다양한 형태로 나타난다 할지라도 그것은 어디까지나 바라보는 주체자와 바라보이는 대상(사물) 사이에 동질의 요소가 내재되어 있어서 상호 교호작용이 전개된다고 하는 상사성의 법칙에 의해서 가능하게 된다. 우리는 이 점을 인정하지 않을 수 없다. 인식이란 서로 닮은 요소에서 가능하기 때문이다.

3) 원관념과 보조관념

원관념이란 비유법에서, 표현하고자 하는 사물을 이르는 말이다. 가령 샛별같은 눈동자라고 했을 경우, '샛별'은 보조관념이고, '눈동자'는 원관념이다. 이와는 달리, 보조관념은 수사(修辭)에서, 나타내고자 하는 내용이 잘 드러나도록 돕는 관념을 말하는데, 가령 '내 마음은 호수'라고 했을 때 원관념인 '내 마음'을 잘 드러나게 하기 위해서 '호수'라고 하는 보조관념이 차용된다.

이를 위해서는 적합한 언어를 적절히 끌어 쓸 수 있는 유사안식(類似眼識)이 요구된다. 유사안식이란 유사성을 찾아내는 눈을 말한다.

나의 마음은 고요한 물결

바람이 불어도 흔들리고
구름이 지나도 그림자 지는 곳

돌을 던지는 사람
고기를 낚는 사람
노래를 부르는 사람

이 물가 외로운 밤이면
별은 고요히 물위에 내리고
숲은 말없이 잠드나니

幸여 白鳥가 오는 날
이 물가 어지러울까
나는 밤마다 꿈을 덮노라

— 김광섭의 시 「마음」—

　여기에 나오는 '고요한 물결'은 원관념인 '내 마음'을 나타내기 위해 차용된 보조관념이다. 이 보조관념에 의해서 이 시인의 마음의 상태가 구체적이면서도 효과적으로 나타내어지므로 표현을 위해서는 이 보조관념은 필요 불가결의 것이다.

　'구슬이 서 말이라도 꿰어야 보배'라는 말이 있다. 아무리 좋은 사상 감정이 있다 할지라도 그 마음 세계를 구체적으로 형상화하지 않으면 안된다. 그러므로 내가 말하고자 하는 그 원관념을 효과적으로 드러내기 위해서 보조관념을 차용할 줄 아는 유추능력(類推能力)이 요구된다.

　유추란 어떠한 사실을 근거로 하여, 그것과 같은 조건 아래에 있는 다른 사실을 미루어 헤아리는 일을 가리킨다. 이는 유비(類比)라고도 하는데, 서로 다른 사물이 상호간에 대응적으로 존재하는 유사성 또는 동일성을 가리키기도 한다. 유사성이나 동일성이란 사물을 바라보고 인식하는 주체적 시인이나 그 대응관계에 있는 대상적 사물 사이에 내재하는 상사성(相似性)을 전제로 한다.

현대시에는 이미지(image)라든지, 隱喩(metaphor) 象徵(symbol) 類似 또는 類推(analogy)가 유기적으로 공존한다. 이러한 요소들은 현대시 작법에 절대적으로 필요한 방법들이다. 이러한 요소들을 제대로 부려 쓰는 게 중요하다.

시인은 자기만이 가진 바의 체험을 바탕으로 상상력을 도출해야 한다. 자기만이 가지는 개성적 특수성을 중요시하면서도 보편성을 망각해서도 안 된다. 특수성과 보편성의 균형있는 조화가 요구된다. 시인은 표현의 자유를 누리고자 하는 욕구를 충족할 뿐 아니라 전달기능도 살려야 하기 때문이다.

시어(詩語)는 일정한 원칙이나 법칙에 따름이 없이 제멋대로 되거나 이루어지는 자의성(恣意性)과 복합기호성(複合記號性)을 지닌다. 이러한 기반에 의해서 시어는 감동을 주는 심미적인 차원의 언어로 부활한다. 일상적인 언어가 전달기능을 강조하는 지시기능에 그치는 동안 시어는 이를 초월한다. 우리는 이러한 시어의 성질을 인식할 필요가 있다.

4) 존재와 인식

우리는 어디에서 왔는가? 어떻게 살아야 하는가? 어디로 가는가? 사람이라면 자기 스스로 이러한 질문을 던지지 않을 수 없을 것이다. 인간은 영원히 존재할 수 없는 유한한 생명을 유지하는 피조물이기 때문이다.

저승은 과연 있는가? 있다면 어떻게 있는 것인가. 이승에서의 삶이란 어떻게 사는 삶이 가치있는 삶인가? 내가 인식하는 그 인식이 올바른 인식일 수 있는가? 올바른 인식의 척도는 무엇인가? 하는 등등 미지수로 남겨진 수수께끼가 동서고금을 막론하고 확연히 풀리지 않고 있다.

어쩌면 그것은 영원히 풀리지 않은 수수께끼인지도 모른다. 인생이란 특별한 공식이 없기 때문이다. 사람에 따라서 해석이 다르기 때문이다. 그래서 어느 학자는 진리를 가리켜 알 수 없는 것이라고 설파했다. 그는 진리란, 알았다가도 다시 몰라지는 것이라고 했다. 그래서 인생은 영원한 과정이라고 했다.

우리가 할 수 있는 것은 진리에의 도달이라기보다는 진리에의 접근이나 방향성의 제시라 할 수 있다. 이는 가능하다. 무지개를 잡을 수는 없지만 그곳으로의 접근이나 방향성 제시는 가능한 것처럼.

이러한 존재론이나 인식론의 차원에서 보게 될 때 시인이 좋은 시를 어떻게 쓸 것인가 하는 고심에 대한 해결의 실마리는 종교적 발상이나 철학적 발상, 또는 윤리적 발상이나 역사적 발상에서 찾지 않을 수 없다.

가령 시인을 닭으로 가정한다면, 계란(시)을 낳고 싶다는 주제의식이 선행될 것이다. 이 생각의 알맹이는 생산을 위해서 모이(소재)를 찾아 나선다. 닭이 찾는 먹이가 계란일 수 없듯이, 주제를 위해 차용하는 소재가 작품일 수는 없다.

시인은 시작(詩作)을 위한 주제에 맞는 소재를 선택하고 기교를 활용하여 자연스러움과 균형있는 조화를 위한 시어의 조탁에 힘써야 한다. 시어는 명료성과 모호성 즉 신비성을 동시에 거느려야 한다. 시에서 특히 요구되는 모호성(신비성)은 이론과 인식을 초월하여 불가사의(不可思議)하고 영묘(靈妙)한 비밀을 머금고 있는 예술성의 본질적 요소를 의미한다.

> 님은 갔습니다. 아아 사랑하는 나의 님은 갔습니다.
> 푸른 산빛을 깨치고 단풍나무 숲을 향하여 난 적은 길을 걸어서 차마 떨치고 갔습니다.
> 황금의 꽃같이 굳고 빛나던 맹세는
> 차디찬 티끌이 되어서 한숨의 미풍에 날아갔습니다.
> 날카로운 첫 키스의 추억은 나의 운명의 지침을 돌려놓고 뒷걸음쳐서 사라졌습니다.

나는 향기로운 님의 말소리에 귀먹고 꽃다운 님의 얼굴에 눈멀었습니다.
— 한용운의 시 「님의 침묵」 중 전반부 —

　한용운 시인에 있어서의 '님'은 반드시 있어야 하는 절대존재다. 그런데,
그의 현실은 떠나간 님, 상실한 님이다. 여기에서 그의 극복의지, 초월의지
는 있어야 하는 당위론적 존재의 님을 앞서 내다보는, 즉 보이지 않는 세계
를 감지하는 종교적 차원의 상상력의 안테나를 드리우고 있음을 알 수 있
다.

　더러는
　沃土에 떨어지는 작은 생명이고저……

　흠도 티도
　금가지 않는
　나의 전체는 오직 이뿐!

　더욱 값진 것으로
　드리라 하올제,
　나의 가장 나아종 지니인 것도 오직 이뿐!

　아름다운 나무의 꽃이 시듦을 보시고
　열매를 맺게 하신 당신은,

　나의 웃음을 만드신 후에
　새로이 나의 눈물을 지어 주시다.
　　　　　　　　　　— 김현승의 시 「눈물」 —

　기독교 정신을 기조로 인간 내면의 진실성에 관심을 쏟은 김현승 시인의

작품이다. 종교적 차원은 이처럼 겸허하면서도 지고지선의 진실성을 바탕으로 절대가치에의 치열성을 보인다. 이 시는, 1960년대 이후부터 타계할 때까지 기독교적인 바탕 위에 선 인간으로서의 고독의 세계를 추구하는 작업을 계속한 그의 종교적 차원의 시세계가 응축되어 있는 듯한 느낌을 주는 작품이다.

> 당신이 하늘이라면
> 나는 그 속에 떠도는 구름
>
> 당신이 바다라면
> 나는 그 속에 출렁이는 물결
>
> 당신이 땅이라면
> 나는 하나의 작은 모래알
>
> 당신의 손바닥 위에
> 숨쉬는 나는
> 당신의 영원 속의 순간을
> 풀잎에 맺혀 사는 이슬
>
> 한나절 맺혔다가
> 사위어가는
> 목숨……

자작시 「존재」다. 종교적 발상과 철학적 발상이 맞물려있는 듯한 느낌을 주는 작품이다. 시공간적(時空間的)으로 무한한 어떠한 절대존재에 비하면 미미하기 그지없는 인간의 한계상황이 그려져 있다. 이러한 인생과 우주, 나아가서는 우주를 창조한 절대존재에게 향하는 종교적 내지는 철학적 상상력이나 인식은 시의 영역을 확장하거나 심화하는 문제에 있어서 긴요한 요소가 아닐 수 없다.

　윤리적 발상은 신라의 「처용가」라든지 또 다른 작품을 거론하면서 다음 기회에 다루기로 하고, 우선은 역사적 발상을 더듬어 보고자 한다.

> 모래알 같은 이야기를 만들고
> 이스락처럼 농부들은 연달아 죽어갔다.
>
> 그러나 땅 속에서
> 슈旗들은 東學亂兵의 눈초리 ―
> 징 소리 들려온다.
>
> 풀 욱은 밭두렁을 파 헐으면
> 우렁껍질처럼 이름 없이
> 오래된 늙은 농부의 백골이 나오나니
> 네 피리를
> 어서 흙속에 묻고
> 땅에 귀를 대라!
>
> 東學亂兵의 짚신 ―
> 숨 가쁜 발소리 들려온다.
> 　　　　　　― 장영창의 시 「호남평야(湖南平野)」 ―

　"시를 쓰기 전에 사람이 되어야 한다"는 말은 우선 사람다운 사람이 되라는 뜻으로 인격적인 내용을 주문하는 의미가 있겠지만, 그에 못지 않게 사물 인식에 대한 내용을 갖추라는 뜻도 포함되는 것으로 여겨진다.

　좋은 사진을 찍으려면 그 카메라 렌즈부터 우수한 성능을 지녀야 하듯이, 시를 쓰는 데에도 사물에 대한 인식능력이 요구된다. 그릇만큼 담을 수 있다는 말은 이를 두고 이르는 말인 듯하다.

가령 호남평야를 여행하는 시인에게 역사의식이 없다면, 이 장영창 시인처럼 백년전의 농부나 동학민병들이 울려대던 징소리, 땅속에 묻혀 있을 농부들의 백골, 짚신, 숨가쁜 발소리 등이 연상될 리 없다. 고작해야 들녘이 넓다거나 아름답다는 식으로 서경시나 상태시에 머물게 될 것이다.

따라서 좋은 시를 쓰려면 주제나 구상, 기교 등등 연마해야 할 수련을 게을리 해서도 안되거니와 종교적 상상력이라든지 철학적 상상력, 또는 윤리적 상상력을 도출해 낼 수 있는 사물 인식의 눈(렌즈)을 길러야 한다는 점을 강조하고 싶다.

만경강이 흐르는 호남평야, 그 드넓은 김제 들녘을 바라보는 똑같은 환경에서 어떤 사람은 역사의식으로 깊이 인식하여 영기(令旗)를 들고 함성을 지르며 내달리는 동학민병의 눈초리를 연상하여 의미 심장한 시를 써내는 이가 있을 수 있는가 하면, 역사의식이 없이 경박한 표현을 하는 이도 있겠는데, 이는 시의 본질과 거리가 멀 수밖에 없다.

이 외에도 사회적 발상이라든지, 숭고미, 우아미, 골계미, 비장미 등을 나타내는 미학적 발상 등이 있지만 다음 기회에 다루고자 한다.

4. 좋은 시를 쓰려면

훌륭한 시란, 강한 감정이 자연스럽게 흘러 나오는 것이라 한 워즈워드의 말과 아름다움을 율동적으로 창조한 것이라고 한 에드가 알란 포우의 말은 앞에서도 이미 얘기한 바 있거니와 이를 다음과 같이 다시 해석할 수 있을 것이다.

여기에서 말한 '강한 감정' 그것은 언어의 핵(核)(씨, 씨앗, 알맹이)이라 할 수 있다. 그리고 '자연스러움'은 어떠한 꾸밈이나 억지, 또는 어떠한 거짓이 없어서 어색하지 않은 상태를 말한다. 거짓이 없다는 것은 공자(孔子)가 말한 사무사(思無邪)와도 일맥상통하는 말이다. 그것은 진실성을 의미한다. 진실한 언어가 아니면 감동을 줄 수가 없다.

다음으로 '아름다움'이라는 말이 나오는데, 이는 예술의 본질적 요소로서 균형있는 조화를 의미한다. 균형이 깨어지면 제대로 어울릴 수가 없다. 균형이 깨어진 상태에서는 어떠한 조화도 이루어질 수 없기 때문에 부자연스런 부조화를 거부한다.

갈등을 전제로 한 소설과는 달리 아름다움을 추구하는 시에 있어서는 균형잡힌 조화를 위해서 어떠한 대립이나 이긋남이 없이 서로 질 어울리기를 희구한다. 여기에서 또한 율동적으로 창조한다고 할 때의 그 '율동적'이라는 말은 음률의 곡조, 즉 리듬을 의미한다.

이미지를 중시하는 현대시는 종종 산문시가 나타나는 경향이 있지만 율동적 리듬성을 여전히 무시할 수 없는 시의 중요 요소로 자리잡고 있다. 따라서 이러한 요소들은 좋은 시를 쓰기 위해서 필요 불가결의 요건이므로 간과해서는 안된다.

1) 내용과 형식

시의 경우만이 아니라 문학 전반의 경우, 더 나아가서는 예술에 이르기까지 그 구조는 내용과 형식이라는 이중구조로 되어 있다. 시인이 시를 쓰고자 할 때는 주제의식이라든지 중심사상, 생각하는 언어의 알맹이가 요구되는데, 시 에스프리(esprit) 즉 시정신까지도 이 내용에 포함된다.

시의 형식이란 시의 형상화 과정에 있어서 나타내지 않으면 안되는 표현기교 등을 말한다. 은유나 상징기법 등의 기교라든지, 시어 조립(詩語組立)을 위한 구체적 방법을 말한다.

시를 쓸 때 이러한 내용과 형식의 균형있는 조화가 요구된다는 것은 말할 나위도 없다. 시를 쓰고자 하는 의욕이 생긴다거나 착상이 되어서 주제를 설정했다면, 시작품을 이루는 여러 요소를 결합하여 전체적인 통일을 꾀하는 구성이 뒤따르기 마련이다.

시의 내용과 형식의 균형있는 조화를 이루어 보다 완벽한 창작을 위해서는 스스로 시란 무엇인가, 또는 인생이란 무엇인가 하는 물음을 던지게 되는데, 이는 인식의 문제다.

뿐만 아니라 나는 어디서 왔으며 어디로 가는 것일까 하는, 이미 던져진 삶에 대한 존재론적 물음이라든지, 어떻게 사는 삶이 보다 보람있게 사는 삶인가 하는 높은 가치의 추구는 시의 내용을 견실하게 하는 요소인 동시에 형식에도 영향을 주기 마련이다.

예술 내지는 문학, 시의 경우 역시 인간이 지닌 바의 마음과 몸, 정신과 육체처럼 이중구조로 되어 있는데, "아름다운 얼굴이 추천장이라면, 아름다운 마음은 신용장이다."라는 말은 시에 있어서의 이중구조와 흡사하다 하겠다.

에머슨은 "사람들은 아름다움을 구하여 전세계를 여행한다 하더라도 자신이 스스로 아름다움을 지니고 가지 않으면 결코 아름다움을 발견하지 못할 것이다."라고 피력한 바 있는데, 이는 자기가 지닌 만큼 얻을 수 밖에 없다는 인식의 성격을 단적으로 한 말이다.

이는 마치 아무리 아름다운 풍경이 눈앞에 전개된다 할지라도 자기가 지닌 렌즈가 빈약한 저성능의 것이거나 필름이 흑백필름일 경우에는 고급한 칼라 작품사진을 빼어낼 수 없는 현상과 같다는 얘기가 될 것이다.

또한 게오르규는 "미(美)와 성(聖)은 하나이며 동질의 것이다. 성스러운 것은 아름답고, 아름다운 것은 성스럽기 때문이다. 탁월한 미는 발가벗더라도 음란해 보이지 않는다."고 했는데, 이는 내용과 형식을 두루 갖춘 경지의 작품에서 맛볼 수 있는 차원의 것을 말한다.

2) 시어詩語의 직조織造

꽃이 필 때 자연스럽게 피어나듯이, 시를 쓸 때에도 자연스럽게 쓰게 된다. 꽃이 필 때 컴파스로 돌리거나 분도기로 재면서 계산해서 피어나는 게 아니듯이, 시인이 시를 쓰게 될 때에는 일일이 그 구조를 따져 계산하면서 조립하는 게 아니다.

다만 시 뿐만이 아니라 모든 문학은 무질서한 관념을 구체적으로 질서화 시키는 작업이기 때문에 그 질서화와 조화를 위한 사전 지식이나 안목이 요구되는 것은 사실이다. 그러나 비평가가 가타부타한다거나 시시비비로 따따부따하는 것처럼, 그렇게 따져가면서 시를 쓰지는 않는다는 얘기다.

그러면서도 시인은 시의 構造(structure)와 組織(texture)을 생각하지 않을 수 없다. 시의 구조란 시의 논리적인 의미, 즉 산문으로도 고쳐 쓸 수 있는 합리적인 내용을 가리킨다.

시의 조직은, 시에 있어서 산문적인 의미와 모순되는 이질적인 것으로서의 조직이며, 이는 운율과 비유를 포함한다.

미국의 시인이면서 비평가인 J.C.랜섬은 말하기를 "시인은 두 가지 말을 동시에 하지 않으면 안된다. 즉 하나는 논리적 구조를 만드는 일이며, 다른 하나는 운율을 만드는 일이다. 논리적 구조란 보통 시인이 처음 착상한 일이며, 그것에 적합한 구조를 가진다."고 했다.

구조라는 말의 뜻은 내용을 포함하여 외피(外皮)라는 의미로서 보통 사용되는 폼(form)이 아니다. 구조는 항상 시가 가지는 재료의 성질에 의하여 지배된다. 구조의 문제를 해결하게 하는 것은 시의 재료의 성질이다.

랜섬은 또한 확정적 의미와 불확정적 의미, 확정적 음(音)의 구조와 불확정적 음의 구조를 말하는 자리에서 "확정적 의미란 논리구조이며, 확정적 음의 구조란 운율이다."라고 말했다.

여기에서 우리는 좋은 시를 쓰기 위한 시어의 직조(織造)에 있어서 확정적 의미와 불확정적 의미 내지는 시의 논리와 비논리의 논리를 생각하지 않을 수 없게 된다.

3) 농심과 시창작

시창작에 임하는 마음의 자세를 농심에 비추어 농작 과정(農作過程)을 얘기하는 경우가 있다. 마음밭을 경작하는 데 있어서 그 심전정리(心田整理) 즉 마음밭을 넓히고 바르게 하기 위한 배수(排水)라든지, 관개(灌漑), 객토(客土), 농로개설(農路改設) 등을 우선 얘기하지 않을 수 없다.

배수는 물이 쪽쪽 빠지도록 하는 시설로서, 불필요한 생각을 버려야 한다는 사무사(思無邪)의 뜻을 지닌다. 이와는 대조적으로 관개는 농사일에 필요한 물을 끌어들이는 시설이므로, 작품 창작을 위해 차용한 언어를 취사선택하여 쓸 것과 버릴 것을 가려 쓰게 된다.

객토는 토질을 개량하기 위하여 논이나 밭에 새로운 흙을 넣는 작업이므로 시를 쓸 때, 이는 마음을 풍부히 한다거나 삶의 질을 높이기 위하여, 또는 작품을 풍부히 하기 위하여 새것을 받아들이는 성질에 비길 수 있다.

농로개설은 글자 그대로 농삿길을 수리하거나 새로 내는 일을 말하는데, 이는 상상력의 개발이라든지, 유추능력(類推能力), 은유기능(隱喩機能) 상징기능(象徵機能) 등을 말한다.

토지의 이용가치를 높이기 위하여 경지정리(耕地整理)를 하게 되는데, 이러한 경지의 구획정리나 배수나 관개시설, 또는 농로개설을 할 뿐 아니라 객토작업을 하는 것과 같이, 언어의 질서, 언어의 품격을 높이기 위하여 심전정리 뿐 아니라 언어의 깊이같이를 시도한다. 언어의 깊이같이, 그것은 사고의 심화나 확대를 위해서 필요 불가결의 것이다.

쟁기질을 하는 농부가 논이나 밭을 갈게 될 때 쟁기 날을 세워서 생땅까지 깊게 파헤치지 않는다면 많은 소출을 기대할 수 없듯이, 문학에 있어서 양질의 영양이 될 수 있는 종교적 상상력이라든지, 철학적 인식, 또는 역사의식이라든지 사회의식, 작가적 양식 등등 다양한 차원으로 깊이같이를 하지 않으면 안 된다.

이는 가령, 맑고(淸) 깨끗하며(淨), 고요한(靜) 차원이라든지, 인생과 우주의 근본 원리를 터득하는 등등의 경지에까지 관심을 넓혀야 한다는 말이다.

이러한 기본적인 마음 자세가 잡혀지게 되면, 창작으로 들어가게 되는데, 일년지계재어춘(一年之計在於春)이라는 말도 있듯이, 농사 계획을 세워서 종자 고르기에 들어가는 데, 그 씨앗이 딴 계통에 섞이지 않은 순수한 종자인지, 여러 가지가 잡디하게 섞인 잡종인지, 또는 벌레 먹기나 부패한 종자인지 가려내는 종자 고르기를 하듯 쓰고자 하는 의도나 주제에 대해서 엄격하게 확인할 필요가 있다.

씨앗을 고른 농부가 파종(播種), 즉 씨앗을 땅에 뿌려 심듯이 창작을 위한 집필에 들어간다. 농부가 제초(除草) 즉 잡초를 뽑아내는 김매기 작업을 하듯이 퇴고의 과정을 거친다.

농부가 해충을 제거하기 위하여 농약을 뿌려 소독을 하듯이 잡념을 제거하고 깨끗하게 수정을 가하여야 한다.

아무 욕심도 없는 농부가 농심으로 애지중지 가꾼 농작물을 마지막에는 타작(打作)하여 탈곡(脫穀)을 하듯이 시인은 알곡같은 작품을 완성하게 된다.

언젠가 보리고개라는 그 춘궁기에 본 일로서, 먹을 것이 없는 농부가 풋보리 등등 아직 미처 익지도 않은 것을 베어 먹는 경우도 있거니와 추수 때 게으름을 피우는 경우도 있으며, 농한기(農閑期)에는 도박판에서 일확천금을 꿈꾸다가 가산을 탕진하고 패가망신하는 경우도 보았는데, 시창작의 경우도 이와 흡사한 예가 적지 않다.

이제까지 농심을 중심으로 시창작을 얘기했는데, 우선 좋은 시를 쓰겠다는 모티프(motif) 즉 동기로서, 표현이나 창작의 동기가 되는 중심사상에 특별한 관심을 기울이지 않을 수 없다.

소금물같이 썩지 않는 양심에 비추어 보아서 생각의 쭉정이를 버리고 알맹이만 가지고 파종을 하는 농부처럼, 조각가도 바위의 부실한 부분을 제거하고 조각에 필요한 돌의 알맹이만을 가지고 조각에 착수한다. 석굴암 대불상이 그랬다고 전한다.

조각가는 바위를 보고 그 속에 들어있는 상(像)을 마음에 그린 다음 불필요한 부분을 떼어내는 작업을 하게 된다. 좋은 시를 쓰려면 이처럼 불필요한 부분을 제거하는 언어의 조탁도 게을리 해서는 안될 것이다.

온 겨울을 어둠과 추위를 다 이겨내고 봄의 아지랭이와 따뜻한 햇볕과 무르익은 장미의 그윽한 향기를 온 몸에 지니면서, 너 보리는 이제 모

든 고초(苦楚)와 비명(悲鳴)을 다 마친 듯이 고요히 머리를 숙이고 성자
(聖者)인 양 기도를 드린다.

　이마 위에는 땀방울을 흘리면서 농부는 기쁜 얼굴로 너를 한아름 덥
석 안아서 낫으로 스르릉 스르릉 너를 거둔다.

　너 보리는 그 순박하고 억세고 참을성 많은 농부들과 함께 자라나고,
또한 농부들은 너를 심고 너를 키우고 너를 사랑하면서 살아간다.

　보리 너는 항상 순박하고 억세고 참을성 많은 농부들과 함께 이 땅에
서 영원히 사라지지 않을 것이다.

— 한흑구의 수필 「보리」 결말 부분 —

　이러한 농심은 시창작에 있어서도 도움이 될 것이다. 이는 수필 형식을
빌어서 자연을 통한 인생과 우주 내지는 모국을 얘기하고 있기 때문이다.
대자연 속에 은거한 선풍도골(禪風道骨)의 도인이면서 풍류의 멋을 지닌 선
비요, 항일운동에 투신한 애국자인 한흑구의 이 글은 농심 시심(農心詩心)
을 일으키는 데에 도움이 될 것이다.

제2부

시의 구성

1. 주제의 설정

화가가 그림을 그릴 때라든지, 사진 작가가 사진을 찍으려고 할 때 우선 '무엇을 어떻게 그릴 것인가'라든지 '무엇을 어떻게 찍을 것인가' 하고 구도(構圖)를 잡을 것이다.

시의 경우에도 이와 마찬가지로 무엇을 어떻게 쓸 것인가 하고 궁리하게 되는데, 이것을 가리켜 주제를 설정한다고 할 수 있다.

주제의 설정이란 생활설계도와도 같은 것이다. 가령 나는 어떻게 살 것인가 하고 궁리하다가 농부가 되어 농사를 짓고 싶다고 막연하게 생각한 것으로는 주제가 설정되었다고 할 수 없다. 초가집을 짓고 살되 박을 심어서 박꽃이 피게 하고 박이 열리게 하여서 잃어버린 생활문화재를 복원하면서 살고 싶다면 보다 구체적으로 설정되었다고 말할 수 있다.

산이 날 에워싸고
씨나 뿌리며 살아라 한다
밭이나 갈며 살아라 한다

어느 짧은 산자락에 집을 모아
아들 낳고 딸을 낳고
흙담 안팎에 호박 심고

들찔레처럼 살아라 한다
쑥대밭처럼 살아라 한다

산이 날 에워싸고
그믐달처럼 사위어지는 목숨
그믐달처럼 살아라 한다
그믐달처럼 살아라 한다

─ 박목월의 시 「산이 날 에워싸고」 ─

여기에서 우리는 보다 구체적으로 주제가 설정되어 있음을 알 수 있다. 그리고 이 시인의 의도가 어디에 있는지 알 수 있다. 이 시작 의도는 주제와 연결되어야 하고, 이 주제를 나타내기 위해서는 소재(제재)가 취사 선택되어야 한다. 자료라 할 수 있는 소재가 선택되면 그것을 요리할 수 있는 기교가 요구된다.

이는 마치 집을 지어야겠다는 구상과 함께 그 재료가 모아짐과 동시에 그 재료로 집을 짓는 기술의 활용이 뒤따르는 이치와도 흡사하다. 여기에 시인의 독특한 문체라든지, 묘사 등등의 표현 기법이 요구된다.

1) 사물을 보는 눈

우리가 어떠한 사물을 보고 그것이 무엇인지 인식할 수 있다는 것은 그 대상적 사물이 지니고 있는 바의 소성이 사물을 바라보는 주체적 시인에게도 이미 내재되어 있기 때문이다. 사물이 지닌 바의 소성(素性)이 나의 관념의 렌즈에 내재되어 있기에 인식이 가능하다는 논리다. 이러한 동질 요소로서의 관념의 렌즈는 유사안식(類似眼識)으로 부를 수 있다. 그리고 그것은 주체자로서의 관조자와 대상으로서의 사물 사이의 교감에서 가능해진다. 이러한 교감은 서로 같은 요소가 존재하기 때문에 일어나게 된다. 이것을 상사성(相似性)이라 한다.

　서양인들이 청국장이나 김치찌개라는 말을 들었을 때의 반응과 한국인들이 이 말을 들었을 경우는 상당한 차이를 보이게 되는데, 이는 경험의 유무에서 비롯된다는 사실을 이해하기는 그리 어렵지 않다. 이것도 일종의 상사성의 법칙에서 파생된 경우에 해당된다.

2) 구상構想과 구성構成

　구상이란 예술 작품을 창작할 때에 내용이나 표현 형식 등에 대하여 생각을 정리하는 일을 말하는데, 구성이란 구상에 비하면 보다 구체적인 방법을 조성하는 성격의 것이다. 그것은 작품을 이루는 여러 요소를 결합하여 전체적인 통일을 꾀하는 통일원리라 할 수 있다.

　가령, 콩으로 두부를 만들어야겠다는 생각을 구상이라 한다면, 이 구상은 발생하는 주제와 연결되어 더욱 구체화되어야 하고, 물에 불린 콩을 맷돌에 갈면서 열을 가하는 등 구체적으로 발전하게 되고, 미열(微熱)은 치열(熾熱)로 점진적인 변화와 발전을 보이면서 콩비지라고 하는 찌꺼기를 제거하듯이 취사 선택하여 산만성을 제거하고 통일성을 이루는 방향으로 구체화하게 된다.

　이와같이 시를 창작할 때는 내용을 머리 속에 그리는 일에서 시작하여 구체적인 작품으로 형상화하는 데에 이르기까지 이러한 구상과 구성은 뗄래야 뗄 수 없는 불가분의 관계에 있다.

　콩비지라고 하는 찌꺼기를 제거하듯, 구체적 형상화에 방해가 되는 요인들, 가령 주제의식이 빈곤하다거나 불필요한 글이 혼용되어 있는 등의 불순물을 제거한 후에는 헝겊에 가둔 콩물을 냉각시키듯이 글의 내용을 객관화하게 되는데, 이때 구성이란 간수를 질러서 굳어져 어리게 하듯 내용의 구체적 형상화를 꾀하는 성질을 지닌다.

3) 상상력과 유추능력

상상력이란 눈 앞에 없는 사물의 이미지(image)를 만드는 정신 능력을 말한다. 상상력은 예술 또는 시를 창조하는 근원적 능력을 말한다. 애머슨은 이것을 시의 생명이라고 처음 말했고, 낭만파 시인들은 "시는 과학적 진실과 다른 미(美)이며, 그 미는 사물이 아니라 상상된 것 속에 있다."고 규정하였다.

또한 키츠는 말하기를 상상력이야말로 진실을 창조한다고 했는데, 한편 시 창작에 있어서 정밀한 사색의 결과 영원 불변의 것을 유한한 인간 정신 속에서 창조하는 것이 상상력이라고 주장한 시인은 콜리지였다.

유추(類推)란 수사학에서는 비유로 이해되는데, 이것은 이질적인 두 의미의 유사점에 의하여 이루어지는 것을 말하거니와 문학에서는 어떤 점에 있어서 미지(未知)한 것을 암시해 내기 위하여 기지(既知)한 것을 묘사하는 법을 말한다.

문학 뿐 아니라 모든 예술은 상상력의 산물이라 해도 과언이 아니다. 그리고 창작 과정에서 유추 또한 간과할 수 없는 성질의 것이다.

4) 시어의 조립능력

시를 잘 쓰는 길은 적합한 언어를 찾아내어 적합한 자리에 끼워 넣는 길이라는 말이 있다. 그러나 말은 쉬워도 실제로 쓰려고 하면 그렇게 마음대로 되지 않는 게 현실이다.

먼저 적합한 언어를 찾는 길인데, 어느 것이 적합한지 취사 선택하기 위해서는 언어에 대해 민감한 감식능력이 있어야 한다. 그리고 적합한 자리에 끼워 넣기 위해서는 문장의 조립능력이 요구된다.

이는 마치 온갖 사물, 가령 여러 가지 빛깔의 돌이나 유리라든지, 조가

비, 콩, 조, 수수, 수수깡, 지푸라기 따위를 박거나 붙여서 모자이크를 형성하듯이, 새로운 형태를 이루는 것과도 같다.

꿩이건 닭이건 부분과 부분은 전체적으로 통일성을 유지해야 하듯이, 시 역시 행과 행, 연과 연은 전체적인 시 작품으로 통일되어야 한다.

시 문장이 통일되지 않고 산만하게 되는 경우에는 그럴 수 밖에 없는 원인이 있는데, 여러 요인이 있겠지만, 우선은 주제가 명확치 않을 때라든지, 문장이 너무 길게 늘어질 때, 또는 의식이 과잉되어 있는 경우를 들 수 있다. 그러니까 시가 통일되어 있지 않고 산만하게 되는 경우에는 이러한 세 가지 요인을 점검해 볼 필요가 있다.

2. 기교의 활용

1) 은유의 효과

은유란 암유(暗喩)라고도 하는데, 수사법상 비유법의 한 가지로서 원관념(元觀念)은 숨기고 보조관념(補助觀念)만 드러내어, 표현하려는 대상을 설명하거나 그 특질을 묘사하는 표현 방법을 말한다. '내 마음은 호수'라고 하거나, '내 마음은 고요한 물결'이라고 표현하는 따위가 그것이다. 여기에서의 '호수'나 '물결'이라는 보조관념은 '내 마음'이라는 원관념을 나타내기 위해서 동원된 언어라 하겠다.

이와같이 은유란 언어 작용의 한 특이한 조합(組合)으로서 이에 의하여 한 사물의 양상이 다른 하나의 사물로 넘겨지거나 옮겨져서 두 번째의 사물이 마치 첫 번째의 사물처럼 서술되는 것을 가리킨다.

은유는 전통적으로 비유언어의 가장 기본적인 형태라 할 수 있다. 전이(轉移)의 여러 가지 형식을 비유나 형용이라 부른다. 직유는 은유의 빈약한 친척이라는 말이 있는데, 시 창작의 경우, 그것은 은유에 비하여 시적 묘미의 차원이나 효과면에서 떨어질 수 있다.

제유(提喩)는 부분으로 전체를 나타내려고 하는데, 가령 "도리우찌가 선그라스에게 귓속말로 속삭이더니 한쪽 눈을 찡긋하고는 골목으로 쏜살같이 사라졌다"고 표현하는 예가 그것이다.

환유(換喩)는 '도둑'을 '밤손님'이라 하거나, '바다'를 '고래의 길'로 나타내는 예가 그것이다.

　시인이 시인인 것은 오직 은유의 영역에서 뿐이라고 말하는 이도 있다. 시는 모방의 작용에 관련되어 있으며, 표현의 특이성을 특징적으로 추구하기 때문에 은유에 크게 의지한다.

　은유란 어떤 한 명칭의 사물을 다른 사물에 적용시키는 것이라는 일반적인 정의 안에서 그것을 네 가지 종류로 구분하고 있다. 그것은 ① 유(類)에서 종(種)으로 ② 종(種)에서 유(類)로 ③ 한 종(種)에서 다른 종(種)으로, 그리고 ④ 유추의 사례를 들 수 있겠는데, 이는 가령 강신재의 소설 제목인 「임진강의 민들레」의 경우, 임진강 가에 떨어진 훈장이 민들레로 보였다는 것으로부터, 민들레가 평화에 관련된 것으로 훈장은 전쟁에 관련된 것으로 유추할 수 있다.

　적절히 사용된 은유의 효과는 친근한 사물과 생소한 사물들을 결합시킴으로써 매력과 특이성을 통해 사물을 명료하게 해준다. 이 매력과 특이성은 지적인 쾌감과 경이로운 속성에서 온다. 매력은 은유 속에 드러난 새로운 유사성들에 의하여 제공된 지적인 쾌감으로부터, 그리고 특이성은 식별된 유사성들의 경이로운 속성에서 온다.

　은유는 문체의 최고의 장식이라는 말처럼 그것은 변화무상하다. 그것은 파블로 네루다의 「여자의 몸」이라는 시에서의 "하얀 골짜기 하얀 유방"에서처럼 무생물에서 생물로 은유되기도 하고, 생물에서 무생물(잠자리 날개 같은 모시옷)으로 직유되기도 한다.

　무생물에서 무생물로 표현하는 경우는 "불도저가 판자집을 밀어 붙인다"고 할 수 있다면, 생물에서 생물로는 국회의사당에서 사람이 개를 무는 광경으로 표현될 수 있다.

　은유는 한 사물에 적용된 낱말이 다른 사물로 전이될 때 생긴다. 유사성이 그 전이를 정당화하는 것처럼 보이기 때문이다. 은유에 대한 몇 가지 용법을 든다면 다음과 같은 경우, 가령 선명함과 간단함과 모호함, 과장, 축소, 수식 등을 들 수 있다.

비유의 성립에는 둘 이상의 서로 다른 관점이라든지, 심상(心象), 상징의 긴밀한 연결이 필요하다. 사물 사이의 관계 또는 교감을 파악하는 것이 중요시된 이래 은유는 현대시론의 중심과제가 되었다.

아리스토텔레스도 비유를 가리켜 "한 사물에다 다른 사물에 속하는 이름을 옮겨다 붙이는 것"이라고 정의한 것처럼, 그것은 어떤 특수한 목적을 위하여 낱말을 옮겨놓기한 것이다.

가령 '키 큰 사람'을 가리켜 →키다리→전봇대로 옮겨놓기하는 경우가 그것이다. 특수한 효과를 위해서 유사성이 있는 어떠한 두 사물 사이에서 특수한 목적을 도출해 내는 것을 알 수 있다.

> 얇은 紗 하이얀 고깔은
> 고이 접어서 나빌레라.
>
> 파르라니 깎은 머리
> 薄紗 고깔에 감추오고
>
> 두 볼에 흐르는 빛이
> 정작으로 고와서 서러워라.
> ― 조지훈의 시 「승무(僧舞)」 중 앞부분 ―

조지훈의 이 시는 analogy를 잘 활용한 작품이다. 이 유사성은 '고깔'이라는 취의(趣意) 즉 취지(趣旨)를 '나비'를 매개어(媒介語)로 해서 드러내고 있다. 이 시인은 '고깔'을 선택한 그 근본 목적이나 의도를 '나비'를 매개어로 특수한 효과로 표현하고 있다.

'고깔'과 '나비'는 전혀 다른 것이지만 이 시인은 서로 비슷한 점, 서로 닮아 있는 상사성(相似性)에서 공통점을 발견해 낸 것이다. 여기에서의 '파르

라니 깎은 머리'와 '고깔'의 내력을 알게 되면, '고깔'과 '나비'의 관계는 더욱 슬픈 아이러니를 암시하게 된다.

어매여, 시골 울엄매여!
어매 솜씨에 장맛이 달아
시래기국 잘도 끓여 주던 어매여!

어매 청춘 품앗이로 보낸 들녘
가르마 트인 논두렁 길을
내 늘그막엔 밟아 볼라요.

자작시 「망향가(望鄕歌)」 중 앞부분이다. 여기에서의 '가르마'는 '논두렁 길'의 매개어이지만, '논두렁길'을 묘사하기 위해서만 있는 것은 아니다. 여기에서의 '가르마'는 들녘에서 청춘을 품앗이로 보낸 어머니의 머리 모양을 나타낸다. 그러므로 '가르마'는 매개어 이상의 효과를 내고 있다.

그립고 아쉬움에 가슴 조이던,
머언 먼 젊음의 뒤안길에서
이제는 돌아와 거울 앞에 선
내 누님같이 생긴 꽃이여

노오란 네 꽃잎이 필려고
간밤엔 무서리가 저리 내리고
내게는 잠도 오지 않았나 보다.
　　　　　　─ 서정주의 시 「국화옆에서」 중 후반부 ─

여기에서 형식상으로는 '국화'가 취의趣意(意圖)요 '누님'은 매개어로 되어 있지만, 누님같이 생긴 꽃이 국화인 동시에 국화같은 사람이 누님이라는 비유관계의 교감(交感) 즉 주고 받는 작용이 가능하다.

　　　내 마음은 호수요
　　　그대 저어 오오
　　　나는 그대의 흰그림자를 안고 玉같이
　　　그대의 뱃전에 부서지리다.

　　　　　　　　　　— 김동명의 시 「내마음」 중 첫 연 —

　여기에서의 내 마음은 호수를 가리키고 있는데, 마음의 상태를 나타내는 호수는 넓고, 깨끗하고, 고요하고, 서늘하고, 푸르고, 깊다고 하는 다양한 성격으로 나타나 있다.

　호수와 마음의 공통점은 이런 상식적인 이유에서가 아니라 마음의 호수에 님이 탄 배가 저어오면 뱃전에 부서지는 물결이 되고자 하는 이유에서 발견된다. 독자들은 이러한 공통점을 찾기 이전에 말로 간단히 설명할 수 없는 타당성을 이유없이 받아들이게 된다.

　여기에서의 '내 마음'은 추상적인 불가시(不可視), 또는 비가시(非可視)의 존재다. 그것은 눈으로 볼 수 없는 성질의 것이기 때문이다. 이 볼 수 없는 불가시 비가시의 추상개념을 구체적으로 형상화하기 위해서는 '호수'라고 하는 객관적인 상관물(相關物)이 필요하게 되었다.

　이 '호수'는 기억을 불러 일으키는 환기력(喚起力)을 통해 '마음'으로부터 유추하게 되는데, 이런 경우를 '마음'과 '호수' 사이의 연결고리라 할까 상상작용에 의해서 치환(置換)하는 치환은유(置換隱喩)라고 한다.

　시에 있어서의 은유는 전쟁에 있어서의 로켓 포처럼 막강한 위력을 발휘하는 성격의 것이다. 시 뿐 아니라 산문에 있어서도 그 효과는 인정되어 왔다. 가령 '그 남자의 성질은 날카롭다'고 하는 경우에는 설명에 그치지만, 그 남자의 성질은 '칼날이다'거나 '불칼이다'고 하는 경우에는 은유적 표현이 된다.

플로베르는 제자 모파상에게 일사일어주의(一事一語主義)를 가르쳤다. 이는 표현의 극한적인 엄밀성을 강조한 말이다. 그러나 우리가 아무리 열심히 사전을 뒤져도 일사일어주의는 구현되지 않는다.

이와같은 언어의 불완전성에도 불구하고 우리는 그 불완전한 언어로 사물의 이름을 불러야 한다. 언어의 불완전성에도 우리는 삶을 영위하는 데에 있어서 별다른 불편을 겪지 않는다.

시인의 괴팍성은 언어의 그 불완전성에도 불구하고, 그 불완전성을 무릅쓰고 그 언어로써 모든 사물의 그 가장 정확한 이름, 단 하나밖에 없는 그 이름을 불러주는 데에 있다고 한다.

> 과일 망신을 시키는 모과 덩어리
> 모과 덩어리 같은 머리통
> 머리통 딱딱한 거지의
> 그 독특한 이미지를 사랑했단다.

자작시 「퐁네프의 연인들」 중 첫 연이다. 여기에서의 이미지란 마음 속에 그려지는 사물의 감각적 영상(映像)이라든지, 머리 속에 떠오르는 사물의 모습으로서 "모과덩어리 같은 머리통"을 그려내고 있는데, 이도 역시 원관념을 나타내기 위한 보조관념의 기민한 동원령에 의해 나타난 현상이라 할 수 있다.

이와같이 시인은 하나밖에 없는 이름을 불러 주려고 한다. 언어 자체가 불완전한 이상 그 언어에 의한 사물의 호명이 완전을 기할 수는 없다. 그런데도 시인은 불가능에 도전한다. 그래서 시인을 가리켜 언어의 창조자니 무관의 제왕이니 하고 명명하기를 주저하지 않는다. 사물의 정확한 이름을 불러 주려는 시인의 기도는 바로 그 언어의 창조를 통해서 성취된다.

시인의 언어 창조는 기존의 언어를 대상으로 해서 진행될 수 밖에 없다.

시인의 언어 창조는 시인이 자신의 창조적 능력으로 기존의 언어를 거듭나게 하는 일이다.

베이컨은 말하기를 상상력이란 "자연이 결합시켜놓은 것을 분리하고, 자연이 분리해 놓은 것을 결합시키는 인간의 힘이다."라고 했다. 이는 상상력이야 말로 창조력의 원동력이 된다는 점을 단적으로 피력한 말이다.

우리가 은유로써 사물에 대해 정확히 이름을 붙여 준다는 그 일이 곧 창조행위가 된다. 그 창조의 결과는 바로 기존의 세계에 맞서는 새로운 세계를 펼치게 된다.

요리사는 식료품의 차이에 따라 칼을 바꾼다는 말이 있는데, 이는 은유라든지 상징 기법을 다루는 데 있어서 상기해야 할 적절한 비유이다. 시에서의 다양한 비유 구사는, 사과는 과도(果刀)로 깎아야 하고, 생선은 회칼을 써야 하며, 김치는 무쇠칼을 써야 하는 것과도 흡사하기 때문이다.

> 이것은 소리없는 아우성
> 저 푸른 海原을 향하여 흔드는
> 영원한 노스탈쟈의 손수건
>
> ─유치환의 「깃발」 중 첫 연─

여기에서는 '깃발'이 '아우성'과 '손수건'으로 은유되어 있다. '아우성' 앞에 '소리 없는'이 들어감으로써 일반적인 아우성과 다른 특별한 효과를 가져오고, 손수건도 보통의 손수건이 아니라 '영원한 노스탈쟈'가 차용됨으로써 특별한 효과를 살려내고 있다.

시에는 이와 같이 신기성(神奇性)과 모호성(模糊性), 그리고 어떠한 대상을 지향하는 의식 내용으로서의 표상성(表象性)이 있어야 한다.

초보자가 시를 처음으로 써보는 경우에는 "① 봄이 와서 꽃이 피었다. ② 노란 개나리가 언덕에 피었다."고 쓸 수도 있을 것이다.

이를 좀더 질서화하자면, 다음과 같은 정리가 가능하다.

개나리→노란 저고리 입은 우리 누나가
봄언덕→봄 언덕에서 웃고 있네.

이를 다시 「개나리」라는 제목을 걸고 시로 다듬어 정리해 보면, 다음과
같은 시의 형태가 가능해지게 된다.

개나리꽃 그늘엔 병아리가 있었네
개나리 꽃잎 물던 첫사랑이 있었네.

첫사랑 꽃그늘엔 눈망울이 있었네
눈망울엔 오롯한 웃음꽃이 있었네.

이는 자작시 「개나리」 중 앞부분이다. 이 글은 보다 구체적으로 형상화된
상태라 할 수 있다. 이러한 구체적 형상화 작업이야말로 시 창작의 기본 과
제라 할 수 있다.

2) 상징의 효과

어번(W.M.Urban)은 언어 발달의 과정을 사실적 단계와 유추적 단계, 그
리고 상징적 단계로 분류했다. 원시인이나 아이들의 언어처럼 대상을 흉내
내고 묘사하는 언어를 사실적 단계라고 한다면, 비유적 언어의 용법을 유추
적 단계, 그리고 언어의 가장 높은 차원의 형태를 상징적 단계라고 할 수 있
다.

상징이란 불가시적(不可視的)인 것을 암시하는 것을 말한다. 이러한 경
우, 불가시적인 것이 원관념(元觀念)이고, 가시적인 것은 보조관념(補助觀
念)이다. 상징이란 비유에서 원관념을 떼어버리고 보조관념만 남아있는 형
태를 말한다.

비유에서 원관념과 보조관념은 서로 이질적이면서도 유사성을 근거로 하여 결합된다. 원관념이 숨고 보조관념만 작품의 표면에 나타나 있다는 상징의 존재양식도 양자의 완전한 결합을 의미하고 있다.

상징은 감춤의 성질만도 아니고 드러냄의 성질만도 아니다. 상징은 감춤과 드러남의 이중적인 성격 때문에 신비로운 여운이 항상 남아있기 마련이다. 따라서 상징의 성공은 드러냄과 감춤의 조화에 있다고 할 수 있다. 어떠한 사상(事象)이나 개념을 상기시키거나 연상시키는 구체적인 사물이나 감각적인 말로 바꾸어 나타내는 일을 상징이라 한다면, 은유는 원관념은 숨기고 보조관념만 드러내어 묘사하는 표현 방법을 말한다.

> 진달래 꽃물이 번지는
> 진달래 능선에서의 점심 한 때
> 도시락을 진설하는 여류시인과
> 여류시인 도마 위에 놓인 남류시인이
> 봉우리같은 소리와 골짜기같은 소리로
> 노닥이고 있었다.
>
> "제 고추도 잡숴보셔유."
> "고추는 웬 고춥니까?"
> "크지는 않아도 맵거든요."
> "매운 고추 좋아하십니까?"
> "그러믄요. 통째로 먹거든요."
> "다음 산행땐 제가 가져올까요?"
> "약이 오른 고추는 너무 매워유."
> "비닐하우스 고추는 암시랑토 않아요."
> "그게 무슨 이야기대유?"
> "풋고추 이야기지요."
>
> 고추 이야기가 무르익어 갈수록 진달래 능선은 발그레하게 상기되고

숯기 진한 바람이 살랑댈수록 출렁이던 능선이 몸서리를 치더라.
　뻐꾸기는 뻑뻑꾹 쑤꾸기는 쑥쑥꾹
　산바람은…………
　골바람은…………

　자작시 「산중문답(山中問答)」이다. 여기에서 우리는 '고추'의 상징성과
그 뒤를 이어 전개되는 은유의 입체성을 감지하게 된다. 여기에는 관심을
갖고 주의깊게 사펴보면서 눈치챌 수 있는 여지가 있다. '능선' '봉우리' '골
짜기' '고추' '매운 고추' '약이 오른 고추' '비닐하우스 고추' '산바람' '골
바람' 등등 상징과 은유의 입체적인 효과를 눈치채기에 어렵지 않을 것이
다.

3) 이미지의 효용

　이미지(image)란 마음 속에 그려지는 사물의 감각적 영상(映像)을 말하
는데, 이를 심상(心象)이라고도 한다. 그것은 꼴(모양)을 지닌 어떠한 영상
으로서의 모습, 즉 형태를 나타낸다. 그것은 마음 속에 떠오르는 상(像)이라
는 뜻으로, 과거에 경험한 바 있는 경험의 잔상들(이에 관련된 시각, 청각,
촉각, 그 밖의 인상을 포함하여)을 기억에 의해서 마음 속에 재생시키는 것
이라고 정의할 수 있다.
　회화적 표현을 통해서 이미지를 선명히 드러내는 시에는 김광균의 시「
추일서정(秋日抒情)」을 들 수 있다.

　　落葉은 폴란드 亡命政府의 紙幣
　　砲火에 이즈러진 도룬市의 가을 하늘을 생각케 한다
　　길은 한줄기 구겨진 넥타이처럼 풀어져
　　日光의 폭포 속으로 사라지고

조그만 담배 연기를 내어뿜으며
새벽 두시의 急行車가 들을 달린다
포푸라나무의 筋骨 사이로
工場의 지붕은 흰이빨을 드러내인채
한가닥 꾸부러진 鐵柵이 바람에 나부끼고
그 위에 세로판지로 만든 구름이 하나
자─욱한 풀벌레소리 발길로 차며
홀로 荒凉한 생각 버릴 곳 없어
허공에 띄우는 돌팔매 하나
기울어진 風景의 帳幕 저쪽에
고독한 半圓을 긋고 잠기어 간다
　　　　　　　─ 김광균의 시 「추일서정(秋日抒情)」─

　여기에서 우리는 '낙엽→ '지폐' '길'→ '구겨진 넥타이' '구름'→ '세로판
지' 등을 통해서 이미지의 효용을 이해하게 된다.

4) 은유와 전이轉移

　은유는 어떠한 원형이 비현실적으로 보이는 것으로부터 새로운 현실을
창조해 낸다. 중세기의 기독교 사회에 있어 기본적인 은유는, 세상은 신(神)
이 저술한 책이라는 것이다. 실로 이 세상은 신이 뜻을 전달하기 위해 만든
상징과 은유들로 가득 차 있다. 언어, 즉 낱말들은 사물들을 뜻하지만 사물
자체들은 다른 높은 수준의 의미를 갖는다.
　시인은 마치 그의 기술이 자연을 돕는 정원사와도 갖다고 했다. 정원사의
손을 거치게 되면 무질서하게 제 멋대로 서있는 수목들이 질서를 찾아 정리
되듯 시인의 의식을 통한 언어, 그 무질서하게 흩어져 있던 언어들은 질서
화된다.

모든 女人은 調音되지 않은 絃과 같아서
오래도록 손을 대지 않으면 거슬리는 소리를 낸다
자주 만져진 놋그릇은 찬연히 빛난다
나의 가장 값진 주물과 친한 주물 사이에
쓰는 일 외에 무슨 차이가 있으랴.

이 옛글에서는 여인에 대하여 얘기하고 있다. 여인은 악기의 현과 놋그릇과 친한 주물이 되고, 이 모든 것들이 공통적으로 지니고 있는 것으로 사용하지 않으면 무가치한 특성에 관련된다는 말이다.

여기에서는 여인 → 현(絃) → 놋그릇 → 주물 이렇게 전이(轉移)된 은유의 유추를 보여 주고 있다. 이 글은 천천히 음미할만한 글이다. 시에 있어서 모호성은 명료성과 함께 동반해야 한다. 시에 있어서의 모호함이란 사려깊게 읽으면 뚜렷하게 명료해질 수 있는 그런 모호함이다. 이러한 것들은 형이상학적인 이미지의 정상적인 특성들이다.

5) 체험과 표현

글(시)은 생각을 체계적으로 하도록 만들며, 사고(思考)의 질을 높인다. 인간의 감정 양식에 질서를 주고, 문화 창조에 지속적이면서도 체계적으로 이바지한다. 시를 쓰게 되면 정서가 맑고 곱게 가다듬어지고, 사색과 사유에 있어서 그 폭과 높이와 깊이를 추구하게 된다.

글이란 주관적인 정감으로 체험의 표현에 치중하는 면과 객관적 이지로서 사실의 전달에 치중하는 면이 있다. 전자의 경우, 질서 없는 실제 체험을 질서 있는 체험의 세계로 변용시키는 창조행위를 가져오는 체험 + 상상 → 문학작품이라는 일면과 경험 + 주장 → 진실한 체험은 글의 생명력을 가져온다고 하는 등식이 성립되는 데에 비하여, 후자의 경우는 존재의 차이점을 비교·대조하고, 추상·개괄하여 두 가지의 속성을 본질적으로 구분하

는 곳에 '판단'이라는 오성적(悟性的) 사유(思惟), 즉 사물에 대하여 논리적
으로 이해하고 판단하는 능력이 작용하게 된다.

　시의 경우, 시인이 체험에서 얻은 그 기억의 잔상들을 어떻게 형상화하여
표현하느냐에 의미가 있다. 체험을 표현으로 이끌어내지 못하게 되면 일반
독자와 다를 것이 없기 때문이다. 글(시)이 원숙한 경지에 이르게 되면, 논리
가 글을 구속하기보다 초논리적인 수준에까지 도달하게 된다. 논리를 초월
하려고 하는 그 자유로움은 예술의 속성인 동시에 시의 본질적 요소이기도
하다.

3. 시적 묘사

1) 의도와 표현

시를 이루고자 하는 생각대로 시를 완성하기 위해서는 그 의도한 만큼 표현하지 않으면 안된다. 이를 위해서는 시적 동기를 유발할 필요가 있다. 시적 동기를 통해서 중심사상을 유발하여 구체적인 형상화로 진입해 가야 한다.

미국의 강철왕 카네기는 성공의 비결을 '찬스'라 하였다. 자기에게 주어지는 '기회'를 포착하면서부터 성공의 첫걸음은 옮겨진다고 했다. 기회는 시간성을 띄기 때문에 이것이 기회라고 느껴지는 순간, 주저없이 포착해야지 우물쭈물하게 되면 그 기회는 지나가버린다고 했다.

시적 모티프(motif)도 이와 같은 성질의 것이어서 시적 착상이 떠올랐을 때 곧 포착해야지 그 순간을 놓치게 되면 시 창작의 기회를 잃게 된다.

전통적인 시에 있어서 모티프는 풍류(風流)에서 기인되는 경우가 많았다. 풍월을 읊는다는 말은 청풍(淸風)과 명월(明月), 즉 자연의 아름다움을 읊는다는 뜻으로, 시의 동기가 대부분 자연에 있었다. 자연을 통해서 향수라든지, 이별, 사랑 등을 노래하는 경우가 흔했다

그러나 현대로 오면서는 자연과 접할 기회가 줄어들고 도시 문명 속에서 살아야 하는 환경의 변화에 따라 시적 동기도 복잡한 양상을 띄게 되었다. 한국적 서정의 흐름은 김소월·정지용·조지훈·박목월·김영랑·신석

정·서정주 등으로 이어지기도 하고 다른 시운동이 파생되기도 하였다.

그 옛날 이백(李白)의 달이 시적이라면 현재 지구의 위성으로서의 달은 산문적이라 할 수 있다. 현대시는 시적인 요소와 산문적인 요소가 혼용되어 있다고 볼 수 있다. 모더니즘 시인들은 도시 문명에 귀를 기울이게 되었고 새로운 시도를 하여 상당한 영향을 미쳤다.

시는 내용이 문제가 아니라 형식이라고 주장한 것은 말라르메 이후의 상징주의다. 달이 아름다운 게 아니라 물속에 비친 황금 술잔일 때 시적인 아름다움을 회복한다는 이론이다.

시에 있어서의 모티프 자체가 중요한 게 아니라 그것이 어떻게 표현되고 있느냐에 따라 시적일 수도 있고 시적이 아닐 수도 있다고 주장한다. 시적 동기도 물론 중요하다. 문제는 포착한 착상을 어떻게 시작품으로 형상화해 내느냐에 있다.

차운산 바위 위에 하늘은 멀어
산새가 구슬피 울음 운다.

구름 흘러가는
물길은 七百里

나그네 긴 소매 꽃잎에 젖어
술익은 강마을 저녁노을이여.

이 밤 자면 저 마을에
꽃은 지리라

다정하고 한 많음도 병인양하여
달빛아래 고요히 흔들리며 가노니……

청록파 중의 한 사람인 조지훈 시인의 이 시는 「완화삼(玩花衫)」이라는
제목에 '木月에게'라는 부제가 붙어 있다. 이는 지훈이 목월에게 선사한 시
라는 뜻이다. 조지훈의 이 「완화삼」이라는 시를 받아 읽은 박목월 시인은
이 시가 동기가 되어 한 편의 시를 지어 조지훈 시인에게 선사했으니, 그 시
가 유명한 「나그네」다.

江나루 건너서
밀밭 길을

구름에 달 가듯이
가는 나그네

길은 외줄기
南道 三百里

술 익는 마을마다
타는 저녁 놀

구름에 달 가듯이
가는 나그네

조지훈 시인의 시 「완화삼(玩花衫)」에 비하면 박목월의 시 「나그네」는 간
결하게 축약되어 있음을 알 수 있다. 이러한 두 시인의 스타일은 다 개성적
특색을 지닌다. 박목월 시인의 경우, 동요 동시에서부터 출발했기 때문에
이 「나그네」 역시 간결체로써 동요적인 리듬을 타고 있음을 알 수 있다.

2) 구체적 형상화

기쁨, 또는 즐거움이란 막연한 추상개념만으로는 부족하다. 화가가 화폭에 그림을 그리지 않은 채 그저 그림을 그려보겠다는 막연한 생각만으로는 제대로 기쁨을 누릴 수 없듯이, 시인 역시 막연한 관념만으로는 기쁨을 누릴 수가 없다.

직접 지각하거나 경험할 수 없는 사물의 개념을 표현하고자 할 때 추상적 개념이나 그러한 관념만으로는 구체성을 띨 수가 없기 때문이다. 시에 있어서의 형상화란 추상적인 본질 따위가 구상화하여 뚜렷한 형상으로 나타나는 것을 말한다. 이는 성취동기를 이루는 기쁨의 출발점이다.

기쁨이란 독자적으로는 이루어질 수 없고, 어디까지나 주체와 대상이라는 상대적 관계가 설정된 상태에서 이루어지는 성질의 것으로서 자기가 지닌 바의 그 자체에 대한 자극적인 감성을 상대적으로 또는 타각적으로 느낄 때 비로소 가능하게 된다.

이는 미술가의 내적 세계가 그림으로 나타나거나 음악가의 마음 세계가 음악(작곡)으로 나타나듯이 시인에 있어서의 시정신이 시작품으로 구체화하게 되는 그 과정을 구체적 형상화라 한다.

시 창작에 있어서 이 구체적 형상화란 필요 불가결의 것이다. 좋은 글이 되지 못하고 표현의 미숙으로 나타나는 경우가 있는데, 이는 구체적 형상화가 제대로 되어 있지 못한 상태를 말한다.

가령, 표현 대상을 정확하고 정밀하게 파악하지 못하였을 경우라든지, 표현하는 어휘가 부족하거나 선택이 적절하지 못하였을 경우, 또는 효과적인 배열을 하지 못하였을 경우를 들 수 있다. 이 외에도 적합한 비유라든지, 미숙한 문장의 조직, 깊이있고 명료한 암시성을 갖지 못하는 경우에도 구체적 형상화가 제대로 이루어질 수 없다.

3) 암시성과 입체성

우리가 존재하는 이 세계는 가시(可視)의 세계와 불가시(不可視)의 세계로 이루어져 있다. 우주를 가리켜 온 세계를 둘러싸고 있는 공간, 또는 천체를 비롯한 만물을 포용하는 물리학적 공간이라고 한다면, 천주(天宙)는 영계와 육계를 포함한 존재계를 가리킨다.

인간은 이러한 천주의 총합한 실체상이기 때문에 우주를 닮은 소우주로 명명되기도 한다. 따라서 이러한 존재계에 의하여 시도 역시 암시성과 입체성을 지닌다. 그것은 인간이나 우주 자체가 암유(暗喩)에 가려져 있기 때문이다.

언어에는 좁은 개념으로서의 협의(狹義)의 언어와 넓은 개념으로서의 광의(廣義)의 언어가 있다. 협의의 개념으로서의 언어란 인간 사회에서 통용되는 음성언어와 문자언어를 가리킨다. 그러나 광의의 언어란 종교인이라든지 예술인 등 특수한 사람만이 감지할 수 있는 언어를 가리킨다. 이러한 언어를 가리켜 영감적인 언어니 계시적인 언어, 또는 신비적인 언어 등으로 말하는데, 이는 초현실적 성격의 것이다. 상징적 언어나 은유적 언어도 여기에 관련된다.

우리들이 존재하는 이 우주는 상징적인 언어로 차있다. 이러한 상징적 언어를 종교에서는 사람의 지혜로서는 알 수 없는 진리를 신(神)이 영감으로 알려준다 하여, 영감적 언어나 계시적 언어라 하거니와 예술에 있어서는 신비적 언어라고도 하는데, 이는 어떠한 이론이나 인식을 초월하여 불가사의하고 영묘(靈妙)한 비밀을 내포한다.

> 그물에 걸리지 않는 바람처럼

이 짤막한 언어에는 인생의 깊은 지혜가 담겨 있음을 알 수 있다. 세상에 살되 오탁(汚濁)에 물들지 않고 고고하게 안심입명(安心立命)의 경지에서 자유자재로 살겠다는 의지가 내비치고 있다. 여기에는 많은 암시성과 입체성이 있다. 영감적이고 계시적인 이 언어에는 상징적 언어가 은유되어 있다. 그리하여 초현실적인 선풍(禪風)을 느끼게 한다.

4) 언어의 질서와 절제

문학이란, 또는 시 창작이란 무질서한 사물을 질서화시키는 작업이라 할 수 있다. 시에 있어서 행(行)이 있고, 연(聯)이 모여서 한 편의 시 작품을 이루는 형식도 그 질서화를 위한 방편이라 할 수 있다.

그리고 시에 있어서 질서화는 절제를 요한다. 그것은 감성적 욕구를 이성으로써 제어(制御)하는 일을 말한다. 인간의 마음에는 지적인 욕구와 정적인 욕구, 그리고 의지적인 욕구가 혼용되어 있다. 무엇인가를 알고자 하는 지적인 욕구는 진리를 추구하고, 정적인 욕구는 아름다움을 추구하며, 의지적인 욕구는 선을 추구하는 방향성을 지닌다.

이러한 지(知)·정(情)·의(意)의 욕구는 진(眞)·미(美)·선(善)으로 나타난다. 지·정·의가 내적이라면, 진·미·선은 외적이라 할 수 있다. 이러한 심리는 서로 보완하기도 하고 견제하기도 한다. 인격자란 이러한 마음을 절제하여 제대로 부려쓰는 사람을 가리킨다.

시 창작에도 이러한 논리가 그대로 적용된다. 균형있는 조화와 자연스러움, 그리고 신선한 충격을 주고자 시도하는 '낯설게하기'라는 말 그대로 새로운 실험정신으로서의 모색하는 자세가 요구된다.

문예사조(文藝思潮)도 사람의 마음과 같아서 의(意)·정(情)·지(知)의 순서대로 변모과정을 보여왔다. 아버지를 죽이고 왕좌를 차지한 그리이스 신화처럼, 예술의 변천사는 고전주의라는 아버지를 죽인 낭만주의라는 아들이, 예술의 자리를 차지하였고, 이 낭만주의는 다시금 자연주의나 사실주의라는 아들에게 자리를 빼앗겼다.

17~18세기에 유럽에서 일어난 예술사조인 고전주의는 의지적인 면이 강하다면, 18세기 말에서 19세기 초에 걸쳐 유럽에서 일어난 낭만주의는 정적인 면이 두드러지며, 19세기 후반 프랑스를 중심으로 일어난 자연주의는 지적인 면이 두드러진다. 사실주의도 자연주의와 궤도를 같이 하는데, 이도 객관적 사물을 있는 그대로 정확하게 그려내려고 하는 문학 예술상의 성격을 갖는다.

이러한 성격의 문예사조는 모더니즘 사조를 거쳐 포스트 모더니즘 시대로 진입했는데, 모더니즘의 성격은 낭만주의적 성격인 정을 지성으로 억제하고 절제를 꾀함으로써 균형잡힌 조화를 꾀하고자 함에 있다.

포스트 모더니즘 시대의 특징 중의 하나는 전파 미디어가 발달하여 텔레비전이나 라디오, 이동전화 등 생동감 넘치는 역동성을 띰으로써 문자언어보다는 음성언어가 우세한 시대라 할 수 있다.

그러나 이러한 시대의 조류에도, 문자언어는 여전히 생각을 체계적으로 하도록 만들며, 사고의 질을 높이는 장점을 지니고 있다. 그리고 인간의 감정양식에 질서를 주고, 신중한 의사소통과 문화의 창조에 있어서 음성언어보다는 더욱 지속적이고 체계적으로 이바지하고 있다.

글을 쓰게 되면 정서가 맑아지고, 품위있게 다듬어지며, 사색과 사유는 폭과 높이와 깊이를 추구하게 된다. 문자언어는 시간을 두고 고치며 다듬을 수 있어서 그 무게와 폭과 깊이에 높은 수준을 가늠할 수 있다.

시에 있어서 논리와 비논리의 논리라는 말이 있다. 처음의 '논리'라는 말은 가령 모든 사람의 얼굴의 구조가 같다는 보편성의 진리를 말한다면, '비논리'는 얼굴의 생김새가 모두 다르다는 특수성을 가리킬 수 있다. 비논리 다음으로 이어지는 그 '논리'라는 말은 그러면서도 동일한 구조로 이루어져 있다고 하는 귀결점을 말한다.

이 세상에 존재하는 모든 사물은 내적으로 보이지 않는 성상적(性相的)

인 면과 보이는 형상적(形狀的)인 요소로 이루어져 있는데, 이 두 요소를 합쳐서 '형상'이라 한다.

모든 예술에도 문학에도 시에도 이와같이 내적인 무형의 내용적인 면과 외적인 유형의 형식적인 면이 있기 마련이다. 이 유무형의 내외 두 요소를 균형있게 조화시켜 가야 하는 게 시 창작의 선결 과제라 할 수 있다.

제3부

시의 표현

1. 의도와 표현

　요즈음은 시를 쓴다고 하지만, 과거에는 시를 읊는다거나 시를 짓는다고 하였다. 시를 읊는다는 말은, 시가(詩歌)라는 말이 성행하던 시절에 시와 노래가 따로 구분되지 않고 같은 뜻으로 통용되던 그 시음(詩吟)을 가리켜 이르는 말이다.

　그 다음으로 시와 노래가 구분되면서 시로 독립되어 나왔는데, 이 때부터는 시를 짓는다고 하였다. 이 '짓는다'는 말에는 창작의 의미가 다분히 들어 있는데, 여기에는 '농사를 짓는다'거나 '옷을 짓는다'고 할 때의 그 '경작(耕作)'에 있어서의 지을 작(作)을 의미한다.

　농부가 논밭을 경작하는 경우처럼, 시를 짓기 위해서는 우선 마음의 밭을 제대로 경작할 줄 알아야 한다. 농부가 농사를 효과적으로 짓기 위해서는 우선 경지정리(耕地整理)가 요구된다. 경지정리란 토지의 이용가치를 높이기 위하여, 경지의 구획정리나 배수시설, 관개시설, 객토작업, 농로개설 등을 시행하는 일을 말하는데, 문학에 있어서도 역시 언어의 질서라든지, 시어의 품격을 높이기 위해서 필요불가결의 요소라 하지 않을 수 없다.

　이는 가령 언어 또는 시어를 마치 의복을 짓는 천으로 비유한다면, 질이 좋지 않은 하품(下品)의 질로써 품위있는 옷을 지을 수 없는 것과 마찬가지로, 글을 쓰기 전에 우선 질좋은 언어의 실(특히 시어)을 뽑아 낼 수 있는 사람됨이 요구된다 하겠다.

이와 관련된 내용이 되겠지만, 그 다음으로 강조하고 싶은 말은 '언어의 깊이갈이'라 할 수 있다. 여기에서의 '깊이갈이'라는 말은 땅을 깊이 간다는 뜻으로, 농부가 많은 소출을 위하여 쟁기를 세워서 깊이 가는 행위를 말한다.

생땅이 파여져서 뒤집혀 올라올 정도로 깊이갈이를 하는 농부처럼, 좋은 시를 지으려는 문학 지망생이나 시인은 사고(思考)의 심화(深化)를 꾀하게 된다. 사고의 심화 없이는 내용있는 시를 기대할 수 없기 때문이다.

차원 높은 종교적 상상력이라든지, 심오한 철학적 인식, 윤리의식이나 사회의식, 또는 역사의식이나 작가적 양식 등등 양질의 사고 영역의 심화와 확대가 요구되는 그 사고 영역의 범위, 또는 심도에 따라서 시 작품의 질량에 차이가 나기 마련이다.

학생들과 함께 조국을 순례한다거나 선조들의 발자취를 더듬어 문학 현장을 답사하는 경우에 역사의식이 없는 학생은 차창에 전개되는 만산평야를 보면서도, 별다른 생각을 갖지 못하기 마련이다. 그저 새롭고도 아름다운 풍경에 대해 감탄하는 정도가 고작이다. 여기에서 우리는 자기가 지닌 만큼만 볼 수 밖에 없다고 하는 인식의 이치를 터득하게 된다.

사물을 바라보는 작자의 눈을 카메라의 렌즈로 가정하고 생각한다면, 어떤 종류의, 또는 어떤 성능의 렌즈냐에 따라서 그 만큼 밖에 볼 수 없게 되고, 촬영할 수 밖에 없게 된다. 따라서 사물을 보는 인식의 눈을 역사를 통찰하는 거시적인 망원경적 눈과 사회 구석구석, 아니 그 이면까지도 꿰뚫어 보는 미시적인 현미경적 눈을 동시에 지녀야 한다.

나무를 애지중지 길러온 가정집 주인과 그 집 주인이 필요로 하는 아름다운 정원을 꾸미기 위해서 불러온 정원사가 있다고 가정하게 될 때, 그 집 주인과 정원사 사이에는 견해의 차이가 있을 수 있다. 그 집 주인은 정원수를 기르는 동안에 애정을 가지고 가꾸어 온 나무들에 대해서 애착이 있을 수 있겠고, 정원사의 처지로는 그보다 앞으로 아름답게 꾸며야 할 정원의 성공적인 형태에 더 많은 관심이 있을 수 있겠기 때문이다.

물론, 집 주인이라고 해서 앞으로 꾸며지게 될 정원에 대해서 정원사보다 관심이 못하지 않을 수 있다. 아니, 오히려 그는 직접적인 소유주이기 때문에 애착이나 관심은 더할 수도 있다. 그러나 아름다운 정원을 꾸미는 그 면에 있어서의 전문 지식은 정원사를 따를 수 없다.

시를 쓰는 데 있어서도 이와 마찬가지로 작자의 의도가 아무리 의욕적이라 할지라도 시적인 표현이 이를 뒷받침하여 따라주지 않는다면 소기의 목적을 달성할 수 없게 된다. 여기에서 시적 표현을 위한 기술이 요구된다.

1) 표현을 위한 기교

시를 쓰는 사람들에게는 대부분 나름대로의 어떠한 고정관념이 있다. 자기 나름대로 지니고 있는 어떠한 종류의 표현만을 고집하는 경향이 바로 그것이다. 나무를 보면서 숲을 볼 줄 모른다는 말이 여기에 해당된다.

가령, 돼지우리나 닭장을 짓는 목수가 기와집이나 양옥 또는 빌딩을 지으려고 하는 경우에는, 자기가 그 돼지우리나 닭장을 짓던 방식으로 지을 수 없듯이, 시도 역시 자기의 고정관념만으로 시를 쓸 수 없기 때문에 이러한 고정관념에서는 과감히 탈피하지 않으면 안된다.

여기에 시 세 편을 소개하고자 한다. 이 세 편의 시를 읽고 어느 작품이 가장 마음에 든다거나 시답다고 느껴지는지, 한번 골라보기 바란다. 그러면 자기가 어떠한 선입견이나 고정관념에 사로잡혀 있는지 짐작하게 될 것이다.

　　박넝쿨이 에헤이요 벋을적만 같아선
　　온세상을 얼사쿠나 다 뒤덮는것 같더니

하드니만 에헤이요 에헤이요 에헤야
초가집 삼간을 못 덮었네.

복숭아꽃이 에헤이요 피일적만 같아선
봄동산을 얼사쿠나 도맡아 놀것 같더니
하드니만 에헤이요 에헤이요 에헤야
나비 한 마리도 못 붙잡데.

박넝쿨이 에헤이요 벋을적만 같아선
가을 올줄 얼사쿠나 아는 이가 적드니
얼사쿠나 에헤이요 하룻밤 서리에 에헤요
잎도 줄기도 노그라붙고 둥근 박만 달렸네.
　　　　　　　　　　—김소월의 시 「박넝쿨타령」—

여울에 몰린 銀漁 떼.

삐비꽃 손들이 둘레를 짜면
달무리가 비잉 빙 돈다.

가아웅 가아웅 수우워얼 래애
목을 빼면 설움이 솟고……

白薔薇 밭에
孔雀이 취했다.

뛰자 뛰자 뛰어나 보자
강강술래.

뇌누리에 테프가 감긴다.
열두발 상모가 마구 돈다.
달빛이 배이면 술보다 독한 것.

기폭이 찢어진다.
갈대가 쓰러진다.

강강술래.
강강술래.

—이동주의 시 「강강수월래」—

얼굴 곁으로
찌그러진 얼굴 한 개가
다가온다.

귀 먹고
눈 먼
두 개의
얼굴이 딱 붙어 있다가
서서히 떨어진다.

그 사이에
끼어들어 가로막는 얼굴,
닿을 듯 그냥 지나가 버리는 얼굴,
눈도 코도 입도 없는
돌처럼 굴러가거나
나무토막처럼 떠 다니는 얼굴들,

어떤건 서로 마주보고
어떤건 서로 노려보고
어떤건 서로 부벼대지만
모두 헛일이다.

어디서

외눈박이 얼굴 한 개가
다가온다.
얼굴은
얼굴을 찾아
에워싸기도 하고
피하기도 한다.

— 문덕수의 시 「얼굴의 現象學」 —

　이 세 편의 시 작품은 모두 설명을 지나서 표현되어 있다. 그러나 그 표현 기법이나 성격은 각기 다르다. 김소월의 시 「박녕쿨타령」은 인생을 달관한 듯한 내면의식이 우리의 전통적인 4 · 4조 율조를 활용하여 효과음을 내고 있다면, 이동주의 시 「강강수월래」는 민속 전래의 율동적 형태를 신선한 사물들을 동원하여 선명한 이미지로 부각시키고 있다. 문덕수의 시 「얼굴의 현상학」은 감정을 배제한 상태에서 '얼굴'이라고 하는 사람의 대칭적 사물의 부분적 움직임을 통해서 인생의 다양한 양태를 유추하게 하는 어떤 기하학적 구도를 시도하고 있다.

　이는 러시아 영화 예술의 기법에서도 볼 수 있는 몽타즈 효과를 연상케 하기도 한다. 부분과 부분의 움직임과 변화하는 양태를 구조화하여 전체를 암시하는 몽타즈 효과를 말한다. 이러한 시의 기법은 낭만주의에 반기를 든 모더니즘 시에서 볼 수 있는 성향인데, 이 세 편의 시 가운데 자기의 취향에 맞는 시를 선택하여, 그 시가 왜 마음에 드는가 하고 자기 확인의 기회로 삼는 동시에 다른 두 편의 시에 대하여 자기의 태도는 어떠했는가 하는 자성의 기회도 가져볼 필요가 있다.

2) 고정관념과 인식의 전환

　고정된 관념이 시 창작에 방해가 되는 경우가 많다. 이는 마치 잘못 세워진 집에 새로운 건물을 세우려고 하는 경우, 그 부실한 건물이 방해가 되는 경우와도 흡사하다. 부실한 건물 일부를 뜯어내고 그 공간을 수리할 것인가, 아니면 부실한 기존의 건물을 철거하고 아예 새로운 건물을 지을 것인가 하는 등등으로 고심하기도 하고, 심지어는 대책이 서지 않아서 포기하는 경우도 발생된다.

이러한 경우, 시를 쓰고자 하는 사람은 일체의 선입견이나 고정관념을 아낌없이 버릴 필요가 있다. 자기의 그릇된 사고방식이 시 창작에 있어서 저해 요인이 될 수도 있지만, 본인은 그러한 사실을 이해하지 못한 채 쉽사리 버리지 못하는 경우를 보게 된다. 자기의 그릇된 시작 태도를 수정하지 않은 채 고집을 세우는 경우는 문제가 된다.

잘못 세워진 건축물이 크면 클수록 그 자리에 새 건축물을 세우기가 쉽지 않듯이, 자존심을 내세울 만큼 시작 태도가 굳어있는 사람일수록 오히려 좋은 시를 쓰지 못하게 된다. 이러한 경우에는 자기 마음을 비울 필요가 있다. 자기가 그동안 길들어 있던 습관에서 벗어나기 위해서는 과거의 잘못된 고정관념이라는 그릇된 집을 헐어버리고 새롭게 시작해야 한다.

고정관념을 깨기 위한 인식의 전환을 위해서는 우선 마음을 넓힐 필요가 있다. 자기에게 맞지 않는 것일지라도 수용할 수 있는 포용력이 있어야 한다.

가령 기독교 신앙을 지닌 시인이라 할지라도 불교나 유도, 또는 다른 여타의 종교나 그 종교에서 파생된 문화재를 대하게 될 때는 그것을 이해하려는 수용적 자세가 필요하다. 나는 기독교인이니까, 또는 불교인이니까 하고 다른 여러 문화재에 대해서 몰이해하는 것을 당연시한다면, 사물을 제대로 정관(靜觀)할 수 없기 때문에 정각정행(正覺正行), 즉 올바른 깨달음으로 올바른 창작을 할 수 없게 된다.

영혼의 눈에 끼었던

無明의 백태가 벗겨지며
나를 에워싼 萬有一切가
말씀임을 깨닫습니다.

노상 무심히 보아오던
손가락이 열 개인 것도
異蹟이나 접하듯
새삼 놀라웁고

창밖 울타리 한 구석
새로 피는 개나리꽃도
復活의 示範을 보듯
사뭇 황홀합니다.

蒼蒼한 宇宙, 虛漠의 바다에
모래알보다도 작은 내가
말씀의 신령한 그 은혜로
이렇게 오물거리고 있음을

상상도 아니요, 象徵도 아닌
實相으로 깨닫습니다.

　　　　　　　　　　　—구 상의 시 「말씀의 **實相**」—

　　山이 흐른다. 천 갈래 만 갈래로 물결 일으키며, 산이 너울너울 흐르고
있다. 소나무 참나무 떡갈나무와 철쭉꽃과 산새와 아지랑이도 山을 따라
아득히 흘러가고 있다. 山이 발밑까지 밀려든 都市, 都市의 문명과 영화
가 흐르고, 羊새끼 치듯 몇송이 구름이나 가꾸며 사는 하늘이 흐르고, 寶
樹와 樓臺와 보살로 들어찬 恒河沙數의 佛國土가 흐르고, 八熱地獄, 八
寒地獄, 어둠에 떠밀려서 지옥이 흐르고, 모든 생존의 分子의 原子의 電
子가 흐른다. 一切가 흐른다. 내가 흐른다.

滔滔한 물결은 視野를 메운 끝에, 내 손으로 흘러 들어온다. 내 마음의 밑바닥, 千萬年 由旬을 내려가야 하는 그 밑바닥, 位置만 있고 크기라곤 없는 한 點으로 흘러 들어온다. 그리고는 다시 그 點으로부터 滔滔한 물결되어 흘러 나가고 있다. 山이 흐른다. 星座가 흐르고, 달나라 姮娥가 흐르고, 佛陀가 흐르고, 畢竟空이 흐른다. 一切가 흐른다. 내가 흐른다.
                                            — 이원섭의 시「山上에서」 —

천주교에 깊은 구상 시인의 시「말씀의 실상」과 유도와 불교에 깊은 이원섭 시인의 시「山上에서」를 감상하였다. 이 두 편의 시는 모두 인생과 우주에 관한 존재론과 인식론을 생각케 하는 비범성을 보여주고 있다.「말씀의 실상」은 존재의 전 영역, 그러니까 '말씀'으로 표현되는 절대적인 원존재자와 자아와의 관계에 있어서 특별한 깨달음이 주어지고 있다면,「山上에서」는 동양적 인간형에 주어지는 호연지기(浩然之氣)라든지, 대장부의 툭 터진 기개가 엿보인다.

이 두 시인이 종교적 상상력을 발휘하지 않았다면 이러한 시는 탄생되지 않았을 것이다. 현실 이상의 어떤 높은 차원의 경지를 나타내는 시의 생산을 위해서는 이러한 예와 같이 종교적 상상의 세계에서 생산적 상상을 통하여 형상화하지 않으면 안된다.

3) 피상적 언어와 입체적 시어

시는 그림(특히 서양화)에서 보이는 바와 같이, 좁은 공간의 언어에 많은 의미를 담기 위한 복합적 이미지를 거느리기 마련이다. 그저 눈에 띄는 대로, 생각 나는 대로 적어 나가기만 하면 시가 되는 것은 아니다. 시가 언어의 유희라고 하는 그 말놀이, 말장난에 불과하여서는 안되기 때문이다.

이제 중국 조선족 동포시인 중의 한 사람인 리상각(李相珏) 시인의 시「겨레의 성산」을 살펴보고자 한다.

남이장군 칼을 갈던 백두산석에
백의겨레 하얀 얼이 서리었구나

전마가 내달리던 천리 수림은
선렬의 넋으로 사철 푸르다.

창공을 비껴담은 백두천지는
불로주 큰잔인가 감로수런가
압록강 두만강 줄기찬 물이
선구자의 노랫소리 싣고 흐른다.

아, 백두산 천지물 한 모금 마시니
온 몸에 피끓는다 겨레의 성산이여
백두산 련봉에 손을 얹으니
내 가슴 높뛰여라 겨레의 자랑이여
— 리상각의 시 「겨레의 성산」 —

중국 조선족 동포 시인들의 시는 대체적으로 직설적으로 설명되어 있다. 정신 세계에서는 우리 민족 고유의 순수성을 고스란히 간직하고 있다는 장점을 지니면서도 시의 문학성, 예술성을 위한 기교면에서, 즉 시를 위한 구체적 형상화의 면에서는 아쉬움이 남는 것은 사실이다.

여기에 비하여 박남수의 시 「神의 쓰레기」는 구체적 형상화를 시도하면서 그 내밀한 입체성을 띄고 있다는 점에서 주의 깊게 살펴볼 필요가 있다.

天上의 갈매기에서
부어내리는
純金의 별은
다시 하늘로 回收하지 않는
神의 쓰레기.

아침이면
비둘기가 하늘에
구
구
구
굴리면서
記憶의 모이를
쫓고 있다.

다사한 神의 몸김을
몸에 녹히면서.
神의 몸김을
몸에 녹히면서
하루만큼씩 밀려서 버려지는
무엇인가 所重한 것을
詩人들도 종이 위에 버리면서
오늘도 다시
하늘로 歸巢하는 비둘기.

            — 박남수의 시 「神의 쓰레기」 —

　박남수 시인의 이 「신의 쓰레기」는 설명되기 보다는 표현되어 있고, 피상적인 언어가 아니라 입체적인 언어 구조를 이루고 있다. 여기에 나오는 '天上의 갈매기'와 '하늘로 귀소(歸巢)하는 비둘기', 그리고 '소중한 것을 종이 위에 버리는 시인', 이 세 가지의 인격체는 신(神)에게서 비롯된 존재(쓰레기) 중에서는 그래도 가치있는 존재라고 하는 '존재'와 '인식'과 '가치'가 부여되는 입체성을 띠고 있다는 점에서 의미를 찾을 수 있겠다.

4) 과잉된 의식의 절제

문장(작품)이 산만하게 되는 경우는 물론 주제가 잡혀있지 않다거나 센텐스가 길 때 생기는 경우가 대부분이지만, 의식이 과잉되어 있을 경우에도 중요한 요인이 된다는 점을 간과할 수 없다. 과잉된 의식을 절제하지 못하고 언어를 쏟아내는 경우에 그 문장(작품)은 통일성을 잃고 산만해지게 된다.

여기에서 심사숙고해야 할 일은, 쓰고자 하는 글을 쓰려고 하기보다는 써서는 안될 글을 쓰지 않아야 한다는 점이다. 쓰고 싶은 글을 쓰는 일은 어려운 일이 아니다. 그 보다는 써서는 안될 글을 써넣지 않는 일이 더욱 중요할 뿐 아니라 어려운 일이라 하지 않을 수 없다.

이 과잉된 의식이란 마치 넘치려는 댐이나 저수지의 수문과도 같은 성질의 것이다. 수문을 제대로 조절하지 않을 경우에는 댐이 무너져서 물이 범람하여 질서를 무너뜨리는 것과도 같이, 과잉된 의식을 적절히 조절하지 않을 경우에는 질서있는 문장이 이루어질 수 없다. 따라서 글을 쓰려는 사람은 언어의 질서나 주제의 통일을 위해서 과잉된 의식을 적절히 조절할 수 있는 조절 기능을 살려내야 한다.

시를 왜 쓰느냐고 묻는다면, 아름다운 말을 하기 위해서 쓴다고 대답할 수 있을 것이며, 시를 왜 읽느냐고 묻는다면 아름다운 말을 배우기 위해서 읽는다고 대답할 수 있을 것이다. 그만큼 시는 사람의 마음을 아름답게 하고 편안하게 한다. 시를 쓰거나 읽게 되면 우선 언어가 순화되고, 아름다운 정서를 갖게 되며, 정돈된 사상을 갖게 된다. 그렇다면 그 아름다운 시, 아름다운 말에는 어떠한 뜻이 담겨져 있는가?

거기에는 품위있고 세련된 언어, 새로 창조된 언어, 때묻지 않은 언어, 순화된 높은 차원의 언어의 뜻이 내포되어 있다. 그런데, 언어는 행동성을 동반하기 때문에 인격과 직결된다. 말이 아름다우면 행동이 아름답고, 말이

거칠면 행동 또한 거칠기 마련이다. 마음이 맑으면 말이 맑고, 말이 맑으면 글이 맑지만, 마음이 흐리면 말이 흐리고, 말이 흐리면 글이 흐릴 수밖에 없다.

우리들에게 아름다운 정서가 없다면, 우리들의 마음은 사막처럼 메마르게 될 것이기 때문에 아름다운 시를 많이 읽고 씀으로써 아름다운 사회를 만들어야 한다. 따라서 아름다운 시어를 창조하여 우리 말을 푸지게 해야 한다. 품위가 있으면서도 세련된 말을 창조하여 풍성하게 가꾸어야 한다.

가령, 김소월의 시 「진달래꽃」만 보아도 이를 용이하게 이해할 수 있을 것이다.

> 나 보기가 역겨워
> 가실 때에는
> 말없이 고이 보내드리우리다.
>
> 寧邊에 藥山
> 진달래꽃
> 아름 따다 가실 길에 뿌리우리다.
>
> 가시는 걸음걸음
> 놓인 그 꽃을
> 사뿐히 즈려밟고 가시옵소서.
>
> 나보기가 역겨워
> 가실 때에는
> 죽어도 아니 눈물 흘리우리다.
> — 김소월의 시 「진달래꽃」 —

여기에서는 이 시인의 순후한 마음 세계가 품위있고 세련된 말씨로 잘 나타나 있다. 여기에서의 '역겨워서'는 '싫어서'라든지, '미워서' '기분나빠서' 등등의 성격의 거친 말을 아름답게 정화하여 표현하고 있음을 알 수 있다.

김영랑의 시 「내음」에서도 이와같이 정화된 표현을 볼 수 있다. 「가늘한 내음」이 바로 그것이다.

내가슴 속에 가늘한 내음
애끈히 떠도는 내음
저녁해 고요히 지는 때
먼산 허리에 슬리는 보랏빛

— 김영랑의 시 「내음」 첫연 —

여기에서의 '내음'은 '냄새'를 정서적으로 품위있게 바꾼 말이다. '냄새'라는 말보다는 '내음'이 한결 품위있으면서도 아름답기 때문이다. 이와같이 시는 잡다한 일상어 가운데에서 주옥같이 가려내는 듯한 묘미가 있다.

박목월의 시 「청노루」를 보면 '청 노루'가 나오는데, 새끼 노루는 있어도 '청노루'란 이 세상에 존재하지 않는다. 따라서 이 시는 이 시인이 창조해낸 아름다운 말임을 알 수 있다.

머언 산 靑雲寺
낡은 기와집

山은 紫霞山
봄눈 녹으면

느릅나무
속잎 피어가는 열 두 구비를

靑노루

맑은 눈에
도는
구름

　　　　　　　　　　　— 박목월의 시 「청노루」 —

　우리는 이와같은 시 창작을 통해서나 독서를 통해서 아름다운 정서를 익
히고, 정돈된 사상으로 마음을 가즈런히 다듬어 가야 할 것이다.

2. 심상과 시적 묘사

시에 있어서 이미지(心象)라고 하는 것은 말하자면, 언어가 그리는 그림, 또는 영상이라 할 수 있다. 이미지를 심상이라고도 하고, 영상(映像)이라고도 하며, 형상(形象)이라고도 한다. 간단히 말하면 언어가 그리는 꼴(형태)을 말한다.

언어에는 인간의 감성을 나타내는 정서적인 기능이 있는가 하면, 인간의 생각이나 관념 등을 나타내는 사상의 기능도 있다.

심상(心象)에는 고착심상과 자유심상이 있는데, 보통 언어가 가지고 있는 심상은 자유심상이다. 가령, 장미꽃을 보더라도 그 꽃을 보는 사람에 따라서 각자 다르게 생각하고 해석하기 때문이다.

그러나 첨성대는 경주에 하나 있는 그것뿐이므로 고착심상이라 할 수 있다. 그러나 현장을 가 본 사람에게는 고착심상이 될 수 있지만, 가보지 않은 사람은 자기 나름대로 생각할 수 있기 때문에 자유심상이라 할 수 있다.

이미지는 언어가 그려내는 그림이라 하더라도, 거기에는 눈으로 볼 수 있는 시각적 색채의식이나 형태의식이라든지, 바람이 산들산들 불고 있다거나 새가 지줄지줄 뱃쫑뱃쫑 울고 있다고 하는 청각적 음향의식도 있으며, 달디 단 아침 공기라고 할 때의 미각의식이나 후각의식 내지는 촉각의식도 있다.

또한 이미지라 하더라도 단순히 감각적 기능만 하는 게 아니고 사랑이라든지, 기쁨이나 공포 등의 정서적 기능도 있고, 인간이 지닌 바의 어떤 사상이나 인생관 같은 관념도 있다. 이러한 요소들은 현대시를 이루는 데에 있어서 중요하게 그 기능을 발휘한다.

이미지 운동의 핵심적인 시인 중의 한 사람인 파운드는 "방대한 저작을 남기는 것보다 한 평생에 한 번이라도 훌륭한 이미지를 만드는 것이 났다."고 주장하기도 하였다.

김기림 시인은 "시의 발전의 대세는 항상 회화성(繪畵性)을 동경해 왔다"고 하면서 시각적 이미지의 참신성 속에서 현대시의 주지적 경향을 강조하기도 하였다.

루이스는 "이미지는 말로 만들어진 그림"이라고 정의하면서, 직유나 은유는 물론 형용사나 묘사적 어구나 구절로 이미지를 만들어 낼 수 있다고 하였다.

물에서 갓 나온 女人이
옷 입기 전 한 때를 잠깐
돌아선 모습
달빛에 젖은 塔이여!

온 몸에 흐르는 윤기는
상긋한 풀내음이라
검푸른 숲 그림자가 흔들릴 때마다
머리채는 부드러운 어깨 위에 출렁인다.
　　　　　　　　　─조지훈의 시 「여운(餘韻)」 중 일부─

여기에서 조지훈 시인은 탑의 전체적인 모습을 '물에서 갓나온 여인'에, 탑에 흐르는 윤기는 '상긋한 풀내음새'에 비유하고 있다.

하이얀 입김 절로 가슴이 메어
마음 허공에 등불을 켜고
내 홀로 밤 깊어 뜰에 내리면
머언 곳에 女人의 옷벗는 소리
　　　　　　　　　— 김광균의 시 「설야(雪夜)」 중 일부 —

청각적 이미지를 시각화한 시라 할 수 있다. 김기림 시인은 "그가 전하는 의미의 비밀은 임화씨도 지적한 것처럼 그의 회화성에 있는데, 사실 그는 소리조차 모양으로 번역하는 기이한 재조를 가졌다."라고 말했다.

감각적 이미지는 널리 사용되지만 약점도 있다. 감각적 이미지에 독자들이 쉽게 반응한다는 장점도 있긴 하지만, 감각적 이미지가 상투적으로 화할 때에 시는 그 내적 깊이를 상실하고 피상적으로 흐를 위험성이 있기 때문이다.

이미지에는 지각적(知覺的) 이미지(명암, 색채, 동작, 선명도 등), 청각·후각적 이미지 (향기, 악취 등), 신체조직기능(심장박동, 혈압, 호흡 등의 인식), 근육운동(근육의 긴장과 이완 등)으로 세분해 볼 수 있으나 시를 창작하는 경우에는 이를 의식하지도 않거니와 이렇게 까지 세분하여 의식할 필요도 없다.

비유적 이미지의 일반적인 유형들은 제유, 환유, 직유, 은유, 풍유, 의인화 등 여섯 가지로 대별되며, 이와 관련되지만 좀 다른 성질의 것으로 상징이 있다.

제유와 환유의 경우에는 말해지는 것과 의미하는 것 사이의 관계가 상위구분과 하위구분, 원인과 결과 등으로 간주되는 몇 가지의 인접성에 기초하거니와 이와는 달리, 나머지 비유들은 차별성 안의 유사성에 근거한다.

일반적으로 사용되는 가장 보편적인 유형의 비유는 직유와 은유이다. 여기에서 말한 '차별성 안의 유사성'이란, 서로 다른 것처럼 느껴지는 사물들 사이에서 유사성이 발견되는 경우, 여기에서부터 시인의 남다른 통찰력이 발휘되기 시작한다.

'신선한 충격'이라는 말이 가능해지도록 하는 이미지의 참신성이란 서로간에 전혀 다른 것처럼 느껴지는 사물들 가운데에서 유사성을 발견하는 데에서부터 가능하게 된다.

이미지가 참신하지 못하고 진부하다는 것은, 이미 되풀이되어 사용되고 있는 이미지, 그 낡은 이미지를 사용하기 때문에 나타난 결과다.

> 낙엽은 폴란드 망명정부의 지폐
> 포화에 이즈러진 가을 하늘을 생각케 한다. ①
>
> 여름엔 무성하던 것이
> 가을에 떨어진 게 슬프다. ②

여기에서의 ①과 ②는 이제까지 얘기한 참신성과 진부함의 대조를 보인다. 참신성은 서로 다른 두 요소 가운데, 동질의 요소를 발견하여 조화시키는 일이라면, 진부성은 앞서 말한대로 이미 되풀이하여 사용되고 있는 낡은 이미지에 머물고 있음을 알 수 있다.

상징적 이미지에 있어서 그 개념의 차원이 비유와는 근본적으로 다르다. 비유는 그 함축성이 아무리 강한 경우에도 그 상상력의 뿌리는 유추가 가능하다. 그러나 상징은 대체로 그 실체가 잡히지 않는다.

상징에 있어서는 그 영역 자체가 광막하기 때문이다. 시인들은 다양한 이미지를 차용하여 이를 재창조하려고 한다.

> 별이 총총 난
> 여름 밤……
> 돈 천원만 누가 준다면
> 눈알 두개를 빼주겠다는 늙은 農夫가 있었다.
> ― 장영창의 시 「고향」 ―

농부로다 농부로다 천하지대부가 농부로다
이 농사 지었다가 부모공경하려는가
천하지대부는 하늘도 못 막는다
이 농사를 지었다가 세상 관리 보호하리.
　　　　　　　　　　　　—「제주지방 이앙요(移秧謠)」—

　이 두 글 가운데에 나타난 농부의 상반된 이미지는 대조를 이룬다. 이와
같이 작자에 따라서, 또는 보는 관점에 따라서 이미지의 성질은 달라진다.
장영창 시인이 일제 말기에 바라본 고향이나 농부의 이미지는 비참하고 처
절하기 그지없었다.

　일제의 침탈에 시달릴 대로 시달리고 피폐할 대로 피폐해진 농촌의 현실
이 단적으로 반영되고 있다. 이「고향」이라는 시에서는 일제하(日帝下)의
우리 겨레의 특히 농촌의 경제적인 빈곤상이 표상(表象)되어 있다. 실제로
이러한 일이 있었고, 그 당시 한 시인은 이 시를 읽고 수없이 울었다고 한다.
짧은 시로 압축된 심각성과 비장미(悲壯美)가 그 당시 농부 특유의 독특한
이미지를 창출한 사례라 할 수 있다.

　여기에 비하여 제주지방 이앙요의 경우는 평범하기 그지없다. 평범 속의
비범도 보이지 않는다.

　　　그는 마음 속에 몰래 바위를 키우나보다
　　　그 바위 속에
　　　꽃씨나 잠들었는지
　　　정치나 문단을 열심히 이야기할 때
　　　어쩌다 그 바위의 한 모서리가 비늘처럼
　　　슬쩍 비치곤 한다.
　　　(물론 그를 사랑하는 사람에게만 보인다)

　　　이 가뭄 속에
　　　꽃을 보고 며칠만 더 일찍 피라고 한들

좀더 오므리거나 닫아 그대로 있으라고 한들
산을 보고 방향을 동쪽으로 조금 틀고
한쪽 산줄기를 남쪽으로 더 열어
맑은 계곡의 근원을 흘러보내라고 한들
소용 없는 일이지.

남들은 고집이나 편견이라고 하지만
나는 그렇게만 보지 않는다.
그는 몰래 바위 하나 무양무양 가꾸나 보다.
　　　　　　　　　— 문덕수의 시 「황송문 시인」 —

네 행복을 바위에게 말하라
더욱 순수한 곡조는 울리지 않나니

즐거이 진실하게 네 감정도 이 곡조처럼 도로 숨는다.
　　　　　　　　　— F.우징거의 시 「바위」 —

꽃은 무슨 일로 피면서 수이 지고
풀은 어이하여 푸르는 듯 누르나니
아마도 변치 아닐손 바위 뿐인가 하노라.
　　　　　　　　　— 윤선도의 시조 「五友歌」 —

　'바위'에 대한 이미지가 각기 다르다. 문덕수 시인의 시 「황송문 시인」의
경우는 그 이미지가 복합적으로 되어 있어서 모호성이 짙은 데 비하여 그
다음의 시 「바위」와 「오우가(五友歌)」의 경우는 보다 단순하고 명료하다.
　현대시에서는 이미지의 중요성을 강조하고 있다. 이미지즘 운동은 영국
에서 1909~17년 사이에 T.E.흄의 이론과 시의 암시를 받고, E.파운드가
주창, 프랑스의 상징주의의 반동 또는 수정과 빅토리아 조(朝)의 낭만주의
에 반대하여, 일으킨 문학사상 최초의 영미 양국 시인의 신시운동을 말한다.

올링턴이 쓰고, A.L.로얼이 수정한 이미지스트 선언에 의하면, ① 일상어를 쓸 것, ② 자유시를 쓰되 음의 효과나 억양을 무시하지 말고 새로운 리듬을 창조할 것, ③ 제재를 자유롭게 선택할 것, ④ 명확한 이미지를 중시하되 이미지 자체의 표현을 존중할 것, ⑤ 견고하고도 명확한 스타일의 시를 쓸 것, ⑥ 집중이 시의 정수라는 것 등을 주장하고 있다.

1913년에는 파운드의 유명한 선언이 발표되는데, 1913~17년까지를 이미지즘 운동의 후기로 볼 수 있다. 한국에서는 1934년부터 김기림, 최재서 등에 의하여 영미 이미지즘 이론이 소개되고, 김기림, 정지용, 김광균 등이 이 경향의 시를 썼다.

파운드의 영향을 가장 많이 받은 김기림은 종래의 한국시의 감상적 격정과 영탄적 낭만적 시를 자연발생적이라 규정하고(『신동아』, 1933. 4), 앞으로의 시는 주지적이며 회화적이라야 한다고 주장하였다.

이것은 『백조(白潮)』『폐허(廢墟)』 등의 낭만적 경향에 대한 반동으로 볼 수 있으며, 그의 이러한 이론은 『시의 회화성』(시원, 1934), 『모더니즘의 역사적 위치』(인문평론, 1939) 등의 수많은 논문에서 볼 수 있다.

이미지즘 운동의 이론적 지도자였던 파운드가 중국 한시(漢詩)에 깊이 심취한 바 있고, 그의 주장 또한 여기에 근거한 바 적지 않다. 한시의 이론이 서구를 거쳐서 이미지즘이라는 말로 역류하는 듯한 느낌을 받게 된다.

우리나라에 있어서 이미지즘의 대표적 시인으로 거론되는 정지용이 후기에 이르러 『시경(詩經)』이나 한시에 깊이 심취한 것도 이를 입증하는 사례가 될 것이다.

시를 쓰는 사람이 만일 묘사의 중요성을 모른다면, 그것은 마치 그림을 그리는 사람이 데생이 미술에서 어떤 의미를 지니는지 모르는 것과 유사하다. 한 이론가는 수사학에서 언술 형식을 설명, 논증, 묘사, 서사(敍事) 이렇게 네 가지로 나누고 있다. 이것들은 독자적인 성질을 가지면서도 서로 관련된다.

이해가 목표인 설명이 비교·대조·실례·분류·정의·분석 등을 통하여 주제를 밝히는 형식이라면, 논증은 논리적인 호소로서 어떤 주장이나 진리를 자신의 의도대로 현실화하는 것을 목표로 하는 데 있어서 증거에 의한 객관적 논리로 확인시키는 형식이라 할 수 있다.

설명과 논증 사이에 설득이 있는데, 이는 우리의 태도·감정·정서의 공통적인 바탕에 호소하여 발화자의 의도를 현실화하는 형식이다. 우리들의 일상적인 언술은 대체로 설명적이고, 신문, 논설은 설득이며, 어떤 명제를 논리적으로 실증하고자 하는 모든 종류의 언술이 논증에 속하는 셈이다.

묘사란 사물이나 현상이 지닌 성질, 인상을 감각적으로 표현하는 언술형식이라면, 서사는 사건의 의미있는 시간적 과정을 제시하는 형식이다.

설명과 설득과 논증이 이론적 성향의 언술인데 비하여, 묘사와 서사는 감각적 암시적 성향이다. 시가 묘사를, 소설이 서사를 그 주된 표현 형식으로 차용하는 것도 이들 언술과 문학 양식의 특성이 깊게 연관되어 있기 때문이다.

시란 사물이나 현상에 대한 느낌을 직접 제시하는 언술 양식이고, 소설이란 느낌을 이야기 줄거리로 제시하는 양식이라 할 수 있다. 어떠한 느낌을 직접 제시하는 시는 지배적인 인상을 표현하는 데 적절한 묘사를 적극 수용하게 된다면, 이야기 줄거리를 전개해야 하는 소설의 경우는 인물과 행위와 시간적 과정을 구성적으로 제시하는 서사와 만난다.

시가 힘을 가지는 근원을 추상적인 상상이 아닌 구체적으로 그려지는 형상화의 본질에 있다고 한다면, 그 구체적으로 그려지는 형상화의 본질은 묘사에 의해서 획득된다.

Y.윈터즈는 시의 구성 방법을 구별하여 일곱 종류로 나누고 있는데, 그 중 제2의 타입이 논리적 방법이다. "논리적 방법이란 하니의 세부(細部)에서 또 다른 하나의 세부로 나아가는, 명백히 합리적인 진행 방법이다. 이 경우, 시가 명료한 설명적 구성을 가지는 것은 명백한 일이다."라고 그는 말한

다. 이 방법에서는, 세부에서 세부로 나아가는 진행의 순서가 중요시된다.

여기에서 우리는 언어의 명료성과 질서화를 찾게 된다. 자기가 써놓은 시를 설명해 보라고 하면 말하지 못하는 무책임한 이를 보는 경우가 있는데, 이러한 경우에는 이러한 논리적 방법이 요구된다 하겠다.

특히 현대에 있어서 난해시의 경우에는 시인 자신도 풀이하지 못하는 경우를 보게 되는데, 이럴 때는 이러한 논리적 방법의 차용이 요구된다.

다음으로, 시에 있어서 논리적 모순이라 할까 초월적 이론을 든다면, J.C.랜섬을 생각하지 않을 수 없다. 랜섬에 있어서, 시의 조직은 논리적 구조와 모순되는 견해를 볼 수 있다. 시는 논리적 구조를 가지고 있다는 점에서 산문과 다름이 없지만, 또 다른 한 편으로는 논리적 구조와 어긋나는 모순된 조직을 가지고 있다. 이 어긋나는 모순이야말로 시의 특징이며, 시가 산문과 구별되는 요소이기도 하다.

시의 창작 과정에 있어서 랜섬은 이 모순에 대하여 다음과 같이 말한다.

"처음은 모순이 강요된 것처럼 느껴질른지 모른다. 그것은 확정적이어야 할 것 속에 이질적 요소를 도입하기 때문이다. 그러나, 이윽고 시인은 거기서 발견되는 모순을 바람직한 것으로 생각하고, 자진하여 그 모순을 의미에 새로 부가된 적극적인 가치를 지니는 것으로 진중(珍重)히 생각하게 된다."

지금 그 사람의 이름은 잊었지만
그의 눈동자 입술은
내 가슴에 있어
바람이 불고
비가 올 때도
나는 저 유리창 밖
가로등 그늘의 밤을 잊지 못하지
사랑은 가고

과거는 남는 것

여름날의 호숫가

가을의 공원

그 벤치 위에

나뭇잎은 떨어지고

나뭇잎은 흙이 되고

나뭇잎은 덮여서

우리들 사랑이 사라진다 해도

지금 그 사람의 이름은 잊었지만

그의 눈동자 입술은

내 가슴에 있어

내 서늘한 가슴에 있건만

— 박인환의 시 「세월이 가면」 —

　이 시에서는 논리적인 모순이 없다. 또 논리적인 모순을 필요로 하지 않는 것으로 여겨지기도 한다. 그만큼 이 시는 기교적이 아닌 것처럼 순박하게 보인다. 실은 기교적이 아닌 것처럼 보일 뿐이지 기교적이 아니라고 단적으로 말할 수는 없다. 그러면서도 이 시는 기교 이상으로 매력이 넘친다.

　논리적인 언어로 질서 정연하게 잡혀 있으면서도 이 시가 논리 이상의 매력을 주는 것은 이 시인의 시풍과 현대적 낭만성에 있다. 논리적 언어로 되어 있으면서도 그 논리 이상으로 시적 묘미를 살려 내는 까닭은 미적 기능이라든지, 표현 기능을 살려내고 있기 때문이다.

내 마음 속 우리 님의 고운 눈썹을

즈믄 밤의 꿈으로 맑게 씻어서

하늘에다 옮기어 심어 놨더니

동지섣달 나르는 매서운 새가

그걸 알고 시늉하며 비끼어 가네

— 서정주의 시 「동천(冬天)」 —

여기에서 주목되는 시어, 즉 눈썹을 꿈으로 씻는다거나, 그것을 하늘에다 심는다는 것은 현실성이 없을 뿐 아니라, 논리적 질서로도 용인하기 어려운 모순성을 안고 있다. 이는 어디까지나 비현실적인 형이상시를 추구하는 데에서 기인하는 것으로서, 논리성을 초월하고자 하는 형이상학적 차원의 인식에서 가능하게 된다. 현실적으로는 논리적 모순을 내포하고 있지만, 시적 방법에 있어서는 이러한 모순이 오히려 형이상의 세계로 초탈하려는 창조정신으로 나타나기도 한다.

여기에 교훈으로 삼아야 할 점은 시에 있어서의 논리성과 비논리의 논리성, 즉 논리와 비논리적 모순의 양면성의 창조적 조화에서 현대시의 매력이 살아난다는 점이다. 이는 마치 먹을 수 없는 극약이 오히려 죽을 사람을 살려내는 경우도 있는 것처럼, 논리의 모순에서 논리를 뛰어 넘는 초탈의 경지를 보게 된다.

시에 있어서 논리적 방법과 비논리의 논리적 방법, 가령 모순되는 초월적 표현은 서로 상치되는 듯한 성격의 것이면서도 보다 나은 시를 위해서 불가피하기 때문에 차용해야 하는 성격의 것이다. 서정주의 시 「冬天」은 이러한 형이상학적 내지는 초현실적인 세계의 이론을 뒷받침하는 좋은 예가 될 것이다.

> 門을 암만 잡아다녀도 안 열리는 것은 안에 生活이 모자라는 까닭이다 밤이 사나운 꾸지람으로 나를 졸른다 나는 우리집 내 門牌 앞에서 여간 성가신 게 아니다 나는 방속에 들어서서 제움처럼 자꾸만 減해간다 食□야 封한 窓戶 어디라도 한구석 터놓아다고 내가 收入되어 들어가야 하지 않나 지붕에 서리가 내리고 뾰족한데는 鍼처럼 月光이 묻었다 우리집이 앓나보다 그리고 누가 힘에 겨운 도장을 찍나보다 壽命을 헐어서 典當 잡히나보다 나는 그냥 門고리에 쇠사슬 늘어지듯 매어달렸다 門을 열려고 안 열리는 門을 열려고
>
> ─이 상의 시 「家庭」─

地上에는
아홉 켤레의 신발.
아니, 玄關에는, 아니, 들깐에는
아니, 어느 詩人의 家庭에는
알電燈이 켜질 무렵을
文數가 다른 아홉 켤레의 신발을.

내 신발은
十九文半,
눈과 얼음의 길을 걸어,
그들 옆에 벗으면
六文半의 코가 납작한
귀염둥아 귀염둥아,
우리 막내둥아.

미소하는
내 얼굴을 보아라.
얼음과 눈으로 壁을 짜올린
여기는
地上, 憐憫한 삶의 길이어.
내 신발은 十九文半.

아랫목에 모인
아홉 마리의 강아지야.
강아지 같은 것들아.
屈辱과 굶주림과 추운 길을 걸어
내가 왔다.
아비지가 왔다.
아니, 十九文半의 신발이 왔다.
아니, 地上에는

아버지라는 어설픈 것이
存在한다.

미소하는
내 얼굴을 보아라.

— 박목월의 시 「家庭」 —

이 같은 제목의 두 편의 시는 각기 다른 방법으로 표현되고 있다. 이상의 시 「가정」의 경우는 상징과 은유적 언어가 암유에 가리워져 모호성을 짙게 드리우고 있는 데에 비하여 박목월의 시 「가정」의 경우에는 이 시인의 의도하는 바가 독자로 하여금 이해하기 수월하도록 명료하게 드러나 있다.

이미지란, 어떠한 대상을 인식하는 하나의 양식(style)이라든지, 의식의 하나의 틀(frame)이긴 하지만, 대상의 부재성으로 말하면, "어떤 대상의 이미지를 보는 것이 아니라 이미지에 의해 대상을 본다"는 사실에 유의해야 한다는 말을 귀담아 들을 필요가 있다.

시적 이미지는 J.P.사르트르 류로 말한다면, 대상의 공무화(空無化)를 겪은 심미적인 관상의 세계를 형성하고 현실적인 차원을 넘어 심미적인 차원을 구성하는 것으로 볼 수 있다.

대상의 공무화란 그 대상 자체보다는 사물을 바라보는 자의 주체적 인식을 중요시하는 데에서 비롯된다고 할 수 있다. 실제적인 사물이 있건 없건 간에 이미지는 떠올릴 수 있다. 여기에서의 대상적 이미지는 먼저 바라보는 관조자로서의 시인의 관심이나 의식이 선행된다.

그 시적 동기는 대상적 사물 자체에서 비롯될 수 있지만, 주체적인 시인의 자아 내부에 표현하고자 하는 욕구가 충일되어 있었다가 그 의식이 어느 동기에 나타나게 된 것이라 할 수 있다.

바다는 뿔뿔이

달어 날랴고 했다.
푸른 도마뱀떼 같이
재재발럿다.

꼬리가 이루
잡히지 않었다.

흰 발톱에 찢긴
산호보다 붉고 슬픈 생채기!

가까스루 몰아다 부치고
변죽을 들러 손질하여 물기를 시쳤다.

이 앨쓴 海圖에
손을 싯고 떼었다.

찰찰 넘치도록
돌돌 굴르도록

희동그란히 바쳐 들었다!
地球는 蓮닢인양 옴으라들고……펴고……

― 정지용의 시 「바다 2」 ―

모더니즘 시인다운 주지적 감각이 번득이는 시다. 모더니즘은 기성 도덕과 권위를 반대하고 자유와 평등, 도시의 시민 생활과 기계 문명을 구가하는 사상적 예술적 사조로서 한국의 시단에 큰 영향을 끼쳤다.

20세기에 크게 유행한 상징주의, 인상주의, 야수주의, 입체파, 미래파, 다다이즘, 쉬르리얼리즘 등이 그것인데, 이러한 예술적 철학적 사상의 근저에는 허무주의라든지, 불연속적(단절의) 세계관, 개인주의 등이 자리하고 있는 공통점을 지니고 있다.

　우리나라에서는 1930년대에 영·미 주지주의의 영향을 받고 일어난 문학 사조이기 때문에 모더니즘은 이 주지주의와 동의어로 통한다. 영·미 주지주의는 반낭만주의적 태도로서 지성을 중시한다거나 시각적 이미지를 중시할 뿐 이니라 어떤 대상에 대하여 감정을 억제하는 시인의 태도를 중시하는데, 이 정지용의 시 「바다 2」에도 그것이 여실히 드러나고 있음을 알 수 있다.

3. 시어의 선택과 조립

왜 시를 쓰고자 하는가. 한 마디로 말하기는 힘들지만, 마음 속 어딘가에 말하고자 하는 욕구, 표현하고 싶어하는 그 무엇인가가 있어서 자기도 모르게 끄적여 보는 것이 아닌가. 모든 문학 예술은 이러한 순수한 사상 감정에서 비롯된다고 여겨진다. 여기에 문학의 순수성이 있기 때문에 문학이 문학으로서 문학다워야 할 본연의 가치라든지 그 본질을 찾을 수 있을 것이다.

그 다음으로 생각할 수 있는 것으로, 독자에게 효과적으로 전달해야 하는 표현으로서의 기술이 요구된다는 점이다. 애초에 말하고자 하는 그 의도에 따르는 주제의 설정과 그 주제를 위하여 동원되는 소재(제재)의 선택이라든지, 균형이 잡힌 상태에서의 조화로운 구성, 또는 표현 기교를 위한 각종의 다양한 묘사, 강조와 변화의 기법 등등 관심을 가져야 할 요건이 한 두 가지가 아니다.

그 다음으로 생각할 수 있는 요소로서 문학의 사회적 기능을 들 수 있다. 문학이 개인과 사회에 어떤 영향력을 끼치는가 하는 점이다. 특히 오늘날과 같이 자본주의 산업사회에 있어서 상업주의가 팽배하여 돈이 빈번하게 오고 가는 시대에 그 순기능과 역기능을 생각하지 않을 수 없고, 문학의 사명이라든지 문학인의 양식이 그 어느 때 보다도 요구된다는 점을 간과할 수 없다.

이와 같은 몇 가지의 관심사를 전제로 생각하게 될 때 어느 정도의 방향성을 설정할 수 있을 것이다. 첫 번째의 관심사로서, 순수한 자아의 표현 욕구라든지 기쁨을 위한 미의식의 발로는 문학 본령의 기준으로 삼아야 할 것이다. 문학이 문학답지 못한 채 어떠한 허영이나 사치, 명예나 축재의 수단으로 삼을 때 그가 도달하는 곳은 허무한 무덤일 것이다.

훌륭한 농부, 농부다운 농부란 거부가 되는 게 목표가 아니다. 그저 농사가 좋아서, 자작 농산물을 애지중지 가꾸는 게 재미있고 좋아서 농사짓는 것처럼, 그저 시를 쓰는 게 좋아서 열심히 쓰다 보면 좋은 시를 쓰게 되어 표현의 자유를 마음껏 누리게 될 것이다.

이러한 소박한 희망을 달성하기 위해서는 우선 사람다운 사람이 되어 가는 동시에 문예 창작의 기법도 익혀야 한다. 시를 쓰게 될 때는 의식 무의식 간에 주제를 설정하고 제목도 정할 필요가 있다. 적합한 제목이 생각나지 않을 경우에는 가제(假題)라도 정해 둘 필요가 있다. 주제도 제목도 없이 무턱대고 써나가게 되면 글의 촛점이 흐려서 산만해지기가 쉽기 때문이다.

주제와 제목은 물론 관련성이 있으나 표현에 있어서는 그 관련성이 직접적으로 나타날 수도 있고, 간접적으로 나타날 수도 있으며, 전혀 알 수 없이 상징적으로, 또는 은유적으로 나타나는 경우도 있다.

그러나 주제나 제목은 직접적이거나 간접적이거나 또는 상징적이거나 은유적이거나 간에 그 작품의 내용과 무관할 수 없고, 또 무관해서도 안 된다는 점을 강조하고자 한다. 이것은 주제나 제목이 그 내용과 유기적인 상관관계를 유지해야 한다는 얘기다.

이 세상에서 시를 잘 쓰는 일이란, 적합한 언어를 찾아내어 적합한 자리에 끼워 넣는 일이라 할 수 있다. 여기에서는 언어의 취사 선택 능력과 조립 능력이 요구된다. 적합한 언어의 취사 선택을 위해서는 우선 사물에 대한 인식 능력이 요구된다. 사물의 정확한 인식과 통찰을 위해서는 사고의 심화와 확대가 요구된다. 이를 위해서는 우선 마음을 넓히고 깊게 하여야 한다.

종교적 상상력이라든지, 철학적 인식능력, 역사의식, 사회의식 등등 인간으로서 사고 가능한 모든 영역을 탐색하고 탐구하는 데에 게을리 해서는 안 된다.

시를 창작하는 데 있어서의 기본 자세는 광맥을 찾는 광산업자의 자세와도 같다. 광산업자가 광석을 추출하여 제련을 하는 것과도 같이, 잡다한 언어 가운데 시어를 찾아내어 생산적 상상을 통한 제련작업으로 시어를 추출하여 조탁의 과정을 거치게 된다. 시를 창작하는 한 방법으로서, 표현하고자 하는 어떤 정서나 사상을 그대로 나타낼 수 없으므로, 그것을 나타내어 줄 수 있는 어떤 사물, 정황, 사건을 객관적 상관물이라고 한다.

이는 T.S.엘리어트가 사용한 용어로서, 정서를 예술 형식으로 표현하기 위해서는 객관적 상관물을 발견하는 이외에는 방법이 없다고 본다. 다시 말하면, 표현하고자 하는 정서를 나타내는 방법이 될 한 쌍의 사물, 혹은 정황, 또는 일련의 사건을 발견하는 이외에는 없다고 본다.

가령, 하나의 '계란'을 놓고 보더라도, ① 계란을 계란 그대로 보는 경우와 ② 계란의 종류를 보는 경우, ③ 계란이 숨쉬고 있다거나 부화되어 병아리로 깨어날 수 있다고 생각하는 경우, ④ 계란이 병아리 되는 그 부화과정을 세밀하게 관찰하거나 연상할 수 있는 경우, ⑤ 계란이 병아리 되어 나오는 그 생명력이나 생명 창조를 실감하는 경우, ⑥ 그 부화과정에 있어서 명주실 같이 가느다란 핏줄을 확대시키면 천만 줄기의 강물이 흐르고, 깃털이 확실해져 가는 날개를 확대시키면 천 만 줄기의 산맥이 휘돌아 뻗쳐 나간다는 생명체의 확대라든지 그 사상을 보는 경우, ⑦ 계란을 병아리 되게 하는 에너지의 요소라든지 본체, 즉 햇빛이나 공기, 또는 일정한 온도 등을 보는 경우, ⑧ 계란을 매체로 하여 그와 관련된 병아리나 닭 저쪽에 배경으로 있는 세계를 보기도 하고 우주의 원형을 보는 경우를 들 수 있을 것이다.

이러한 점진적인 사고의 확대라든지 심화를 통해서 현실 저쪽의 초월적인 세계를 추구할 수 있게 되는데, 엘리어트가 말한 객관적 상관물이라든지, 말라르메가 말한 '서서히 대상을 환기하는 것'을 보려는 방법은 현대시의 중요한 기법 중의 하나라 하겠다.

여기에서 다시 유추하게 되면, 계란을 우주의 축소체로 볼 수도 있고, 생명창조의 원형으로 볼 수도 있겠는데, 여기에서 가장 관심되는 것은 ⑦과 ⑧에서 얘기되고 있는 바와 같이 현실 저쪽의 초월적인 세계, 즉 어떠한 사실이나 현실 이상의 본질적인 세계에의 접근이라 할 수 있을 것이다.

4. 창작적 요소와 비평적 요소

시를 창작함에 있어서 그 작법이 요구되는 것은 말할 나위도 없지만, 지나친 이론은 시창작에 있어서 오히려 저해 요인이 될 수 있다는 점을 먼저 말해 두고자 한다. 창작적 요소와 비평적 요소는 서로 상반되는 성질의 것이기 때문이다.

사람은 누구를 막론하고 창작적 요소와 비평적 요소를 함께 지니고 있다. 창작적 요소란 무엇인가를 최초로 만들어 내는 뜻으로서 예술적 감흥을 독창적으로 표현하는 일이라 한다면, 비평적 요소란 사물의 선악이라든지, 시비(是非) 미추(美醜) 등을 평가하여 논하는 일을 말하는데, 특히 문학 예술적인 면에 있어서는 예술적 가치를 지니고 있는 예술 작품에 대한 비평을 말한다.

창작의 대상은 인간이 감지할 수 있는 피조물로서 인생 또는 인간과 전 우주가 되거니와 비평의 대상은 작품이 된다.

인간의 마음 가운데에는 지적(知的)인 욕망과 정적(情的)인 욕망과 의적(意的)인 욕망이 있는 바 이 내적인 지(知)·정(情)·의(意)가 외적으로 표출되어 나타나는 게 진(眞)·미(美)·선(善)이다. 사람이면 누구를 막론하고 지·정·의의 욕구 충족을 위해 보다 높은 가치의 진리와 아름다움과 선을 추구하게 마련이다.

사람이라면 누구든지 무엇인가를 독창적으로 표현하고자 하는 창조성이 있어서, 항상 새로운 세계를 추구하며 또 표현되는 작품을 감상하고 이해하여 보다 높은 가치의 것을 소유하기를 바란다.

비교적 창작하는 쪽이 주관성을 띤다면 비평하는 쪽은 객관성을 띤다고 할 수 있다. 물론 여기에서 말하는 주관도 어디까지나 타인에게 수긍될 수 있는 보편 타당성을 띤 진리를 전제로 한 바탕 위에서의 주관성을 말한다.

비평의 경우, 객관성을 띠면서도 그것이 개성이라든지 독창성을 무시한 객관성이 아니다. 비평은 객관적 평가를 중요시하면서도 그 대상이 예술 작품인 까닭에 개개인의 독특한 개성이라든지, 독창성을 배제할 수는 없다.

시나 소설 등의 장르가 다른 장르에 비하여 더 많은 상상을 필요로 하는 것은 그것이 사회의 반영에 만족치 아니하고, 사실 이상의 것, 현실 이상의 것을 추구하는 데에 있어서 상상의 언어로 문학 작품이라는 '언어의 집'을 짓기 때문이다.

문학에 있어서 창작품을 가리켜 상상의 언어로 지은 집이라고 한다면, 비평은 논리적 언어로서 그 작품이라는 언어의 집에 가치를 부여하는 것과도 같다고 비유할 수 있다.

그래서 문학을 가리켜 하이덱거는 '언어의 집짓기'라고 하였다. 시인이나 작가는 상상의 힘을 빌려서 이 세상에 실제로 존재하지 않는 허구적인 언어의 집을 실감나게 사실적(寫實的)으로 그리려고 한다.

그것은 이 세상에 이미 있어온 것이 아니라 있지 않은 언어의 집, 그러면서도 모든 사람들이 갖기를 원하는 집, 있을 수 있다고 믿고 싶어하는 집, 그래서 있을 법한 집을 창조하기도 하고 비평하기도 한다.

일상에서는 맛볼 수 없는 행복을 이 상상의 집, 언어의 집을 통해서 감지하고자 한다. 인간들의 세상은 상대적이기 때문에 종교나 예술을 통해서 절대적인 가치를 추구한다.

사랑도 보다 높은 가치의 영원한 사랑을, 삶도 보다 높은 가치의 영원한 삶을 추구하게 된다. 문학은 창작적 요소이건 비평적 요소이건 이러한 인간의 욕구와 그 궤를 같이 하는 방향성을 지닌다.

시 작품의 깊은 이해를 위해서는 충분한 감상이 요구된다. 충분한 감상을 거치지 않은 형해적(形骸的) 분석도, 분석과 평가의 정당한 판단 능력을 갖추지 않은 편벽(偏僻)도 바람직하지 못하다.

문학을 비롯하여 모든 예술 작품은 수용자에 따라서 여러 가지 해석을 가능케 하는 여지를 지닌다. 다양한 해석이 가능하도록 여지와 여운을 남겨 두는 편이 보다 많은 상상을 도출시킨다.

> 와리바시가 짜장면을 삼킨다.
> 짜장면이 와리바시를 물들인다.
> 와리바시와 짜장면 싸움에 사발(沙鉢)이 금간다.

> 짜장면을 감아 올리던
> 와리바시가 부러져 나가고
> 금 간 사발에 개풀어진 짜장면
> 되놈들 대가리에 黃沙가 인다.

> 짜장면은 식품이지만,
> 와리바시는 소모품이지만,
> 사발에는 품을 붙일 수 없는
> 경천의 우러름이다.

> 속까지 입을 벌리고
> 하늘 우러러 두 손 비는
> 백의민족의 몸짓이다.
> 눈물어림이다.

> 하얀 순백의 사발에서는

「福」자 「囍」자 원추리 글씨가
햇살을 모셔 들이지만,
黃河를 건너온 짜장면에서는
紅衛兵의 깃발이 꿈틀거리고,
고꾸라진 와리바시에서는
사무라이 칼날이 번쩍거린다.

─ 자작시 「삼국지(三國志)」─

이 시에서 독자들은 "와리바시가 짜장면을 삼킨다"는 구절에서 일본이
중국을 삼킨 역사적 사실을 떠올린다거나 눈치를 채어야 할 것이다. 다음의
"와리바시와 짜장면 싸움에 사발이 금간다"에서 일제의 침략으로 인한 청
일전쟁의 역사적 피침성(被侵性)을 생각할 수도 있다.

이러한 상징적 언어가 역사적 의미로서 공감되기 위해서는 극동아시아
의 근대사를 알 필요가 있고, 그럴 경우 이 시는 상징적 특수성을 띠면서도
보편성으로 공명될 수 있게 된다. 이와 같이 창작과 비평 사이에는 상상의
무한한 확대와 상징성의 이해가 요구된다. 시인이 모두 다 철인이나 철학자
가 될 수는 없다. 물론 철인, 철학자를 겸하면 좋겠지만 그렇게 될 것까지는
없다. 그러나 좋은 작품 생산을 위해서는 철학적인 사고는 요구된다.

또한 비평가는 고급 독자로서 작품에 대한 남다른 감상과 이해, 예리한
분석력과 사물을 투시할 수 있는 통찰력을 지녀야 한다.

이야기를 다시 제자리로 돌려서, 시 창작에 있어서 비평적 요소는 도움이
되기도 하고 방해가 되기도 한다는 점을 다시 강조하고자 한다. 창작이 '어
쩐지'라는 그 느낌을 중요시한다면, 비평은 '왜'에 대한 토의적 해답을 필요
로 하기 때문이다. 이론적으로 설명하는 데에는 논리적 방법이 요구되지만,
작품의 진수를 맛보는 데에는 '어쩐지'(느낌)가 암유하는 예술성에 따른 깊
은 이해와 감식능력이 요구된다.

시인이 자연스럽게 꽃을 피우는 사람이라면, 비평가는 그 꽃은 어느 종류

에 해당되고, 암술 수술은 어떠한가 하는 등등을 체계적이고 논리적으로 가름하는 자로 비유할 수 있을 것이다. 비평가는 작품의 원인을 찾아 분석하고, 미적 가치를 판단하는 행위를 통해서 인생을 탐구하는 데에서 보다 높은 가치를 추구하게 된다.

그것은 인생을 풍부히 하는 표현의 해석이라는 점에서 내용과 형식의 공정한 탐구라 할 수도 있다. 그것은 가치 평가의 기술을 요하기 때문에 존재와 인식의 철학적 안목도 요하게 되는 성질의 것이라 할 수 있다.

5. 사상성과 예술성

문학에 있어서 사상이란 그 주제의식을 포함한 내용성을 말한다. 여기에서 말하는 내용성이란, 인생과 우주 즉 이 세상에 존재하는 모든 사물에 대해 새로운 해석을 내릴 수 있는 정신적인 자양을 의미한다. 문학에 있어서 그 내용이 되는 정신적 자양을 마련하려면 인식되는 존재계의 모든 사물에 대한 자기 나름대로의 새로운 해석을 내릴 수 있는 철학적 안목이 갖춰져야 한다.

철학이 빈곤할 때 정신적인 양질의 영양이 될 수 있는 존재론적 가치의 인식이 빈곤할 수 밖에 없고, 이렇게 되면 결국 사상이 빈곤하여 내용없는 작품에 그치게 된다. 따라서 문학에 있어서 사상다운 사상을 지니기 위해서는 모든 사물에 대한 인식, 보편 타당한 진리를 파악하는 인식이 따르지 않으면 안된다.

다음으로 요구되는 것은 예술성이다. 아무리 깊은 사상, 아무리 심오한 종교적 철학적 사상성을 내포한다 할지라도 그 사상을 표현 기교를 통한 예술성으로 승화하여 표현해 내지 않으면 안된다.

사상성은 작품의 내용을 중시한다면, 예술성은 그 형식을 중요시한다. 구슬이 서말이라도 꿰어야 보배라는 말이 있다. 어떠한 사상이든지 그게 일단 시인의 내부 세계에 들어가게 되면 미적 경로를 통하여 새로운 개성적인 옷을 입고 나타나게 된다.

시에 있어서 사상이 배제된 작품은 감상의 나열에 그칠 가능성이 높다. 그에 반하여 사상을 너무 지나치게 내세우게 되는 경우에는 관념의 나열에 그칠 가능성이 높다. 시에 있어서 사상의 수용은 인간의 그 형식과 내용이 균형있게 조화되지 않으면 안된다.

시란 사물 인식을 통한 상상력의 소산이므로, 사물 속에서도 그 사물이 지닌 바의 성격(사상)을 인식과 사유의 과정을 거쳐서 걸러내게 된다. 사물의 인식과정에 있어서 새로운 상상의 날개를 달아 주고, 정서의 옷을 입혀서 새로운 차원으로 탄생시키게 된다.

감정이 사상을 앞지르게 되면 감상적이고 낭만적인 작품이 되기 쉽고, 사상이 감정을 밀어내게 되면 설교적이고 계몽적인 작품이 되기 쉽다. 그러므로 문학 작품 뿐 아니라 모든 예술 작품에 있어서는 사상과 감정이, 또는 사상성과 예술성이 조화되지 않으면 안된다.

> 내 노래에 날개가 있다면
> 여름과 같이 아름다운 나의 노래를
> 그대 꽃밭에 보내줄 것을
> 하늘로 날아가는 새들처럼
>
> 내 노래에 날개가 있다면
> 내 노래에 날개가 있다면
>
> 공중에서 번득이는 번갯불처럼
> 그대 웃음짓는 화롯가를 찾아갈 것을
> 저 하늘의 천사들처럼
> 내 노래에 날개가 있다면
> 내 노래에 날개가 있다면
> 그대 집 등넝쿨 아래에 가서

밤이 새도록 기다릴 것을
길을 재촉하는 사랑의 날개가 있다면.
　　　　　　— 빅톨 위고의 시 「내 노래에 날개가 있다면」 —

　　이 시는 능숙한 시적 표현 기교를 발휘하여 예술성을 살려내면서도 치열
한 사랑의 내용으로서의 의식을 담뿍 담고 있는 작품이다. 여기에서는 사상
성과 예술성이 균형있게 조화되어 있음을 알 수 있다.

6. 각종의 묘사

묘사(描寫)란 문장에 있어서, 대상을 있는 그대로 감각적으로 그리는 서술 양식의 일종을 말한다. 대상을 묘사한다는 것은 세부(細部)의 전부를 열거한다는 뜻이 아니라, 전체와 부분, 그리고 부분과 부분의 관련을 가지고 유기적 통일체로 표현한다는 뜻이다.

따라서, 묘사는 체제(體制)와 조성(組成)을 고려해야 하는데, 체제는 세부를 질서화하여 전체적 통일을 이루는 것이요, 조성은 세부 상호간의 밀접한 관계를 가지게 하는 것이다.

묘사의 특징은 구체성과 감각성이며, 묘사의 종류에는 '설명적 묘사'와 '암시적 묘사'가 있다. 묘사에 있어서 그 체제를 패턴(pattern)으로도 말하는데, 그것은 모범이라든지, 견본, 모형 등의 뜻으로, 사고하거나 행동하거나 글로 나타내는 데 있어서 모범적인 유형이나 양식을 말한다.

1) 설명적 묘사

설명하는 글은, 사물의 이치를 설명하여 읽는 이의 지식과 이성에 호소하는 글을 가리키는데, 산문시에 있어서는 이성뿐 아니라 감성에 호소하는 경우를 흔히 보게 된다. 특히 시에 있어서는 설명보다는 표현을 중요시하기 때문에 나열식 설명을 지양하지만, 독자의 이해를 위하여 이를 적극 활용하는 경우도 있다.

> 외할머니네 집 뒤안에는 장판지 두 장만큼한 먹오딧빛 툇마루가 깔려 있습니다. 이 툇마루는 할머니의 손때와 그네 딸들의 손때로 날이날마닥 칠해져 온 것이라 하니 내 어머니의 처녀 때의 손때도 꽤나 많이 묻어 있을 것입니다마는, 그러나 그것은 하도나 많이 문질러서 인제는 이미 때가 아니라, 한 개의 거울로 번질번질 닦이어져 어린 내 얼굴을 들이비칩니다.
>
> 그래, 나는 어머니한테 꾸지람을 되게 들어 따로 어디 갈 곳이 없이 된 날은, 이 외할머니네 때거울 툇마루를 찾아와, 외할머니가 장독대 옆 뽕나무에서 따다 주는 오디 열매를 약으로 먹어 숨을 바로 합니다. 외할머니의 얼굴과 내 얼굴이 나란히 비치어 있는 이 툇마루에까지는 어머니도 그네 꾸지람을 가지고 올 수 없기 때문입니다.
>
> ─서정주의 시 「외할머니의 뒤안 툇마루」─

설명되어 있는 미당(未堂)의 산문시다. 그런데 여기에서는 설명적으로 묘사되어 있으면서도 시적 요소를 다분히 지니고 있는 게 특색이다. 여기에서는 외할머니의 손때와 어머니를 포함한 외할머니의 딸들의 손때가 묻은 툇마루가 나오고, 또 이 사물이 중요한 역할을 하게 되는데, 그것은 바로 외할머니와 나의 얼굴을 비치는 때거울이기 때문이다.

여기에서는 하나의 사물이 설명되고 있으면서도 관념의 나열로 처리되기보다는 '먹오딧빛 툇마루'라든지, '때거울' '장독대' '뽕나무' '외할머니의 얼굴과 내 얼굴' 등등의 사물이 구체적이면서도 선명하게 드러나 보이고 있다.

사회환경과 자연환경이 자연스럽게 어울리면서도 마지막에는 때거울에 비치는 두 얼굴이 클로즈업된다.

고장난 시계를 고치려고 시계점엘 들렀더니 잃어버린 시간들이 그곳에다 있었다. 그 집 주인은 낡은 내 시계를 열어 보더니 건전지를 갈아 끼워야 한다고 했다. 내 시계의 건전지를 갈아 끼우는 동안 그 집의 뻐꾸기 시계가 뻐꾹, 뻐꾹 크게 울었다. 아슴푸레 뻐꾸기 소리를 따라가다가 나는 그만 길을 잃고 만다. 뻐꾸기 소리의 길은 고장난 시계 속의 길, 그 길은 小路다. 나는 몸을 구부려 그 길로 들어섰다. 긴긴 회랑 끝에서 한 아이가 걸어 나왔다. 산 밭으로 가는 길에는 우유빛 안개가 끼어있고 아직은 찔레순이 여리다. 찔레순을 잡는 아이의 손등에 투명한 이슬이 맺혔다. 주인은 웃으며 야구르트를 권한다. 야구르트의 빨대 속으로 찔레꽃 향기가 빨려나왔다. 주인은 가느다란 핀셋으로 낡은 내 시계 속에서 찔레꽃 한 잎을 들어냈다. 내 시계의 건전지를 갈아끼우는 동안 내가 만난 아이의 몸에는 찔레꽃이 피고 있었다. 꽃피는 시간 속으로, 시간을 맞추어 드릴까요? 건전지를 교환한 내 시계를 그 집 주인이 건네줄 때 뻐꾸기 소리의 밖으로 문을 열고 나오지만 나는 다시 길을 잃는다.

— 권운지의 시 「고장난 시계」 —

역시 설명문처럼 쓴 산문시이지만, 여기에서는 단순히 설명에 그치지 않고 무엇인가를 암시하고 있다. '고장난 시계'와 '잃어버린 시간'이라는 현실적인 상태는 '길을 잃어버린 나'와 '고장난 시계 속의 길'로 들어섰다가 '다시 길을 잃는다'로 결말짓는 입체적 암유로 가리워져 있음을 알 수 있다.

앞에서 소개한 서정주의 시에서는 때거울이 된 외할머니의 뒷마루에서 클로즈업되는 두 얼굴을 보여주고 있는데, 이는 사실이나 현실 이상의 극미(極美)의 세계로서 미당 특유의 생산적 상상력을 통해서 가능하게 된 것이었다.

다음의 권운지의 시에서는 그러한 극미의 세계는 보이지 않으나 생산적 상상력을 종횡무진으로 굴려서 어떤 입체적 의미를 나타내려는 의도가 내비치는 시라 할 수 있다. 이 두 시는 설명문이면서도 단순히 설명하는 게 아니라 하나는 극미의 세계를, 또 다른 하나는 의미의 세계를 천착하는 묘미를 보여주고 있다.

2) 암시적 묘사

암시적 묘사는 문장 표현에 있어서 어떤 내용을 직접적으로 말하지 않고 간접적으로 표현하는 방법을 말한다. 바로 대어서 밝히지 않고 은유나 상징으로 돌려서 넌지시 알리는 요법을 뜻한다.

> 할머니 꽃씨를 받으신다.
> 방공호(防空壕) 위에
> 어쩌다 핀
> 채송화 꽃씨를 받으신다.
>
> 호(壕) 안에는
> 아예 들어오시덜 않고
> 말이 숫제 적어지신
> 할머니는 그저 노여우시다.
>
> 진작 죽었더라면
> 이런 꼴
> 저런 꼴
> 다 보지 않았으련만……
>
> 글쎄 할머니,
> 그걸 어쩌란 말씀이셔요.
> 숫제 말이 적어지신
> 할머니의 노여움을
> 풀 수는 없다.

할머니 꽃씨를 받으신다.
인제 지구(地球)가 깨어져 없어진대도
할머니는 역시 살아 계시는 동안은
그 작은 꽃씨를 털으시리라.
　　　　　　— 박남수의 시 「할머니 꽃씨를 받으신다」 —

　　이 시의 환경 설정은 전시(戰時) 중의 방공호로 되어 있다. 시간 개념은 6
· 25 전쟁이요, 공간 개념은 살아남기 위해서 마련한 방공호에서 할머니가
채송화 꽃씨를 받는 행위로 되어 있다. 꽃씨를 받는 행위 외에 할머니가 직
접적으로 나타내는 말은 별로 없지만, 그 뒤에 숨겨져 있는 뜻은 이 지구가
존재하는 한 인간은 영원히 꽃을 심고 가꾸며 산다고 하는 무언의 의지 같
은 것이다. 즉 할머니가 꽃씨를 받는 행위를 통해서, 전쟁의 와중에서도 영
원한 평화를 염원하는 의지가 암시되고 있다는 얘기다.

　　第1景
　　행길 위에 머슴애들이 우 몰려가 수상한 차림의 여인 하나를 에워싼
다. 돌팔매를 하는 놈, 쇠똥, 말똥을 꿰매달아 막대질을 하는 놈.
　　"양갈보" "양갈— 보" "양가— ㄹ보"
　　더럽혀진 母性를 향하여 이들은 저희의 律法으로 다스리는 것이다.
　　"내가 늬들 에미란 말이냐. 양갈보면 어때? 어때?"
　　거품까지 물어 발악하는 여인을 지나치던 미군 짚이 싣고 바람같이
흘러간다. 아우성만 남고.

　　第2景
　　짙게 양장한 여인이 지나간다. 꼬마들은 눈을 꿈벅꿈벅한다.
　　한 녀석이 살살 뒤를 밟아 여인의 뒷잔등에다
　　"一金 三千圓也"라는 꼬리표를 재치있게 달아 붙인다.
　　"와하" "와하하" "와하하하"
　　자신들의 抗拒로서는 어쩔 수 없음을 깨달은 꼬마들이 自虐을 겹친

모멸의 哄笑를 터뜨린다.
　　여인은 신 뒤축을 살펴보기도 하고 걸음새를 고쳐보기도 한다.
　　그러나 그녀가 사라지기까지
　　"와하" "와하하" "와하하하"는 그치지 않는다.
— 구 상의 시 「焦土의 詩 6」 —

　　이 시인이 의도하는 본의는 따로 있다. 여기에 나타난 「초토의 시 6」중의 1,2경은 소년들이 미군에게 몸을 파는 소위 양공주를 괴롭히는 연출 장면으로 되어 있다. 구상 시인은 무엇 때문에 소년들이 가련한 여인을 괴롭히는 장면을 포착하여 시화하였을까.

　　소년들에게 가장 슬픈 것은 어머니를 다른 남자에게 빼앗기는 모성상실(母性喪失)일 것이다. 6·25 당시 남편 잃은 떼과부들, 그 수많은 전쟁미망인들이 살아남기 위한 생존수단으로 미군부대 주변에서 처절하게 삶을 유지하던 치욕의 군상들을 이 시인은 모성상실의 차원에서 조명한 것으로 보인다.

　　소년들의 처지에서는 자기를 버리고 다른 남자를 상대한 여인을 향한 분노가 치열할 수 밖에 없을 것이다. 이러한 사회현상을 더욱 확대시켜 해석한다면, 잃어버린 어머니나 더럽혀진 어머니는 상실된 모국을 의미하기도 한다. 외세로부터 물려 뜯겨온 침탈사가 그것이다.

　　이러한 시인의 의도나 내면의식이 여기에는 나타나 있지 않고, 간접적으로 암시되어 있을 뿐이다. 독자는 나타난 형태의 시를 통하여 그 이면에 암시하고 있는 본의를 이해하기 위하여 접근할 필요가 있다.

　　서정주의 시 「외할머니의 뒤안 툇마루」의 경우, 외할머니의 손때와 어머니를 포함한 딸들의 손때로 번질번질 닦여서 윤이 나서 외할머니와 자기의 얼굴이 비친다고 되어 있는데, 실제로 거울처럼 그렇게 얼굴이 비칠까를 생각하면 이를 객관적인 사실로 인정하는 사람은 아무도 없을 것이다.

　　이는 서정주 시인이 기억의 잔상을 재생적 상상으로 살려내고 다시 그것을 생산적 상상으로 바꾸는 과정, 즉 상상을 통한 언어의 집을 짓게 됨으로써 하나의 형상화를 이루게 된 것이다. 그러니까 서정주 시인의 외할머니와 어머니와 이모들이 너무도 반질반질 닦아서 툇마루가 거울처럼 윤이 나서 얼굴이 비쳤다는 얘기는 순전히 그의 생산적 상상력을 통한 재창조 또는 재구성이라고 할 수 있을 것이다.

7. 시의 가치 평가

1) 사물을 정관하는 인식의 눈

우리가 어떠한 사물을 보게 될 때 '무엇'을 보느냐도 중요하겠지만, 보다 더 중요한 것은 '어떻게' 보느냐라 할 수 있다. 무엇을 보느냐 보다도 어떻게 보느냐가 더욱 중요하다는 얘기는 이미 상식에 속한다. '무엇'을 보느냐에 관심하는 것은 소재에 그치는 얘기지만, '어떻게' 보느냐는 그 주제와 표현 방법까지를 포함하는 범주의 관점이기 때문이다.

훌륭한 사진 작품의 생산을 위해서는, 피사체의 선택 이전에 성능이 좋은 카메라의 좋은 렌즈와 훌륭한 촬영 기술이 요구되듯이, 좋은 시를 위해서는 형상화의 능력도 중요하지만 우선 사물 인식의 눈이라고 하는 그 통찰력이 요구된다는 것은 말할 나위도 없다.

사물을 환히 꿰뚫어 보는 인식의 능력이란 고려시(高麗詩)에 있어서 작시론(作詩論)에서 말해진 천(天) → 기(氣) → 의(意) → 시(詩)의 논리와도 일맥 상통한다. 사물을 통찰하는 능력이란 천부적으로 타고 나는 면도 있겠거니와 그 기(氣)에서 의(意), 또는 시(詩)로 전개하는 과정에 있어서 시어의 조탁이 요구되기도 한다.

우리가 어떠한 사물을 보고 인식할 수 있다는 것은, 그 대상적 사물이 지닌 바의 소성과 주체적인 자아에 내재되어 있는 소성에 동질의 요소가 있기 때문에 그 상사성(相似性)에 의해서 인식이 가능하다는 인식논리가 성립되기 때문에 '어떻게' 보느냐고 하는 그 인식이란 아무리 강조하여도 지나침이 없을 것이다.

　이러한 견해에 입각해서 보게 될 때 박진환의 「花蓮紀行」, 「5월」, 김지하의 「一山詩帖」, 허영자의 「석탄」을 살펴볼 필요가 있다.

　　　산은
　　　아랫배가 절개된 채
　　　꼬불꼬불한 내장을 드러내놓고 있었다.

　　　꼬인 허리의 굽돌이로
　　　전신을 동여맨 신작로는 구절양장
　　　또아리에서 풀려나간 밧줄 끈을
　　　천길 벼랑에 매달아 놓고 있었다.
　　　… 생략 …
　　　천상에 가까워질수록
　　　문명은 아득히 산 저쪽에 쪼그리고 있었다.
　　　　　　　　　　　 — 박진환의 시 「화련기행(花蓮紀行)」 일부 —

　　　5월은
　　　계절의 성형외과
　　　메스 끝엔 피가 묻어났다.

　　　담장에 널어 놓은
　　　하얀 시트 위엔
　　　꽃 문양을 새긴 한나절이
　　　마사지를 하고 있었다.

　　　목하 장미는
　　　성형 수술 중이다.
　　　　　　　　　　　　　　 — 박진환의 시 「5월」 —

재생적 상상을 통한 형태의식이 시의 재구성을 위한 생산적 상상력으로 선명하게 부각되어 있다. 이 두 편의 시는 물론 상태를 나타내는 데에 그치고 있지만, 선명하게 부각되는 형태의식이나 색채의식이 작품 창작 의도에 통일적으로 기여하고 있어서 효과를 거두고 있는 셈이다.

일산 새집 들어
빈 방에
흰 빛 난다.

진종일 눈부시고
매미소리 뼈만 남고

어둠 속 붉었던
살
자취없다.

먼 강물
핏속에 흐르나
나 이제 벌판에서 죽으리

흩어져
한줌
흙으로 붉은 빛.

내 몸에
살 떠나고

뼈만 남았구나
흰 햇살 눈부신

뼛속에서
무지개 꿈꾸고
뼛속에서 풀잎 자라고
해와 달 뜨고

밤낮
굿치는 소리 들린다.
도시의 뼈
거리의 숱한 하얀 뼈
뼈만 남은
내 삶
새 천지 키우는 자리.
— 김지하의 시 「일산시첩(一山詩帖)」 중 1,5 —

내 어릴적
간곡히 간곡히 이루고 싶었던 꿈
그대로 꽝꽝
땅 속에 묻었던 꿈
오래 오래 불타는
새까만 보석의 꿈.
— 허영자의 시 「석탄」 —

김지하의 시 「일산시첩」의 경우, 치열한 내면의식이 유로된 시라면, 허영
자의 시 「석탄」은 유추된 이미지의 세계라 할 수 있다. 김지하가 흰 햇살 눈
부신 뼛속에서 무지개를 꿈꾼다면, 허영자는 땅속에 묻었던 새까만 보석의
꿈에 관심을 보인다. 하얀 뼛속의 무지개 꿈이나 검은 석탄 속의 새까만 보
석의 꿈이나 다 함께 '바램'을 나타내고 있으나 그 발성은 전혀 다른 이질감
을 보인다.

'어둠속 붉었던 살 자취 없다'는 이 치열한 시 가운데 '뼈'가 7회나 나오

는 김지하의 시에 비하여 허영자의 그것은 메마르지 않는 유년의 꿈을 장식한다. '꿈'이라는 용어가 4회나 나오는 허영자의 천진한 기억의 꿈, 그 천진성의 재생은 석탄에서 보석을 꿈꾸는 열렬한 사랑에의 가능성의 꿈이다.

김지하 시인이 살을 잃은 뼈속의 무지개로서 죽음을 초극한 현실 이상의 어떤 의지적 비장미를 보여주고 있다면, 허영자 시인의 경우는 마치 밤하늘의 별나라 같은 연상작용으로 석탄 속의 사랑의 꿈나라를 유추케 한다. 이러한 대조를 보이면서도 결국은 그 행선지가 굴광성식물처럼 꿈에 관심두고 있다는 공통점을 지니고 있다.

> 아껴 먹듯이 산길을 간다.
> 나는 오르고 산골물은 내려간다.
> 능선에 걸린 해는 황혼을 재촉하지만
> 내 발걸음은 늙은 나무처럼 점잖다.
> ⋯⋯ 생략 ⋯⋯
> 다 알면서 침묵하는 나무와
> 모르는 걸 아는 체하는 사람을
> 용납하는 산.
> 늙었지만 더 젊게 사는 법을 나무에게 배운다.
> ― 엄한정의 시 「면산담화(面山談話)」 ―

엄한정 시인의 시 「면산담화」는 제목 그대로 허물없이 야금거리는 듯하는 이야기투로 평범을 가장하고 있다. 그 가장 속에는 평범한 이야기투로 비범을 노리는 의도가 엿보인다. "아껴먹듯이 산길을 간다."는 첫 구부터가 음미하고 누리는 듯이 야금거리는 자세다.

평범 속에서 어떤 비범함이 느껴지는 것은, 사물을 관조하는 이 시인의 시적 안목이 산과 어울리는 상사적(相似的) 자세라 할까 그런 성격에 있다. 그것은 유유자적한 처사풍(處士風)에서 기인되는 것으로 보인다. 그러면서도 이 시는 평범 속의 비범의 정상에는 있지 않고, 시의 등산을 시도하는 과정의 길목에 있는 것으로 보인다.

역시 문제가 되는 것은 사물을 정관하는 인식의 눈이다. '어떻게 보느냐' 하는 그 주제의식과 표현을 위한 기술이 문제된다. 은유와 상징과 이미지 등 고도한 방법의 종합적이며, 균형있는 조화가 자연스럽게 이루어지게 될 때 시의 예술성은 살아나기 때문이다.

2) 평면적 언어와 입체적 시어

시인은 모름지기 작품으로 말해야 한다는 것은 아무리 강조해도 지나침이 없을 것이다. 그럴듯하게 윤색을 좋아하는 입으로가 아닌 작품으로 보여줌으로써 시의 존재의의나 존재가치를 독자들로 하여금 인식하도록 해야 할 것이다.

> 괜찮아요
> 다른 거 다 괜찮아요
> 고장난
> 수도꼭지도 고치고
> 지루한 장마도
> 그쳤어요.
>
> 지상의 풀 이파리는
> 밑뿌리의 아픔을
> 모르고도
> 잘 살아요.
>
> 깊은 밤
> 의식의 끄나풀이
> 끊기고 끊기고
> 가물가물 당신의 손목을

놓칠 때까지
다른건 다 괜찮아요.

　　　　　　　　　　　　　　── 박정희의 시 「地上에서」 ──

　　우리들은 여기에서 절실하면서도 은근 슬쩍 내비치고 있는 그 '당신'이라는 주체에의 그리움을 눈치채게 된다. 결국은 "당신의 손목을 놓칠 때까지 다른건 다 괜찮아요."하는 그 치열한 여성적 정조(情操)를 아이러니로 역류시킴으로써 승화를 꾀하는 입체적 시어와 만나게 된다.

　　지상에 남아있는 시인이 천상으로 타계한 주체(여기에서는 '당신'으로 대칭되는 반려자를 뜻함)에 향하여 그 심회를 반어적으로 표로하고 있다. 그것은 단순한 아이러니가 아니라 스스로를 달래기도 하고, 다스리기 위해 선택한 시어라는 데에서 그 매력이 살아나게 된다.

　　'당신'이라고 부르던 그 주체가 하던 일을 손수 처리해야 하는 고달픈 삶을 살면서도 이 시인은 괜찮다고 한다. 그러나 괜찮기만 하는 것은 아니다. 오히려 그 반대의 치열성이 보인다. '다른건 다'라는 단서를 붙이면서 괜찮다고 하는 데에 묘미도 있고 문제성도 있다.

　　이 시인에 있어서의 최대 관심사는 지상과 천상 사이에서 갈라진 영이별에서 오는 절대고독이다. 그 고독이 문제다. 고장난 수도꼭지나 지루한 장마같은 것은 문제가 되지 않는다. '지상의 풀 이파리'로 은유되는, 즉 이 시인의 뿌리 깊은 아픔을 모르는 아이들은 잘 산다고 내비치는 심회가 눈물겹다.

나는 왜 석유냄새를 좋아할까.
아주 어린 시절부터 휘발유에 휘감겼는데

오늘은 아내의 석유냄새가 그렇게 좋다.
석유이기에 그렇다.

바다를 뚫고 다시 바위의 등뼈를 뚫고 나온
기름이기에 그렇다.

그 골수가 조금씩 몸에 든 걸까.
자동차 뒷바퀴이거나 주유소 근처에서
깊이 들이키던 냄새, 그것이 다 혈액이 된다지.
비록 바람으로 마시긴 했지만
그래도 불붙이면 타오를 거야.
— 마종하의 시 「석유로서」 중 앞부분 —

독자들은 약간씩 어리둥절해 할 것이다. 그만큼 이 시에는 건너뛰는 요소들이 있다. "아내의 석유 냄새"라든지, "바다를 뚫고 다시 바위의 등뼈를 뚫고 나온 기름"을 액면 그대로 단순하게 볼 것인가, 아니면 자연 석유와 인간 석유(에너지원)라고 하는 그 골수로서의 입체적인 의미로 볼 것인가에 따라서 시의 평가도 달라지게 될 것이다.

우리들이 이 시에서 어리둥절해지는 근거는 이 시가 입체적 은유성이 엿보이면서도, 그 연결 고리로 물고 넘어가지 못한 채 싱겁게 처리되고 있기 때문이다. 마지막 연이 이를 입증한다.

알맞게 정신의 불을 붙이듯
오늘도 아내는 난로에 기름을 넣고
나는 다시 환하게 웃음을 머금는다.
그렇다. 모든 걸 움직여놓고
나도 하늘로 소리없이 움직여 날 것이다.
뜨거움을 남겨놓고 차갑게 기쁘게.
— 마종하의 시 「석유로서」 중 끝부분 —

3) 생각하는 시와 노래하는 시

현대시의 변모과정 가운데 두드러진 것 중의 하나는 '노래하는 시'에서 '생각하는 시'로서의 전환이라 할 수 있다. 물론 노래하는 시의 그 음악성이 생각하는 시에서 단절되거나 무시된다는 뜻은 아니다. 시에서 음악성은 배제될 수 없는 필요 불가결의 것이라는 점은 상식이기 때문에 재론할 여지가 없다. 이러한 전제하에, 대체적인 흐름으로 이어지고 있는 '생각하는 시'를 살펴보는 것은 현대시의 주류를 이해하는 데 도움이 될 것이다.

이 생각하게 하는 시도 종교적 차원이나 철학적 차원, 또는 역사의식 사회의식을 막론하고 은유나 상징을 차용한 이미저리의 효과적 조립으로 표상될 때 바람직한 형상화를 보이게 된다.

>   그날 겨울 하늘에
>   불이 났다.
>   갈가마귀 떼가 일으킨 반란이었다.
>   …… 생략 ……
>
>   불이 쓰러지고 나서야
>   떠나간 세월 속
>   떠나간 새들이 돌아오고 있었다.
>   높다란 농집에 맡겨
>   길을 잃어버린 새가 이제야
>   뚫린 길을 찾아 돌아오고 있다.
>   쭈욱 뻗어 하늘에 닿은 하얀 길을 타고
>   새들이 귀환하고 있다.
>   나를 안내할
>   눈부신 새 한 마리 팔랑 팔랑 오고 있다.
>   ─김지향의 시 「돌아오는 새」 중 일부─

이 시는 생각하게 하고 끌어당기는 힘을 지닌 시라 할 수 있다. 인간에게는 육체 뿐 아니라, 정신적으로도 스스로 치유하여 건강을 회복하려는 움직임이 항상 일어나게 된다. 여기에서는 투명한 정신으로 안전을 꾀하고자 하는 구원의식이 내비치고 있다.

4) 익은 시와 싱싱한 시

정신춘궁기(精神春窮期)에 처해 있는 오늘의 시인에게 현실 여과를 위한 종교적 상상력이라든지, 철학적 인식, 또는 작가적 양식 등이 요구된다는 주문은 새삼스런 얘기가 아니다. 그만큼 우리 시단(詩壇)은 철학의 빈곤이라든지 양식의 황폐화 현상이 있어 온 게 사실이다. 이는 시대 풍조와도 무관하지 않은 현상으로, 양적 팽창에 반비례하여 질적 저하를 가져올 게 빤한 사실이다.

이는 대체적인 시작품의 경향을 두고 하는 얘기거니와 시의 대량생산과 박리다매(薄利多賣) 현상은 시를 싸구려 돗떼기시장에서 천대받게 하기 마련이다. 시가 천대받는 사회는 문화에 눈이 멀고 예술에 귀가 먹은 반거들충이를 양산하게 된다.

그러나, 흘러가는 물에 떠내려가는 죽은 물고기들만 있는 것은 아니다. 폭포를 타고 거슬러 올라가는 그런 피라미 같은 생명력에 의해서 탄생되는 시도 간혹 눈에 뜨인다. 가뭄에 콩나듯이 어쩌다가 사금처럼 반짝이는 시어가 눈에 뜨일 때, 우리는 절망하다가도 새로운 소망으로 자세를 가다듬게 된다.

군계일학이라 할까, 시 비슷한 시 가운데에서 시다운 시를 맛보는 즐거움은 부정을 통한 긍정으로서의 즐거움이 아닐 수 없다.

백옥같이 환히 빛나던

돌배꽃 이파리마다
은하수로 날아갈 즈음
사랑하는 내 영혼아
우린 달밤을 울자

누더기진 榮辱 보따리
불더미에 던져두고
그 진한 사랑의 毒酒
실컷 퍼마시다가
사랑하는 내 영혼아
우린 달밤을 울자
죽어서도 환히 빛나는
달빛처럼 울자.

— 김창직의 시 「달과 영혼과의 사랑노래」 —

이 시는 농축된 사랑의 치열성의 극치점을 넘어선 차원에서 얻어낸 달관의 세계를 엿보게 한다.

어느 날
북한산에서 굽어 본
서울은
작은 바둑판
어느 밤
비행기에서 만난
서울은
출렁이는 불바다.
언젠가
우주선에 찍힌
조선 반도는
바람처럼 뛰어가는

토끼 한 마리
꿈속에 잡힌
지구와 달이
머얼리 굴러가는
작은 호도 두 알
손바닥
장심에 쥐고
뽀드득뽀드득
놀고 싶다.

—허세욱의 시 「호도 두 알」—

　이 시는 절제된 언어의 간결미와 함께 시각적 형태의식에의 점진적 확대
를 꾀하다가 달마의 미소처럼 단순하면서도 입체적인 해학적 선풍(禪風)을
보인다. 허세욱 시인은 북한산에서 굽어본 서울, 비행기에서 본 서울, 우주
선에서 찍힌 조선반도, 꿈속에서 잡힌 지구와 달로, 현미경적 눈에서 망원
경적 눈으로 확대하다가 결국에는 지구와 달을 두 개의 호도알로 축소 유추
하여 '놀고 싶다'는 마무리로 단순화하면서 동양적 달관을 내비친다. 이는
부처님 손바닥 위의 손오공이 연상되는 동양적 호연지기(浩然之氣)와 통하
는 일면을 암유(暗喩)한다 하겠다.

　　'인제 가면 언제 오나 어느 봄날
　　고래실 논둑 밑의 풀로 오나 꽃으로 오나
　　영영 오지 않나 영영 오지 않고 저 하늘
　　아득히 먼 저쪽 하늘 별로 나타나 깜박거리나'
　　상여는 간다
　　무지개에 덮여
　　산모롱이를 돌아간다
　　'인제 가면 무엇이 되어 오나
　　앞산 기슭 밭뙈기 메밀꽃이 돼 오나

영영 땅엔 오지 않고 해거름에
무지개로 뜨나'

상여는 간다
아지랑이
글썽거림 속으로 멀어져 간다.

—이병훈의 시 「상여길」 중 일부—

이 시는 서정적 잠세어(潛勢語)가 풍부한 작품이다. 꽃상여가 산모롱이
를 돌아가는 창연(愴然)한 풍경 묘사와 함께 풀과 꽃과 무지개 등, 가변적인
피조물들을 동원시켜 애틋함을 더욱 짙게 드리우고 있다.

이제까지 살펴본 시들은 주로 익은 시라 할 수 있다. 의식(意識)의 항아리
에 고여 있는 언어를 발효시키고 여과시키고 시어로 정화시켜서 곰삭힌 뒤
에 떠낸 진곡주라 할까, 산열매술이라 할까, 마치 간장처럼 오랜 동안 삭히
고 익혀서 맛들게 하여 우려낸 시라 할 수 있다.

어제 저녁은
기다림으로 먹고
오늘 아침은
그리움으로 먹었습니다.
이별이라는 반찬에
입맛이 써서
마시는 숭늉은
눈물이었습니다.
바람 잰 손님도
잠이 든 저녁
달콤한 추억으로
밤참을 먹고
그대 생각

베고 누우면
더 깊은 밤
꿈으로 와서
촛불 몰래
웃는 당신
— 신영자의 시 「그사람 92」 —

갖고 싶었네
보길도 같은 익명의 섬 하나쯤
나대지(裸垈地)로 누워있는 빈 터
묵밭 일궈낼 내연의 섬 하나쯤
찬바람만 들이치는
내 생애의 깎아지른 해안
그 끝없는 기다림을 붙들어 맬
심지 푸른 사내 하나쯤
숨어서도 곧은 孤山竹 한 그루
가꾸고 싶었네.
— 권천학의 시 「초록비타민의 서러움 혹은」 —

이 두 편의 시는 싱싱한 시, 풋풋한 시에 해당된다. 앞에 소개한 신영자의 시 「그사람 92」에는 '기다림으로' '그리움으로' '추억으로' 먹는다는 행위로 주조를 이루고 있는데, 이는 영혼(사랑)의 배고픔에서 오는 갈구가 절실함을 의미한다. 주제를 위해 동원시키는 시어의 취사 선택도 예사롭지 않거니와 그 시어의 연결고리도 물고 넘어가는 재치가 비범하다.

권천학의 시 「초록비타민의 서러움 혹은」이라는 연작시는 흔히 범하기 쉬운 말솜씨나 말장난에 그치는 게 아닌가 하는 생각이 스쳤으나 이 대목에서는 그러한 기우가 가셔졌다. 그만큼 이 시는 치열한 시 에스프리의 바탕 위에 치밀하게 직조되어 있다.

이 시는 싱싱한 시에서 익은 시로 가는 중간 단계라 할까, 언어의 선택에도 대담성을 보이고 있다. "심지 푸른 사내 하나쯤"도 이를 증명한다.

5) 신선한 충격을 주는 시

시에서, 문학에서 뿐 아니라 예술 전반에 걸쳐서 '신선한 충격'이라는 말을 들을 때가 있다. 이는 작품 세계가 어떤 변화나 진보 발전이 없이 종래의 모습 그대로의 답습이나 구태의연함과는 달리 소위 '낯설게하기'라는 말로 표현되듯이, 어떤 충격적인 새로움을 두고 하는 말이다.

이 '새로움'이 '시'에는 어떠한 상관관계가 있는가. 시라는 말에는 본래 무엇인가를 최초로 창조한다는 뜻이 내포되어 있다. 성경에도 헬라어 원전에는 시를 가리켜 '포이에마'라고 하는데, 이도 역시 무엇인가를 최초로 창조한다는 뜻이 내포되어 있다.

아무튼 이 새로움을 위한 충격요법은 시를 낯설게 할 뿐 아니라, 새로운 언어를 창조하는 데 있어서 주요 역할을 하게 된다.

시에 있어서의 상징이나 은유는 언어의 환치나 유추를 가능케 할 뿐 아니라, 시어를 확장하는 데 있어서 전위적인 역할을 하기 때문에 시를 낯설게 하는 데 있어서 공헌하는 바가 크다 하겠다.

이브의 죄를 썻은
몸뚱아리가
꽃처럼 붉어
가을 날
붉은 소문이
하늘을 타고 오른다.
그 날
능금나무 아래
불칼을 맞고 쓰러진

땅이 붉어
속살이 뜨거운 나무 위에
천둥소리 번져와
붉은 신들이 춤을 추고 있다.

— 송상욱의 시 「단풍」 —

여기에서는 "죄를 씻은 몸뚱아리가 꽃처럼 붉다"는 전제 아래 그 붉은 소문이 하늘을 타오른다는 현재진행상태를 시각적으로 나타내면서, 그 색채 심리적 요소로 사랑하는 죄에 대한 심판의 이미지를 재구성하고 있다. "천둥소리 번져와 붉은 신들이 춤을 추고 있다"고 할 때의 '붉은 신들'은 '단풍'에서 유추하는 유사안식(類似眼識)에 의한 은유효과를 거둔 셈이다.

6) 언외의言外意와 경중정景中情

고려시대의 시론에 '언외의(言外意)'라는 말이 있다. 그것은 문자언어를 넘어선 작자의 생각이요, 작품이 풍기는 향기라 할 것이다. 이로 인하여 작품은 여운으로 감동이라는 울림을 주기도 한다. '言外意'는 헤아릴 수 없는 경치를 눈앞에 있는 것처럼 표현하면서도 그 말 밖의 감흥, 그 언어 자체만이 아니라 언어 이외의 감흥을 내포함으로써 시에 있어서의 끝없는 여운(餘韻)을 나타내게 된다.

매성유(梅聖兪)는 이를 "작자득어심 람자회이의(作者得於心 覽者會以意)"라고 집약하였다. 즉 시인은 마음으로 알거니와 독자는 뜻으로 만난다는 의미를 가리키는 말이다. 여기에 잠세어(潛勢語)를 생각할 수 있다. 잠세어, 즉 언어 그 자체만이 아니라 그 언어가 내포하거나 거느리고 있는 언어, 이것을 언어가 지닌 바의 언어 이외의 언어라고도 밀할 수 있겠는데, 그러한 차원에서 言外意를 이해할 수 있을 것이다.

이제현(李齊賢)도 '言外意'의 시관(詩觀)을 보이고 있는데, 그의 주장 가운데 "옛사람의 시는 눈앞의 경치를 묘사하였지만, 뜻은 言外에 있다. 말은 다 할 수 있으나 의미는 다 하지 못한다."는 말이 있다.

이러한 견해에 입각해서 보게 될 때 소설가로 알려진 한승원의 시 「촛불 연가」가 돋보인다.

혼자서
허공을 향해
두 손의 엄지와 검지 끝을 맞붙이면 그것은
그냥 손가락들의 만남일 뿐이더니
너를 향해 앉아 눈을 감고
엄지와 검지 끝을 맞붙여 동그라미를 그리면
모든 세상이 그것 안에 다 들어와 담긴다
그것을 풀면 언제 그랬냐는 듯 다시 모든 것들이 제자리로 돌아간다
의도 속에 담는 것보다는
풀어서 제자리로 돌려보내는 것이 얼마나 마음 편한 일인지를 또한
너에게서 배운 다음부터 나는
이것저것 조급해하며
짓기(業)를 삼가기 시작했다.
　　　　　　　　　— 한승원의 시 「촛불 연가(戀歌) 1」 —

우리 집 앞 골목 비좁아서 대문 앞까지 장의차 못 들어올 터인데
얼마나 고생들을 할까 내 관을 멘 사람들
내 무덤 고향 바다 내려다보이는 산언덕에 만들어달라고 하고 싶은데
나와 인연했던 사람들
그 인연의 빚 갚겠다고
한 시간 반 시내버스에서 시달리고
8시간 고속버스에서 흔들리고
가파른 그 고향 산언덕까지 내 무덤 찾아가느라고 얼마나 고달플까
에라
나하고 불행하게도 인연했던 사람들아

그 뼈다귀 무얼 하게 거기까지 끌고 갈 것이냐
벽제 화장장에서 태워 날리고 뼛가루는
너희들이 뿌리고 싶은 데다 뿌려라
구름되고 눈비되고 안개비 몇알 되어
산과 들의 나무에
들풀 위에
논밭의 곡식과 바다와 강에 내려
소나 돼지나 닭이나 말이나 뱀이나 풍덩이나 새들의 피와 살 되고
사람들의 영혼 속으로 스며들어 너울거리고 뛰어다니고 출렁거리게
나와 인연한 만큼의 빚졌다고 생각할 사람들아
나 보고 싶고 그 빚 갚고 싶거든 그냥
구름 강 바다 산천초목에
들꽃 한 포기한테 절하고
눈길 맞추고 입맞추고 말아라.
— 한승원의 시 「촛불 연가(戀歌) 2」 —

   '불바퀴(光輪)'라는 부제(副題)가 붙은 「촛불 연가 1」의 경우, 손가락을 사용하여 동그라미를 그리면 모든 세상이 그것 안에 다 들어와 담긴다고 하는, 경(景)에서 정(情)으로 유도(誘導)하고 유추하는 묘미를 보이고 있다. 그가 꾀어서 이끌어낸 시어의 형상화는 하나의 형태를 경(景) 그 자체에 머무르지 않고 그리고자 하는, 또는 말하고자 하는 내면의식(情·知·意)으로 표출한다.

   다음으로 이어지는 '내 무덤'이라는 부제가 붙은 「촛불 연가 2」의 경우, 불교의 무사상(無思想)이라든지, 윤회전생의식(輪廻轉生意識)이 녹아들어 어떤 종교의 카테고리에 매이지 않은 초탈한 상태에서의 달관의 멋스러움을 보이고 있다. 이러한 달관의 경지는 불교적 요소라든지, 노장사상(老莊思想)에서 얘기되고 있는 허무의식, 즉 허무를 우주의 근원으로 보고 무위자연(無爲自然)의 도(道)를 중히 여기는 자세 뿐 아니라, 한국인의 심층 저

변에 깔려 있는 정한(情恨)의 요소가 합세하여 초탈(超脫)의 멋스러움을 가미하고 있다.

        서양의 사랑
        활활 불타서 재를 남기고
        동양의 사랑은
        두 얼음으로 스치고 녹아
        물이 되어 하나에 이른다고
        누군가
        이 비슷이 말했었다.
        남, 북극 萬年雪은
        깜짝 놀라는 선연한 靑玉빛이며
        조금 부스러 팔기도 하는데
        이를 수입하는 나라들에선
        작게 썰어 칵테일잔에 띄운다 한다
        보통 얼음보다
        네 배를 더디 녹으면서
        수정주사위 같고 신기하여
        사람들은 술도 잊은 채
        지켜본다던가
        鑛石이면서
        본성은 역시 물이라
        차갑고 투명한 물의 昆蟲들이
        빽빽이 붐비며 꿈틀대고
        실오리만한 균열이라도 생기면
        몸을 푸는 물의 粒子들이
        작은 運河처럼 운집하리라
        소리없이 움직이는 工場 같으리
        두 얼음 세 얼음이
        스치고 녹아 물이 되어

끝내 하나에 이르듯
우리도 그리 된다면 좋을 것을
……사랑아
　　　　　　　― 김남조의 시 「얼음 이야기」 ―

　한승원의 시(「촛불 연가」)가 탄탄한 시정신에 입각하여 치열한 시어의
분출을 보여 주었다면, 김남조의 시(「얼음 이야기」)는 어떤 입체적인 고차
원을 보이고 있다.

도시에 무인도가 뜬다.
바람 부는 거리에
노을이 느린 필름으로
자막을 흘러내리면
저만치 무인도가 뜬다.
산소호흡기를 꽂은 가로수는
잿빛 하늘에 절망하다가
맥박을 헤아리고 헤아리고
잘게 빻아진 죽음들이
널려있는 도시에
뿌려진 나는 누구인가.
　　　　　　　― 위상진의 시 「무인도」 중 전반부 ―

　여기에서는 추상적 관념이 구체화되고, 경(景)이라고 하는 구체적 사물
어(事物語)가 다시 심상(心象) 저변에 흐르는 내면화를 보이고 있다.
　전통의 계승 발전과 세계화는 균형있게 조화되어야 한다. 내 나라, 나의
쓸개까지 빼어 던져버리는 세계화는 바람직하지 못하다. 나의 것을 살려서
그것을 세계화하는 주체적인 자세가 요구된다. 일풍(日風) 미풍(美風) 양풍
(洋風)에 제정신을 차릴 줄 모르는 채 끌려다니며 사는 듯한 요즈음 더욱 더

그리워지는 것은 우리 선조들의 시정신이다.

고려시대의 시론 가운데는 '언외의(言外意)'나 '경중정(景中情)'이라는 말이 있는데, 이는 문자로 기록되어 있지 않은 상상의 세계를 문학의 연상작용에 의하여 표출하는 기법을 말한다. 이는 독자로 하여금 문자 밖에 함축되어 있는 깊고 넓은 내용을 느끼게 하는 시적 여운을 가능케 한다.

이러한 견해에 어느 정도 접근된 것으로 보이는 작품으로 박명자의 시 「풀」도 있다.

> 부엌 구석에 눈치밥 얻어 먹으며
> 옆구리 쥐어박히면서
> 수채구멍에 코 박으면서
> 모질게 모질게 생의 고개를 넘던 옥남이
> 헌옷가지 줏어입고 누룽지 훑어 먹으며
> 열 발가락 열 손가락 무좀에 떠밀리면서
> 재취자리 전실 자식 다섯 뒷바라지 한다더니
> 어느 해 남편 잃고 머리 풀고 울고 울다가
> 아침 논둑 끝에 와서
> 맨발로 서 있구나.
>
> ― 박명자의 시 「풀」 ―

여기에서는 '풀'이라는 사물을 보면서, 슬프고도 가련한 여인을 연상하게 되는데, '풀(景)'이 여인의 '슬픔(情)'이나 가련하게 느껴지는 측은지심(惻隱之心)의 내면의식으로 확대 심화되는 것을 볼 수 있다. 그 슬픈 여인을 증명하는 여러 형태의 처절한 비극적 요소들의 치열성에서 농축된 시어의 울림이 살아난다.

앞으로 시문학의 발전을 위해서 한승원의 시 「촛불 연가」는 자극제가 되었으면 좋겠고, 시인들은 소의 사골뼈 국물같은 우리의 고전시학도 찾아 읽었으면 좋겠다.

바슐라르의 '촛불의 미학'을 떠올리게 하는 한승원의 「촛불 연가」는 생각이 깊지 못하고 정서가 메마르기 쉬운 요즘 세상에 부끄러움으로 화끈거리게 하는 신선한 충격이 아닐 수 없다.

8. 문학과 인생

─나의 시론─

인간은 누구를 막론하고 생리적인 면과 인격적인 면을 떠나서는 살 수 없게 되어 있다. 누구든지 먹지 않거나 잠자지 않으면 굶어 죽거나 시들어 죽고 마는데, 이러한 의식주 문제가 해결된다 할지라도 인격적인 면이 충족되지 않을 경우에는 존재의의나 그 가치를 상실하게 된다.

우리는 살아가면서 어떻게 사는 삶이 아름답고 보람되며 가치있는 삶인가 하는 인생의 의의를 생각하지 않을 수 없다. '인생은 짧고 예술은 길다'고 하는 말도 문학의 본질에 접근된 말이라 할 수 있다. 톨스토이 등이 주장한 '인생을 위한 예술'도 역시 예술도 인생에 도움이 되어야 그 존재의 가치가 주어진다고 하는 예술관이라 할 수 있다.

문학에 있어서 인생이라든지, 인생에 있어서 문학이란 인생의 참다운 의의와 삶의 가치를 추구하는 새로운 해석이어야 한다.

김소운의 수필 「특급품(特級品)」에는 '과실(過失)'에 대한 말이 나온다. 과실은 장려할 것이 못되지만, '인생의 올 마이너스는 아니다'라는 주장이다. 과실로 인해서 오히려 여물어지는 면도 있다는 논리다. 결말 부분을 살펴보면 다음과 같다.

> 과실은 예찬할 것이 아니요, 장려할 노릇도 못된다. 그러나 그와 동시
> 에 과실이 인생의 '올 마이너스'일 까닭도 없다. 과실로 해서 더 커가고

깊어가는 인격이 있다. 과실로 해서 더 정화되고 굳세어지는 사랑이 있다. 누구나 할 수 있는 일은 아니다. 어느 과실에도 적용된다는 것은 아니다. 제 과실의 상처를 제 힘으로 다스릴 수 있는 '가야'반(盤)의 탄력……그 탄력만이 '과실'을 효용한다. 인생이 바둑판만도 못하다고 해서야 될 말인가?

인생이란 이와 같이 정답이 있을 수 없다. 이와 같이 문학이 인생에 대한 새로운 해석이 주어질 수 있을 때 그 가치는 살아나게 된다. 독일의 시인 라이너 마리아 릴케의 시 「가을날」을 보기로 하자. 그가 얼마나 인생에 대해서 자연에 대해서 그리고 절대자의 섭리에 대해서 겸허한 자세로 받아들이고 있는가를 감지할 필요가 있다.

주여, 때가 왔습니다. 여름은 참으로 위대했습니다.
해시계 위에 당신의 그림자를 얹으십시오.
들에다 많은 바람을 놓으십시오.

마지막 과실들을 익게 하시고
이틀만 더 南國의 햇볕을 주시어
그들을 완성시켜, 마지막 단맛이
짙은 포도주 속을 스미게 하십시오.

지금 집이 없는 사람은 이제 집을 짓지 않습니다.
지금 고독한 사람은 이 후도 오래 고독하게 살아
잠자지 않고 읽고 그리고 긴 편지를 쓸 것입니다.
바람에 불려 나뭇잎이 날릴 때, 불안스러이
이리 저리 가로수 길을 헤맬 것입니다.

신의 소성이 내재되어 있는 대자연에의 축복과 신의 은총이 충만한 시다. 구구절절 신에게 향하는 간절한 소망과 구원의 이미지가 번득이는 작품이다. 소박한 바램과 겸허한 심성이 시어로 승화되어 있다. 그의 종교적 상상력이 이러한 신앙시를 가능케 했다.

자작시 가운데에 지순한 향토정서와 따끔한 문명비판과 불변의 절대사랑, 그리고 강직한 선비정신을 바탕으로 선풍(禪風) 또는 선풍(仙風)의 세계를 추구한 시가 있다.

>아침을 들다가도 문득, 올려보는 하늘
>저 하늘 아래 보이는 땅이
>내 고향이다.
>
>대밭엔 비비새 울고
>하얀 연기 얕게 깔리는 꿈속의 마을
>부르면 부를수록 청국장 냄새가 난다.
>
>청국장을 잘 끓여 주시던 어머니,
>시골 어머니는 가슴에 활활
>솔가리불을 지피신다.
>
>　　　　　　　　　　　　　　　　—「저 하늘 아래」—

1976년에 일본 나고야에서 쓴 시다. 한국일보에 게재된 바 있는 이 시는 향토정서가 물씬 풍기는 시로서 애향의 그리움을 일깨운다. 나는 초기에 왜 향토색 짙은 토속의 시를 썼는가. 농촌 출신으로서 그러한 시골 분위기가 체질화되어 있을 뿐 아니라 가장 한국적인 시가 세계적일 수 있다는 신념이 자리한 것 같기도 하다.

>오늘은 내 나라 칡차를 들자.
>조상의 뼈가 묻힌 산
>조상의 피가 흐른 산
>조상 대대로 자자손손

뼈중의 뼈, 살중의 살이 묻힌 산
그 산 진액을 빨아올려
사시장철 뿌리로 간직했다가
주리 틀어 짜낸 칡차를 받아 마시고
내가 누구인가를 생각하자.

칡뿌리같이 목숨 질긴 우리의 역사
칡뿌리같이 잘려 나간 우리의 강토
내 흉한 손금 같은 산협에
죽지 않고 살아 남은 뿌리의 정신,
흙의 향기를 받아 마시자.

어제는 커피에 길들어 왔지만
어제는 정신없이 살아 왔지만
오늘은 내 나라 칡차를 들자.

— 「칡차」 —

　민족적 자성을 따끔하게 일깨우는 문명비판의 시 작품이다. 커피로 상징
되는 외래사조에 휩쓸려 살아온 우리들에게는 망각된 제자리 찾기라고 할
까 민족 고유의 뿌리 찾기에 관심을 갖게 하는 작품이라 할 수 있다.

불 속에서 한 천년 달구어지다가
산적이 되어 한 천년 숨어 살다가
칼날같은 소슬바람에 念珠를 집어 들고

물 속에서 한 천년 원 없이 구르다가
영겁의 돌이 되어 돌돌돌 구르다가
매촐한 목소리 가다듬고 일어나

神仙峰 花潭先生 바둑알이 되어서

한 천년 雲霧 속에 잠겨 살다가
잡놈들 들끓는 俗界에 내려와
좋은 詩 한 편만 남기고 죽으리.

— 「돌」 —

이 시는 절대적인 세계를 추구하고 있다. 우리들의 현실은 절대적일 수가 없고 상대적일 수 밖에 없다. 그러나 인간은 보다 완전하고 완벽한 절대적인 세계를 부단히 추구한다. 시라고 하는 것, 문학이라고 하는 것, 예술이라고 하는 것은 사실적이거나 일상적인 상식을 초월하여 비일상적인 현실이나 상식 이상의 것을 자유롭게 추구하고자 하는 성질을 지닌다.

그것은 어떤 문제에 대하여 성급하게 메스를 가하는 성질의 것도 아니다. 그것은 가령 어떤 환자가 있다고 가정할 때 성급하게 메스를 가하기보다는 병실에 커튼을 드리운다거나 화병을 장식하고 음악이 흐르게 하는 등 편안한 분위기를 조성하여 마음의 평화로써 치유를 기다리는 성질을 지닌다.

이러한 맥락에서 보게 될 때 시는 세탁비누나 하이타이와도 같은 성격의 것으로 말할 수 있을 것이다. 그것은 언어를 통하여 마음을 빨래한다. 승화된 시어로써 더럽혀진 마음을 빨래하고 곱게 펴나가는 작용을 전개한다. 그리하여 결국에는 영혼을 빨래하고 곱게 다림질하여 반듯이 펴나가게 된다.

그것은 잘 익은 술이나 간장과도 같은 성질의 것이다. 술이나 간장이 완성되는 과정은 한 편의 시가 완성되는 과정과도 흡사하다. 간장이 모든 음식에 맛을 내듯, 우리가 이 세상을 맛들게 하기 위해서는 잘 썩어야 하는 메주와 부패를 막는 소금의 정신으로 조화롭게 융합되어야 한다.

시를 쓰기 전에 인생을 정서하라.
가슴에 괸 술을 곱게 떠 내어라.
성급하게 쥐어짜는 惡酒일랑
아예 꿈도 꾸지 말라.

시는 썩는 의식의 항아리에
용수를 질러놓고 기다리는 사상.
인생이 익을 때까지 기다리며 참는
꽃술의 아픔이다.

떫은 언어가 익느라고 썩는 동안엔
남 모르는 눈물도 흘려야 하느니라.
속을 썩혀서 단맛으로 우려내는
內密의 結晶.
꽃답게 익은 술, 정겹게 괸 술을
곱게 떠 내어라.

　　　　　　　　　　　　—「시론(詩論) 1」—

　'용수에서 떠낸 술'이라는 부제가 붙은 이 시는 시론을 시로 쓴 셈이다.
글을 쓰기 전에 먼저 사람다운 사람이 되어야 한다고 하는 논리와 그 궤도
를 같이 하는 말이다. 공자(孔子)가 자신이 엮은 시 305편을 한 마디로 요약
하면 사무사(思無邪)라 하였다. '생각함에 사특함이 없다(詩三百一言以廠
之曰思無邪)'라고 한 이 말은 곧 시를 보는 자신 속에 간사한 마음이 존재하
지 않아야 한다는 가르침이기도 하다.
　여기에는 '자연스러움'이라든지 '편안함'이라는 예술의 본질적 요소와
도 맥이 통하는 내용이 암시되어 있다. "쥐어 짜는 악주(惡酒)일랑 꿈도 꾸
지 말라"는 주문은 그 단적인 싯구라 하겠다.

높은 산의
경험의 나무숲과
깊은 골의
인식의 물소리 찾아 헤매며
주워온 도토리 옹배기에 붓고
바위 틈의 맑은 물 남실남실

잠재우는 日月로
떫은 언어를 우려 낸다.

우려내면 우려낼수록
맑아지는 정신,
渾身의 熱을 가한다.
창조의 질서를 찾아
열을 가하고, 열을 식히면
오롯하게 어리는 山香의 묵,
詩語를 퍼 담은 心象의 옹배기에
도토리묵만 오롯하게 어린다.

—「시론(詩論) 2」—

'도토리묵'이라는 부제가 붙은 시다. 시작과정(詩作過程)은 이 시에서처럼 여과작용(濾過作用)을 의미한다. 마치 떫은 도토리를 물옹배기에서 우려낸 다음 열을 가하여 도토리묵을 만드는 과정처럼 시 역시 여과와 승화의 과정을 거치게 된다.

우리 조용히 썩기로 해요
우리 기꺼이 죽기로 해요
토속의 항아리 가득히 고여
삭아내린 뒤에
맛으로 살아나는 삶,
우리 익어서 살기로 해요.

안으로 달여지는 삶,
뿌리 깊은 맛으로
은근한 사랑을 맛들게 해요
정겹게 익어 가자면

꽃답게 썩어 가자면
속맛이 우러날 때까지는
속 삭는 아픔도 크겠지요.

잦아드는 짠 맛이
일어나는 단맛으로 우러날 때까지,
우리 곱게 곱게 썩기로 해요
우리 깊이 깊이 익기로 해요
죽음보다 깊이 잠들었다가
다시 깨어나는 부활의 윤회,

사랑 위해 기꺼이 죽는 人生이게 해요
사랑 위해 다시 사는 再生이게 해요.

― 「간장」 ―

간장이 모든 음식에 들어가 맛을 내듯이, 우리들이 이 세상을 맛들게 하
기 위해서는 잘 썩어야 하는 메주와 부패를 막는 소금의 정신으로 조화롭게
융합되어야 한다는 내용이 형상화되어 있는 작품이다. 여기에서는 간장이
지닌 그 이미지를 통해서 사상으로까지 심화시키고 있음을 엿볼 수 있다.

이제까지 여러 작품을 소개하면서 거기에 해당되는 얘기를 덧붙였는데,
이러한 내용을 우선 감상하고 이해하며, 분석 비평한 다음에 창작적 기능을
살리는 방향으로 전개하는 게 바람직하겠다.

하이덱거는 말하기를, '언어란 존재의 집'이라고 하면서, '우리는 신(神)
의 언어의 집에서 살아야 한다'고 했다. 우리가 말하는 것이나 글을 쓰는 행
위는 바로 이 '언어의 집짓기'가 된다. 좋은 집은 좋은 벽돌로 이루어지듯
이, 훌륭한 글은 아름다운 마음씨와 거기서 비롯되는 승화된 언어에서 이루
어진다.

따라서 '문학과 인생'은 불가분의 상관관계를 지닌다. 젊은 시절에는 싱

싱한 시를 쓰다가 늙어지게 되면 까치밥(홍시)처럼 익은 시를 쓰게 되는 것
도 그 성숙도에 비례하기 때문이다.

우리 죽어 살아요.
떨어지진 말고 죽은 듯이 살아요.
꽃샘바람에도 떨어지지 않는 꽃잎처럼
어지러운 세상에서 떨어지지 말아요.

우리 곱게 곱게 익기로 해요.
여름날의 모진 비바람을 견디어내고
금싸라기 가을볕에 단맛이 스미는
그런 성숙의 연륜대로 익기로 해요.

우리 죽은 듯이 죽어 살아요.
메주가 썩어서 장맛이 들고
떫은 감도 서리맞은 뒤에 맛들듯이
우리 고난받은 뒤에 단맛을 익혀요.
정겹고 꽃답게 인생을 익혀요.

목이 시린 하늘 드높이
홍시(紅柿)로 익어 지내다가
새소식 가지고 오시는 까치에게
쭈구렁바가지로 쪼아 먹히고
이듬해 새 봄에 속잎이 필 때
흙속에 묻혔다가 싹이 나는 섭리
그렇게 물 흐르듯 순애(殉愛)하며 살아요.

— 「까치밥」 —

이 시는 절대사랑을 내비치는 작품으로서, 고난을 선량하게 극복하지 않

고는 인격의 완성으로 거듭날 수 없다고 하는 성숙의 각성이 종교적, 철학적 차원으로 승화된 작품이다. 인생이 재생이나 부활로 거듭나게 될 때, 순애(殉愛)하는 삶 속에서 그 성숙된 인격의 완성으로 인하여 참된 삶의 존재가치를 찾을 수 있다는 점을 강조함으로써 문학의 예술성과 영원성을 고양하고 있다.

이 「까치밥」의 갈래는 자유시이면서 서정시이고, 구성은 기승전결(起承轉結)의 4연시로 짜여져 있으며, 서정적인 향토정서를 바탕으로 은유와 상징 기법을 활용하고 있음을 알 수 있다.

시상의 전개 과정을 보면, 제1연의 기(起)는, 아무리 세상이 어지러워도 실족하거나 좌절하지 말라는 내용을 감나무의 감꽃을 끌어들여 '떨어져서는 안된다'고 강변하고 있으며, 2연의 승(承)에서는, 인생의 성숙을 가을볕에 단맛이 스미는 감나무의 열매에 비유하여 인내를 통한 아름다움의 승화를 노래하고 있다. 여기에서는 시적 자아와 제재의 일체화를 통하여 선량한 마음으로의 고난 극복을 표로하고 있는데, '모진 바람'은 현실적인 고난을, '단맛'은 고난 극복 후에 나타나는 성숙의 진수를 상징한다.

그리고 3연의 전(轉)에서는, 정겹고 꽃다운 아름다움으로 인생을 익히기 위해서는 온갖 인고를 슬기롭게 겪어 내야 한다고 겸허한 마음으로 토로하고 있는데, 여기에서는 '자기 희생'과 시련 극복 후의 성숙을 형상화하고 있다.

마지막 4연 결(結)의 경우, 늦가을 서리맞은 뒤에 맛드는 홍시(紅柿)처럼, 절대사랑의 순애를 통한 부활, 다시 거듭나는 재생이야말로 절대가치의 진수임을 예시하고 있다. 여기에서의 '까치'는 고난 극복 후의 성숙한 인간에게 희망을 가져다 주는 전령사를 상징하며, '순애(殉愛)'는 절대사랑을 추구하는 자기희생의 극치를 표상한다.

이 시는 감나무의 감꽃이 감열매가 되고, 마침내 홍시의 상태로 완숙하게 되는 그 성숙과정을 통하여, 고난과 시련을 극복하고 절대가치를 향유하게 되는 인생을 상징적으로 표현하고 있다.

1연의 1~2행은 겸손한 삶을, 3~4행은 고난의 세계에 실족하지 않기 위한 인내를 역설하고 있으며, 2연은 떫은 맛은 다 빠지고 단맛이 드는 감열매처럼 성숙의 연륜을 따라 인격이 완성되어 가는 인생을 '모진 비바람'과 '금싸라기 가을볕'이라는 두 대립적 갈등 구조로서 형상화하여 인내와 조화를 통한 완성을 노래하고 있다.

3연은 잘 썩음으로써 장맛이 드는 메주처럼, 서리맞은 뒤에 맛이 드는 까치밥같은 인생은 '고난'의 극복을 통해서만이 가능하다는 교훈을 제시하고 있다.

4연에서의 '까치'는 희망의 새소식을 가지고 오시는 '님'을 상징한다. 희망의 새소식을 염원하는 상징물의 표상인 '까치밥'은 희망의 상징인 '까치'를 불러들이고, 까치밥은 까치에게 희생, 봉사하고 순애함으로써 절대사랑으로 다시 사는 부활을 형상화하고 있다. 이 시는 현실의 고난 속에서도 좌절하지 않고 새희망을 염원하는 우리 민족의 전통적인 정서를 까치밥과 까치라는 토속적 소재를 통하여 명징한 언어로 형상화한 작품이다.

제4부

현대시의 감상과 비평

1. 정서와 격조 I

모든 예술 작품은 내용과 형식의 효과적인 직조(織造)로 이루어진다. 피륙을 짜기 위해서는 물론 거기에 필요한 실이라든지 물감 같은 재료와 기술이 요구된다. 값진 비단을 생산하기 위해서는 역시 좋은 재료와 세련된 기술이 요구되듯이, 좋은 시를 창작하기 위해서는 값진 실(絲) 같은 정서라든지, 세련된 구성의 균형있는 조화로 일정한 수준의 품위를 유지해야 하는데, 이를 가리켜 격조(格調)라거나 운치(韻致)라고 말한다.

그러나 때로는 이러한 논리가 무시되는 경우도 있을 수 있다. 가령 값진 실과 물감으로 짠 피륙이 특급품일 경우, 디자인이나 재단의 과정을 거치지 않은 상태에서 자르기만 하여 고가의 스카프로 평가 받을 수도 있는 것처럼, 시에 있어서도 역시 비단과도 같은 정서 가치로 인해서 특별한 형식적 구성이라든지 조화를 꾀하려는 노력이 없이도 효과를 가져오는 경우가 있다.

어느해 봄이던가, 머언 옛날입니다.
나는 어느 親戚의 부인을 모시고 城안 冬柏꽃나무 그늘에 와 있었습니다.
부인은 그 호화로운 꽃들을 피운 하늘의 部分이 어딘가를 아시기나

하는 듯이 앉아계시고, 나는 풀밭 위에 흥근한 落花가 안씨러워 줏어모
아서는 부인의 펼쳐든 치마폭에 갖다놓았습니다. 수 없이 그짓을 하였습
니다.

　그뒤 나는 年年히 抒情詩를 썼습니다만 그것은 모두가 그때 그 꽃들
을 주서다가 디리던 그 마음과 별로 다름이 없었습니다.

　그러나 인제 웬일인지 나는 이것을 받어줄이가 땅위엔 아무도 없음을
봅니다.
　내가 줏어모은 꽃들은 제절로 내손에서 땅우에 떨어져 구을르고 또
그런 마음으로밖에는 나는 내 詩를 쓸수가 없습니다.
— 徐廷柱의 「나의 詩」 —

　평범 속의 비범이다. 특별한 형식적인 구성미에 신경을 쓰지 않으면서도
시를 이루는 까닭은 그의 순후한 정서에 있다. 순후한 정서가 강세를 보이
기 때문이다. 이 시에는 우아미(優雅美)를 지닌 친척 부인에 대한 소년의 특
별한 정서가 은근히 내비치고 있다. 그리고 그 정서는 평생을 경영해 온 시
업(詩業)과 연결되고 있다. 은근하게 고여있는 정서를 넌즈시 약간씩만 내
비침으로써 독자로 하여금 궁금증과 함께 일종의 신비의식을 자아내게 하
고 있음을 본다.

　　서울의 어느 어두운 뒷거리에서
　　이밤 내 조그만 그림자 위에 눈이 나린다
　　눈은 정다운 옛이야기
　　남몰래 호젓한 소리를 내고
　　좁은 길에 흩어져
　　아스피린 粉末이 되어 곱게 빛나고
　　나타샤같은 계집애가 우산을 쓰고
　　그 위를 지나간다

눈은 추억의 날개 때묻은 꽃다발
고독한 都市의 이마를 적시고
公園의 銅像 위에
벗의 하숙 지붕 위에
카스파처럼 서러운 등불 위에
밤새 쌓인다

　　　　　— 金光均의 「눈오는 밤의 詩」—

　김광균의 「눈오는 밤의 시」는 앞에서 소개한 서정주의 「나의 시」에 비하
여 그 형식이나 구성에 더 많이 애를 쓴 흔적이 보인다. 그리고 서정주의 시
에서는 "홍근한 落花가 안씨러워"라든지, "꽃들을 주서다가 디리던" 등의
토속어(土俗語)가 싸잡혀 있어서 향토정서를 불러 일으킨다면, 김광균의
시에서는 도시 문명을 구가하는 현대적인 언어감각이 두드러진다. 가령
"아스피린 粉末이 되어 곱게 빛나고"라든지, "나타샤같은 계집애가 우산을
쓰고" 등이 그것이다.

　　샤갈의 마을에는 三月에 눈이 온다.
　　봄을 바라고 섰는 사나이의 관자놀이에
　　새로 돋은 靜脈이
　　바르르 떤다.
　　바르르 떠는 사나이의 관자놀이에
　　새로 돋은 靜脈을 어루만지며
　　눈은 數千數萬의 날개를 달고
　　하늘에서 내려와 샤갈의 마을의
　　지붕과 굴뚝을 덮는다.
　　三月에 눈이 오면
　　샤갈의 마을의 쥐똥만한 겨울 열매들은
　　다시 올리브빛으로 물이 들고
　　밤에 아낙들은

그해의 제일 아름다운 봄을
아궁이에 지핀다.
　　　　　　─ 金春洙의 「샤갈의 마을에 내리는 눈」 ─

　이 시에서는 '샤갈의 마을'과 '눈'이 밀접한 상관관계를 가지고 효과적으
로 활용되고 있다. 이 두 사물은 뗄래야 뗄 수 없는 불가분(不可分)의 일체를
이루기 때문이다. 관념적이고, 형이상학적인 존재 탐구의 경향을 추구했던
시인으로서는 러시아에서 태어나 프랑스의 화가가 되어 모스크바와 파리
를 왕래하면서 러시아의 민족성과 유태적인 신비성을 혼합한 환상적인 화
풍을 창조한 샤갈의 미술에 관심을 두는 것은 당연하다 하겠다. 특히 샤갈
의 대표작이라 할만한 「나와 마을」 같은 작품은 무척 쉬르레알리즘적이라
는 점을 감안한다면 이 두 사물의 합치점은 이해하기에 어렵지 않을 것이
다.

　嶺 너머 구름이 가고

　먼 마을 호박잎에
　지나가는 빗소리

　나비는 빈마당 한구석 조는 꽃에
　울 넘어 바다를 잊어

　흐르는 千年이
　환한 그늘속 한낮이었다.
　　　　　　─ 李轍均의 「한낮에」 ─

　공간적인 원근법(遠近法)과 정중동(靜中動), 그리고 시간적인 촌각(寸刻)
과 천년이 하나의 짧은 시 속에 집약되어 있다. 이러한 의식은 동양적 관조

와 선풍적(仙風的)인 세계와 연결된다. 이러한 격조는 노장사상이나 선(仙),
또는 선(禪)에서 기인될 수도 있다. 시에 있어서의 응축의 매력이 이러한 경
우에 살아나게 된다.

누님요
아부님 어무님 모시고
경수 동생하고 학조캉 모도
무궁한 일월을 한데 모여 살그로
고향 저승으로 구만 나도 갈랍니더
살다가 와 그래 가고 싶노 몰라
할마이는 지가 먼저 갔어예 빙싱이메츠로.

이승에서 찾아 헤맨 지난날
속절없는 구름의 마음은 벗고
솔향기 은은한 깊은 숲속으로
이분에야 말로 꼭 와서 우리
아버지 엄마 그늘 따시한 절에서
호롱불이라도 하나 서드리고
잊었뿌린 효도 한 분 할라칸다 누부야!
　　　　　　　　—李雪舟의 「내 고향은 저승」—

이 시를 만일 표준어로 썼다면 설명적인 감정 발산에 그쳤을 것이다. 이
시가 그래도 어느 정도 관심을 갖게 하는 것은 토속적 방언에 있다. 직정적
이고 직설적인 표현이 방언에 의하여 약간씩 변형되어 나타난 그 향토적 표
현에 의해서 시로서의 체면을 유지하는 셈이 된다.

쌀가마니 탄약상자 부상병이 탄 달구지를 보고
놀란 까치들이
흰 배를 드러내며 날아간다

후퇴하는 인민군 총부리에 떠밀리며
서낭당에 절하고 또 절하던 형님은
그 후에 다신 돌아오질 못했다
오늘도 낮달은 머리 위에서 뒹굴고 있지만
빛을 먹은 필름처럼 까맣게 탄 사진을 현상해서
천도제 올린 우리 식구들
절이 멀어질수록 풀벌레 소리로 귀를 막는다
나무껍질처럼 투박해진 세월은
내 얼굴의 버짐처럼 가렵기만 한지
저수지에 돌팔매질을 해
물수제비 예닐곱 개나 뜨던 여름이 오면
형님은 언제나 거기에 있다
6.25를 기억하는 예성강처럼
언제나 거기에 있다
　　　　　　　─咸東鮮의 「형님은 언제나 서른 네살」 ─

　　정한(情恨)의 발성(發聲)이다. 몇 군데의 직유 외에 특별히 기교를 부리려
는 흔적이 보이지 않는다. 그런데도 이 시가 읽혀지는 까닭은 절실한 체험
에서 끌어올린 발성에 있다. 경험의 보석이 기교 이전에 반짝이는 셈이다.
기교를 부릴 필요가 없는 평범한 무기교에서 기교보다 더 소중한 정서를 얻
는다.

　　당신의 사랑은 매혹(魅惑)이야
　　귀걸이 달린 두 귀의 그림자로도
　　솜털 솟듯한 그런 아름다움.
　　솜털 위를 기어가는 뱀 한 마리
　　독 오른 뱀 한 마리
　　그런 숲이야, 또아리 같은 휘파람 같은
　　숲이야 숲이야.

달 밝은 밤의 오동나무 열매
달각이는 소리로 당신은 눈떠

그 눈 속에 숨은 독수공방의
촛불 팔락이는 그림자로도 매혹이야.
어지러운 잠수(潛水)의 그 현기증
돌개바람 솟구치는 검은 저수지
입다문 수초(水草)
그런 잎이야, 독나방 같은 해파리 같은
어지러운 잎이야 매혹이야
당신의 사랑은.

―李閨豪의 「사랑가」―

　여기에서는 '사랑'이라는 추상적인 제목에 상징적 사물들이 은유되고
직유되며 유추를 유도하고 있다.

대폿집 같은 데서
갑자기 옆에 있던 사람이
없어질 때가 있다
그때
나도
빈 소주병처럼
한쪽으로
거칠게 치워진다
다른 한쪽엔
젓가락 끝에 앉은
겨울의 파리 한 마리

―李奉來의 「迷路」―주점―

육교(陸橋) 같은 데서

갑자기 신(神)의 비듬 같은
함박눈이 목덜미에
와 닿을 때가 있다
금새 땀과
야합해서
잔등으로 흐른다
그때
나도

덫에 걸린 토끼처럼
또한 야합한다
종이 울린다
공포보다
무서운 시장끼로

　　　　　　　　—李奉來의 「迷路」-陸橋—

　주점(酒店)과 육교(陸橋)라는 부제(副題)가 각각 붙은 이봉래의 「미로(迷
路)」라는 제목의 이 시는 주체와 대상적 사물 사이에 상사성(相似性)을 설정
해 놓고, 그 사물들을 주제를 위해 동원시키는 기교를 보이고 있다. 시를 창
작하고자 하는 문학 지망생들은 '주점'과 '육교' 이 두 시의 틀(形)을 참고하
기 바란다. 이 두 편의 시 가운데는 어떤 일정한 꼴이 있어서 언어를 그 꼴에
맞추어 넣고 있다는 것을 인지할 수 있을 것이다.

　이는 내용과 형식의 관계로서, 시에 있어서의 내용이란 빵의 원료가 되는
밀가루나 우유나 설탕이 함유된 반죽이라면, 형식이란 그 반죽을 부어서 구
워낼 수 있는 빵틀 같은 것이다. 빵을 굽는 틀에도 붕어빵틀, 국화빵틀, 바나
나빵틀, 나뭇잎빵틀 등 가지각색이 있다.

　시에 있어서도 이와 마찬가지로 아직은 습작기에 있는 문학 지망생들은
많은 시를 읽어서 그 형식으로서의 많은 틀(꼴)을 입력하고 있으면 그게 무

의식중에 나타나게 되어 도움을 얻게 된다.

겨울이면 나는 눈의 나라 시민이 된다
온 세상 눈이 다 이 고장으로 몰린다
고요하라 고요하라
희디흰 눈처럼
차고도 훈훈한 눈처럼
고요하라는 계율에 순종한다
사랑을 하는 이들은
안개의 푸른 발
이사도라 단칸의 맨발이 되어
부딪치는 불꽃이 되기도 한다
겨울이면 나는 눈의 나라 시민이 되어
유순하게 날개를 접는다
그러나 이따금 불꽃이 되고
허공에서 눈물이
되려 할 때가 있다
슬픔이 담긴 눈송이들끼리.

　　　　　　　　　　　　　― 金后蘭의 「눈의 나라」 ―

부엌으로 침입한 바다
도마 위에 바다가 출렁거린다
햇살에 도전하는
갑옷을 벗기고 탁탁
토막을 치기까지엔
진정 얼마간의 용기가 필요하다
세계는 이미 눈을 감고 있다
바다로 내려가는 계단에서
칼날을 물고 늘어지는
하얀 파도.

　　　　　　　　　　　　　― 金后蘭의 「생선요리」 ―

정적(情的)인 욕망이 눈의 정서를 타고 '눈의 나라 시민'이 되어 정적(靜的)인 정서로 잠자다가 '사랑'과 '불꽃'으로, 그리고 '눈물'로 전이된다. 앞의 시가 정서적이라면, 뒤의 「생선요리」는 정서적이면서도 기교적이다. "부엌으로 침입한 바다"라든지, "도마 위에 바다가 출렁거린다"가 그것이다. 이 두 편의 시는 소재 자체에서부터 신선감을 주거니와 주제를 위해 시도되는 기교의 효과로 인하여 신선감은 한층 더 고조되고 있다.

> 흘러가는 것은 흘러가게 해야지.
> 굽이치는 것은 굽이치는대로
> 멀리 비껴가는 것은 비껴가는대로
> 빠르면 빠른대로, 아쉬우면 아쉰대로
> 소용돌이치다 휘돌아가면 또한 그대로
> 맞아가고 잊혀가고 앗아가는 것이면
> 모두 그대로 흘러가게 해야지.
> 날아가고 숨어가고 서둘러가고
> 돌아가는 건 돌아가는대로
> 떠나가는 것이면 그런대로
> 놓아주고 풀어줘야지.
> 제 목숨 부지하는 날로
> 어쩌다 얻은 아픔 지병이 되어
> 쇠잔해 다하더라도
> 가로막는다든지, 거슬려 올리는 일은
> 원한이요 삭힘이 아니지.
> 두고두고 서로가 환이지.
> 안팎이 피멍으로 터지도록 부어올라
> 대 대를 이어 태질하는 일이지.
> 사위어 가고 시들어 가는 건 그대로
> 착각의 비늘 벗어버리고
> 가게 해야지, 흘러흘러 가게 해야지.

장승으로 버티어 서 있으면
그대로 삭아 고운 흙이 되든지,
날벼락을 맞아 스러지든지,
거기 그대로 남아 잠깐 머무르게 하고
끝끝내 매잡아두고 싶은 무엇이라도
시방은 고이 가려, 가려내어
돌아가게 버려줘야지
흘러가게 해줘야지.

— 崔銀河의 「순명」 —

제목이 한글로 되어 있으나 '명을 따른다'는 뜻으로 여러 의미가 내포되어 있다. 그러나 여기에서는 주어진 천명에 따른다는 쪽으로 이해하는 것이 바람직하다. 물이 흘러가듯이 사람이란 누구를 막론하고 흘러가기 마련이다. 먼저 가고 나중에 가는 차이가 있을 따름이다. 여기에서의 "빠르면 빠른대로, 아쉬우면 아쉰대로"가 바로 그 점을 의미하는 것으로 보인다. 여기에서는 노장사상의 무위자연이라든지, 안심입명(安心立命)의 경지를 넘나드는 초연한 자세가 자리하고 있다.

사위어 가고 시들어 가는 명에 대하여 초연한 자세를 보임으로써 인생에 대하여 만고풍상을 겪은 연후에 얻어지는 초탈의 경지가 느껴지는 작품이다. 전혀 폼을 재지 않으면서 폼 이상의 어떤 메시지를 은연중에 깔아 나가는 듯한 인상을 받게 된다.

어제
방학한 초등학교 창가에
水彩畵
우수수
끊어진 무지개에 걸려
짝 잃은 실내화를 건져 올린다.

지붕 위에
구름 위에
둥근 공 차 올리던
소아마비 짧은 다리의 힘줄

잡아당기는 아픔만큼
발 끝으로 섰던
바닥 없는 신발

어제
방학한 초등학교 창문의
수채화에는
우수수

낙엽같은 빨간 맨발들이
끊어진 무지개에 걸려
넘어지고 있다

— 朴貞姬의 「수채화」 —

능란한 기교로써 멋스러움을 자아내고 있다. 방학한 초등학교 창가에 투영되는 사물을 수채화로 보고, 거기에 대조되는 현실적인 사물들을 시인의 작품 의도대로 재구성하고 있다. 여기에서는 소아마비의 짧은 다리라든지, 바닥 없는 신발 등을 통하여 이상과 현실의 엄청난 간격을 실감있게 표현하고 있다. 특히 결말에 가서 '우수수'라는 낙엽 지는 소리와 함께 "맨발들이 / 끊어진 무지개에 걸려 / 넘어지고 있다"는 대목에서 그 간격에 대하여 치열하면서도 결정적으로 표현한 것으로 보인다. 앞부분에서의 '끊어진 무지개'라든지, '짝잃은 실내화'도 주제를 위해서 크게 기여한 명구라 할 수 있다.

아랫녘에서는
여태껏
빗물을 풀어 쓴다
지붕으로 받은 빗물을

고샅길에 모아서
고샅길에 흐르는 빗물을
고래실에 모아서
차례차례 풀어 쓴다
고래실 무논에서 풀려가는 빗물은
물꼬를 넘어 논배미로 갈려간다
논배미에서 논배미로 갈려간다
갈려가면서 너비를 만든다
아랫녘 사람들은
빗물의 고를 풀어 너비를 만들고
그 너비 구석구석을 싸다니며
햇빛을 뿌린다.

　　　　　　　　　　　 ─ 李炳勳의 「논갈이 2」 ─

　이 시인은 소재(논갈이)를 효과적으로 적절히 활용하여 주제를 살려내고
있다. 여기에서의 주제의식은 결말 부분에 내비쳐지고 있다. 아랫녘 사람들
은 빗물의 고를 풀어 너비를 만들고, 그 너비의 구석구석을 싸다니며 햇빛
을 뿌린다는 귀결이 그것이다. 여기에는 모자람이 없이 넉넉한 마음을 지닐
수 있는 지혜가 깔려 있다. 아랫녘에서는, 적어도 논갈이를 위한 물대기에
있어서는 평등 사회가 이뤄지고 있다는 메시지가 확고히 자리잡고 있다.

키 큰 남자를 보면
가만히 팔 걸고 싶다
어린 날 오빠 팔에 매달리듯

그렇게 매달리고 싶다
나팔꽃이 되어도 좋을까
아니, 바람에 나부끼는
은사시나무에 올라가서
그의 눈썹을 만져 보고 싶다
아름다운 벌레처럼 꿈틀거리는
그 눈썹에
한 개의 잎으로 매달려
푸른 하늘을 조금씩 갉아먹고 싶다
누에처럼 긴 잠 들고 싶다
키 큰 남자를 보면

— 文貞姬의「키 큰 남자를 보면」—

아름다운 빛깔의 정감에다가 놀라운 상상력으로 이뤄진 맛과 멋이 조화
되어 매력을 풍기는 작품이다. 은사시나무에 올라가서 키 큰 남자의 눈썹을
만져본다거나 그의 눈썹에 한 개의 잎으로 매달려 푸른 하늘을 조금씩 갉아
먹고 싶고, 누에처럼 긴 잠 들고 싶다는 착상은 낭만의 극치 바로 그것이다.
이러한 시는 쭈뼛거리지 않고 속시원히 쭉쭉 뻗는 정감에다가 풍부하면서
도 기발한 상상력 때문에 가능하다. 기발한 상상력의 발상이 아니고는 이러
한 시가 탄생될 수 없다.

화개재 위에 솟은 달은
혼자 보기로 했다.

초로에 내 가슴을
아직도 충분히 울렁거리게 하는
예쁜 여인 배시시 웃는 모습이어서

근일이도 남일이도

텐트 속으로 등밀어 보내고

숲속으로 데리고 들어가
혼자만 가만히 안아 보았다.
                    ─ 文孝治의 「지리산 詩」-달─

　　앞에서도 시는 상상력의 소산이라고 하였는데, 여기에서도 역시 시에 있
어서 상상력의 중요성을 강조하지 않을 수 없다. 지리산 자락에 솟아 있는
달을 보고 어느 여인으로 연상하여, 그 여인과 달을 동일선상에 두고 그 여
인을 안아보듯이 아무도 몰래 달을 안아본다는 착상은 주제를 위한 상상력
의 수련이 없고서는 불가능한 일이다. 그러므로 시인 뿐 아니라 모든 예술
가들은 상상력을 살려나가기 위해 진력해야 좋은 작품을 창작할 수 있다는
점을 이해해야 할 것이다.

　　　　우리는 손을 흔든다. 헤어지면서
　　　　흔드는 손이 아스라할 때까지
　　　　고개 돌려보고 또 돌리고는
　　　　뒷걸음치다가 사라진다.
　　　　우리의 거리는 보이지 않는 만큼 멀어지고
　　　　문득 보고 싶을 때
　　　　해질녘 강가 미루나무도 예사롭지 않더라

　　　　손을 흔드는 것은 얼마만큼의 시간 뒤에
　　　　만날 것을 약속하지만 더러는 영영 못만날 수도 있다는 것을
　　　　나이 들면서 알게 되고
　　　　잊혀져 가는 사람들 가운데 저미는 그리움 있다면
　　　　얼마나 고맙고 소중한 것이냐
　　　　이제는 외로움이 나의 것만이 아니라는 걸
　　　　떠가는 구름보고 알 수 있듯이

한번쯤 헤어졌던 곳에 와서
어두운 밤 별을 헤어도 보고
손을 흔들어 보는 것도 야속한 것만은 아니야
흰 머리 바람에 날리며
주름잡힌 눈에 핑그르르 고이는 것 있어
별빛이 흐리다

　　　　　　　　　—李昌年의 「손을 흔드는 것은」—

　인생에서 느껴지는 황혼(黃昏)의 애상(哀想)을 다룬 작품이다. "해질녘
강가 미루나무도 예사롭지 않더라"에서 느껴지는 바와 같이, 나이가 들면
서 사물들이 하나 하나 눈여겨 보여지는 현상에서 이 시인이 가난한 시간에
기대고 있음을 알 수 있다. 얼핏 보면 말하듯이 수월하게 설명조로 쓴 것 같
이 보이지만, 다시 들여다보면 마치 해장국에 시래기 녹아지듯 그렇게 언어
가 자연스럽게 녹아져 있음을 발견하게 된다.

부지런한 산안개
화개사 벚꽃잎들과 살 섞어
몽정의 아침 피워올리고
해탈의 구름무늬 휘감아 내리는
산바람.
이름을 말하지 않는 산새 서넛
밤새 다듬어낸 목청 돋구더니
은실 올올이 뽑아내어
지리산의 아침을 짜고 있는데.

더덕 냄새 나는 산채의 사내 품에서
취해 어지러운 살냄새 씻어내느라
밤새도록 불일폭포 오르내린

고단한 늦잠

까닭을 알기나 할까? 새는
속세의 것들은.
                    ─ 權千鶴의 「지리산」─화개사의 아침 ─

　이 시인은 성속(聖俗)을 자유롭게 넘나들고자 하는 심리가 작용하고 있
다. 인간과 자연을 일치시키면서 자연스럽게 동화시키고 있다. "벚꽃잎들
과 살 섞어"라든지, "몽정의 아침 피워올리고" 등이 그것이다. "더덕 냄새
나는 산채의 사내 품에서 취해 어지러운 살냄새"도 역시 인간과 자연을 얼
버무려서 아리송하게 하고 있다. 이처럼 아리송한 암유(暗喩)를 통해 시의
매력이 살아나기도 한다.

　　어디에 놓이건
　　흔들림 없이 단아한 모습,
　　마음을 언제나 열어 두기로 했다.

　　가끔씩 찾아 오는 이
　　뜨거운 가슴 향맑은 숨결
　　말없이 받아 주거나
　　시린 손 데워 주면서
　　때로는
　　옆 잔의 침묵에 공명(共鳴)하면서,

　　빈 마음 자리
　　선풍(仙風)에 젖어 살기로 했다.
　　먼 산 가을
　　저녁놀……
　　진달래 꽃빛으로 스러질 때

까닭 모를 눈물 차오를지라도
욕된 삶은
죽어도 아니 살기로 했다.

— 林美玉의 「잔(盞)」 —

　사물 인식이 뛰어나다. '잔(盞)'이라는 사물에서 인생을 충분히 논하는
점으로 봐서 그렇다. 그 잔이 지니는 속성에서 단아한 모습이라든지 뜨거
운 가슴, 받아주거나 덮혀주는 관계 양상을 적절히 취사 선택하여 직조하고
있다. 인생에 있어서도 잔처럼 어디에 놓이건 흔들림 없이 마음을 열고 살
되 선풍으로 살겠다는 의지가 극한적이다. '잔'이 지니는 일상적 의미가 선
풍과는 거리가 있는 까닭에 역설을 정당화로 뒤집어 시로 형상화하였다.

머리카락 자라듯이
내 시도 그렇게 자란다면,
자란 머리카락 자르듯이
때묻은 내 삶도 잘라낸다면

미장원의 투명한 쇼윈도 밖에서는 일꾼들이
플라타너스 곁가지 푸른 긴 팔목들을
싹둑싹둑 잘라내고 있다.

어설프게 웃자란 새순들
머리카락 한 줌씩 뭉텅뭉텅
타일 바닥으로 떨어진다.

내 속의 응달 구석 모서리
삐죽삐죽 돋아오른 곁가지들
갈망의 풋내 무슨 허물인 듯
흩어지고 또 흩어진다.

덧난 군더더기 가지를 치듯
머리카락 매만지는 섬세한 손 끝에서
풀어지던 내 일상도 퍼머가 된다.
남루한 인생에도 새움이 돋을 듯이
　　　　　　　　　　　—具明淑의「미장원 풍경」—

　　미장원 실내와 실외의 풍경을 동시에 대비해 클로즈업시킴으로써 복합
적이면서도 입체적인 효과를 가져온 작품이다. 여기에는 좋은 시를 쓰고자
하는 욕구와 때묻은 삶을 청산하고자 하는 욕구가 복합적으로 나타나 있다.
잘려지는 가로수, 그 플라타너스 나무 가지와 잘려져 떨어지는 시인 자신의
머리카락이 겹치면서 몽타주 효과를 살려내고 있다. 결국에는 "풀어지던
내 일상도 퍼머가 된다. 남루한 인생에도 새 움이 돋을 듯이"라는 결구에서
내비치듯이, 이 시인은 긍정적으로 건강한 시작 태도를 보이고 있다.

하얀 속살 뽀드득 씻은 알몸의
여리던 가슴
예리한 칼 끝에 쪼개져
쑤셔박히던 짜디짠 소금물통
간이 배어 적당히 세상 맛이 들고
뻣뻣하던 줄기
부들부들 연해지거들랑
고춧가루 푼 비린 젓깔에 묻쳐
숨막히는 항아리 속
부글부글 끓어도 함께 끓어안고
사근사근 익어
한 겹 한 겹 쓰린 살을 부비며
새콤달콤 살다가
군내 나기 전에
빈 항아리만 남기고 가는 거라고

사시사철 밥상 위에 올라
삶의 입맛을 돋군다.

— 김기덕의 「김치」 —

이 시는 '김치'를 빙자하여 인생을 이야기한다는 데에 뜻이 있다. 뜻도 보통 뜻이 아니라 "간이 배어 적당히 세상 맛이 들고"라든지, "부글부글 끓어도 함께 끌어안고 사근사근 익어", 또는 "한 겹 한 겹 쓰린 살을 부비며 새콤달콤 살다가" "군내 나기 전에 빈 항아리만 남기고 가는 거라고" 등의 표현은 인내의 결정체로서의 '삶의 입맛'을 의미하는 깊은 뜻을 담고 있다. '김치'라는 사물을 통하여 인생을 표현하는 방법도 새겨둘만한 점이다.

2. 정서와 격조 Ⅱ

닫힌 사립에
꽃잎이 떨리노니

구름에 싸인 집이
물소리도 스미노라

단비 맞고 난초잎은
새삼 차운데

볕받은 미닫이를
꿀벌이 스쳐간다

바위는 제자리에
움직 않노니

푸른 이끼 입음이
자랑스러라

아스림 흔들리는
소소리바람
고사리 새순이

도르르 말린다

        — 趙芝薰의 「산방(山房)」 —

숲길 짙어 이끼 푸르고
나무 사이사이 강물이 회여……

햇볕 어린 가지 끝에 산새 쉬고
흰구름 한가히 하늘을 거닌다

산가마귀 소리 골짝에 잦은데
등 넘어 바람이 넘어 닥쳐와……

굽어든 숲길을 돌아서 돌아서
시냇물 여음이 옥인듯 맑아라

푸른산 푸른산이 천년만 가리
강물이 흘러흘러 만년만 가리

    — 辛夕汀의 「산수도(山水圖)」 - 산수는 오롯한 한 폭의 그림이냐 —

조지훈의 「산방」과 신석정의 「산수도」는 모두 자연을 노래한 관조의 시다. 「산방」이 관조적이면서도 감각적이라면, 「산수도」는 관조적이면서도 유장(悠長)한 느낌을 준다. 자연 관조적인 여기에는 사회의식이 끼어들 소지가 없다. 그러나 신석정의 시 가운데에는 자연과 인간 사회가 함께 자리하는 작품도 있다. 그 대표적인 예를 찾는다면 「산중문답」을 들 수 있겠다.

松花가루 꽃보라 지는
뿌우연 山峽.

철그른 취나물과 고사릴 꺾는
할매와 손주딸은 개풀어졌다.
할머이
「엄마는 하마 쇠자라길 가지고 왔을까?」
「……………………………………」

풋고사릴 지근거리는
퍼어런 잇빨이 징상스러운 山峽에

뻐꾹
뻐꾹 뻐억 뻐꾹
——辛夕汀의 「산중문답(山中問答)」4——

'춘궁여담(春窮餘談)'이라는 부제가 붙은 이 시는 자연 관조적이면서도 사회의식이 짙게 배어있는 작품이다. 이미 철을 그르친, 철이 지나서 취나물이나 고사리가 쉐어버렸으므로 먹을 수 없는 것을 먹어 보려고 할머니와 손주딸이 깊은 산골에서 산나물을 채취하는 행위라든지, 그 쉐어버린 취나물이나 고사리를 입에 넣고 지근지근 씹는가 하면, 쇠자라기라는 이름의, 돼지도 독해서 먹지 않는다는, 소주 내리고 남은 찌꺼기를 어머니는 소주 공장에서 가지고 왔을까 하고 궁금해 하는 손녀딸의 발성으로 봐서 식생활도 해결되지 않는 비극적인 삶을 짐작하게 된다.

그러나 신석정 시인은 그 비극적인 삶의 원인을 다른 곳에서 찾지 않는다. 그들의 가난을 계급의식과 관련시켜서 적대 감정으로 연결지을 법도 한데, 그러한 통념과는 상관없이 뻐꾸기 소리로 결구를 매듭짓고 있다. 이러한 그의 시작 태도는 노장사상(老莊思想)과도 연결되는 초탈의식에서 기인되는 것으로 보인다.

봄비 속에

너를 보낸다.
쑥순도 파아란히
비에 젖고

목매기 송아지가
울며 오는데

멀리 돌아간 산굽잇길
못 올 길처럼 슬픔이 일고

산비
구름 속에 조는 밤

길처럼 애달픈
꿈이 있었다.

　　　　　　　　　　　— 黃錦燦의 「보내 놓고」 —

三月 가시나무
눈썹에 걸리는 바람은
열아홉 과수댁 봄 내의(內衣)다.

오뉴월 가시나무 잎새들은
삼십에 징용 간 돌쇠의 얼굴로 흔들린다.
시월 탱자나무 잎진 가시 바람엔
돌안에 간 손주놈 초롱한 눈망울이 매달린다.

동지(冬至)라 열 사흘 밤
가시나무에 걸리는 바람은
달빛을 찢어
달빛을 찢어

서러운 얼굴들을 덮는다.
— 成權永의 「三冬 가시나무에 걸리는 바람은」 —

　앞에 소개한 황금찬의 시 「보내 놓고」가 직정적이라면, 다음으로 소개한 성권영의 「삼동 가시나무에 걸리는 바람은」은 기교적이다. 가령 "눈썹에 걸리는 바람은 열아홉 과수댁 봄 내의"라든지, "잎진 가시 바람엔 돌안에 간 손주놈 초롱한 눈망울이 매달린다"는 표현 등이 그것이다. 특히 결구로서 가시나무에 걸리는 바람은 달빛을 찢어 서러운 얼굴을 덮는다는 표현은 이 시가 지니는 주제의 성격을 함축하고 있다.
　삼동 가시나무에 걸리는 바람은 어떤 바람인가. 차가운 바람이요, 상처 받은 바람이다. 단적으로 말해서 아픈 바람이다. 아픈 바람이기 때문에 아픈 이들의 사정을 잘 안다. 아픈 이들의 사정이 통하기 때문에 심정이 통하게 된다. "달빛을 찢어 서러운 얼굴들을 덮는다"는 표현은 이러한 시인의 정서와 사상이 잘 배어난 주제의식으로서 구체적으로 형상화된 것이다.

　　　춘궁기의
　　　화전지대(火田地帶)
　　　조밥으로 풀칠한
　　　노란 황달기의 눈꼽.

　　　열아홉 난
　　　山계집애가 마주하고 서서
　　　한나절 시장끼를
　　　배 아닌
　　　가슴으로 앓는다.

　　　　　　　　　　　　　—朴鎭煥의 「산수유」—

　참 회한한 일이다.

그 한 잎자락 그늘만큼
자갈밭 갈아 엎고
모종 몇 줄기 심었더니

한여름 소낙비
파악파악 뿌리고 지나가자
파랑 대롱같은 고추가
방울방울 달리고 있었다.

손톱 밑 잎줄기 사이로
뾰족하게 내민 고추를
엄지와 검지로 잡아당기니
희한하게
뚝 떨어지며
내 손아귀에
소낙비 뿌리듯 가득 찼다.

ー 曺秉武의 「고추를 따며」ー

박진환의 「산수유」는 그 산수유 꽃이 지니는 노란 빛깔의 아름다움을 산
계집애의 황달끼의 눈꼽에 겹쳐서 그 상사성을 '가슴으로 앓는다'로 유추
하고 있다. 노란 산수유꽃과 노란 황달끼의 눈꼽이 지니는 상사적 유추가
경이롭다.

조병무의 「고추를 따며」에서는 고추가 지니는 상징적 의미를 드러내지
않은 채 생활적인 내용을 표현함으로써 해석의 여지라고 할까 사고 가능한
나머지 여백은 독자의 상상에 맡기고 있음을 알 수 있다.

마음의 더러움을 숨겨
말을 잃었소.

너무나 사랑하고픈 마음 있어
말을 잊었소.

꿈의 요람을 혼자 간직키 위해
말을 버렸소.

하늘이 푸른
한적한 오후가 흐르오.

고운 바람에 흐느껴
가슴에 엉기는 말이 있어

초라한 허수아비
내 피마저 당신에게 나누리다.

— 韓順虹의 「벙어리」 —

누가 가져가, 이 마약
먹으면 미쳐버릴 소리
미쳐 날뛰어
복통 찢어지는 저, 오요요 혼떼

강물이 마당에 무겁게 내리고
비로소 되살아난 봉두난발의 선조들
할아버지의 할아버지들
신라의 화랑들
고려의 망나니들
주몽, 혁거세, 단군왕검까지
오랜 잠에서 우쭐우쭐 일어나
너끈하게 질펀하게 춤 한번 추고
소용돌이 강물 속에 빠져든다
나중에 나올 태아의 아이들

아직 태아도 아닌
아이들의 아이들의 아이들이
이 한마당의 호랑이굴에
한 덩어리로 나자빠진다

누가 가져가, 이 한숨
허공 번쩍 불이 나는
숨막힌 고요.

― 金圭和의 「사물놀이」 ―

한순홍의 「벙어리」가 주로 청각적 음향의식에 기대고 있다면, 김규화의
「사물놀이」는 청각적 음향의식 뿐 아니라 시각적 형태의식 내지는 역사의
식 등의 복합적 이미지를 거느리고 있다는 점이 특색이라 하겠다. 전통적으
로 전래되어 온 우리 고유의 '사물놀이'에서 과거의 조상들과 미래의 후손
들을 떠올리며 대동(大同)의 의지를 내비치고 있다. "질펀하게 춤 한번 추
고"와 "하늘 번쩍 불이 나는 숨막힌 고요"가 주는 그 정중동(靜中動) 동중정
(動中靜)에서 사물놀이의 매력을 한껏 느낄 수 있다.

죽은 시인의 무덤 가에서
나는 어린 딸년과 함께
쑥을 캤다

개똥밭 다북쑥의 미모와는 달리
어떤 쑥은
작년 재작년 가시밤송이의 빈집들을
제 알몸을 구부려 덮어 주었다

순성면 갈산리 논두렁 밭둑
꽃다지 논냉이들도 깨끗하다

이 봄볕을 보고 있는 동안
그렇다면 죽은 시인이거나
가랑잎이거나 이분들은
저 혼자 쓸쓸할 리 없을 것이다
　　　　　　　　　　— 安洙環의 「쑥을 캐며」—

　따뜻한 봄날 꽃밭에서 봉숭아 꽃모종을 하고 있을 때 유치원 다니는
개구쟁이 아들이 구슬치기를 하고 놀다가 헐레벌떡 뛰어들어왔다 모종
삽을 든 채 나는 허리를 펴고 일어났다 아빠 아빠 쉬도 마렵지 않은데 왜
여자애를 보면 꼬추가 커지나? 아들은 바지를 까내리고 고추를 보여주
었다 정말 고추가 아주 골이 나서 커져 있었다.

　고추가 커졌구나 얼른 쉬하고 오너라 생전에 할머니께서 하루에도 몇
번씩 손자에게 말씀하시던 일이 생각나 나는 목이 메었다 손자의 부자지
를 쓰다듬으시던 할머니는 무너미골 하늘자락에 한 송이 산나리꽃으로
피어나서 지금도 손자의 골이 난 꼬추를 보고 계실까

　오줌이 마렵지도 않은데 예쁜 여자애를 알아보고 눈을 뜬 내 아들의
꼬추를 만져보며 나는 정신이 아득해졌다 아빠도 오줌이 마렵지 않아도
꼬추가 커질 때가 있단다 개구쟁이 아들은 내 말을 듣고 고개를 갸우뚱
거렸다 그리고는 아무일 없었다는 듯 구슬소리 영롱하게 짤랑대면서 골
목으로 달려나갔다 나는 다시 우리집 조그만 꽃밭에 봉숭아 꽃모종을 하
려고 허리를 구부렸다.
　　　　　　　　　　— 오탁번의 「꽃모종을 하면서」—

　안수환의 「쑥을 캐며」와 오탁번의 「꽃모종을 하면서」는 둘 다 아이를 둔
시인들의 이야기다. 안수환 시인은 죽은 시인의 무덤 가에서 딸아이와 쑥을
개면서, 쑥이 기시밤송이의 빈집들을 제 알몸을 구부려 덮어주는 것으로 그
죽은 시인도 쓸쓸하지 않을 것이라는 위안을 느낀다. 오탁번 시인은 꽃모종
을 하다가 "쉬도 마렵지 않은데 왜 여자애를 보면 꼬추가 커지나?"하는 아

이의 질문을 받고 "아빠도 오줌이 마렵지 않아도 꼬추가 커질 때가 있단다" 하고 답변하고는 하던 일을 계속한다는 얘기인데, "나는 다시 우리집 조그만 꽃밭에 봉숭아 꽃모종을 하려고 허리를 구부렸다."는 결구에서 커가는 아들아이와 '꽃모종' 사이의 동질적인 요소의 상사성(相似性)이 보인다.

늦가을
초가 지붕에 피어나는
저녁 연기를 보면
웬지 눈물이 난다.

어릴 적
가난한 어머니의 옷고름 같이
가슴 그득 차오는
밥뜸 냄새.

서울을 떠나 문득
달 뜨는
대닢 울타리에 이르면
고향 덧니 소년이
하얗게 웃는다.

— 金鍾元의 「저녁 연기를 보면」—

하늘이 깜깜하게
눈보라 보라치는 날
나는 멀리 타관 가는
기차를 타고 싶다.

바다가 보이는
작은 정거장에 내려
그 눈송이 우러러

두 손을 모으고 싶다.

뉘집 싸리 울타리
건넛방 아궁이에
청솔가지 태우는
송진 냄새를 마시고 싶다.

이마를 때리고
뒤를 힐끔거리며
어디론지 도망가는
바람 그 뒷모습이 보고 싶다.

　　　　　　　—許世旭의 「바람 그 뒷모습이」—

시골 시냇물가에
떨어진
별 몇 개를
주정뱅이 두 사람이
허리를 구부려 줍습니다.

주워서
산허리 동굴 속으로
던져 넣습니다.
그리고는
시냇물 속에
은빛 섞인 오줌을 눕니다.

　　　　　　　—高昌秀의 「가을밤」—

　김종원의 「저녁 연기를 보면」과 허세욱의 「바람 그 뒷모습이」, 그리고
고창수의 「가을밤」은 모두 향토정서를 담고 있는 작품들이다. 김종원의
「저녁 연기를 보면」에서는 "초가 지붕에 피어나는 저녁 연기를 보면 웬지
눈물이 난다"고 하였는데, 그 까닭을 밝히고 있지 않지만 '밥뜸 냄새'등의

시어로 봐서 내면세계를 짐작할 수 있다. 배가 고플 때 밥이 뜸도는 냄새가
절실히 느껴지기 때문이다.

　허세욱의 「바람 그 뒷모습이」에는 동경과 향수가 향토정서로 내비치고
있으나 결구에 나타나는 '바람'의 진면목은 독자의 상상력이나 해석에 맡
겨두고 있어서 성급히 결론을 내리지 않는 동양적 여백을 생각하게 한다.

　고창수의 「가을밤」 역시 주정뱅이가 별을 줍는다거나 그것을 왜 동굴 속
으로 던져 넣는지, 그리고 그 동굴은 무엇을 상징하는지, 시냇물에 은빛 섞
인 오줌을 누는지에 대하여 감추고 있기 때문에 그 감상은 독자의 상상력에
맡기는 수밖에 없다.

　　　능금빛 少女야
　　　창문에 노을진 미소로
　　　버들강아지에 실어 키운
　　　그 달밤을 안고 가자.

　　　산비둘기 울거든
　　　치마폭 가득히 청포도 따 담고
　　　아득하니 갈밭길 간 날의 처녀가
　　　남긴 小夜曲을 회상하자.

　　　흐르는 것 흘러 오가는
　　　그 무성한 울음과 웃음
　　　감미롭고 떫은 果實들을
　　　차곡차곡 옷섶에 싸안고 가자.

　　　　　　　　　　　　　　—金南石의 「세월에」—

　　　修女들의 祈禱로
　　　쏟뜨리는
　　　고요로운 요담빛 미사포.

봉우리마다 무등질러
목타오르는
太陽의 그리움.

때깔 자르르한 어깨들
사이 사이론
흰구름으로 서리는 긴긴 숨결.

자락자락엔 젖줄 빠는 이슬
영그는 화답 속에
침묵은 강물 이뤄.

바다를 발치에 누르는
그 품 안에
君子를 낳는다.

　　　　　　　　　　　　　—陳乙洲의 「山」—

나의 화살은 삶을
命中하지 못하였음으로
이 저물녘 비틀걸음이네

예까지 떠 밀려와서
만난 것은 허허로운 바람 뿐

예까지 흘러 와서 구경한 건
빈 하늘 한 자락

바람과 재미 좀 나누다가
하늘 가슴에 좀 안겼다가

비틀거리는 靈魂 데리고

永遠의 바다에 이를 거나.
　　　　　　─ 朴明子의 「비틀걸음으로 여기까지」 ─

목련이 지고 있다.
異次頓이 목을 늘이고 있다.
옛날의 하늘이
幼時의 싸아한 젖내가 지고 있다.
지금은 날개 흰
한 마리 작은 물새쯤은 되었을
白痴의
건강했던
부푼 누이의 옥양목 속치마.
눈부신
아직도 첫경험을 여미고
목련이 지고 있다.
내 서른 예닐곱 헛일이 지고 있다.
　　　　　　─ 卞世和의 「헛일」 ─

　김남석의 「세월에」에서 "버들강아지에 실어 키운 그 달밤"이라든지, "무성한 울음과 웃음 감미롭고 떫은 과실들"을 안고 가자는 인생의 연민과 달관에의 의지를 보였다면, 진을주의 「山」에서는 침묵하는 산의 잉태를, 그리고 박명자의 「비틀걸음으로 여기까지」에서는 인생을 자책하는 목소리가 치열하다. 이 세상에서 삶을 명중하는 사람이 있을까 의심스럽지만, 이 시인은 지나치게 자책하고 비틀거리면서도 영혼을 데리고 영원의 바다에 이를까 하는 종교적 차원의 의지를 내비친다.
　여기에서 특히 관심이 가는 부분은 "바람과 재미 좀 나누다가"라든지 "하늘 가슴에 좀 안겼다가"에서 내비치는 내면의식이다. 여기에서의 '바람'은 성애를 상징하고 '하늘'은 종교적 차원의 신앙 의식을 가리키기 때문이다. 그러나 이 두 요소는 어느 쪽도 확고하지 못한 상태에서 비틀거리면서도 똑바로 서고자 하는 의지적 작용을 엿볼 수 있다.

변세화의 「헛일」은 목련꽃에서 이차돈의 목을 유추하고, 이어서 누이의 옥양목 속치마를 유추한 다음, "첫경험을 여미고 목련이 지고 있다"고 하여, '헛일'이라는 추상적 제목을 어느 정도 구체화시키고 있으면서도 확연히 드러나지 않도록 암유의 방식을 사용하고 있다.

> 햇살 조금 빗물 조금
> 적당히 데불고
> 내 고향 순천을 찾아가던
> 그해 여름
> 죽어 시집간 누이의 치맛자락만
> 섬진강 푸른 물에 저녁놀로 떠서
> 서럽게 서럽게 흐르고 있었다.
>
> ── 許炯萬의 「그해 여름」 ──

> 세알 감자에
> 허기를 때운 저녁
> 창 가득
> 대숲이 물결 따라 흔들리고
> 가끔
> 아흔 아홉간집 큰 딸이
> 산발한 채 대숲에서 달을 향해 짖곤 했다.

> 기차는 용이 되어
> 시뻘건 조개탄을 토해내고
> 불가사리들이
> 스믈 스믈
> 익은 조개탄을 향해 기어들곤 했다.

허기져 오히려 청결한 밤
냉돌의 한기 속에
나는 비로소
銀漁가 되어 비늘을 반짝이기 시작했다.
                              ― 高京希의 「幼年의 겨울」 ―

저자거리
구절초 벌여놓은 노파의
등허리에 반사되는 놀녘
혼자 내뿜는 그 향기
비밀스레 품안에 거두어 들이고
버스를 기다린다.
                        ― 鄭福仙의 「파장 무렵」 중 앞부분 ―

　허형만의 「그해 여름」은 독자로 하여금 알아서 감상하라는 듯이 서럽게
흐르는 섬진강 물을 펼쳐 보여주고 있다. 그 섬진강 푸른 물은 단순한 강물
이 아니라 '죽어 시집간 누이의 치맛자락'같은 그 슬픈 빛깔의 강물이기 때
문이다.
　고경희의 「유년의 겨울」은 이 시인이 문학을 할 수 있도록 경험의 보석을
안겨준 것이 시인의 유년이라는 것을 실감있게 내비치는 작품이다. 대숲에
서 산발한 채 달을 향해 울부짖는 부잣집 딸이라든지, 은어 비늘로 반짝이
는 이 시인의 감성은 서로 상관관계가 있다. 그것은 경험의 보석과 그 보석
을 세공작업으로 형상화해내는 노력의 결정을 의미한다.
　"아흔 아홉간집 큰 딸이 산발한 채 대숲에서 달을 향해 짖곤 했다"는 구
절에서 눈치 챌 수 있는 인식의 부스러기, 특히 '달을 향해 짖곤 했다'의 그
'짖다'에서 읽을 수 있는 것은 어쩔 수 없이 받아들이지 않을 수 없는 거대한
숙명을 향하는 항변과 원망이다.
　정복선의 「파장 무렵」은 앞부분이 좋았지만 뒤로 가면서 느슨해진 시다.

시인들 대부분이 이러한 경향이 있는데, 힘이 들어도 매듭을 확실히 하는
습관을 길러야 한다.

3. 치열성과 조절능력

시에 있어서 정서와 사상이란 매우 긴요한 요소가 된다. 정서가 어떠한 사물을 관찰하거나 관조하게 될 때 일어나는 감정의 파장이라면, 사상은 인생과 우주, 즉 삼라만상에 존재하는 모든 사물에 대한 새로운 해석을 의미한다. 시에서는 정서가 가장 기본적인 조건이 되는데, 마음 속에 내재된 지(知), 정(情), 의(意)라든지 희노애락(喜怒哀樂) 등을 포괄한다면, 사상은 모든 사물에 대한 자기 나름대로의 해석이나 주장이 뒤따라야 하므로 사물에 대한 보편 타당한 인식이 따르지 않으면 안 된다.

여기에서 말하는 '보편성'은 진리와 관련되는 것으로 정서와 사상도 객관적 보편성에서 벗어나게 되는 경우, 독자로부터 공감을 얻지 못하게 된다는 것을 말한다. 따라서 진리에 근원을 드리우는 정서가 고갈되는 일이 없어야 한다. 정서가 고갈된 시는 마치 물이 말라버린 샘처럼 생명을 잃게 되기 때문이다.

정서란 본능적인 충동으로 외부에 표출되기 쉬운 감정이므로 마치 댐의 수문처럼 수시로 조절할 수 있는 능력이 있어야 한다. 시에 있어서 정서란 초반에 강세를 보이는 경우도 있고, 후반에 강세를 보이는 경우도 있다.

산산히 부서진 이름이어!

虛空中에 헤어진 이름이어!
불러도 주인 없는 이름이어!
부르다가 내가 죽을 이름이어!

心中에 남아 있는 말 한마디는
끝끝내 마저하지 못하였구나.
사랑하던 그 사람이어!
사랑하던 그 사람이어!

붉은 해는 西山 마루에 걸리었다.
사슴의 무리도 슬피 운다.
떨어져 나가 앉은 산 우에서
나는 그대의 이름을 부르노라.

설음에 겹도록 부르노라.
설음에 겹도록 부르노라.
부르는 소리는 비껴 가지만
하늘과 땅 사이가 너무 넓구나.

선채로 이 자리에 돌이 되어도
부르다가 내가 죽을 이름이어!
사랑하던 그 사람이어!
사랑하던 그 사람이어!

— 金素月의 「초혼(招魂)」 —

이 시는 처음부터 강세를 보인다. 격한 감정을 여과 없이 쏟아놓고 있다.
2연 1행과 2행에는 약간 유하게 그 강세를 죽이지만, 3행과 4행에는 역시 격
한 감정을 반복해서 쏟아놓다가 3연에 가서는 페이소스적인 슬픔을 내면
깊숙히 젖어들게 하다가 마지막에 가서는 역시 강한 감정을 반복적으로 쏟

아놓게 된다.

애비는 종이었다. 밤이 기퍼도 오지 않았다.
파뿌리같이 늙은 할머니와 대추꽃이 한주 서 있을 뿐이었다.
어매는 달을 두고 풋살구가 꼭 하나만 먹고 싶다 하였으나……흙으
로 바람벽한 호롱불 밑에
손톱이 깜한 에미의 아들.
甲午年이라든가 바다에 나가서는 도라오지 않는다 하는 外할아버지
의 숯많은 머리털과
그 커다란 눈이 나는 닮았었다 한다.
스물세햇동안 나를 키운건 八割이 바람이다.
세상은 가도가도 부끄럽기만 하드라.
어떤이는 내눈에서 罪人을 읽고가고
어떤이는 내입에서 天痴를 읽고가나
나는 아무것도 뉘우치진 않을란다.

찬란히 티워오는 어느 아침에도
이마우에 언친 詩의 이슬에는
멫방울의 피가 언제나 서껴있어
빛이거나 그늘이거나 혓바닥 느러트린
병든 숫캐만양 헐덕어리며 나는 왔다.
                              ― 徐廷柱의 「자화상(自畵像)」 ―

　　첫 행부터 치열하다. 마지막 행도 역시 치열하다. 첫 행은 자기 아버지가
종이었다고 과감히 폭로하는 강세를 보였고, 마지막 행에서는 "병든 숫캐
만양 헐덕어리며 나는 왔다."고 떠외고 있다. 이러한 정서의 강렬한 분출은
댐의 수문을 한꺼번에 많이 여는 경우처럼 독자를 격하게 한다.

　　간밤에 얼어서

손가락이 한마디
머리를 긁다가 땅 위에 떨어진다.

이 뼈 한 마디 살 한점
옷깃을 찢어서 아깝게 싼다
하얀 붕대(繃帶)로 덧싸서 주머니에 넣어둔다.

날이 따뜻해지면
南山 어느 陽地 터를 가려서
깊이 깊이 땅파고 묻어야겠다.

    ― 韓何雲의 「손가락 한마디」 ―

　이 시가 극한 상황에 처한 나병 환자의 절실한 정서적 비감을 밖으로 크게 소리치기보다는 조금씩 내보이는 방식을 취하고 있다면, 다음에 소개하는 「삶」이나 「나」는 그 격정적인 감정을 밖으로 쏟아놓고 있다.

지나가버린 것은
모두가 다 아름다웠다.

여기 있는 것 남은 것은
辱이다 罰이다 문둥이다.

옛날에 서서
우러러 보던 하늘은
아직도 푸르기만 하다마는,

아 꽃과 같던 삶과
꽃일 수 없는 삶과의
갈등(葛藤) 사잇길에 쩔룩거리며 섰다.

잠깐이라도 이 낯선 집
추녀밑에 서서 우는 것은
辱이다 罰이다 문둥이다.

— 韓何雲의 「삶」—

아니올시다
아니올시다
정말로 아니올시다

사람이 아니올시다
짐승이 아니올시다

하늘과 땅과
그 사이에 잘못 돋아난
버섯이올시다 버섯이올시다

다만
버섯처럼 어쩔 수 없는
정말로 어쩔 수 없는 목숨이올시다

억겁(億劫)을 두고 나눠도 나눠도
그래도 많이 남을 罰이올시다 罰이올시다

— 韓何雲의 「나」—

한하운 시인의 시는 점진적인 강세를 보이고 있다. 나병환자로서 느끼는 지극히 처절한 감정이 그 울분과 함께 직정적으로 토로되고 있기 때문이다.

보신탕 집에서
한 사나이가
젓가락을 꺾어서

연방 이를 쑤시는 것은
한때의 충족 때문이 아니다
파리똥으로 얼룩진
천정을 쳐다보며
그 사나이가
적의(敵意)보다 견고한 누런 이빨을
쑤시는 것은

텅 빈 충족을 쑤심으로써
먼지로 묻혀 버린
먼 의식을 쑤심으로써
뚫어진 그 구멍으로
세계의 밑바닥을
엿보기 위해서다
그 밑바닥에서
흘러나올
웃음소리를
엿듣기 위해서다
보신탕 집에서
뭇사나이들이
일제히 이를 쑤시는 것은
복수보다
날카로운 이빨을 쑤시는 것은
타협(妥協)을 쑤심으로써
황량(荒凉)한 서로의 소외(疎外)를 쑤심으로써
그 뚫어진 구멍으로
새어나올
세계의 피를
응시하기 위해서다
울음보다 친숙한
피의 소리에

귀를 기울이기 위해서다
　　　　　─李奉來의 「눈에는 눈 이에는 이」 ─

　여기서는 상상력과 유추를 구사하여 원관념을 나타내기 위한 보조관념
을 연속적으로 변화시키고 있다. 그리하여 여기에서 나타난 모호성과 명료
성으로 더듬어 나아가는 즐거움을 갖게 된다. 이러한 경우, 시를 따지고 들
면 오히려 이해하기 어렵게 된다. 구체적으로 확인하려고 하기보다는 그 느
낌 자체를 중요시해야 한다. 느낌을 통해 시의 생명이 살아나기 때문이다.

　　　　조선인을 죽여라
　　　　조선인은 방화범이다
　　　　조선인은 독약 살포자다
　　　　조선인은 마약꾼이다
　　　　조선인은 살인귀다
　　　　조선인을 죽여라
　　　　죽창이 동에서 우지끈
　　　　일본도(日本刀)가 서에서 번쩍
　　　　닥치는대로 찌르는
　　　　게또루의 자경단(自警團) 쪽바리에게
　　　　쫓기고 짓밟히면서
　　　　그해 그날 얼울한 우리의 누이와
　　　　할아베와 어무이들은
　　　　할량없이도 무참히는 죽어 갔다
　　　　　　─權逸松의 「관동대진재(關東大震災)」 중 앞부분 ─

　민족적으로 범죄를 저지른 일본인들에 대한 분노의 감정을 직설적으로
표현한 작품이다. 억울한 감정이 치열하게 내비치는 글이다. 여기에는 여과
의 기회가 없다. 만일 여과를 시도한다면 품위는 유지하겠지만, 이처럼 격
정적인 감정의 발산은 그 세력이 약화될 수밖에 없을 것이다.

목숨은 때 묻었나
절반은 흙이 된 빛깔
황폐한 얼굴엔 표정이 없다.

나는 무한히 살고 싶더라
너랑 살아보고 싶더라
살아서 죽음보다 그리운 것이 되고 싶더라.

억만광년(億萬光年)의 현암(玄暗)을 거쳐
나의 목숨 안에 와 닿는
한 개의 별빛

우리는 아직도 포연(砲煙)의 추억 속에서
없어진 이름들을 부르고 있다.
따뜻한 체온에 젖어든 이름들
살은 자는 죽은 자를 증언하라

죽은 자는 살은 자를 고발하라
목숨의 조건은 고독하다.
바라보면 멀리도 왔다마는
나의 뒤 저편으로
어쩌면 신명나게 바람은 불고 있다.

어느 하많은 시공(時空)이 지나
모양없이 지워질 숨자리에
나의 백조는 살아서 돌아오라.

— 申瞳集의 「목숨」—

전쟁과 고통과 빈곤 속에서 수많은 죽음을 보아온 시인이 그 추억을 회상
하면서 심회를 토로한 작품이다. 이 시도 역시 치열하게 들끓는 감정을 직

정적으로 표출하고 있다. 그러면서도 이 시인은 결말에 가서 "나의 백조는 살아서 돌아오라"고 한 가닥 희망의 빛을 잃지 않은 채 기대감을 갖고 있다.

　　　　상수리 나뭇잎에
　　　　우뢰소리를 몰고와 바람이 앉는다
　　　　상수리나무는 깊은 잠을 버리고
　　　　엷은 안개를 게우며 일어난다
　　　　그림자도 같이 어둠도 같이
　　　　바람 속으로 숨는
　　　　상수리밭은 소용돌이치는 소리의 강이 된다
　　　　세력 있는 강의 소용돌이 틈에서
　　　　더욱 싱그럽게 더욱 뜨겁게
　　　　살아나야 할 그대 향기 그대 노래
　　　　오늘은 분수로 솟아올라라
　　　　솟아올라 어둠을 지워버려라.

　　　　　　　　　　　　　　— 金芝鄕의 「그대 향기」 —

　상수리나무가 의인화(擬人化)되어 있다. 그 식물성 상수리나무에는 우뢰소리를 몰고 온 바람이 앉는다고 했다. 여기에는 '안개'와 '바람'이 신비를 돕고 있다. 이 시인은 상수리나무가 갖는 그런 분위기와 향기로 인하여 어둠을 지우고 기쁨이 충만한 세상을 희구하고 있다.

　　　　달은 기울고 저수지는 말라간다
　　　　저수된 인생의 꿈들은 서서히 바닥을 드러내고
　　　　늙고 지친 어깨여, 더 이상 더러워질 수 없는
　　　　진흙의 막장에서 나 울부짖음의 주둥아리를 버렸다
　　　　제 살을 조금씩 버려가는 달의 편안한 얼굴
　　　　갈대는 구부러진 세월 만큼 저 바람 앞에서 노회하다
　　　　소금장이 발을 가진 자들, 처세의 표면장력을 익힌 것들만

절망의 수면 위를 털끝 하나 적시지 않고 걸어가고
난 아직도 붉은 푸줏간의 마을에서 흘러나오는 불빛에
눈이 부셔 이 저수지 뚝길을 느리게 배회할 뿐
홀레의 정치와 갈수록 개가 되어가는 개.
썩은 고깃덩어리를 향한 욕망의 흰 이빨, 그들이
사람의 하늘을 가득 채우고 있다면
친구여, 난 끝내 버려진 저수지의 개로 남을 것이다
— 유하의 「저수지의 개」 —

　이 시인은 마음의 상태나 인간을 에워싸고 있는 사회적 상황을 표현하는
데 있어서 상당히 적합한 언어를 선택하여 적합한 자리에 끼워넣는, 세련된
언어의 조립능력을 발휘하고 있다. "저수된 인생의 꿈들"이라든지, "홀레
의 정치와 갈수록 개가 되어가는 개" 또는 "썩은 고깃덩이를 향한 욕망의
흰 이빨" 등 상당히 그로테스크한 언어를 활용하고 있다. 언어의 치열성과
함께 자극되는 신선한 충격이 아닐 수 없다.

착한 백성은 온종일
풀을 벤다.
앞 이가 빠진 낫들고
햇끝을 목에 감고
달 끝으로 사타구니를 가리고 사는 백성이
벤 풀을 그 자리에 깔아 넌다.
살을 포개어 넌다.
쓰러진 몸으로 들을 덮는다.
풀은 누워서
지나가는 바람의 씨알을 익히며
밑도리의 상채기에서 새순이 돋아나드락
돋아나 풀섶이 되드락 더 산다.

착한 백성은 한 평생
자기를 베어 세상에 간다.
　　　　　　　　—李炳勳의「풀베기」—

　주제의식이 탄탄할 뿐 아니라, 그 구체적 형상화도 자연스럽다. '풀'이라
는 사물과 '풀베기'라는 행위를 통해서 착한 백성들의 역사의식이나 사회
의식을 순애(殉愛)의 차원으로 승화시키고 있다. 가난한 백성들이 오히려
넉넉한 마음으로 자기를 세상에 희생적으로 깔아 펼친다고 하는 참여 의지
를 내비치는 점이 특이하다.

벼는 서로 어우러져
기대고 산다.
햇살 따가와질수록
깊이 익어 스스로 아끼고
이웃들에게 저를 맡긴다.

서로가 서로의 몸을 묶어
더 튼튼해진 백성들을 보아라.
죄도 없이 죄지어서 더욱 불타는
마음들을 보아라, 벼가 춤출 때.
벼는 소리없이 떠나간다.

벼는 가을 하늘에도
서러운 눈 씻어 맑게 다스릴 줄 알고
바람 한 점에도
제 몸의 노여움을 덮는다.
저의 가슴도 더운 줄을 안다.

벼가 떠나가며 바치는

이 넓디 넓은 사랑,
쓰러지고 쓰러지고 다시 일어서서 드리는
이 피묻은 그리움,

이 넉넉한 힘…….

— 李盛夫의「벼」—

반도 서남쪽 사람들은
언제나 마음을 大地 위에 세우고도
그 몸은 서지 못한다.

지리산 깊은 골짜기의
農夫 한 사람의 죽음으로도
세계가 자기 몸에 피 적시는 까닭이 여기 있다.

어떤 帝王도
죽은 농부의 아내를 꺾을 수는 없다.
삼베 찌든 몰골로 몰골로
유복자를 기르고, 이마의 땀을 닦고,
섞이는 눈물
코 풀고 손등으로 닦아내지만.

어떤 帝王도
이 농부의 아내를 옷갈아 입히지는 못한다.
유복자가 자라 다시 아비의 밭을 일구고,
아비의 손때묻은 쇠스랑, 도끼, 곡괭이,
따위를 힘겹게 매만져도
결코 떠나 살게하진 못한다.

母子가 한숨으로 가꾸는

한 뼘의 땅, 한 줌의 흙,
어떤 帝王도 이것들을 빼앗을 수는 없다.
어떤 6 · 25도
어떤 암흑으로도
이 빛을 침범할 수는 없다.
　　　　　　　　　　—李盛夫의 「百濟 1」 —

　이 시의 주제는 첫 연에서부터 암시되고 있다. 반도 서남쪽 사람들은 "언
제나 마음을 大地에 세우고도 그 몸은 서지 못한다"는 구절이 그것이다. 그
어떠한 힘으로도 그 마음을 꺾을 수는 없다는 지론이다. 왜 그럴까. 그 어떠
한 힘으로도 꺾을 수 없는 혼이 있기 때문이다. 앞에서 소개한 「벼」가 농부
나 백성을 얘기하고 있다면, 뒤에 소개한 「百濟 1」은 몸은 망해 없어졌지만
마음(혼)은 살아있다는 얘기를 하고 있는 셈이다.

　　　마늘과 쑥의 맵고 아린 눈물을 마시고
　　　캄캄한 굴 속에서
　　　百의 밤 百의 낮을 무릎 꿇어 빌고
　　　하늘님의 심장을 겨냥하여
　　　불꽃 달린 화살 올리고
　　　손 비비어
　　　손 비비어
　　　드디어 오뉴월 서리 내리는
　　　女子의 비원을 성취하여
　　　오천년 땅의 어미로 올라서서
　　　깊은 산 흐르는 바람마다
　　　질긴 혼 풀어내는
　　　곰녀여 곰녀여.
　　　　　　　　　　—姜桂淳의 「바람」-곰녀 —

치마 벗어 덮어 주고
치마 벗어 덮어 주고
백 번을 벗어서 그대 혼을 덮어도
뜨거운 열에 달군 열개의 화젓가락
가야금 뜯으며 불사르는
동짓달 기나긴 밤의 서리서리
어린 恨이여,
散調의 바람
靑松에 감겨 울고
신명은 하늘에 닿아
끊인듯 이어지는 휘몰이 장단.

　　　　　　　　　— 姜桂淳의 「바람」 –황진이 —

　강계순 시인은 바람의 이미지를 단군신화와 황진이 이야기에서 추출하
고 있다. 바람이라는 시어는 다양한 성격의 이미지나 의미 부여가 가능하
다. 바람은 그만큼 광범위한 영역의 상징성과 내밀하게 은폐되어 있는 은유
광맥을 이루고 있다. 그것은 직간접으로 성애(性愛)와도 관계되는 상징과
암유(暗喩)의 광맥을 이루고 있다. 독자는 이 점을 느낌으로 받아들이는 슬
기가 필요하다.

　어메가 남새 밭에서 호미로 김을 매고 있을 때 나는 부챗살로 앉은 햇
살과 함께 들꽃들이 눈을 비비며 방실대는 언덕에서 무지개로 피는 꿈을
뿌리고 있었다.
　그때 흩어져 맴돌던 바람은 검정치마 자락 끝에서 강아지 걸음으로
와서 매달리고 바라보이는 무덤 위에 달개비꽃들이 따뜻한 체온으로 가
슴에 와 닿던 어느 날.
　나는 타버린 시간의 재속에서 舍利로 남는 아버지의 뼈를 추리고 어
머니는 孤獨의 베틀에 앉아 關節마다 피를 걸러 靈域의 들꽃으로 피고
있었다.

오늘도 뻐꾹이 울음으로 새롭게 타오르는 빛 뜨거운 어머니의 속마음
아지랭이로…….
　　　　　　　　—朴松竹의 「들꽃바람으로 울던 그 때」—

　여기에서는 정서가 승화되고 있다. 정서가 아무리 슬픔이나 아픔의 정서
라 할지라도 시인의 시창작적 경로를 거쳐 나오게 되면 여과되어 승화된 빛
깔로 나타나게 된다. 이는 마치 도토리에서 떫은 맛을 우려낸 후에 묵을 쑤
어내는 과정과도 흡사하다. 들꽃들이 방실대는 언덕에서 무지개로 피는 꿈
을 뿌리던 박송죽 시인은 타버린 시간의 재속에서 아버지의 뼈를 추리는 그
야말로 치열한 정서를 내비치면서도 결국은 "어머님의 속마음 아지랭이
로……"로 회귀하는 순화된 정서를 보여주고 있다.

　　　안마를 즐길 나이가 아냐
　　　나는 안마를 그리워하는 놈이 아냐
　　　이발관의 게릴라인 낙지발 기집년들아
　　　시골서 콩밭 매다가 오입을 나와
　　　이발관에 늘러붙은 심심산골의 호박씨들아
　　　라디오만 잘난 놈인 대도시 이발관에서
　　　면도나 해주고 안마나 해주고 늙은 비곗덩어리의
　　　귓밥이나 파주면서 히히덕거리는 옛날의 시래기국들아
　　　네년들은 나까지도 단골손님을 만들 작정이어서
　　　보이소 서비스요 지랄염병을 풍긴다만
　　　오늘은 나의 아버지 쓸쓸한 제삿날이다
　　　수수밭의 그림자에 파묻혀 쓰러진 아버지의 제삿날
　　　장롱 깊이 썩어가는 한복을 빼내어 울어야 하는 날이다.
　　　　　　　　　　—金準泰의 「안마」 중 앞부분—

　이 시인은 의식이 과잉되어 있는 상태에 있다. 그 과잉된 의식 속에는 도
덕적으로 윤리적으로 타락한 사회라든지 정의롭지 못한 사회에 대한 반감

이 치열하다. 그 치열한 반감을 다스려서 여과시키기보다는 직정적으로 쏘아붙임으로써 메시지로서의 효과를 노리는 것으로 보인다. 그래서 거친 말을 다듬기보다는 뒤틀린 심사를 그대로 꽈배기 틀고 있다. 그 꽈배기 트는 언어에 대한 미적 판단은 독자의 취향에 맡기는 수밖에 없다. 이러한 시에 쾌감을 느끼는 독자도 더러는 있을 수 있을 테니까. 물론 독자를 의식하고 시를 쓰는 게 시의 본령은 아니겠지만.

    웃통 벗어제낀
    도살장 주인은
    사형.
    런닝셔츠 바람의
    푸줏간 주인은
    무기징역.

    노타이 차림의
    불고기집 주인은
    십년 징역이라고.
    넥타이 매고
    불고기집에 앉은 사람이
    단죄하고 있다.

    그리고 나서
    당연히 무죄인 그는
    가여운 불고기를
    소주에다 방생하고 있다.
                        — 南在萬의 「불고기집에서」 —

　반어적 풍자다. 이 시인에게도 과잉된 의식은 있으나 그 물머리를 해학적으로 돌려서 기묘한 재미를 일으킨다. 단순한 이야기지만 거칠거칠한 흥미가 살아난다. 유머와 윗트는 답답한 삶에 윤활유가 되어주는 면이 있어서 너무 가볍게만 볼 일도 아니다.

> 꿈의 땅이 넓어서
> 끝없이 넓어서
> 시간이 없는 나는
> 체력이 약한 나는
> 꿈의 경작자를 구함
> 착취자는 사양함
> 거짓말쟁이도 사양함
> 일은 다소 서툴러도 좋음
> 말은 조리있게 못해도 좋음
>
> 밭을 갈 줄 알고
> 씨를 뿌릴 줄 알고
> 알곡을 거둘 줄 알면 됨
>
> 꿈의 땅이 넓으니
> 경작만 잘하면 만석의 땅
> 꿈의 땅
> 절반은 불하할 수도 있음
> 내 꿈을 몽땅 가져가도 좋음
> ― 金鍵―의 「꿈의 대리 경작자 구함」 ―

특별한 기교가 없어도 재미있게 읽혀지는 까닭은 이 시인의 심성이 순후하기 때문이다. 그 순후한 마음을 모든 사람이 좋아하기 때문이다. 마음이 맑다거나, 물레의 곧은 가락(쇠꼬챙이)처럼 곧은 소리, 따뜻하고 부드러운 소리, 욕심이나 거짓이 없는 소리를 내는 시는 특별한 기교가 없어도 누구나 좋아하게 되어 있다.

내가 아는 어떤 사람은
산아래 널린 돌멩이처럼
그럭저럭 살았어도
고관이 되었다.
누구나 우러르는 별이 되었다.

내가 아는 또 어떤 사람은
밤낮없이 꿈을 꾸며
지성스레 살았어도
거지가 되었다.
누구나 등돌리는 똥이 되었다.

되는 일은 힘 안 써도 되고
잠들어 있어도 시간이 지나면
저절로 싹이 돋지만,

안 되는 일은 힘쓰는 일은 고사하고
살기돋친 세월 붙들고
온갖 정성 다해 보아도
매양 그런 판이라, 안 되는 판이라,

되는 일이 따로 있고
안 되는 일이 따로 있는 게
세상의 일이로다.
얼빠진 세상의 일이로다.

　　　　　　　　　　　　　　—金年均의「사람」-세상일 —

사람들 몸에 좋아 불로장생한다고
귀에서 귀로 굴러다니는 것이면
하늘에 가득 공짜로 널린 구름도

걷어먹자 전전하는 사람들.

곰 발바닥이고 상어 지느러미고
낙동강 까마귀새끼 허벅지고
가리는 것이 없는고로
나무고 풀이고 가만히 두고만 보겠는가

봄이 오는 들머리 이월이 되면
태백나무 모새나무 계곡은
깽깽 마른 하늘에도 물보라친다

겨우내 얼어붙었던 여년묵은 나무들
눈망울도 트기 전에
생떼같은 맨몸둘레에다 무쇠바늘 드리워
늑막염에 고름 짜듯
비닐 드레줄로 아스라이 쥐어 찔리는
가슴 아픈 눈물의 수액 고로쇠

해마다 그렇게 탈수로 신음하는 나무들
봄이 두려워 바람 한 점 없어도 허우적거린다
　　　　　　　　　— 金仁燮의 「봄이 슬픈 나무들」 —

　　앞에 소개한 두 편의 시는 모두 비판의식으로 쓰여진 시지만 시인의 개성
에 따라서 표현하는 방식에는 현저한 차이를 보이고 있다. 김년균의 「사람」
의 경우가 부조리한 세상사에 대해서 표로했다면, 김인섭의 「봄이 슬픈 나
무들」은 고로쇠를 지나치게 짜먹는 이기적 인간들에 대하여 이모저모의 예
증을 들어가면서 항변하는 형식을 취하고 있다.

　　가슴에 그대란 이름의 가명 계좌를 만드십시오

그대는 별도 되고 새도 되고 바람도 되고
눈도 되고 풀꽃도 되고
그리운 곳엔 모두
그대란 이름으로 가명 계좌를 만드십시오
그리운 건 다 님이라 했습니다 그렇습니다
사는 일이 그러저러해 주저앉고 싶을 때도
그대란 이름으로 가명계좌를 만드십시오
그리고 입 속으로 가만히 불러내십시오
가슴이 따뜻해질 겝니다
중환자실 고통 위에도 혁명의 깃발 펄럭임에도
그대란 이름으로 가명계좌를 만드십시오
　　　　　— 李充姬의 「그대란 이름의 가명 계좌」 중 전반부 —

들개 울음이 허기진 밤하늘에 흔들린다
피붙이를 찾는 소리라 했고
수컷을 부르는 소리라 했고
고독을 위한 깃발이라 했다
울음 이외엔
존재 가치가 없는 사막
사람들도 들개처럼 울어야 했다
서로가 서로를 필요로 할 때
절실한 것은 울음이었다
푸른 빛깔의 고독을
물리칠 수 있다면
밤을 지새며 울고 싶다

귓속에 앉은 오물이
들개 울음 속으로 끌려나가고
모래알이 침몰한다

사막을 빠져나가는 날
귓속에는
송곳같은 바람 소리
햇살의 혼적만 남으리라
— 金勇彦의 「들개의 울음」-사막에서 97—4 —

앞에 소개한 이충희의 시 「그대란 이름의 가명 계좌」가, 인간이면 누구나를 막론하고 희구하는 자유롭고 편안한 상태의 장미빛 꿈을 마음껏 꾸기도 하고 펼쳐보라고 속삭이는 형식의 작품이라면, 김용언의 「들개의 울음」은 메마른 영혼을 적셔주는 고독과 생명을 표로하는 울음이라 할 수 있다. 야성적인 들개의 울음을 통해서 메마른 영혼을 살려내고자 하는 내심이 엿보인다.

4. 사고(思考)의 깊이와 사색(思索)의 詩

좋은 시를 쓰기 위해서는 물론 깊은 생각을 해야겠지만, 어떠한 줄거리를 세워서 깊이 생각하는 훈련도 필요하다. 파스칼은 "인간은 생각하기 위하여 태어났다. 그러므로 사람은 한시도 생각하지 않고는 살 수 없다."고 하였다. 가령 인생이란 무엇인가, 사람은 어디서 왔다가 어디로 가는가, 이 세상에서 절대사랑이나 절대행복이 가능한가 하는 그런 인생의 문제에서 우주의 근본문제에 이르기까지 사고 가능한 영역을 부단히 넘나드는 게 인간이다. 문학에서 필요로 하는 상상력도 역시 깊은 사고에서 가능하다고 볼 때이 점은 시 창작을 위해 실로 중대한 기본 요소가 아닐 수 없다.

> 1
> 어쩌다 우리 인생들처럼 바닷가에 쌓여 있다.
> 부두(埠頭)는 검은 무덤을 묘지(墓地)처럼 이루고
> 그 위로 바람은 흘러가고, 검은 바람이 흘러가고
> 아래론 바닷물이 악우(惡友)처럼 속삭이고
> 검은 물결이 나직이 속삭이고
> 어쩌다 우리 인생들처럼
> 바닷가에 쌓여 있다.

2
억만년의 생성(生成)의 바람소리와
천만년의 변성(變成)의 파도소리와
하늘을 덮고 땅을 가린 원시림의 아우성과
화산(火山)이 그때마다 구름같이 우우, 달리던 둔(鈍)한
동물들이

캄캄한 지층(地層)으로 지층으로 흘러온 뒤로
용암(熔岩)과 산맥(山脈)의 먼 먼 밑바닥에서
귀머거리 되고, 눈머거리 되어 검은 침묵 속에
죽었노라.
검은 침묵 속에 생성하는 꽃이었노라.

3
출발을 앞둔 부두가나
마지막 여낭(旅囊)을 둔 종착역에서
우리가 조용히 돌아갈 곳은
사람이여, 당신도 딸기밭
나도 빠알간 불타는 딸기밭
당신이 나를 태우던 불타는 도가니에
내가 당신을 태우니까,
우리가 돌아갈 고향은
온통 딸기밭으로 빨갛게 불타 오르는
강렬하게 딸기가 완전히 익는
끓는 밭 연옥(煉獄)이다.

― 鄭孔釆의 「석탄(石炭)」 ―

　첫 연에 "어쩌다 우리 인생들처럼 바닷가에 쌓여 있다."고 표현한 것처럼, 이 시인은 혼돈한 시대적, 정신적 상황을 배경으로 석탄 등의 소재를 원시적, 또는 행동적 힘의 응결로 다루고 있음을 알 수 있다. 여기에서는 석탄

이 지니는 이미지나 그 성격을 '묘지'라든지 '딸기' '연옥'등 다양하게 유추
하여 고양된 의식을 내비치고 있다.

주전자의 물이 끓는다.
싸늘하게 식어가는 하루의 체온을 데우는 소리
빈 들에서 이삭을 줍다가
미궁(迷宮)에서 너를 찾아 헤매다가
문득 뒤돌아보고 싶어질 때 되살아오는 소리
에밀리 디킨슨의 잠을 깨우는 소리

자정(子正)이 넘은 교수실에서 물을 끌이면
에밀리 디킨슨이 책갈피를 떠나온다.
황제(皇帝)에게도 무릎을 꿇지 말자더니
기둥 뒤에 숨어서 詩만 쓰더니
그녀가 이 밤
활짝 갠 웃음을 웃으며 내게로 온다.

한 모금의 훈기를 위해
단 한 번의 우연을 기다리며 물을 끓일 때
우리는 홀로 있어도 혼자가 아니다.
— 申東春의 「물끓는 소리」 —

시문학상 수상작품이기도 한 이 시는 여류시인이면서 대학교수인 지은
이의 심회가 여실히 드러난 작품이다. 자정이 넘은 교수실에서 한 모금의
훈기를 위해 주전자의 물을 끓이며 우연을 기다리는 여류시인의 고독이 미
국의 여류시인 에밀리 디킨슨을 닮았다는 생각이 들 정도로 그 상사성(相似
性)이 짙게 드러난다.

사랑한다는

그의 말과 나의 말을
꽃밭에 심었다.
싹이 돋아나기에
물을 주고
풀을 뽑고
다른 꽃나무는
모두
뽑아 버렸다.

가을에 씨를 받아
겨우내 얼지 않게
고이 간직하여
봄에 심었더니,
싹튼 것은
모두
나의 사랑의 말이었다.

　　　　　　　　　　　　　　　— 趙雲濟의 「유전(遺傳)」 —

마음 빈 날에 우러르는 하늘,
가슴 메우는 무(無)의 층계
그 창창한 빛 속에 연으로 날리다가
꽃잎의 이슬벽을 유영(游泳)하는 정충(精蟲).

　　　　　　　　　　　　　　　— 김창직의 「흔적」 —

바위에서
진한 코피가 흐른다
산딸기 방울방울
라이온의 樂譜
검은 올페의 피아노 소리
순환도로의 전시회장에
바다가 물들고

遠距離村에서 닭이 운다

—鄭貴永의 「原色村」—

　　앞에 소개한 세 편의 시 가운데 두 편은 응축된 시다. 언어를 경제적으로
사용한 응축의 시와 그렇지 않은 시 사이에는 상당한 밀도의 차이를 보인
다. 말을 아끼는 경우와 그렇지 않은 경우는 마치 인삼차와 인삼 농축액의
차이에 비유할 수 있을만치 농도가 다르게 나타난다. 농도 짙은 시에는 유
안진의 「사리(舍利)」도 있다.

　　　　가려 주고
　　　　숨겨 주던
　　　　이 살을 태우면

　　　　그 이름만 남을 거야
　　　　온 몸에 옹이 맺힌
　　　　그대 이름만

　　　　차마
　　　　소리쳐 못 불렀고
　　　　또 못 삭여낸

　　　　조개살에 깊이 박힌
　　　　흑진주처럼

　　　　아아 高僧의
　　　　舍利처럼 남을 거야
　　　　내 죽은 다음에는.

—柳岸津의 「舍利」—

이 시인은 어떠한 대상을 향한 지극한 사랑이라 할까, 절대적이며 숭고한 집념을 지니고 있음을 시를 통해 알 수 있는데, 그 사랑과 집념은 시인 자신에게 고승들이 죽은 뒤에 남기는 사리 같은 결정체일 것이라는 착상이 시를 돋보이게 만들고 있다.

우리는 손을 잡고 안부를 물었다. 남편과 자식들과 지난 세월을
"나는 집에서 썩어" 친구가 말했다. 나는 추웠다.
우리 반 반장이었고 일류 대학을 수석으로 졸업한
친구가 "썩는다"고 말하는 동안
그날사 저녁노을은 미치게 타올라
그녀의 둥근 이마 위로 미끄러내리고
나는 갑자기 썩는 냄새로 진동하는 세상을 보았다
김치는 냉장고 안에서 시시각각 익어가고
아침에 먹은 밥은 창자 속에서 으깨어지고.
어두운 극지 이름 모를 곳에서 물고기들이 떼죽음하는
진실한 생명 중 썩지 않는 것이 있으랴.
썩는다는 것은 숨는다는 것일 뿐,
아! 썩는다는 것은 흐른다는 것일 뿐.
몸 구석구석 피가 잘 돌아서 나도 탈없이 썩고 있는 중
나도 시시각각 잘 살고 있는 중.
                    ─李鄕莪의 「썩음에 대하여」─

콩나물을 다듬으면서 나는
나란히 사는 법을 배웠다.

좁히고 좁혀서 같이 사는 법
물 마시고 고개 숙여
맑게 사는 법

콩나물을 다듬다가 나는

어우러지는 적막감을 알았다.

함께 살기는 쉬워도
함께 죽기는 어려워
우리들의 그림자는
따로따로 서 있음을.

콩나물을 다듬으면서 나는
내가 지니고 있는 쓸 데 없는 것들
나는 가져서 부자유함을 깨달았다.

콩깍지 벗듯 던져 버리고 싶은
물껍데기 뿐,
내 사방에는 물껍데기 뿐이다.
콩나물을 다듬다가 나는 비로소
죽지를 펴고 멀어져 가는
그리운 나의 뒷모습을 보았다.
　　　　　　　　　─ 李鄕莪의 「콩나물을 다듬으면서」 ─

이 두 편의 시는 모두 일상적인 사물을 통하여 삶의 애환을 터득해 가는
과정을 심도있게 형상화한 작품이다. 인생에 대한 문제를 심화, 또는 확대
와 분석의 과정을 통해서 제기되는 자기 응시에서 본질적 가치를 추구하고
있다. 사물에 대한 이런 인식 능력은 탄탄한 주제의식에 의해 뒷받침되고
있다. 시적 인식이란 결국 자기가 지닌 만큼 볼 수 있다는 상식과 상통한다.
「썩음에 대하여」나 「콩나물을 다듬으면서」에서 보이는 요소들은 이미 이
시인의 내부에 있는 주체와 대상 사이의 동질적인 요소가 서로 만나게 되어
시적 인식으로 확대된 것이기 때문이다.

내가 새 책을 사고

새 책 갈피에다
모월 모시 어디서 샀노라
기록하면, 그것은 낙서가 아니라
영원에 등기하는 일이다.

내가 오늘 청산에 올라
매봉까지 뚜벅뚜벅
층계 밟는 것을
기록하면, 나의 오늘은
일기에 살아 남는다.

그 날들은
예의 썰물이 아니라
책갈피와 일기에 남아
내가 쓸모 없이 허전할 때
나를 거듭나게 한다.

　　　　　　　　　　　　　　　— 許世旭의 「日記」 —

　　고려 佛畵 水月觀音圖를 보러 갔다 다른건 보이지 않고 그 분의 맨발 하나
만 보였다 도톰한 맨발이셨다 그런 맨발을 나는 처음 보았다 연꽃 한 송이 위
에 놓이신 그 분의 맨발, 요즈음 말로 섹시했다 열려 있었다 들어가 살고 싶었
다 버릇없이 나는 만지작거렸다 1310년, 687년 전에도 섹시가 있었다 419.5
X 245. 2! 장대하셨으나 장대하시지 않음이 거기 있었다 당신을 뵈오려고 전
생부터 제가 여기까지 맨발로 걸어왔어요 제 맨발은 많이 상해 있어요 말하려
하자 그 분의 손이 내 입술 위에 가만히 얹히었다 무슨 뜻이셨을까 돌아오는
길 나는 가슴이 답답했다 함께 갔던 미스 김과 차를 마시면서 혼자 중얼거렸
다 당신을 뵈오려고 전생부터 제가 여기까지 맨발로 걸어왔어요 그게 화근이
었다 순간! 미스 김이 관음보살이 되고 말았다 지울 수 없었다 미스 김은 나를
굳게 믿었다 그 날 이후 나는 관음보살 한 분을 모시고 살게 되었다 내 사는 일
이 이 지경이 되고 말았다

맨발로 나를 마음대로 걸어다니시는 감옥 하나 지어드렸다 실은 관음
보살께서 미스 김이 되셨다

         — 鄭鎭圭의 「水月觀音圖」 —

관절염을 앓는
늙은 감나무 가지 사이로
엉큼한
서너 개의 바람이 불고 있다.

드문 드문 누워서
햇빛을 쬐는 무덤에서
金海 金씨의 족보와
創世記 제1장 제2절이
걸어 나오고

먼지 속에 묻혀 버린
발자국이
매일 풀밭에서 벌어지는
神의 음모에 참석차
기웃둥 기웃둥
가고 있다.

길이 끝난 곳에
山이
무릎을 꿇고 앉아 있다.

오, 時間이 외그루 나무처럼 서서
지나가는 사람의
모자(帽子)를
차례로 벗기고 있다.

         — 吳圭原의 「들판」 —

이 세 편의 시는 사색하는 시다. 일기를 쓰는 행위는 영원에 등기하는 일이요 자신을 거듭나게 한다는 「日記」라든지, 미스 김과 함께 관음보살상을 보다가 섹시하게 보이는 맨발에서 성속(聖俗)을 넘나들다가 미스 김이 관음보살이 되고 관음보살께서 미스 김이 되므로 이 시인과 미스 김 사이에 무슨 썸씽이 있을 게 아닐까 하는 의구심을 갖게 하는 「水月觀音圖」, 또는 무비 카메라의 이동 촬영처럼 선명하게 촬영해 나가는 「들판」 등 모두가 사색에 빨려들게 하는 작품이다.

경상도 통영군 한산 앞바다 차진도(此珍島)라는 외로운 섬에 갔더니, 기미년(己未年)에 태어나 일흔 해 동안 섬을 지킨다는 김금찬(金今瓚) 옹이 수달을 잡고 있었다. 바닷가 먹바위 곁에 홀로 앉아 동백나무 몽둥이 하나 들고 수달을 기다리고 있었다. 그것도, 제왕의 수염을 잡고 흔들 만한 어느 희빈의 밑자리에나 깔림직한 귀하디 귀한 백호 은수달을 기다리고 있었다. 수달이 문어 고기를 좋아해서 문어를 잡는 날이면 바위 위에 올라앉아 문어를 즐기는 데, 잘못하면 그 문어발이 수달의 눈동자를 파고들어 눈을 멀게도 하므로 수달이 문어를 씹을 때는 항상 눈을 감는다고 했다. 그러나 문어를 먹는 수달을 만나기만 하면 동백나무 장대 하나로도 놈을 너끈히 잡을 수 있다고 장담을 했다.

金옹의 움집에서 하루 저녁 얻어 자며 무학 막소주 뒤 흡쯤 고소한 청태에 싸서 서로 나누었을 때 그는 그렇게 수달 잡는 얘기를 해 줬다. 그동안 몇 마리나 잡았느냐고 물었더니, 한참 있다 빙긋이 웃으면서 그도 그의 조부에게선가 증조부에게선가 그런 얘기를 듣고 기다리다 어느덧 한평생 보냈노라고만 했다.

　　　　　　　　　　　　　　　　　　　　— 임보(林步)의 「은수달 사냥」 —

부처라는 말머리로 묶지만 말고
부처라는 마음으로 묶지만 말고
마음 속 말머리에 산으로 앉아
마음 속 산머리에 꽃으로 앉아

누이여
깨어 있는 現生의 저 둥근 꽃
花冠 위에 떨어진 그대 꿈 속의
꿈 속의 오롯한 크낙한 사랑
크낙한 사랑 속의 관음이거라
크낙한 사랑 안의 보살이거라

—— 林性照의 「山에 가시거든」 ——

갈꽃 머리 이마 위에 앉은 늦가을
눈물 도는 하늘빛에 그만 물들다
물든 단풍 잎소리에 그만 아물다
아문 이삭 낱알 속에 그만 영글다
영근 갈대 갈꽃 안에 잠든 늦가을

—— 林性照의 「늦가을」 ——

　임성조 시인의 두 작품은 주로 반복법과 연쇄법으로 이루어져 있다. 앞의
글의 끝말을 다음 글의 머리에 두어서 연쇄적으로 연결함으로써 글뜻(文意)
의 긴밀한 연결과 어조의 추이에 묘미를 보이고 있다. 자연과 인생에 대하
여 관조적으로 압축한 단시의 작품 경향 또한 특이하다.

　우주는 큰 거문고
　새들이 튕기면 새들의 노래 울려나오고
　바람이 튕기면 바람소리 불려나오는
　우주는 말할 수 없이 너그러워
　사랑하는 사람끼리 마주할 때 울렁거리는 숨소리에 닿기만 해도 절로
가장 곱고 아름다운 생명의 소리를 풀어내는
　우주는 한 개 뿐인
　내 가슴 속의 큰 거문고

그런데
요즘에는 잠만 자는 거문고.
                    ─ 함혜련의 「너무 긴 잠」 ─

도서관에서 시를 쓰다
고개를 들어보니
유리창 밖의 바다가 일제히 거품을 물고
달려온다

무슨 일이 일어났나
밖에 나갔더니
바다가 온통 일어서서, 우르릉……쾅, 쾅!
나를 향해, 일어섰다 쓰러졌다……
언덕의 풀잎들 아우성치며 흩어지고
그 바람에
엎질러진
수평선 위의 둥근 하늘
그 안의 구름들 뭉게 뭉게 쏟아져 나와
내 시와 함께 어디론지 황급히 뛰어간다

천지에 머물러 있는 것
하나도 없는 걸 보니
무슨 소문이 또 퍼지려나?
                    ─ 함혜련의 「온 세상이 뛰어간다」 ─

　'우주는 큰 거문고'인데 '요즘에는 잠만 자는 거문고'라는 착상이 기발하다. 인간과 신의 문제나, 전체와 부분의 모든 관계 현상을 원초적인 생명 윤리로 보려는 안목과 통찰력이 예사롭지 않다. 시작 과정에 있어서 우주를 넓은 의미의 도서관으로 보고 모든 사물을 장서로 비유하고 해석하는 경우도 있는데, 이러한 논리와도 그 궤를 같이 하는 작품이다.

읽다 둔 책, 쓰다 둔 원고지
벗어둔 옷가지나 양말짝
마구 흩어져 있는 엽서들
나는 가끔 이렇게 흩어져 있다.
물건들만이 아니고
궁리하는 생각의 부스러기조차 흩어져
방의 허공을 떠돈다.
흩어져 있는 것들의 편안함
책은 나의 베개가 되고
옷가지는 침구가 되고
엽서는 환상의 궁전이 되고.
방안 가득 넘쳐나는
자유스런 생각의 파편들
그 조각들을 짜맞추며
무료한 시간을 때우는 식곤증
나는 때때로 흩어져 있는 것들을 즐긴다.
메모지, 사진첩, 손수건
버려진 고향집 지붕 위의 기왓장
흩어진 이웃들의 얼굴, 얼굴들
저 떠도는 입자들의 반짝이는 갈증.
　　　　　　　　　　— 김종섭의 「반짝이는 갈증」 —

숨利가 나오는 바다,
바다에서
끝없이 太陽祭를 올리는
계절이 누워 있다.

원시의 땀이
오롯이 어린 日曆

목숨을 잉태하는
女人의
사내 그리움……

　　　　　　　― 田宰承의 「염전」 중 전반부 ―

　김종섭의 「반짝이는 갈증」에서는 자유에 대한 갈증을 말하는 것 같다. 예술가는, 특히 시인은 자유롭기를 원한다. 자연스럽고 자유스러움을 즐기려는 이 시인은 흩어지는 것들에서 편안함을 느끼고, 자유스런 생각의 파편을 즐긴다. 손바닥만한 엽서에서 환상의 궁전을 누리는 이 시인은 버려진 고향 집 지붕 위의 기왓장에서도 자유를 떠올릴 정도로 재기가 넘친다.

　전재승 시인은 「염전」에서 소금을 '사리'로 변형시켜서 어떤 결정체로서의 진수를 보이고자 하였다. 원시의 땀이 태양의 축제로서의 섭리를 노래하고 있다.

5. 사물인식과 내면 표출

시를 쓰는 데 있어서 무엇(소재)을 쓰느냐 하는 문제도 중요하지만, 보다 더 중요하게 여겨지는 것은 어떻게(주제·표현방법) 쓰느냐 하는 문제다. 그러므로 사물에 대한 남다른 인식 능력과 관찰력, 통찰력이 요구된다. 좋은 사진을 찍으려면 물론 대상물도 좋아야 하겠지만 보다 중요한 것은 카메라의 성능과 촬영에 따른 기술이라 할 수 있다. 시를 창작하는 데에도 이와 마찬가지로 무엇을 어떻게 쓸 것인가 하는 그 '어떻게'에 관심을 갖지 않으면 안 된다.

외할머니네 집 뒤안에는 장관지 두 장만큼한 먹오딧빛 툇마루가 깔려 있습니다. 이 툇마루는 외할머니의 손때와 그네 딸들의 손때로 날이날마 닥 칠해져 온 것이라 하니 내 어머니의 처녀 때의 손때도 꽤나 많이는 묻 어 있을 것입니다마는, 그러나 그것은 하도나 많이 문질러서 인제는 이 미 때가 아니라, 한 개의 거울로 번질번질 닦이어져 어린 내 얼굴을 들이 비칩니다. 그래, 나는 어머니한테 꾸지람을 되게 들어 따로 어디 갈 곳이 없이 된 날은, 이 외할미니네 떼기울 툇마루를 찾아와 외할머니가 장독 대 옆 뽕나무에서 따다주는 오디 열매를 약으로 먹어 숨을 바로 합니다. 외할머니의 얼굴과 내 얼굴이 나란히 비치어 있는 이 툇마루에까지는 어머니도 그네 꾸지람을 가지고 올 수 없기 때문입니다.
— 徐廷柱의 「외할머니의 뒤안 툇마루」 —

이 넓은 들판을
끝 닿은 데 없이 넓은 벌판을
새매 한 마리 날지 않고
아쉬움인가
어여쁜 눈물자죽 빛내며
해는 진다
나락은 모두 거둬들였으나
땀흘려 일한 사람들
무엇을 나눠 가졌을까
착한 마음밖에 가진 것 없는 사람들
무엇 나눠 가졌을까
텅 빈 들판에 남은 건
정지된 시간의 흐름이다
가슴에 넘치는 고요함이다
서울서 온 양복쟁이는
여기를 지나는 것조차 조심스러워
딴전만 부리는구나
딴소리만 드뇌이며 가는구나.

— 金奎東의 「호남평야」 —

강마른 바위에서도
드센 바람에도
주어진 터전에서
다복다복 자랐는가
늬들의
맑은 웃음소리
내 가슴의

미리내

　　　　　　　　ー 崔勝範의 「애기기린초」 ー

대웅전 처마 끝에서
산도 나무도 지우고
다만 눈이 오고 있었다.

부처도 스님도 없는
설국의 대웅전
그 깊숙한 안에서
애오라지
번뇌의 바다를 지우고 있었다.

　　　　　　　　ー 元永東의 「설국(雪國)」 ー

　서정주 시인의 사물 인식이 예사롭지 않다. 가령 외할머니네 집 뒤안의
먹오딋빛 툇마루를 투시하는 관찰력이나 통찰력만 보아도 경이롭기 그지
없다. 그 툇마루는 외할머니의 손때와 그네 딸들의 손때로 반질반질 윤이
나서 거울처럼 투명하게 되어 자신의 얼굴을 들이비출 정도였다는 것이다.
여기에 어머니의 처녀 때의 손때도 많이 묻어 있을 것으로 유추하는 것이나
외할머니의 얼굴과 자신의 얼굴을 나란히 비치는 장면을 연상하는 시적 이
미지가 선명하다.
　김규동의 「호남평야」는 '정지된 시간의 흐름'이라든지, '가슴에 넘치는
고요함'으로 말하고 싶은 역사의식을 유보한 채 우회적으로 표현하고 있다
면, 최승범의 「애기기린초」는 이와는 전혀 달리 의인화되어 나타나는 애기
기린초를 통해서 가슴에 미리내로 전해오는 식물의 웃음소리를 듣게 되고,
원영동의 「설국」의 경우는, 눈이 오는 가운데 대웅선에서 번뇌의 바다를 지
우는 정밀성(靜謐性)을 보이고 있다.

허망스런 여자의 치마로
나는 걸려 있다
天井의 한 귀퉁이
큼직한 벽면(壁面)의 그림자로 퍼져
나는 매달려 있다
바깥으로 나서지 못하는
부끄럼 많은 內衣
잔뜩 바람만 머금고
단순한 곳으로 삭아내리는
얇은 천조각
더러 문 밖으로도 펄럭인다지만
나는 높직이 묶여
흔들림 속에 있다
아내의 무서운 속치마로.

— 成春福의 「아내의 치마」 —

바다가 부르기에
돌담길 따라 나갔더니
바다는 간 데 없고
개펄만 하늬바람에 눈뜨고 있었다

너무 커 보이잖는 바다
머리 풀고 울다가
잠인듯 꿈에 취하다

바다를 담으려 회구(繪具)를 젖혔더니
그리도 짙은 갯내음
기인 선 하나 긋고 가슴이 아파
울고 울었다
그것은 회색(灰色)의 적막

숨쉴 때마다 흰 비늘이 돋고 있었다

바다가 부르기에
들풀이 가리키는 곳으로
흙냄새 벌겋게 마시며 따라갔더니
아스라이 점 한둘 떠 있을 뿐
바다는 서러웠다.

— 張潤宇의 「꿈꾸는 바다」 —

꽃 속에 섬이 들어앉았다
한 평생 곡괭이로 파고 파도
줄지 않고
저녁놀에 더욱 빛나는 섬
어둠 속에도 지워지지 않고
침몰하지 않고
성벽처럼 인적을 막는
바다에 떠 있다
고요만 밀물져 오는
이끼긴 벼랑에서
늙은 동백꽃이
제 그림자 위에 꽃잎을 떨군다
꽃잎에 고독한 섬이 가리운다

— 嚴漢晶의 「꽃잎에 섬이 가리운다」 —

풀벌레가 달빛을 통해
땅덩이를 바라보고 있었다.

총탄은 홀로
이 들판을 울면서 지나갔다.
죽어 넘어진 달빛이
풀벌레 등에 얹히고,

노오란 방죽길이
메아리처럼
바람에 흔들리고 있었다.

　　　　　　　　— 梁彩英의 「달맞이꽃」 —

　앞에 소개한 시 가운데 성춘복의 「아내의 치마」는 제목에서 암시되는 바
와 같이, 이 시인은 허망스런 여자의 치마에 걸려 있다고 했다. 그는 아내의
속치마에 의해서 매달려 있기도 하고 묶여 있기도 한다고 토로한다. 그만큼
'치마'라고 하는 사물은 한 시인을 걸어서 묶기도 하고 매달기도 한다.

　장윤우의 「꿈꾸는 바다」는 감성적인 시다. 바다가 부르기에 돌담길 따라
나갔더니 개펄만 하늬바람에 눈뜨고 있었다거나 머리 풀고 우는가 하면 아
스라히 점 한 둘 떠있을 뿐 바다는 서러웠다고 표현하는 데서 회화적(繪畵
的)인 감성을 읽을 수 있다.

　엄한정의 「꽃잎에 섬이 가리운다」는 그 제목부터가 회화적이다. 저녁놀
이 더욱 빛나는 섬이 바다에 떠 있는 가운데 동백꽃이 제 그림자 위에 꽃잎
을 떨구면서 고독한 섬을 가리운다고 시적 풍경을 회화적으로 돕고 있다.

　양채영의 「달맞이꽃」 역시 앞의 시편들처럼 시적 형태의식이나 색채의
식으로 회화성을 띠고 있다. 전쟁과 평화가 하나의 공간 속에서 동시에 완
급(緩急)의 상황을 설정하고 있어서 착잡한 불협화음이 교차되고 있음을
알 수 있다.

　　우산을 받고 농장을 어슬렁거리는데
　　내 주머니 속에서
　　동경 러브스토리 애니콜 벨이 울린다.
　　누굴까? 받아보니
　　황송문입니다. 문학사계를 정리하다보니
　　시 두 편이 도착하지 않아서, 미안합니다.

아닙니다. 황교수님! 제가 미안하지요
제 시가 시답지 못해서요. 교수님 건강하시지요?
건강만 하시면 됩니다. 감사합니다. 황교수님.
통화가 끝나고 정적으로 고이는 산장
불어난 계곡 세찬 물소리에 망연히 잠긴다.
고요 속에 고요로 사라지는 정겨운 목소리…
이젠 빗줄기만 세차네
　　　　　　　　　　　　　— 진의하의 시 「휴대폰」 —

바다 속에 뿌리를 내리고
수만톤의 햇살이 지느러미를 파닥인다.

마적(魔笛) 소리로만 춤추는
푸른 수의(囚衣) 배암의 살갗으로
바다는 춤추는 바다는
피부마다 석유 비늘이 돋아난다.

가을에 문질러 파꽃이 피던
죽은 해협은 허옇게 이빨을 갈고
간 봄 혼교(婚交) 때 박하내를 풍기던
흰 샅살에는 석유 비늘만 돋아나고 있다.

수만톤의 햇살이 불타올라
마침내 처녀막을 상하는 바다.
　　　　　　　　　　　　　— 李秀和의 「바다」 —

나는 죽도록 삼이 좋았다.
삼잎의 냄새와 지사다운 줄기가
밭 하나를 떠올려 부쩍부쩍 불어나는
삼을 깔고 뒹굴다가
삼과 함께 죽어 간다면

원도 한도 없을 것만 같았다.
파도처럼 일어서는 삼밭
시위 군중들처럼 서로를 의지하고
손 흔들며 삼이 삼 아님을
외치는 거창한 울림 소리
이대로 삼이 커서 하늘을 덮는다면
하늘은 필시 삼밭이 되거나
삼의 천국이 열리는 것으로 생각했다.

그러던 어느 날
내가 본 삼은 낮에 약했고
삼은 모조리 땅에 눕혀졌다.
손 흔들며 외치던 잎은 여지없이
삼칼에 털려 나갔고
한 다발씩 묶인 채 구덩이로 옮겨졌다.

삼을 익히면 껍질은 벗겨서
사타구니를 베어먹는 잠방이를 만들고
저릎은 집짓는 외때기로 팔려갈 참이었다.

나는 내가 자란 마을이
삼고장이라는 이유 때문은 아니지만
삼밭에서 삼과 함께 죽고 싶었다.
그리하여 빈 삼밭을 보았을 때
나의 살아 있음은 믿기지 않았으며
무엇이 없어진다거나 죽는다는 것을
이처럼 현실로 아픈 일은 처음이었다.

                      —李雲龍의 「삼밭에서」—

물가의 성한 디딤돌

딛고 간다
잔솔가지
무너지듯
바람은 불고……
창틀을 건너가는
蘭잎 같은 마음

옛집은 멀다
귀뚜라미
또 울고

문득
녹슨 못
바라본다.

— 裵敬蘭의 「추억」 —

시집 온 첫날밤에
지 냄편 잡아먹은 년
죽은 애비 씨가 붙어
밤이면 지애미 뱃속에
허공을 보채는 소리
댓쪽을 쪼개는 아기 울음소리
들려라 밤을 말린다
만삭이 된 며늘아기
지 시애미 불귀신 잡귀신같은 지 시애미
구박 등살에 천살당해 며늘아기 죽으니
죽은 애미 뱃속아기 따라 죽어
이 마을 저 마을 수근대는 소리
길가에 샘가에서 수근대는 소리
저물녘 붉은 햇살이 찌들도록

마을 아낙들의 수군대는 소리
어둠을 씻어 내린다

　　　　　　　　　— 宋相煜의 「금줄」 중 앞부분 —

　진의하 시인이 청탁 받은 시작품을 보내지 못한 변명을 가지고 향토적 언어로 시화했다면, 이수화의 「바다」는 바다 자체가 지니는 이미지 가운데 성애와 관련된 극적 행동을 치열하게 내비치고 있다. 이운룡의 「삼밭에서」는 그 삼밭이 지니는 이미지를 통해 역사적 경험에서 오는 흥기적(興起的) 회망과 좌절적(挫折的) 절망으로 양분하여 형상화하고 있다. 다음으로 소개한 배경란의 「추억」의 경우는 정밀(靜謐) 중의 녹슨 시간의 응시(凝視)라면, 송상욱의 「금줄」은 그 사물과 관련되고 연유되어 파생되는 다양한 인생파적인 에피소드를 상상력을 더욱 깊여가서 유추하고 분해 결합함으로써 치열한 시어로 재구성한 작품이다.

43613
이는 육군소위로 임관할 때
나라가 매겨준 고유번호
나의 잘나빠진 군번이다.

43613
이것을 분해하면
613 세모꼴로 짓고 43은 일곱
앉도 눕도 못할 형국으로
일곱 '7'자 모양새를 보자 해도
고개 뻗고 산다고 뾰루지가 돋는건지
등허리 정처없이 꼬이고 꼬부라진 채
오뉴월 깽깽 마른 땅만 내리뜨고 살아온
나의 인생싹수 일곱끗.
43613

이를 다시 결합하면 열 일곱
가당찮게도 애국은 저혼자 하는 듯이
육이오가 나던 그해 10월 21일
딱총들고 놀다가 종아리 맞을 나이,
그 나이 열 일곱에 병정 가서
남들 사각모 쓰고 전진할 때
사창리 저격능선에만 들러붙어
플라스틱 헬멧 하나로 세월을 가리고는
남녘으로 떠가는 구름 보면 한숨이고
달 뜨면 눈물이고 하다가
스물 셋 헌신발짝으로 돌아왔으니.
43613
휴전선 총대밭에 두고 온 청춘,
저 메아리도 없는 청춘은 어쩌란 말이냐.
                    ─ 金仁燮의 「分解와 結合 43613」 ─

춘, 하, 추, 동을
휘파람새 운다
어느 갯마을
수심 깊이에서 숨지운
늙은 해녀의 혼이 운다
달구고 달군 가슴
터지는 피울음 운다
부평초로 띄우던 태왁*
이제는 그 세월을 접고
흙이 되어 누웠지만
못다한 삶의 자맥질
휘파람새 되어 운다.

*태왁─해녀가 채취한 해물을 망사에 넣고 매어서 띄워 놓은 뒤웅박.
                    ─ 尹貞淑의 「휘파람새」 ─

해거름에 사위는 햇살
보랏빛 부리끝에 빛날 때

산 속
호젓이 가슴으로 풀고
낄 낄 낄 머슴새가 운다.

저 세상에서 빚진
하루를 갚고
어스름에 묻히는 소몰잇소리.

머슴살이 새경은
거덜이 나고
더 없이 깊은 마음에

이 저녁
어미 묻힌 무덤 가엔
머슴새 한 마리.

느껴 느껴
피울음을 운다.

— 朱奉求의 「머슴새」 —

열 마리 한 두름에 몇 십만원씩 한다는
귀하신 몸이라
제삿상의 상객인 너의 본명은 조기.
비린내 없이 담백하고 쫄깃한 살결이
봄철 입맛과 원기회복엔 으뜸이라 조기(助氣).
본관은 영광 법성포요, 연어공파 종손이니
자(字)는 석어(石魚)요, 석수어(石首魚)요,
아호는 굴비(屈非)니라.

뇌속에 돌이 두 개씩 들어서 그렇다나 어쨌다나.

한식 지나 곡우(穀雨) 무렵이면
칠산(七山) 앞바다에 나타났다가
철쭉꽃이 만발하면 알을 배고 싶어
짝을 부르는 참조기떼의 연가.
소만(小滿)까지 사랑놀이삼아 북상하면
해조 앞바다 연평도라.
그물로 잡아 한강 마포강까지 조깃배로 모신 뒤
구중궁궐 수라상에 독대하며
상감을 뵈었더라.

참조기, 보구치, 부세 중에도
노란 알이 통통히 밴 황조기가 으뜸이요
생선회, 매운탕, 죽, 구이, 장아찌로
먹는 법도 다양하지만
뭐니 뭐니 해도 조기의 영광은 굴비라.
　　　　　　　—孫海鎰의 「영광굴비의 영광」 중 전반부—

먼 산, 가까운 산
울리던 우레소리 멎어
문 열어보니

빈 뜰
저만큼
함께 선정에 들었던 중은 어디로 가고

붉은 촛불빛만 외로이 남아
선방 벽 뚫고 나가려 사방 찬 벽에 온통
실금을 내가고 있네
　　　　　　　　　　—류수안의 「석류」—

할말이 너무 많아
북한산은
고개를 불쑥 내밀고 있다.

묵직한 입으로
허튼 말 할 수 없어
아직 입을 열진 않았다.

언젠가는 몇 마디쯤
아니, 한 마디라도 해야겠기에
칼바위로 서 있다.

그의 깊은 뜻
얼음 밑 물줄기로
중랑천 우이천에 전하며
머리를 쳐들고 있다.

— 朴永萬의 「북한산」 중 앞부분 —

하늘 끄트머리에서
모닥불이 타고 있다.
하늘 비탈길에서
비스듬히 누운 낙엽이 타고 있다.

미처 태우지 못한 젊은 날들
어둠을 가르며 비상하는
초저녁 초록별 되어
이마의 슬픈 주름살을 태운다.
이글이글 잉걸불에 통나무를 태운다.

아스라한 난간 위에서
미끄러져 내리는

마지막 불꽃으로
능금처럼 소녀의 얼굴이 익는다.
　　　　　　　　　　— 房極寅의 「落照」 중 전반부 —

　앞에 소개한 시 가운데 김인섭의 「分解와 結合 43613」은 6.25사변 당시의 군번을 소재로 자학하는 작품이다. 군번을 매재로 하여 시화하는 그 형상화 과정이 경이롭다. 화투놀음의 '짓고 땅'을 끌어들여 어중간한 7수, 즉 '일곱끗'이라고 하는 '잘나빠진 군번'으로 자학하고 있기 때문이다. 이 시인은 군번 숫자의 분해와 결합을 통하여 전쟁으로 인해 망가진 자기의 인생을 재해석하고 있는 데 그 시작 방법이 독특하다.

　다음으로 윤정숙의 「휘파람새」와 주봉구의 「머슴새」의 경우, 「휘파람새」는 어촌의 해녀를, 「머슴새」는 농촌의 머슴을 소재로 하고 있으면서도 짙은 슬픔을 나타내고 있다는 점에서 공통성을 지니고 있다.

　손해일의 「영광굴비의 영광」에서 동적인 해학과 풍자를 본다면, 류수안의 「석류」에서는 정적인 선풍을 보게 되고, 박영만의 「북한산」에서 사물 인식에서 도출되는 입체성을 본다면, 방극인의 「落照」에서는 인생의 노을녘에 낙조처럼 속시원히 타고자 하는 그 심층심리를 눈치챌 수 있게 된다. 박영만의 「북한산」에서 보이는 입체적 사물 인식이란, 의미의 입체성이면서도, 사물을 인식하는 주체적 시인과 그 대상적 사물 사이의 상관성을 두고 하는 말이다. 보이는 얼음 밑에 흐르는 보이지 않는 물줄기, 그 물줄기를 투시하는 통찰력이 예사롭지 않다면, 방극인의 「落照」에서는 이 시인이 독자에게 들키고 있는 노을빛 심층심리 저변에 이글거리는 잉걸불을 무리없이 받아들이게 되는 것은 그의 잉걸불에 어떠한 독성도 끼어있지 않기 때문이다.

6. 여과되는 시와 배설되는 시

　자연은 상징과 암호(暗號)로 말한다고 휘티어는 말했다. 자연은 신의 계
시적인 언어로 이루어져 있기 때문이다. 자연에는 신의 속성이 내포되어 있
으므로 자연을 벗삼는 것은 신과 벗삼는 것과 같고 자연과 대화하는 것은
신과 대화하는 셈이 된다. 이러한 견해에 입각해서 보게 될 때 자연을 벗삼
은 선인들의 많은 시편들은 호방할 수밖에 없었고, 소박할 수밖에 없었으
며, 격조가 있을 수 있었던 것이다.

　　　내게 묻기를 무슨 뜻으로 벽산(碧山)에 사느냐고
　　　웃고 대답하지 않으니 마음이 절로 한가롭다

　　　도화(桃花) 뜬 물은 아득히 흘러가
　　　별다른 천지에 인간이 아니어라
　　　　　　　　　　　　　　　　　　　　—李白의 「山中問答」—

　　　가을바람 내 괴로운 신음 소리
　　　이 세상 마음 줄 이 하나 없나니
　　　빗소리 창밖에 밤은 깊은데
　　　등잔불 외로앉은 萬里心 일세
　　　　　　　　　　　　　　　　　　　　—崔致遠의 「가을밤」—

대 그림자 뜰을 빗질하고 있다
먼지 하나 일지 않는다

달이 물밑을 뚫고 있다
水面에 흔적 하나 남지 않는다
　　　　　　　　—冶父道川의 「대 그림자 뜰을」 —

　앞에 소개한 세 편의 시 가운데 이백의 「山中問答」에서는 자연과 인간이
둘이 아닌 초탈한 경지에서의 한가로운 정서를 누린다면, 최치원의 「가을
밤」에서는 타향에서의 애상을, 그리고 야부도천(冶父道川)의 「대 그림자 뜰
을」에서는 고요함의 극치라 할까 禪詩에서 느껴지는 어떤 안심입명(安心立
命)의 경지를 맛보게 된다. 여기에는 속인들이 범접할 수 없는 어떤 정밀(靜
謐)한 차원의 품격을 생각하게 한다.

　캄캄한 空氣를 마시면 肺에 害롭다 肺壁에 끄스름이 앉는다 밤새도록
나는 엄살을 앓는다 밤은 참 많기도 하더라 실어 내가기도 하고 실어 들
어오기도 하고 하다가 잊어버리고 새벽이 된다 肺에도 아침이 켜진다 밤
사이에 무엇이 없어졌나 살펴본다 慣習이 도로 와 있다 다만 내 사치(奢
侈)한 책이 여러장 찢겼다 초췌(憔悴)한 결론 위에 아침 햇살이 자세(仔
細)히 적힌다 영원히 그 코없는 밤은 오지 않을 듯이
　　　　　　　　—李 箱의 「아침」 —

아무도 그에게 水深을 일러 준 일이 없기에
흰 나비는 도무지 바다가 무섭지 않다.

靑무우밭인가 해서 나려갔다가는
어린 날개가 물결에 저려서
公主처럼 지쳐서 돌아온다.
三月달 바다가 꽃이 피지 않아서 서글픈

나비 허리에 새파란 초생달이 시리다

— 金起林의 「나비와 바다」 —

제 신명 바치면 누구나 명창
목 쉬어 마당 나오면 설운 나그네
그 사연 인제나 웃음에나 부칠까
내 어설피 졸다 꿈결에 여인
열댓 살 난 달조각 같은 계집아이
언제 어디서고 잊을 길 없어
낯선 고장 찾을 적마다
찻집 술집 보는족족 기웃거려
내사 차라리 웃읍지러 웃읍지러
달조각 같은 계집아이
하늘 아래 있으련만
땅 위 골목이사 하 여러 갈래
칠십평생 헤매어도 찾을 길 없네
그 해사 말고 개울마다 개구리
얼을 빼고 와글대는 윤사월 저녁
보리피리 불며 넘던 무찔레 고개
찔레꽃에 걸려 있던 조각달아

*무찔레는 갓 돋아난 찔레가지.

— 金東里의 「조각달 타령」 —

눈보다도 먼저
겨울에 비가 오고 있었다.
바다는 가라앉고
바다가 있던 자리에
軍艦 한 척 닻을 내리고 있었다.
여름에 본 물새는
죽어 있었다.
물새는 죽은 다음에도 울고 있었다.

한결 어른이 된 소리로 울고 있었다.
눈보다도 먼저
겨울에 비가 오고 있었다.
바다는 가라앉고
바다가 없는 海岸線을
한 사나이가 이리로 오고 있었다.
한쪽 손에 죽은 바다를 들고 있었다.
　　　　　— 金春洙의 「處容斷章」 제1부 중 4 —

한송이의 국화꽃을 피우기 위해
봄부터 소쩍새는
그렇게 울었나보다.

한송이의 국화꽃을 피우기 위해
천둥은 먹구름 속에서
또 그렇게 울었나보다.
　　　　　— 徐廷柱의 「국화옆에서」 앞부분 —

　이상의 시 「아침」은 그의 시작품 중에서도 비교적 난해하지 않은 작품에 속할 뿐 아니라 그 이미지도 선명하다. 독자의 상상력이나 해석 방식에 따라서 다양하게 해석될 수 있는 여지는 넓지만 그래도 의도하는 바를 짚어낼 수 있는 방향성은 일치할 것이다. 이 이상의 시에 비하면 김춘수의 「處容斷章」은 독자를 어리둥절하게 할 소지가 높다. 바다가 가라앉은 자리에 군함이 닻을 내리고 있다는 얘기나 물새는 죽은 다음에도 울고 있었다거나 바다가 없는 해안선을 한 사나이가 이리로 오고 있다거나 한쪽 손에 죽은 바다를 들고 있었다는 게 그것이다.

　독자는 김춘수의 이 「처용단장」을 현실의식으로 확인하기 위해서 따지고 들면 이해할 수 없는 오리무중에 빠지게 될 것이다. 이 시의 경우는 현실적 사물에 관심두기보다는 그 반대로 시인 자신의 내면의식이 사물을 재구성하는 방식을 취하고 있기 때문이다. 이는 그림에 있어서 화가가 대상물을 그대로 그리기보다는 대상을 다루기는 하되 자기 자신의 내면의식을 펼쳐 보이는 방식으로 물감을 찍어 바르는 형식을 취하고 있는 것과 같다.

김기림의 「나비와 바다」가 시각적 색채의식이 짙다면, 김동리의 「조각달 타령」은 청각적 음향의식이 짙게 나타난 작품이며, 서정주의 「국화옆에서」 는 앞의 작품들에 비하여 편안하게 읽을 수 있는 작품이면서도 즐거움을 주 고 있음을 알 수 있다. 어느 쪽이 좋으냐거나 바람직하느냐 하는 것은 독자 의 취향에 맡길 일이겠지만 시인의 처지에서는 시를 쉽게 쓰려고 노력하면 서도 높은 차원의 품격을 잃지 않는 자세를 견지해야 한다.

한땀 두땀
옮긴 손끝에
때때옷 되어 빛나던
어린날의 깃발.

한올 두올 엮으신
매듭진 옷고름이
풀지 못한 인연인 것을.

어느 뉘가
풀어 헤쳐 이 자리를 채우리까.

명주올 매만지신
고운 손
세월이 걸려
굵은 삼베옷 되어
갈라져 가니
실꾸리처럼 길게
살자 하신

언약 날아가고
서러움만 올올이 베이네.

— 姜靜花의 「바느질」 —

창으로 살며시 들어와 비치는
햇살
눈, 시리다

뜨락 앵두 꽃송이 조금 움츠린 채
수줍다

— 高京希의 「아침」 —

갯바람이 지나가자
마을을 가로지르는
갯여자의 치마폭에선
한 석달 묵힌 듯한 암내
금방 바다에서 건져 올린
생선 비린내가 난다.
해풍으로 혼자인 몸을 씻고
갯벌로 나가는 갯여자의
한 석 달 묵힌 듯한 치마폭에선
바위를 타고 저물도록 울고 있는
파도의 아이들이 뛰논다.

— 具順姬의 「갯여자」 —

앞에 소개한 강정화의 「바느질」이 모성을 향하는 그리움과 유한한 삶에 대한 한스런 애상이 여성적 정감으로 내비치는 시라면, 고경희의 「아침」은 정밀(靜謐)한 시세계의 선풍을 내비쳤고, 구순희의 「갯여자」는 바다라는 자연에 젖어 사는 여인의 상관관계를 밀착시키고 있다. 혼자인 여인과 파도의 아이들에 대하여는 독자의 상상에 따라 다양한 해석이 가능하도록 여백을 넌즈시 흘리고 있는 데에도 묘미가 살아나게 된다.

　　　　내 살던 곳 한 십여리 지나 충남 성환읍 수향리
　　　　저수지를 끼고 미군부대 주위 양색시촌 있었네
　　　　기억에도 어린 마음 슬픈 일 있었지
　　　　"한국에선 북어와 여자는
　　　　사흘거리 매로 다스려야 된다"고
　　　　병사는 거져 으름장을 놓고
　　　　여자들이 죽고 죽어서
　　　　하루 백경옥은 일어섰지
　　　　지금부터 삼사십년전이니 뉘알아주기나 할랑이나
　　　　의연히 그녀는 죽은 동료의 시신을 메고
　　　　십리를 울며불며 눈물을 쏟으며
　　　　통한의 주먹을 내두르며 사람들아
　　　　보시오 보시오 여기 피터져 죽은 여자 보시오
　　　　꿀꿀이죽으로 연명하는 사람들아 보시오
　　　　무슨 벌레보듯 사람들 비실비실 피하고 백경옥은
　　　　읍내 사거리에 시신을 놓고
　　　　망국이다 참으로 망국이다
　　　　내 동포 죽은거 왜몰라 몸팔아 먹고 살려고 왔지
　　　　내 형제 한자라도 글 가르치러 여기왔지
　　　　매맞어 죽으려 왔어
　　　　시신 붙안고 울던 그 백경옥이 눈물만
　　　　생생한 기억 속에 무엇이 변했을까
　　　　　　　　　　　　— 金明淑의 「양공주대장 백경옥」 중 전반부 —

　　　　산의 머리칼이
　　　　이승을 떠나고 있다
　　　　휘얼 휠 불지르는
　　　　하늘의 다비식(茶毘式)

온 세상
떠도는 넋들이
숭고한 강을 열어
뱃길 함께 타오르고

새들을 날리며
높이만 산 생애(生涯)라서
저리도 찬란한 최후

산이 드러눕는 하늘을
가만히 받아 안고
뜨거운 봉우리 젖을
물리다 물리다
애끓는 모정(母情)
지금 함께 타오르고 있다
이승을 떠나고 있다

— 김미정의 「노을」 —

떠나면서
더러는 뒤돌아보며
땅 냄새 따라오던 것
아프게 돌려놓고
시간은 날라서 하늘로 갔네
미련도 쓰린 일도 모두 생각해 내며
돌아 올 약속은 아니 해 놓고
날아간 시간의
하늘 끝에서
붉은 빛 은은하게
옷을 걸치고
노을은 숨쉬며, 나른한 허리를 폈네
어둠을 떨어낼 일 생각해 보며

쉬어갈 욕망을 휘감아 놓고.
　　　　　　　　　　　　— 金容材의 「시간과 노을의 근황」 —

매일 칼을 갈았다
시간을 베어내어 마음대로 쓰고자
하루 종일 앉아서 칼을 갈았다.
그러나 시간을 베어내지 못하는 칼은
벽에서 벽으로 곤두박질 치는
나를 찌를 뿐
나를 찌르고 무뎌질 뿐
무뎌진 칼은 날을 벼릴 때마다
조금씩 닳아서 없어질 뿐

　　　　　　　　　　　　　— 金鍾姬의 「칼」 —

　김명숙의 「양공주대장 백경옥」은 양공주들을 위해 행동대장을 하다가
연탄가스에 질식사하게 되는 한 여인의 영혼을 위로하는 말로 결말짓는데,
그 심저에는 측은지심이 깔려있다. 김미정의 「노을」과 김용재의 「시간과
노을의 근황」은 다 함께 '노을'을 소재나 배경으로 하고 있는데, 김미정의
「노을」의 경우는 '하늘의 다비식'이라는 말이 지시하듯이 숭고미를 자아내
는가 하면, 김용재의 「시간과 노을의 근황」의 경우는 이별의 아픔을 직정적
으로 토로하고 있다.
　김종희의 「칼」의 경우, 시간을 베어내어 마음대로 쓰고자 하루 종일 앉아
서 칼을 갈았다는 표현은 자유롭고자 하는 욕망의 표출인데, 이는 정도의
차이는 있으나 모든 인간이, 특히 시인들이 누리고자 하는 자유에 해당되
며, 이는 한계상황 속에 갇힌 인간의 숙명이 아닐 수 없다. 어떠한 시간의 한
계를 부수려고 할 때 오히려 자기 모순을 갖게 되는 이율배반적인 한계를
시를 통해 잘 나타내고 있다.

꽃이 지는 밤엔
달빛도 푸르네

달빛이 푸른 밤엔
그림자조차 방황하는가

방황은 곧 꿈으로 이어진다

고요히 흐르는 냇물에
흩어진 꽃잎
지는 달의 그림자

그 넋나간 모습의 深部에
탈출을 기도하는
네 비수의 번득임이 보인다

　　　　　　　　　　　—朴惠淑의「그림자 2」—

깨어진 사금파리를 그릇삼아
소꿉장난을 하는 순진한 어린이
깨어진 그릇에 냉이를 뜯어놓고
국이라 하고 냉이무침이라 한다

흙 한줌 얹어놓고
밥이 되고 떡이 되니
상차리기란 쉽고도 어려운 것
순이는 엄마가 되고
순돌이는 아빠가 되어
한살림 차려놓고 마냥 즐겁다

온몸에 흙먼지 뒤집어쓰고

고운 흙가루

분이라 하며 얼굴에 바르고
땅위에 줄을 긋고 앉으면
안방 건너방 사랑방 되어
아이들의 삶은 너무도 넉넉하다

흙과 땅은
어린이 소꿉장난 속의 주역(主役)
무한한 혜택을 주는
어머니 같은 존재이다.
　　　　　　　—成芝月의 「흙과 땅의 戀情 1」-소꿉장난 —

밤.
밤은 밝지 않는다.

철썩이며
으흐흥 소리치며
내 푸른 언덕을 그대로 집어삼키며
살쪄온 파도, 검은 바다여!
밤,
밤,
밤,
밤,
밤,
밤…………………
이름은 愛人, 나의 居室.
　　　　　　　—柳光烈의 「밤이라는 愛人 때문에」 —

　앞에서 소개한 박혜숙의 「그림자 2」는 방황이 꿈으로 이어진다고 하는
변증법적 역설을 달빛을 비수로 유추하여 그 내면을 넌즈시 드러낸다면, 성

지월의 「흙과 땅의 戀情」은 순수무구한 이노센트, 즉 천진난만한 유년의 초상을 그렸으며, 유광렬의 「밤이라는 愛人 때문에」는 파도치는 바다 위에 깔려 있는 밤 바다의 수평선에서 바다의 형태의식과 함께 밤바다의 검은 흑암을 애인의 성격과 관련시켜 나타내고 있다.

내 어머니의 모습은
늘 옥양목 행주치마이셨고
흰 고무신에
모시 적삼이셨다네.

내 어머니의 냄새는
풋마늘 뜯어넣고 끓인
된장맛 같았고
흙들판에 쏟아진
한 줄금
소나기 상긋함이셨네.

내 어머니의 말씀은
조개껍질 무리 속에
진귀한 자개돌이셨고
영험한 주술처럼
내 흐린 의식을
늘 맑히우셨다네.
내 어머니의 마음은
억겁을 퍼내어도 마르지 않을
늘 푸른 동해물이었네.

진정 온 밤을 지새워
피워도 피워도 못다 사룰

진함이
당신의 정이셨다네.

— 李玖宰의 「어머니」 —

없어진 오른 손의 몫을 일하는
왼 손 보며
잃어버린 다섯 손가락의 연민을 달래는
왼 손 보며
살아 움직이는 砲煙의 후유증을 다스리는
왼 손 보며
그마져 깨어져
새로 맞춘 아픔을 신경통으로 앓는
왼 손 보며,

한 여인의 사랑을 잡아 주는
왼 손 있어
한 아버지로 지켜낼
왼 손 있어
한 생의 표현을 찍어내는
활자로
전생의 창살을 가르는
톱날로
이승의 수레바퀴를 굴리는
멍에로
마지막 울음까지 닦아낼
왼 손 있어,

땅을 집고 일어나는 손
하늘을 가리키며 일어서는 손
꿈결에 돌아온 오른 손 맞잡고

함께 울어 주는
왼 손 있어.

—李木允의「왼 손 있어」—

오이지에 물 말아먹고
오후 내내 참외만 깎다가
그도 지쳐 버리면
돌배나무 아래서
괜한 돌만 던지던
그 때가 칠월

옥수수 쪘다기에
물장구도 하다 말던
그 해 칠월은

유난히 벌도 많고
토마토는 아직이나
가지무침이 맛났다.

—이승복의「난로가에서」—

　　앞에 소개한 시 가운데 이구재의「어머니」가 '모시 적삼'이나 '자개돌'
로 표상되는 모성의 결정체라면, 이목윤의「왼 손 있어」는 오른 손이 없고
왼 손만 있는 자신의 아픔을 스스로 연민하고 다짐하는 의지를 내비치는 작
품이다. 이 시를 형태적으로 보면, 군데 군데 끼여있는 '왼 손 보며'와 '왼 손
있어'등으로 한 쪽만 있고 다른 한 쪽은 없는 인상을 받게 된다. 그리고 이승
복의「난로가에서」는 노변정담(爐邊情談)이라 할 수 있다. 여름날인 7월에
이루어졌던 이야기를 겨울에 화롯가에서 하는 것으로 되어 있기 때문이다.

　　어머니는 일제(日帝)하에서도 내놓지 않던 놋그릇(祭器)을 꽃밭을 파
고 항아리에 고이 담아 묻고 그 위에 봉선화와 파꽃을 심었습니다. 꽃밭

에는 다알리아와 글라디올러스, 야생 국화와 도라지꽃이 다투어 피고 있었습니다. 한 인민군이 싸리문을 밀고 들어섰습니다. 소스라치게 놀라 바라보는 어머니를 보고 그 인민군이 "놀라지 마십시오. 저는 학생인데 저도 오고 싶어 온 것이 아니랍니다. 고향에는 부모님이 계십니다. 지나가다가 꽃을 보고 들어왔습니다. 아주머니, 꽃 한 송이만 주실 수 있겠습니까?" 어머니는 고개만 끄덕이며 꽃 한 아름을 안겨주었습니다. 그 인민군은 물기어린 눈으로 어머니를 그윽하게 바라보고 갔습니다. 어머니도 옷고름으로 눈물을 찍으며 빠알간 눈으로 그 인민군의 뒷모습을 한참이나 지켜보고 있었습니다.

— 이신강의 「내가 만난 인민군」 —

도시의 뻐꾸긴
산이 그리워
종묘(宗廟)에서 뻐꾹
光化門에서 뻐꾹

진종일
하늘을 날으다가
湖水가 그리우면
빌딩 숲을 찾는다.

어쩌다
길 잘못 찾아들면
알 품을
둥우리마저 잃어
自由市場에서 뻐꾹
廣莊市場에서 뻐꾹

그래도
어린 날의 꿈 못잊어

噴水臺 물 무지개에
목을 추긴다.

해질 무렵엔
道路에 뚫려 없어진
보금자리 찾아
南大門에서 뻐꾹
東大門에서 뻐꾹

　　　　　　　—張夕鄕의 「都市의 뻐꾸기」 —

나는 한 떼의 새벽을 거느리고
바다로 간다.

새벽을 부려놓은
바다의 자궁에는
늘 몸푸는 꿈으로 뒤척이는
수평선의
조용한 자맥질

눈물이 옷을 벗고
해구에 떨어질 때
물 속에
붉은 해가
조용히 몸을 일으킨다.

　　　　　　—張舜琴의 「바다의 눈물」 중 후반부 —

커피 마시고 잠 안오는 밤
술 한 잔 따라 마신다
그대 가득 찼을 때
나, 등꽃 밑에 앉아 있었노라
향기 멀리 날았고

반 남았을 때
나, 비 오는 공원 벤치 옆을 지났노라
젖어 떨어지는 푸른 잎새 밟으며
마지막 한 방울까지 다 마셨을 때
나, 사월과 오월의 쓰라린 꽃침상 위에
누워 뒹굴었노라
아픔 함께 앓지 못하고
분노 더불어 터뜨리지 못하고
사월과 오월에 사라진 꽃들의 발자국
멀리서 고개 숙이고 눈감았노라
가라, 떠나가라
향기 만큼의 한도 남기지 말고
떠나가거라
빈 울림 만큼의 미련 갖지도 말고.

— 정복선의 「빈 잔」 —

　　앞에 소개한 시작품 가운데 이신강의 「내가 만난 인민군」은 소재 자체에
도 주제의식이 내포되어 있어서 그 에피소드 자체만으로도 감동을 주게 된
다. 장석향의 「도시의 뻐꾸기」는 김광섭의 시 「성북동 비둘기」가 연상될 정
도로 도시문명 사회에서 발붙일 곳이 없는 현실이 직정적으로 표현되어 있
다면, 장순금의 「바다의 눈물」은 앞의 시에 비해 훨씬 건강한 눈물을 보여
준다. 바다의 자궁에는 몸푸는 꿈이 있기 때문이다. 얼마든지 발붙일 곳이
있는 바다는 생명을 잉태하는 바다이므로 슬픈 눈물도 희망의 웃음으로 전
환시킬 수 있는 원시적 생명 에너지를 분출할 수 있게 된다. 그리고 정복선
의 「빈 잔」은 술잔을 비우면서, 그 잔이 줄어들수록 더욱 농도 짙은 역사의
식으로 보게 될 때 외면할 수 없는 아픔의 연유에 대하여 더욱 치열하게 자
책하는 문제를 보이는 작품이다.

쇠죽솥에 불 땐 얼굴
향기가 달다.

오월에 피는 보리알 서리판에
지금쯤 고향에 샛별 하나
초경 익겠다.

까치알 구워 먹다
밑 터진 무명 속곳 번져오른 도화지
싸락눈 따 먹은 홍시 입술로
초여름 립스틱을
꾹꾹 눌러 찍었다.

— 조기호의 「오월 장미」 —

정말 너무 오래 잊은 채 지냈구나
허망한 세상 불빛에 눈 멀고 마음 흘려
밤이면 저 하늘 가득 반짝이는 별들을.

모깃불 밤새 타던 내 어린 고향 마당
은하 이마에 젖는 멍석 위에 누우면
무엔지 그냥 그리워 잠 못 들곤 했더니.

채우면 채울수록 허전한 삶에 매여
우러러 넉넉했던 먼날의 그 순수를
아, 정말 너무나 오래
버려두고 살았구나.

— 曺東和의 「별을 보며」 —

아이의 울음은
희열입니다
눈시울 가득 꽃빛입니다

부러진 가지 하나
손에 쥐면
부족할 것이 없지요
마른 가지에
갈기를 휘날리며
굽니는 강줄기도 건너뛰고

비구름 속
인당수를 또 솟구어 오릅니다

떡니가 내 보이는
앵두 입술로
안개를 풀어냅니다

— 陳東奎의 「울음꽃」 —

오늘은 시금치 먹고
풋고추 고추장에 찍어
사각사각 씹으면서
초록빛 시, 써야겠어
깻잎 그 짜단한 맛 밴
고소한 우리들의 낱말
아니 호박찌개
바글바글 끓는 소리
너와 나의 야무진 육성이여

— 洪潤基의 「푸성귀의 노래」 —

밤 깊어
사람이 그리운 나는
茶를 끓인다
서럽도록 고운 빛깔의
골똘이 익어 가는

고독을 마신다

찻잔 가득
달무리 짓는
그리움

우러르면 한량없이 드높은
그 무게를
견디기 힘든 밤

다시 병은 더치고
한밤 내내
헤엄쳐 오는 幻影

모습 아른거리다가
눈을 흐리게 하다가
너무 먼 너로 하여 나는 운다.

— 黃榮順의 「늦은 밤에」 —

앞에 소개한 시작품 가운데 조기호의 「오월 장미」는 향토정서를 내비치면서도 '립스틱'이라는 현대적 외래어를 사용하는 게 재미있고, 조동화의 「별을 보며」역시 향토정서를 내비치면서 시조풍의 가락이 살아나는 게 싱그럽다. 진동규의 「울음꽃」은 아이의 울음에서 희열과 신비를 내비치고 있어서 모두 편안하게 감상할 수 있는 시들이라 할 수 있다. 다음으로 홍윤기의 「푸성귀의 노래」가 토속적이라면, 황영순의 「늦은 밤에」는 사색적이라 할 수 있다.

이제까지 여러 종류의 시들을 대략 그 성격별로 가름하여 감상하였다. 수월하게 읽혀지는 시도 살펴보았고, 난해하여 잘 읽혀지지 않는 시도 살펴보았다. 정서와 격조라든지, 언어의 치열성과 조절능력이라든지, 사고의 깊이와 사색적인 면, 또는 사물 인식과 내면표출이라든지, 여과되는 시와 배설의 시 등을 염두에 두고 살펴보았다. 이러한 내용들을 받아들이느냐 거부하느냐 하는 문제는 독자의 몫이다. 필자는 다만 평소의 생각들을 작품을 살펴보면서 풀어나가고 싶었을 따름이다. 이제 신춘문예에 당선되었던 작품들 가운데 관심을 가졌던 작품들을 살펴보고자 한다.

7. 신춘문예 당선작품들

신춘문예는 긍정적인 면도 있고 부정적인 면도 있다. 그 점에 대해서는 여기에서 일일이 열거할 필요를 느끼지 않는다. 다만 신춘문예는 부정적인 면보다는 긍정적인 면이 더 많다고 여겨온 게 나의 소견이었다. 그러나 이러한 나의 생각이 2000년도에 와서는 바뀌기 시작하고 있다. 신춘문예에 당선되었다고 신문이나 텔레비전 등에 떠들썩했던 이의 작품 중에서 기본적인 문장도 재대로 되어 있지 않은 글을 보았기 때문이다. 문학 인플레 현상과 상업주의라는 게 문학을 천박하게 만든다는 현실을 감안하더라도 이건 아니다 하는 생각이 들었다. 그러므로 여기에서는 다만 필자가 2009년까지의 작품 중에서 평소에 관심있게 보아왔던 작품들을 소개함으로써 독자들의 궁금중을 해소하는 데에 도움을 주고자 한다.

하늘을 닦네요
새벽마다 일찍 하늘을 닦네요
순이랑, 철이랑, 남이랑,
마을의 아이들이 훨훨 날아가
푸르게 푸르게 하늘을 닦네요

공장 연기에

그을린 하늘을
어른들은 모두 잠든 새
온 마을 아이들이
서로서로 하늘을 닦네요

고운 손으로
푸른 맘으로
호호 입김 불어가며
닦는 하늘
하늘은 아이들의 꿈모양 티 하나 없이
마을 높이 높이 펄럭이네요

교실 창유리 닦듯이
매일 매일 새벽에 닦는 하늘,
어른들이 알까요
아침마다 하늘이 푸르르는 까닭을
순이랑, 철이랑, 남이랑,
마을의 아이들이 하늘을 닦네요

　　　　　　　　　　　─ 정중수의 「하늘」 ─

　　이 詩는 1970년 한국일보 신춘문예에 당선된 작품으로 동시(童詩)에 가
까운 소품이다. 그러나 동시에 가까운 작품이라 하더라도 시에까지 끌어올
린 그 순수한 마음 세계와 솜씨를 인정하지 않을 수 없다. 사상이나 정서가
빈약하고 메마른 오늘의 시들이 매끄럽지 못한 채 부질없이 어지럽고 까다
로워, 그 난삽성을 탈피하지 못하는 현실이라든지, 공연히 목에 힘주고 핏
대를 세우면서 혈기를 부리는 어설픈 시작 풍토(詩作風土)에서, 이 작품은
시의 원형(原型)을 되돌아보게 하는 자성(自省)의 기회를 제공하게 될지도
모른다. 이 시는 특히 동심(童心)에서 오는 천진난만성(天眞爛漫性)이 시의
본질이라고 하는 그 고향이라 할까, 원적지(原籍地)를 생각하게 한다. 현대

시가 아무리 실험과 변모를 거듭한다 할지라도 시의 원형, 그 본질을 외면
한다거나 놓쳐서는 안되기 때문이다.

아이의 장난감을 꾸리면서
아내가 운다
반지하의 네 평 방을 모두 치우고
문턱에 새겨진 아이의 키 눈금을 만질 때 풀썩
습기 찬 천장벽지가 떨어졌다.

아직 떼지 않은 아이의 그림 속에
우주복을 입은 아내와 나
잠잘 때는 무중력이 되었으면
아버님은 아랫목에서 주무시고
이쪽 벽에서는 당신과 나 그리고
천장은 동생들 차지
지난번처럼 연탄가스가 새면
아랫목은 안되잖아, 아, 아버지
생활의 빈 서랍들을 싣고 짐차는
어두워지는 한강을 건넌다(닻을 올리기엔
주인집 아들의 제대가 너무 빠르다) 갑자기
중력을 벗어난 새떼처럼 눈이 날린다
아내가 울음을 그치고 아이가 웃음을 그치면
중력을 잃고 휘청거리는 많은 날들 위에
덜컹거리는 서랍들이 떠다니고 있다

눈발에 흐려지는 다리를 건널 때 아내가
고개를 돌렸다, 아참
장판 밑에 장판 밑에
복권 두 장이 있음을 안다
강을 건너 이제 마악 변두리로

우리가 또 다른 彼岸으로 들어서는 것임을
눈물 뽀드득 닦아주는 손바닥처럼
쉽게 살아지는 것임을

성냥불을 그으면 아내의
작은 손이 바람을 막으러 온다
손바닥 만큼 환한 불빛

— 원동우의 「이사」 —

이 시는 1993년 세계일보 신춘문예 당선작이다. 빈궁한 살림을 꾸려가는
가장이 가솔을 이끌고 변두리 지역으로 이사를 가는 생활의 한 단면을 포착
하여 시화한 작품이다. 여기에서 가장 관심이 가는 곳은 결말 부분이다.

성냥불을 그으면 아내의
작은 손이 바람을 막으러 온다
손바닥 만큼 환한 불빛

이 짧은 언어에 전체적인 작품 의도나 주제가 함축되어 있다. 남편은 '손
바닥만큼의 환한 불빛'이 상징하듯, 작은 행복, 소박한 행복을 꿈꾸는가 하
면, 아내는 '작은 손이 바람을 막으러 온다'에서처럼 내조를 하는 의미를 담
고 있다.

아이와 색종이를 오리면서
도화지에 붙이며 그림을 만들면서
그림 뒤로 사라져버리는 색종이의 뒷면을 생각했다.
울긋불긋 빛나는 이 세상도
색종이의 뒷면같은 무엇이 받치고 있는 것은 아닐까
그 뒷면이 사라지면 그림은 남을 수 있을까
거대한 이 도시는

뒷면에서 뼈를 세운 노동이 팔 뻗쳐들고 있는 것은 아닌지
나의 이만큼의 생활도
보이지 않는 이들이 떠받들고 있는 것은 아닌지
신문에서 종이가 없어지면 글자들은 어떻게 떠오르나
우리의 육신이 사라지면 영혼이 그런 색깔로 떠오르나

잘라서 남는 종이들은 왜 쓰레기로 버리면서
우리들의 삶의 어느 부분도
이렇게 어쩔 수 없이 버려지는 게 아닐까
버려지지 않고
뒤에서 떠받들지 않고 사는 세상이 없을까
문득 궁리하다가 색종이를 잘게 잘랐다

아이가 둥그란 눈으로 아빠 무어야 한다
유리를 몇 개 주워다 만화경을 만들었다
안팎이 없고
버려지지 않는 세계가 이루어졌다
아이가 좋아서 깡충깡충거린다

— 김용길의 「萬華鏡」—

이 시는 1990년 세계일보 신춘문예 당선작이다. 이 시인은 그림 뒤로 사
라져버리는 색종이의 뒷면을 포착하여 시작품으로 형상화한 점이 좋았다.
이러한 동기나 에피소드를 인생의 문제로까지 확대하여 새로운 해석을 시
도해 보려고 하면서도 평이한 언어로 특색있게 다루고 있다.

겨울 들녘에서
묵시록 읽고 있는 바람소리 들린다
책갈피마다 서성이는 빈 그루터기
소유를 벗어버린 계절이
맑은 햇살에 몸 씻고 다시 드러눕는다

샛별같은 깨달음에 눈뜰 때까지
허기로 저무는 들판 내달으며
쥐불을 놓던 내 심심한 유년이
흙바람 속으로 자물려 와 눈을 감는다

불티가 난다
낯익어 외롭잖은 허공으로
꿈의 질량만큼 가볍게 날아오르는 불티.

아이들은 청보리 발목을 붙든 추위 녹을 때까지
떼고함으로 동맥을 덮히며 봄을 건진다
지순한 눈빛 하늘을 담고
불 꺼져가는 하늘 곁에서 나이를 먹었지

불티가 난다
어지러운 세상 위에 엎드린 겨울 한복판
사지 굳은 샛강 언 피는 언 채로 역사를 적고
타고 남은 잿속으로 스며드는 낯선 문명 물이랑마다
거부할 수 없는 욕망이 켜로 쌓인 채
시린 목숨 흔드는 바람소리가 들녘 가득
살얼음으로 꿈을 숨긴다

천 년을 발돋움해 온 들녘의 가슴팍
설익은 삶을 가둬놓은 시멘트집들만 널린 채
겨울 묵시록 시퍼런 목청이 전깃불을 켠다.
— 박종현의 「쥐불놀이」 —

　이 시는 1990년 부산일보 신춘문예 당선작이다. 고유한 전통적인 소재를 의
식 내부로 내면화시켜서 그것을 다시금 개성적인 작품으로 형상화하여 펼쳐 보
여주고 있다. 이 시에서도 주제의식은 결말 부분에서 수월하게 읽을 수 있다.

천 년을 발돋움해 온 들녘의 가슴팍
설익은 삶을 가둬놓은 시멘트집들만 널린 채
겨울 묵시록 시퍼런 목청이 전깃불을 켠다.

이 결말 부분에서 현재의 '설익은 삶'을 청산하고 전깃불을 켜듯 희망을 갖고자하는 데 그 원시적 생명감이 살아나는 공간이 바로 '들녘의 가슴팍'이라 하겠다.

그날 밤 송암동 버스종점 마을은 가로등불빛 대신 달빛이 수상했네 달빛은 마을을 감싸던 안개를 가르며 조심조심 지붕 위를 걸어다녔네 달빛이 삭은 슬레이트를 밟느라 하수도물 위에는 몇 줌 떨어뜨린 금종이 부스러기들로 번들거렸네 감나무집 담장 밑을 걸어가는 사람이 있었다면 그 담장 밑 하수물에는 꽃이 자란다고 생각했을 것이네 호박꽃은 감나무집 지붕 위에 내려온 별 몇 개와 쑥덕거리고 있었네

보름달이다 보름달이다 버스 기사들은 서둘러 집으로 돌아가고 밖을 내다보던 가게 주인도 보름달이다 쭈뼛하여 불을 끄고, 누렁이는 버스 밑에 숨어서 쿵쿵거릴 뿐 도둑고양이들도 폐차 속으로 달려가 시퍼렇게 뜬 눈을 감아버렸네
감나무집 지붕 밑, 깻잎들 소소소 잠을 깨고 바람에 밀리는 꼬소한 냄새 호박꽃 잎을 흔들었네 배짱 좋은 호박꽃 몇이 별과 헤어져 지붕을 내려갔네 호박꽃은 발개한 입술 사이로 단물을 흘리며 흠뻑 창문을 더듬었네 핼쓱한 형광등 불빛 꿀걱, 침을 삼켰네
거구의 사내가 종이새를 접고 있다
아 방충망을 헤집는 더듬이들
호박잎은 그만 터질 것 같았네
툭!
부실한 푸른 감 하나
지붕 위에 떨어지고

보름밤 감나무집 지붕 위, 새까만 호박 몇이 사생아 같았네 무슨 날짐
승 소리 들리는 듯도 했는데, 달빛이 안개에 젖어 빨래를 말리고 있었네
— 정지완의 「만월」 —

이 시는 1999년 세계일보 신춘문예 당선작이다. 모든 자연 만물에 마음
이 있다고 믿는 물활론(物活論)에 의해 전개한 여러 사물들이 빛을 발하는
작품이다. 이 작품은 보름달이 떠오르는 밤에 온갖 생명들의 신비로움을 상
상력을 통하여 형상화한 시라 할 수 있다. 소박하게 표현하면서도 놀라운
기교가 그 가운데 내재되어 있다. 사물을 포착하여 시화하는 능력이나 풍부
한 상상력과 통찰력이 예사롭지 않다.

세숫대야를 보면
징을 닮았다는 생각이 든다
세수를 하고 비누거품으로 가득 찬 물을 버리면
무엇인가 말하고 싶다는 투로 그려진
세선의 물결 무늬

물 속에 네 육신이 흔들리고
어푸어푸 물먹은 네 육신이 흔들리다 멈추어 섰을 때
지나온 네 꿈보따리를 뒤적이다 보면
나 또한 너처럼 사무친다

우리 모두 울고 싶은 거다 혹은
말하고 싶은 거다
우리가 가는 여행에 대해 아무도
증거하지 않았지만
대개는 자신의 억울함에 대해
눈시울 적시며 살아왔고 살아가고 있는거다

징, 하고 울린 적 없지만 너처럼
속으로 감춘 말줄임표가
한없이 가슴속에 그려져 있는거다

　　　　　　　　　　김호균의 「세숫대야論」 —

　이 시는 1994년 세계일보 신춘문예 당선작이다. 세숫대야에서 징을 떠올리고, 그 징에서 무언가 말하고 싶고 울고 싶은 충동을 내밀하게 절제하면서 섬세한 시어의 구사로 여운을 남길 줄 아는 그 조절 능력이 강점이다. 그러나 '있는 거다'로 끝나는 그 '거다'가 거슬린다. 단정짓는 그 어투가 여운을 감소시키기 때문이다.

　　　　1
　소백산 양지 자락에 가을까지 벌을 모으다 윙윙거리며 돌아온 벌통집 산5—707호.
　새우잡이 떠난 아버지를 기다리며 멍텅구리 배에 떠있는 708호.
　하루종일 방에 들어앉아 감감 무소식을 감감 회소식으로 바꾸고 수틀마다 물소리에 야생화를 촘촘히 벼랑끝에 자리잡는 710호. 711호.

　　　　2
　東大門에서 東小門으로 가시는 길을 아시나요. 뒷길로 벼랑을 끼고 몸하나 간신히 빠져나가는 동네로 오시면 거기서 가깝습니다. 마주오는 사람끼리 비켜서지 않고 서로 스며들면 바로 거기가 東大門洞이지요. 그곳은 해가 동네사람 하나 하나를 다 거쳐야 산을 넘어갑니다.
　제가 처음 이곳으로 왔을 때는 東小門을 들어가지 못하고 그 문전에서 어른거렸습니다. 자전거를 타고 가는 계란 아저씨와 야쿠르트 아주머니는 서로 스며 東大門에 들어섰습니다. 아무일도 일어나지 않았습니다. 자전거는 아래로 내려가고 아주머니는 언덕을 올라가고.

　　　3

두부 할아버지가 종소리를 앞세워 저쪽 골목 끝에서 오고 있습니다. 모란에 그대로 핀 서광꽃도 종소리에 맞춰 일렁거리고, 나도 그 소리에 맞춰 마주 걸어갑니다. 할아버지와 내가 서로 스며들다 보니 할아버지의 왼쪽 가슴이 무척 밝았습니다. 아직 해를 품고 계시군요. 어느새 나도 東小門洞 주민이 될 것일까요 가늘게 뻗쳐오는 황금빛 한 줄기 잠들어가는 시간에 쫓기는 나는 709호에 살고 있네요

구민회관 옆 넓은 마당을 좁게 걸어 들어오면

706—7호로 기울던 해가 710—11호로 줄지어 넘어가네요

709호는 거치지 않네요. 빛을 기억하라고. 빛을 내라고?

　　　　　　　　　　　— 손필영의 「빛을 기억하라고」 —

이 시는 1999년 조선일보 신춘문예 당선작이다. 마치 무비 카메라를 서서히 이동시키면서 동대문 주변의 환경이라든지 아파트촌 가가호호를 촬영하는 방식으로 이동해 가는 형식을 취하고 있다. 모든 사물에 대한 치밀한 관찰력이라든지 묘사력이 돋보이거니와 사물을 보는 따뜻한 시선도 호감이 간다. 특히 호감이 가는 시어(詩語)를 들자면 "계란 아저씨와 야쿠르트 아주머니는 서로 스며 동대문에 들어섰습니다" 할 때의 그 '스며'나, "할아버지와 내가 서로 스며들다 보니 할아버지의 왼쪽 가슴이 무척 밝았습니다" 할 때의 그 '스며들다'를 들 수 있다. 이 시어는 인간을 비롯한 모든 사물을 따뜻한 눈길로 바라보는 인생의 순후한 자세를 단적으로 나타내는 말이기 때문이다.

2002년 8월10일

묵은 신발을 한 보따리 내다 버렸다.

일기를 쓰다 문득, 내가 신발을 버린 것이 아니라 신발이 나를 버렸다는 생각을 한다. 학교와 병원으로 은행과 시장으로 화장실로, 신발은 맘

먹은 대로 나를 끌고 다녔다. 어디 한번이라도 막막한 세상을 맨발로 건
넌 적이 있는가. 어쩌면 나를 싣고 파도를 넘어 온 한 척의 배. 과적(過積)
으로 선체가 기울어버린. 선주인 나는 짐이었으므로,

일기장에 다시 쓴다.

짐을 부려놓고 먼 바다로 배들이 떠나간다.
—마경덕의 「신발論」—

이 시는 2003년 세계일보 신춘문예 당선작이다. 묵은 신발들을 버리면서
발상의 전환을 가져온다. 그것은 지은이가 신발을 버리는 게 아니라 신발이
지은이를 버렸다는 생각이다. 그런 착상이 어떻게 떠올랐을까? 신발의 처지
에서 보면, 과적을 힘겹게 감당해 왔다는 생각이 경이롭다. 이 시를 살펴보
면, 지은이가 신발처럼 무거운 십자가를 지고 살아왔음을 알 수 있다. 그로
말미암아서 신발이 과적을 감당해 온 것으로 유추할 수 있었음이 짐작된다.

명왕성이 태양계에서 퇴출됐다
수금지화목토천해명의 끝별 명왕성은
난쟁이행성 134340번이란
우주실업자 등록번호를 받았다
그때부터 다리를 절기 시작한 남편은
지구에서부터 점점 어두워져 갔다
명왕성은 남편의 별
그가 꿈꾸던 밤하늘의 유토피아
빛나지 않는 것은 더 이상 별이 될 수 없어
수평선 같았던 한쪽 어깨가 기울어
그의 하늘과 별이 주르륵 흘러내렸다
그는 꿈을 간직한 소년에서 마법이 풀린
꿈이 없는 중년이 되어버렸다

명왕성은 폐기된 인공위성처럼 떠돌고
남편의 관절은 17도 기울어진 채 고장이 났다
상처에 얼음주머니 대고 자는 불편한 잠은
불규칙한 삶의 공전궤도를 만들었다.
이제 누구도 남편을 별이라 부르지 않는다.
알비스럼 낙센에프정 니소론정
식사 후 늘 먹어야하는 남편의 알약들이
그를 따라 도는 작은 행성으로 남았다
남편을 기다리며 밝히는 가족의 불빛과
아랫목에 묻어둔 따뜻한 밥 한 그릇이
그의 태양계였으니, 늙은 아버지와
아내와 아들딸을 빛 밝은 곳에 앞세우고
그는 태양계에서 가장 먼 끝 추운 곳에서
밀려나지 않기 위해 노예처럼 일했을 뿐이다
절룩거리고 욱신거리는 관절로
남편은 점점 작아지며 낮아지기 시작했다
그도 난쟁이별로 변하고 있는지 모른다
그가 돌아오는 길이 점점 멀어진다
그가 돌아오는 시간이 점점 길어진다
그 길을 작아진 그림자만이 따라오는데
남편은 그 그림자에 숨어 보이지 않는다
지구의 한 해가 명왕성에서는 248년
그 시간을 광속에 실어 보내고 나면
남편은 다시 별의 이름으로 돌아올 것이다
　　　　　—도미솔의 「난쟁이행성 134340에 대한 보고서」—

　이 시는 2009년 국제신문 신춘문예 당선작이다. 이 작품은 1930년에 발
견된 이후 태양계의 9번째 행성으로 지위를 유지해 오다가 2006년애 그 지
위를 잃게 된 명왕성을 소재로 다루고 있는데, 태양계의 행성에서 소행성으
로 전락한 명왕성을 통해 사회에서 낙오된 남편의 아픔을 대변하고 있는 시

라는 점이 큰 특징이라 하겠다.

명왕성과 남편을 동일시하여 충격과 아픔 등의 절망적 요소를 잘 엮어나가면서 지구의 한 해가 명왕성에서는 248년, 광속으로 실어 보내면 남편은 명왕성과 함께 돌아올 것이라는 간절한 아내의 꿈이 감동을 준다. 명왕성을 끌어들여 퇴출된 중년 남편의 이야기를 풀어간 점이 압권이라 하겠다.

제5부

현대시 산책

1. 문명비판, 자아성찰과 정화의지
― 박미란의 「목재소에서」와 최문자의 「눈물」―

우리는 지금 속도전 시대에 정신없이 살고 있다. 긴박한 시간과의 전쟁을 치르고 있는 것이다. 속도전에서는 여유가 있을 수 없기 때문이다. 여유가 없는 곳에서는 인간다운 인간미도 인정미도 찾아보기 어렵다. 모두들 이른 아침부터 밤까지 시간에 쫓기기 때문이다. 그래서 사람들은 식물성 정신 대신에 메마른 광물성 의식으로 산성화되어간다. 송강 정철이 만일 오늘날에 태어났다면 그처럼 유유자적한 시조가락을 읊지는 못할 것이다.

> 재너머 성권농 집에 술 익었단 말 어제 듣고
> 누운 소 발로 박차 언치 놓아 눌러 타고
> 아이야 네 권농 계시냐 정좌수 왔다 하여라

성씨 성을 가진 권농 벼슬이란 오늘날로 말하자면 농사를 권장하는 농촌 지도소 소장 같은 직책일 것이다. 술이 익었으니 술을 자시러 오라는 전갈을 받고 누워있는 소를 일으켜서 타고는 산천초목도 바라보며 찾아가서는 왔다고 알리라는 내용의 시조다. 그런 송강도 오늘날 그렇게 유유자적하게 구름도 보고 산천초목도 관조하면서 소를 타고 가다가는 질주하는 차에 치어죽기 십상이다.

    고향을 그리는 생목들의 짙은 향내
    마당 가득 흩어지면
    가슴속 겹겹이 쌓인 그리움의 나이테
    사방으로 나동그라진다

    신새벽,
    새떼들의 향그런 속살거림도
    가지 끝 팔랑대던 잎새도 먼 곳을 향해 날아갔다.
    잠 덜 깬 나무들의 이마마다 대못이 박히고
    날카로운 톱날 심장을 물어뜯을 때
    하얗게 일어서는 생목의 목쉰 울음

    꿈속 깊이 더듬어보아도
    정말 우린 너무 멀리 왔어
    눈물처럼
    말갛게 목숨 비워 몇 밤을 지새면
    누군가 내 몸을 기억하라고 달아놓은 꼬리표
    날마다 가벼워져도

    먼 하늘 그대,
    초록으로 발돋움하는 소리 들릴 때
    둥근 목숨 천천히 밀어 올리며
    잘려지는 노을
    어둠에도 눈이 부시다.
                                        —박미란의 시 「목재소에서」—

이 시는 1995년 조선일보 신춘문예 당선작이다. 목재소의 생목들이 의인화되고 있다. 숲속의 나무들이 베어져 실려 와서는 도시의 목재소에서 켜지고 나동그라지기까지의 과정을 세밀하게 그려가면서 자각하는 생명의 슬픔과 환희를 담담하게 묘사한 작품이다. 이 아름다운 작품 속에는 문명의 상처를 다스리는 사물들에 대한 짙은 애정이 스며있다.

대자연의 숲속에서 생장하던 나무가 도시 산업사회의 기계문명에 대칭되는 목재소에서 판자나 각목으로 켜지고 나동그라진다는 것은 오늘날 문명사회의 처절한 인간상을 나타낸다. 목재소에서는 원목을 쇠갈쿠리로 찍어서 끌어당기는 사람과 그것을 배로 밀어내는 사람에 의해서 원목이 켜지게 되는데, 예수의 십자가에서처럼 대못이 박히는 것으로 볼 수도 있고, 날카로운 원형의 톱날에 심장이 물어 뜯긴다고 느낄 수도 있다.

그리고 원목이 켜질 때마다 톱밥이 날리면서 내지르는 원목들의 목쉰 울음소리로 실감할 수도 있다. "꿈속 깊이 더듬어 보아도/ 정말 우린 너무 멀리 왔어"라는 구절에서 우리는 실향의 아픔과 시간과 공간적으로 너무도 멀리 떨어져 나온 본향에 대해서 절절한 그리움을 토로하고 있다는 사실을 눈치 채게 된다.

숲속에서 베어져 실려 온 원목에 철인이 찍히고, 원목이건 각목이건 제재과정 전후에 꼬리표가 붙듯이 인간은 소속되고 규정되기 마련이다. 원목처럼, 각목처럼, 판자처럼 규정되면 개성은 색이 바랄 수밖에 없다. 똑같이 규정된 무개성의 인간은 소외되기 마련이다.

그런데 이 시는 도시문명을 구가하는 산업사회에서 잘려지고, 대못이 박히고, 켜지고, 나동그라지는 그 처절한 소외지대에서도 마지막 아름다움을 찾아 세우려는 의지를 보이고 있다. 그것은 결구(結句), 즉 "잘려지는 노을/ 어둠에도 눈이 부시다"는 구절이다. 예수가 마지막 십자가를 통해서 영적으로 부활을 했듯이, 이 시는 절망적인 상황 속에서도 사랑과 슬픔을 통하여 "잘려지는 노을"이라는 아름다운 순간의 영원을 포착하고 수용한다. "어둠에도 눈이 부시다"고.

요즈음은 세탁물을 세탁기에 넣고 돌려서 빨거나 드라이클리닝 업소에 맡겨서 해결할 정도로 편리한 세상이 되었지만, 내가 어릴 적만 해도 아주 원시적인 형태의 빨래를 하고 있었다. 지금은 '하이타이'라는 세제 가루를 세탁기 물에 풀고 돌리면 그만이지만, 옛날에는 편리한 분말 비누는커녕 돌 덩이 같은 세탁비누도 흔치 않았다.

그 당시 비누 만드는 과정을 보면, 물에 양잿물을 풀어 넣고 열을 가한 다음 쌀겨를 넣고 삽으로 뒤적이며 장화 신은 발로 짓이겨서 나무 상자 틀에 넣고 다져서 비누 형태로 자르는 것이었다. 그러나 그 당시에는 이러한 비누조차 흔치 않아서 시골에서는 잿물 빨래를 하는 경우가 비일비재했다.

잿물이란 재를 물로 받아서 우려낸 물을 말한다. 잿물 내리는데 쓰는 시루에다 콩깍지나 풋나무 따위의 재를 안치고 물을 부어 잿물이 시루 구멍으로 흐르게 하여 그 물로 빨래를 하는 것이었다.

김정한의 소설 「인간단지」를 보면, 시어머니가 나환자인 시할아버지 수발을 하는 며느리에게 빨랫비누를 주지 않고 잿물빨래를 하도록 하는 얘기가 나오는데, 그 한 대목을 소개하면 다음과 같다.

> "조석 시중, 약 시중에, 하다못해 세숫물 시중까지 복돌이가 죄다 해야만 했다. 게다가 사흘들이 벗어내 놓는 진물이 불그스레한 빨래! 시어머니는 노상 빨랫비누를 숨겨놓고 혼자서만 쓰기 때문에 아무리 바쁘더라도 복돌이는 잿물을 받아서 빨아야만 했다. 그런 날은 속이 메스꺼워 밥도 잘 먹히지 않았다. 그러나 그 시중만 해도 어느덧 십년이 가까웠다. 그래도 남편은 돌아오지 않고 드디어 자기만 저 문둥병이 오르고 말았다. 그 푼더분하던 얼굴이 고역에 마를 대로 마르다가 마침내 부석부석 붓기 시작하고 별안간 눈알이 흐물흐물 눈물에 떴다."

이처럼 잿물 빨래는 독한 고난의 상징이라 할 수 있다. 계간문학지 『문학사계』에 실린 '2002, 올해의 좋은 시'중 최문자 시인의 시 「눈물」은 '잿물빨래'의 슬픔을 효과적으로 표현하고 있다. 고난을 통한 인생의 빨래를 얘기하고 있어서 독자의 삶의 질을 높이고 인생을 풍부히 하는데 있어서 기여할 수 있는 시라 하겠다.

어릴 적 외할머니가 이불 빨래하는 날은
뒷마당에서 잿물을 내렸다.
금이 간 헌 시루 밑에서 뚝뚝 떨어진
재의 신음소리
꼭 독한 년 눈물이네.
열아홉에 혼자된 외할머니 독한 잿물에
덮고 자던 유년의 얼룩들은 한없이 환해지면서
뒷마당 가득 흰 빨래로 펄럭였다.
하나님은 내가 재가 되기를 기다렸다.
하루 종일 재가 되고 났는데도
아직 남아있는 뭔가 있을까? 하여
쇠꼬챙이로 뒤적거리며 나를 파보고 있었을 때
재도 눈물을 흘렸다.
어제의 재에다
새로 재가 될 오늘까지 얹고
독한 잿물을 흘렸다.
조금도 적시기 싫었던 사랑까지
한없이 하얘져서
세상 뒷마당에 허옇게 널려있다.
재는 가끔 꿈틀거렸다.
독한 눈물을 닦기 위하여.

— 최문자의 시 「눈물」—

　여기에서의 '눈물'은 독한 눈물인 동시에 인생을 빨래하는 눈물이다. '잿물'도 마찬가지다. 그 독한 잿물도 역시 세탁물을 세탁하는 재료인 동시에 '인생의 빨래'를 의미한다. 여기에서의 "꼭 독한 년 눈물이네."라고 할 때는 물론 외할머니 자신을 가리킨다. 여기에서의 '눈물'과 '잿물'은 동일시된다. 그것은 고난을 통하여 인생을 빨래한다는 지순한 의지를 내포하고 있기 때문이다.

열아홉에 혼자된 외할머니가 절개를 지키며 딸을 길러온 과정이 얼마나 눈물겨웠겠는가 하는 고난의 한 끝자락이 내비쳐지기도 한다. 여기에서의 '재'는 '빨래'의 재료가 된다. 그리고 그것은 눈물과도 연결된다. "재도 눈물을 흘렸다."는 얘기는 독한 재가 눈물이라는 고난과 순화를 통하여 거듭난다는 얘기가 된다.

조금도 적시기 싫었던 사랑까지 한없이 하얘진다는 얘기는 지고선(至高善)을 의미한다. 여기서 나는 「사랑과 슬픔의 볼레로」를 떠올린다. 세계대전 때 독일병사에게 끌려가던 유태인 가수가 아기를 플랫폼에 두고 기차에 오르는 장면과 구사일생으로 살아난 후 그녀의 아름다운 노래가 방송을 타고 온 세상에 퍼지는 장면은 정화의지의 극치를 말한다. 만고풍상을 겪은 후에 잿물빨래처럼 거듭나서 뒷마당 가득 흰 빨래로 펄럭이는 것처럼, 고난을 통과한 연후의 하얗게 바래지는 모습은 최고선(最高善)의 상징이 아니겠는가.

2. 그 먼 나라를 알으십니까

— 신석정의 「그 먼 나라를 알으십니까」와 원동우의 「이사」—

"인생은 영원한 과정"이라는 말도 있고, "희망에 살다가 그 희망에 속아 산다"는 말도 있다. 사람은 누구나 나름대로의 꿈을 가지고 산다. 그런데 그 꿈에서 깨어나게 되면 '인생일장춘몽(人生一場春夢)'이라고 한다. 마치 무지개를 잡으려고 달려갔으나 무지개는 그 자리에 없고 다시 저 멀리에 있다는 사실을 깨달았을 때의 허무와도 같은 것이다. 그런데 무지개를 잡을 수 없다는 것을 애초부터 알게 되었다면 무지개를 잡으러 가지 않을 것이다. 그것을 몰랐기 때문에 무지개를 잡으려고 달려갔을 것이고, 무지개는 잡지 못했다 할지라도 그만큼 거기에까지 도달할 수 있었던 것이다.

어머니
당신은 그 먼 나라를 알으십니까?

깊은 삼림지대를 끼고 돌면
고요한 호수에 흰 불새 날고
좁은 들길에 야장미(野薔薇) 열매 붉어
멀리 노루새끼 마음 놓고 뛰어 다니는

아무도 살지 않는 그 먼 나라를 알으십니까?

그 나라에 가실 때에는 부디 잊지 마셔요.
나와 같이 그 나라에 가서 비둘기를 키웁시다.

어머니
당신은 그 먼 나라를 알으십니까?

산비탈 넌지시 타고 내려오면
양지 밭에 흰 염소 한가히 풀 뜯고
길 솟는 옥수수 밭에 해는 저물어 저물어
먼 바다 물소리 구슬피 들려오는
아무도 살지 않는 그 먼 나라를 알으십니까?

어머니 부디 잊지 마셔요.
그때 우리는 어린양을 몰고 돌아옵시다.

어머니
당신은 그 먼 나라를 알으십니까?

오월 하늘에 비둘기 멀리 날고
오늘처럼 출출한 비가 내리면
꿩 소리도 유난히 한가롭게 들리리다.
서리가마귀 높이 날어 산국화 더욱 곱고
노란 은행잎에 한들한들 푸른 하늘에 날리는
가을이면 어머니! 그 나라에서
양지 밭 과수원에 꿀벌이 잉잉거릴 때
나와 함께 고 새빨간 능금을 또옥 똑 따지 않으렵니까?
　　　　　　　　　—신석정의 「그 먼 나라를 알으십니까」 전문 —

신석정의 처녀시집 『촛불』(1939)에 실려 있는 이 시는 일제의 질곡에 묶인 암흑기에 쓰이어진 작품이다. 이 시는 이상향을 그리는 전원시이지만, 그가 그린 전원은 이상향으로서의 특별한 나라가 아니다. 고요한 호수에 물새가 날고, 들에는 장미꽃이 피며, 노루새끼가 마음대로 뛰어다니는 곳을 말한다. 염소가 풀을 뜯고, 은행잎이 날리며, 과수원에 꿀벌이 잉잉거리는 곳은 우리들이 흔히 볼 수 있는 시골의 일상적 삶 그 자체다.

신석정은 왜 이처럼 그 당시 한국인이면 누구나 시골에서 흔히 볼 수 있는 그 일상적인 평범한 소재를 특별한 이상향처럼 그렸을까? 그 평범한 우리의 일상적 삶이 일제의 침탈로 인해서 상실되었기 때문이다. 사물의 형태는 변한 게 없으나 주권을 빼앗긴 식민지 백성의 뼈아픈 소외의식을 내비치고 있는 것이다. 그래서 이 시는 평범 속의 비범함을 넌지시 내비치고 있다 하겠다.

일본의 명치시대 소설가 나쓰메 소세키(夏目漱石)도 「풀베개(草枕)」라는 소설에서 이 세상이 아닌 다른 세상으로 이사를 가고 싶다고 했다. 그러나 이 인간들의 세상 말고는 이사를 가서 살 수 있는 나라는 없다고 했다. 그런 어떤 귀신들의 나라가 있다고 할지라도 인간들의 나라만은 못할 것이라고 했다. 우리가 사는 세상을 어느 정도 고쳐서 살 수밖에 없다고 하였다. 그러면서도 그는 허술하게 보이는 이웃들에 의해서 아름다운 그림이 그려지고 시가 나온다고 했다.

나쓰메 소세키는 「풀베개」라는 소설 서두에서 이렇게 쓰고 있다. "이사를 할 수 없는 세상이 살기 어려워지면 살기 어려운 곳을 어느 정도 고쳐서 잠시 동안의 생명을 잠시 동안이라도 살기 좋게 할 수밖에 없다. 여기에서 시인이라고 하는 천직(天職)이 생기고, 여기에서 화가라고 하는 사명이 주어진다. 모든 예술인들은 이 세상을 너그럽게 만들고, 사람의 마음을 풍부하게 하기 때문에 귀중하다."

그도 이상향을 꿈꾸었지만 인간의 한계상황을 절실히 깨닫고 '잠시 동안의 생명'을 잠시 동안이라도 살기 좋게 할 수밖에 없다고 토로하고 있다. 이처럼 어느 시대에서나 어느 나라에서나 '그 먼 나라'는 영원히 '저만치의 세계'로 남겨둔 채 유보되고 있다. 김소월도 그의 시 「산유화」에서 "산에 산에 피는 꽃은 저만치 혼자서 피어 있네"라고 '저만치'를 역설하지 않았던가. 그래서 인간의 삶이란 영원한 과정의 연속이라고들 말한다.

> 아이의 장난감을 꾸리면서
> 아내가 운다.
> 반지하의 네 평 방을 모두 치우고
> 문턱에 새겨진 아이의 키 눈금을 만질 때 풀썩
> 습기 찬 천장벽지가 떨어졌다.
>
> 아직 떼지 않은 아이의 그림 속에
> 우주복을 입은 아내와 나
> 잠잘 때는 무중력이 되었으면
> 아버님은 아랫목에서 주무시고
> 이쪽 벽에서는 당신과 나 그리고
> 천장은 동생들 차지
> 지난번처럼 연탄가스가 새면
> 아랫목은 안 되잖아. 아, 아버지
> 생활의 빈 서랍들을 싣고 짐차는
> 어두워지는 한강을 건넌다(닻을 올리기엔
> 주인집 아들의 제대가 너무 빠르다) 갑자기
> 중력을 벗어난 새떼처럼 눈이 날린다.
> 아내가 울음을 그치고 아이가 웃음을 그치면
> 중력을 잃고 휘청거리는 많은 날들 위에
> 덜컹거리는 서랍들이 떠다니고 있다.
>
> 눈발에 흐려지는 다리를 건널 때 아내가

고개를 돌렸다, 아참
장판 밑에 장판 밑에
복권 두 장이 있음을 안다.
강을 건너 이제 마악 변두리로
우리가 또 다른 彼岸으로 들어서는 것임을
눈물 뽀드득 닦아주는 손바닥처럼
쉽게 살아지는 것임을

성냥불을 그으면 아내의
작은 손이 바람을 막으러 온다
손바닥 만큼 환한 불빛

— 원동우의 「이사」 전문 —

이 시는 1993년 세계일보 신춘문예 당선작이다. 빈궁한 살림을 꾸려가는 가장이 가솔을 이끌고 변두리 지역으로 이사를 가는 생활의 한 단면을 포착하여 시화한 작품이다. 남편의 성냥불이 꺼지지 않도록 아내의 작은 손이 바람을 막으러 온다는 얘기는 아내의 남편에 대한 갸륵한 내조를 의미한다. "손바닥만큼의 환한 불빛"은 소박한 행복의 바람이라는 것을 독자들은 눈치 채었을 줄 안다. 시는 설명이 아니고 표현이기 때문에 우리는 은폐되어 있는 모호성 속에서 창작 의도나 주제의 의미를 캐내어야 한다.

아버지와 아이와 부부와 동생들, 이 여러 식구가 한 방에서 비좁게 살아야 하는 극빈 현실이 너무도 힘들기 때문에 행여나 하고 복권 두 장을 사둔 가장의 "우주복을 입은 아내와 나/ 잠잘 때는 무중력이 되었으면"하는 상상에서 지순한 시인의 소박한 행복을 감지하게 된다. 신석정 시인이 희구한 그 '먼 나라'나 원동우 시인의 '소박한 행복'은 누구나 갖게 되는 희망의 세계요 이상향이다.

우리들의 꿈, 우리들의 이상은 시대에 따라서 변개되어 왔다. 21세기에 당면한 우리들의 바람은 선진국이요 통일된 나라일 것이다. 그러나 신석정

시인이 '그 먼 나라'라 명명했듯이 우리로서는 '선진국'이나 '통일국'이 된 나라는 아직도 '먼 나라'일 수밖에 없다. 돈을 많이 벌어서 흥청망청 쓴다고 선진국이 되는 것은 아니기 때문이다. 선진국은 국민 개개인이 자기 관리를 제대로 하여 기본 질서가 잡혀있는 나라라는 것을 망각하는 것 같다.

투명성을 외면하는 기업이 세무조사를 두려워한다거나 폭력과 파괴를 다반사로 여기는 노동자들이 도로를 무법천지로 만드는 등 헤아릴 수 없이 많은 후진적인 모습에서는 선진국 진입이나 통일된 나라는 여전히 '먼 나라'일 수밖에 없다. 이는 스스로에게는 관대하면서도 남에게는 엄격한 잣대를 들이대는 생활 태도에서 기인된다 하겠다.

따라서 나라의 살림살이를 하는 공직자나 세금을 내는 국민들 모두 자기에게 엄격하고 남에게 관대하는 성숙된 생활태도가 요구된다. 세속적인 출세보다는 양심을 속이지 않는 삶의 자세를 가져야 할 것이다. 우리가 성숙된 삶의 가치를 추구하게 될 때 '그 먼 나라'는 '선진국'이나 '통일된 나라'로 다가오게 될 것이다.

나는 요즈음 길을 걷다가 누군가 피던 담배꽁초를 길가에 휙 던지고 가는 사람을 볼 때가 있다. 그럴 때 나는 그 꺼지지 않은 담뱃불을 발로 밟아서 비벼 끄고 가기도 하고, 때로는 그 담뱃불을 버린 사람을 불러 세워서 담뱃불을 끄고 가라고 말하기도 한다. 그럴 때 미안한 표정을 보이면서 자기가 버린 담뱃불을 끄고 가는 사람이 있는가 하면 험악한 표정을 만들면서 네가 뭔데 간섭하느냐는 듯한 눈빛으로 아니꼽게 째려보는 이도 더러 있다.

우리는 지금 안중근 의사의 의거와 서거 100주년이 되도록 그 분의 유해를 찾아오지 못하고 있다. 조국광복을 위해 하얼빈 역두에서 이토 히로부미(伊藤博文)를 사살한 안중근 의사의 무덤조차 잃은 채 뼈마저 찾아오지 못하고 있는 형편이다. 아니, 그 많은 세월 동안 무관심의 늪에서 방기(放棄)해 왔다고 해야 옳을 것이다. 오랜 세월 버려둔 채 돌보지 않은 것은 선지선열의 유해뿐이 아니다.

우리들이 망각한 숨은 그림 속에는 고층빌딩 밑에 버려져 있는 숭례문도 있다. 고층빌딩처럼 솟아있는 고관대작들이 땅 투기 등으로 사유재산을 불리는 동안에 사글셋방을 전전하다가 불타죽은 애국지사의 후예도 있다. 그 애국지사의 후손처럼 무관심 속에서 버려진 채 돌보지 않아 불타죽은 숭례문도 있다. 그러니 숭례문은 역사적인 타살인 동시에 자살이라는 의구심을 지울 수가 없다.

'그 먼 나라'를 가까운 새 희망의 나라로 붙들어 챙기지 못한 채 영원한 '그 먼 나라'로 떠내려 보내는데 대한 꾸짖음, 뼈마저 돌아오지 못한 채 객지를 떠도는 애국지사들의 뼈 울음인 것이다. 하늘을 찌를 듯한 빌딩들이 내려 보는 가운데 숭례문이 불타면서 내는 무너지는 소리는 고대광실에 고량진미로 호의호식하는 이들의 무관심 속에 깔려죽는 원혼들의 뼈다귀 삭아 내리는 소리, 무너져 내리는 탄식의 소리가 아니겠는가?

3. 우리 떨어지진 말고 죽은 듯이 살아요

— 전봉건의 「과수원과 꿈과 바다 이야기」와 황송문의 「까치밥」 —

현대인은 배고프다. 돈에 배고프고, 꿈에 배고프다. 앞날을 예측할 수 없는 불확실한 시대에 더욱 불안을 느낀다. 21세기에 이르러 세계적인 금융공황을 겪은 현대인들은 온갖 불안과 공포에 전율하고 있다. 인간이 최후에 기댈 수밖에 없는 마지막 보루인 종교마저도 그 본연의 사명을 다하지 못하고 있다.

종교의 이름으로, 하나님의 이름으로 살상과 파괴를 일삼는 끔직한 현실에서 안식처를 찾지 못하고 있다. 종교가 제 구실을 못하는 차제에 교육과 언론, 문화는 말할 나위도 없게 되었다. 여기에서 물신주의와는 아무런 상관이 없는 연인과의 사랑은 위로가 되게 한다.

그것은 단 둘만의 자리에서는 아무것도 먹지 않아도 배가 고프지 않고 배가 부르다고 하는 마음의 자유 천지다. 사랑하는 사람끼리 아름다운 창가에 앉아서 빵에 잼을 발라서 먹게 되는데, 사랑하는 사람끼리 빵에 바르는 잼은 잼이 아니라 과수원이라는 착상, 그리고 빵에 과수원 하나씩 얹어서 먹는다는 창조적 상상력은 물질보다는 정신을 우위에 두려는 혁명적 전도현상이다.

이
창가에서
들어요
둘이서만 만난 오붓한 자리
빵에는 쨈을 바르지요
오 아니예요
우리가 둘이서 빵에 바르는
이 쨈은 쨈이 아니라 과수원이예요
우리는 과수원 하나씩을
빵에 얹어 먹어요.

이
불빛 아래서
들어요
둘이서만 만난 고요한 자리
잔에는 포도주를 따르지요
오 아니예요
우리가 둘이서 잔에 따르는
이 포도주는 포도주가 아니라 꿈의 즙
우리는 진한 꿈의 즙을 가득히
잔에 따라 마셔요.

나는
당신 앞에 당신은
내 앞에
둘이서만 만난 둘만의 자리
사실은 아무것도 먹지 않아도
오 배가 불러요
보세요 우리가 정결한 저를 들어
생선의 꼬리만 건들여도

당신과 내 안에 들어와서 출렁이는
이렇게 커다란 바다 하나를.
　　　　　　　—전봉건의 시 「과수원과 꿈과 바다 이야기」—

　　전봉건의 시「과수원과 꿈과 바다 이야기」는 사랑하는 사람끼리 잔에 따라 마시는 포도주는 단순한 포도주가 아니라 꿈의 즙이고, 아무것도 먹지 않아도 배가 부르는 바다라는 무한대의 관념 세계다. 이 물신주의 시대에 정신을 우위에 두고자하는 전봉건全鳳健(1928—1988) 시인은 평남 안주에서 태어나 1945년에 평양 숭인상고를 졸업, 광복 후 북한 공산치하를 벗어나 월남하여 교편을 잡으면서 시작에 몰두했다.

　　북한 남침 때는 군에 입대, 전쟁에 참전하였고, 부상으로 제대한 후에는 주로 잡지 편집에 종사하면서 예술적 생동감 넘치는 독특한 시를 발표했다. 『현대시학』의 주간을 역임한 바 있는 그는 초현실적 수법을 비교적 온건하게 원용하여 순수하고 신선한 이미지의 조형에 주력, 현대성의 한 가능성을 보였다.

　　그는 순수 이미지의 추구라는 실험을 거쳐 "사상은 시가 아니지만, 시는 사상이 될 수 있다."는 주장을 내세워, 의미의 부여와 기교의 천착이라는 양면성을 추구했다

　　이제 무자년(戊子年, 2008)은 저물고, 기축년(己丑年, 2009)을 맞이하는 시대 분위기는 그리 밝지 않다. 미국의 부실금융의 파고가 높아서 그 여파가 이만저만이 아닐 뿐 아니라 그 후유증 또한 오래 갈 것으로 예측되기 때문이다. 이러한 차제에 시작품의 새로운 해석이나 의미부여는 부질없는 일이 아닐 것이다.

　　앞에서 소개한 전봉건 시인의 시 「과수원과 꿈과 바다 이야기」는 오붓한 둘만의 시간에서의 지극한 즐거움도 의미가 있겠지만, 이웃을 돌아보아야 하는 사회 현실에 눈을 돌리게 될 때 공생(共生)의 시학, 또는 대동(大同)의

시학이 요구된다 하겠다. 죽고자 하는 자는 살고, 살고자 하는 자는 죽는다고 했다. 대한민국 호라는 큰 배가 구멍이 났다고 가정할 때 그 밑창에서 구멍을 막는 사람이 필요하다.

자작시 「까치밥」은 고난을 선량하게 극복하지 않고는 인격의 완성으로 거듭나지 못한다는 성숙의 각성이 종교적, 철학적 차원으로 승화된 시다. 여기에서는 인생이 재생이나 부활로 거듭나게 될 때, 순애(殉愛)하는 삶 속에서 그 성숙한 인격의 완성으로 인하여 참된 삶의 존재 가치를 찾을 수 있다는 점을 강조함으로써 문학의 예술성과 영원성을 고양하고 있다.

> 우리 죽어 살아요.
> 떨어지진 말고 죽은 듯이 살아요.
> 꽃샘바람에도 떨어지지 않는 꽃잎처럼
> 어지러운 세상에서 떨어지지 말아요.
>
> 우리 곱게 곱게 익기로 해요.
> 여름날의 모진 비바람을 견디어내고
> 금싸라기 가을볕에 단맛이 스미는
> 그런 성숙의 연륜대로 익기로 해요.
>
> 우리 죽은 듯이 죽어 살아요.
> 메주가 썩어서 장맛이 들고
> 떫은 감도 서리 맞은 뒤에 맛들 듯이
> 우리 고난 받은 뒤에 단맛을 익혀요.
> 정겹고 꽃답게 인생을 익혀요.
>
> 목이 시린 하늘 드높이
> 홍시로 익어 지내다가
> 새 소식 가지고 오시는 까치에게
> 쭈구렁바가지로 쪼아 먹히고

이듬해 새 봄에 속잎이 필 때
흙속에 묻혔다가 싹이 나는 섭리攝理
그렇게 물 흐르듯 순애殉愛하며 살아요.

— 황송문의 시 「까치밥」 —

　이 시의 주제를 단적으로 만하자면 '죽음의 경지를 초극하여 부활하는 절대사랑'이라 하겠다. 이 시의 제1연에서는 아무리 세상이 어지러워도 실족하거나 좌절하지 말라는 말을 감나무의 감꽃이 떨어져서는 안 된다고 우회적으로 강변하고 있다. 여기에는 겸손의 자세와 현실 초극의 의지도 엿보인다.

　2연에서는 인생의 성숙을 가을볕에 단맛이 스미는 감나무의 열매(홍시)에 비유하여 인내를 통한 아름다움의 승화를 노래하고 있다. 1행은 시적 자아와 제재의 일체화를 통하여, 선량한 마음으로의 고난 극복을 노래하고 있으며, 2행의 '모진 바람'은 현실의 고난을, 3행의 '단맛'은 고난의 극복 후에 나타나는 성숙의 진수를 상징한다.

　3연에서는 정겹고 꽃다운 아름다움으로 인생을 익히기 위해서는 온갖 인고를 슬기롭게 겪어 내야 한다고 겸허한 마음으로 토로하고 있다. 2행은 '자기희생'을 내타내며, 3행은 시련 극복 후의 성숙을 형상화하고 있다.

　4연에서는 늦가을 서리 맞은 뒤에 맛 드는 홍시(紅柿)처럼, 절대사랑의 순애(殉愛)를 통한 부활, 다시 거듭나는 재생이야말로 절대가치의 진수임을 예시하고 있다. 3행의 '까치'는 고난 극복 후의 성숙한 인간에게 희망을 가져다주는 전령사를 상징하며, 7행의 '순애'는 절대사랑을 추구하는 자기희생의 극치를 표상한다.

　1, 2, 3, 4연의 순서, 즉 기승전결(起承轉結)로 이어지는 이 시는 감나무의 감꽃이 감열매가 되고, 마침내 홍시의 상태로 완숙하게 되는 그 성숙 과정을 통하여, 고난과 시련을 극복하고 절대가지를 향유하게 되는 인생을 상징

적으로 표현하고 있다.

　1연의 1—2행은 겸손한 삶을, 3—4행은 고난의 세계에 실족하지 않기 위한 인내를 역설하고 있다. 2연은 떫은맛은 다 빠지고 단맛이 드는 감 열매(홍시)처럼 성숙의 연륜을 따라 인격이 완성되어가는 인생의 '모진 비바람'과 '금싸라기 가을 볕'이라는 두 대립적 갈등 구조로서 형상화하여 인내와 조화를 통한 완성을 노래하고 있다.

　3연은 잘 썩음으로써 장맛이 드는 메주처럼, 서리 맞은 뒤에 맛이 드는 까치밥 같은 인생은 '고난'의 극복을 통해서만이 가능하다는 교훈을 제시하고 있다. 4연에서의 '까치'는 희망의 새 소식을 가지고 오시는 '님'을 상징한다. 희망의 새 소식을 염원하는 상징물의 표상인 '까치밥'은 희망의 상징인 '까치'를 불러들이고, 까치밥은 까치에게 희생, 봉사하고 순애함으로써 절대사랑으로 부활함을 형상화하고 있다. 이 시는 현실의 고난 속에서도 좌절하지 않고 새 희망을 염원하는 우리 민족의 전통적인 정서를 '까치밥'과 '까치'라는 토속적 소재를 통하여 명징한 언어로 형상화한 작품이다.

　거세게 몰려온 미국의 부실금융 위기가 전 세계로 확산되었다. 수출로 먹고 사는 우리는 정신을 바짝 차리지 않으면 안 되게 되었다. 앞으로 1—2년, 또는 2—3년간은 허리띠를 졸라매고 고난을 이겨내겠다는 자각이 요구된다. 그동안 이 나라는 느슨하게 풀어져 있었다. 공기업민영화도 지지부진하고, 공무원연금문제는 소리만 요란했을 뿐 한 걸음도 나아가지 못했다. 고통분담의 자세를 볼 수 없다. 나 몰라라 하는 형국이다. 썩어빠진 정신은 나태와 안일무사주의를 낳는다.

　개혁 시늉만 낸 공무원연금법 개정안이 국무회의에서 통과돼 국회로 넘어갔다. 날이 갈수록 적자폭이 느는 구조로 돼있다. 2003년 한 해 599억 원이던 적자액이 올해에는 1조3000억 원으로 증가할 것으로 예상된다. 개정안에 따르면 이대로 가다가는 10년 후인 2018년에는 6조129억 원으로 늘어난다. 이를 메우는데 들어갈 예산이 앞으로 10년간 30조원에 이를 것으로 추계된다. 씨나락(볍씨)을 아끼는 게 아니라 까먹어버리는 처사다.

시 「까치밥」의 첫 구절은 "우리 죽어 살아요."로 시작된다. 그리고 "떨어지진 말고 죽은 듯이 살아요."로 이어진다. 영국의 청교도들이 아메리카 신대륙으로 향할 때 배가 풍랑을 만나 여러 날을 표류하는 바람에 식량이 바닥났다고 한다. 그때 종자를 아끼느라고 스스로 굶어죽은 사람이 있었다고 한다. 자자손손 후손만대를 위해서 스스로 순애하는 정신이 지금 이 나라에는 그 어느 때 보다도 필요하다. 까치에게 쪼아 먹히고 이듬해 새싹을 틔우는 까치밥처럼.

4. 사랑할수록 무능해지는 보리밭 밟기

봄이면 청보리가 들판을 푸르게 장식한다. 보리밭이 천수답天水畓일 경우에는 산허리의 지형에 따라 바람의 행로가 다양하기 때문에 보리밭이 지그재그로 휩쓸리게 된다. 그 청보리밭 물결은 마치 여고생들의 매스게임처럼 율동의 극치를 이룬다. 곡선의 인파를 생각하게 하는 싱그러운 청보리밭 물결은 살찐 종아리와 휘어지는 허리와 풋풋한 물이랑으로 장관을 이룬다.

겨울과 봄 사이의 보리밭은 얼고 녹기를 반복한다. 그러는 사이 부풀어 오른 땅이 다시 얼게 되면 떠있는 보리밭의 보리들이 얼어 죽게 된다. 그래서 시골에서는 보리가 얼어 죽지 않도록 보리밭을 밟아주게 된다. 나도 초등학교 때 동원되어 학교 주변 마을의 보리밭을 밟아준 적이 있다.

보리는 겨울을 나는 식물이다. 추운 엄동설한嚴冬雪寒을 잘 견디어내기만 하면 이듬해 봄부터 여름까지 황금들녘을 장식한다. 그야말로 황금빛 파도를 이룬다. 지그재그로 휩쓸리며 불어오는 남풍과 더불어 오는 봄여름의 황금마차는 그저 오는 게 아니다. 그런 황금의 계절은 시한 삼동을 견디어낸 끝에 오게 된다. 마치 일제의 질곡에서 풀려난 우리 겨레가 조국광복을 회구하듯이 보리밭은 태극기의 물결처럼 소리 없는 아우성으로 온 들녘을 가득가득 실리어 출렁이게 된다.

보리는 우리 민족을 닮았다. 서민적이면서도 끝없는 생명력을 지녔기 때

문이다. 겨우내 얼어 죽지 않고 차디찬 흙속에 뿌리를 묻고 있다가 날씨가
풀리게 되면 황금 들녘을 이루듯이, 우리 선지선열들은 조국광복이라는 그
한 날을 꿈꾸면서 상해 임시정부로, 북만주로, 연해주로 끈질기게도 침략자
와 싸우면서 살아남지 않았던가.

보리를 밟으면서
언 뿌리를 생각한다.

아이들이 아비에게 대들 때처럼,
시린 가슴으로
아픔을 밟는 아픔으로
해동을 생각한다.

얼마나 교육을 시켜주었느냐고,
얼마나 유산을 남겨주었느냐고,
시퍼런 눈들이 대드는 것은
나의 무능임을
나는 안다.

뿌리를 위하여
씨알이 썩는 것처럼,
사랑할수록 무능해 지는 것을
나는 안다.

내 아이들이 대어들 듯,
어릴 적 내가 대어들면
말을 못하시고
눈을 감으시던 아버지처럼,
나 또한 눈을 감은 채

보리를 밟는다.

잠든 어린것 옆에
이불을 덮어주며
눈을 감는 것처럼,
나는 그렇게 눈을 감은 채
온종일 보리를 밟는다.

—자작시 「보리를 밟으면서」—

보리는 밟아줘야 산다. 보리밭을 밟아줘야 얼어 죽지 않기 때문이다. 보리밭 같은 자식에게는 아버지의 훈육이 필요하다. 엄동설한에 보리밭을 밟아주듯 엄격하게 훈육하는 엄친嚴親 밑에서는 효자가 나게 된다. 훈육을 모르고 조동으로 자라는 아이들 중에는 효자가 나기 어렵다. 어른에 배려할 줄 모른 채 이기적으로 자라기 때문이다.

요즈음은 권위를 잃은 아버지가 엄친일 수 없다. 그래서 아이들은 버릇이 없다. 이러한 현상은 농경사회가 산업사회로 변하면서 생겨났다. 할아버지 할머니와 함께 사는 대가족 사회에서는 위계질서가 서지만, 핵가족 사회에서는 그게 성립될 수 없다. 어린이가 이른 아침에 도시락을 챙겨들고 학교에 갔다가 학원을 거쳐서 밤늦게 오면 얼굴 보기도 힘들기 때문이다. 나는 다행히 농경사회에 자라서 첨단과학문명을 누리고 있다. 나 어릴 때 우리 집은 목화를 재배했었다. 나는 어머니와 할머니와 누이들과 함께 밭에서 목화를 따오곤 했다. 물레로 실을 자아 베를 짜서 옷을 해 입었다. 가내수공업 시절에서부터 첨단과학시대까지를 체험한 세대는 나의 세대가 마지막이다.

그 점에 대해서 나는 하나님께 감사한다. 슬픈 역사는 눈물겹지만 인정 많고 아름다운 대한민국에 20세기와 21세기를 걸쳐서 생존하게 하여 다양한 경험을 하게 하신 신에게 감사한다. 가난한 가정에 태어남으로써 일찌감치 겸손을 배우게 하신 은혜에도 감사한다. 나는 초등학교 3학년 때 6·25

를 겪었다. 내가 다니던 오수초등학교는 인민군의 소굴인 지리산과 회문산의 길목에 있었다. 그들은 우리 학교에 무기를 숨겨놓았었다. 미군이 그것을 어떻게 알았는지 폭격기 네 대가 와서 하늘을 빙빙 잡아 돌더니 시뻘건 불을 토해냈다. 그때 오수초등학교와 시장이 불탔다. 그때 나는 할머니와 함께 강변에 피란해 있었는데, 할머니는 그 폭격기를 피하려고 나를 폭탄 떨어져 파인 물웅덩이 속으로 끌어들였다.

머리 위에서는 미군 폭격기가 회전하면서 연신 시뻘건 불을 토해내는데, 할머니는 물웅덩이에서 나를 붙들고 주문을 외우시는 것이었다. 그것은 동학군이 외우던 주문이었다. 시천주조화정(侍天主造化定) 영세불망만사지(永世不忘萬事知)를 빠른 속도로 외우시는 것이었다. 그 후 할머니는 자기 주문의 영험한 힘으로 내가 살았다고 했다.

소실된 숭례문이 전소되지는 않았다. 1층 일부는 살아남았다. 보리가 죽어도 뿌리가 있으면 살아나듯이, 1층에 남은 뿌리로 해서 숭례문은 되살릴 수 있다. 임진왜란과 병자호란, 6·25를 거쳐 온 숭례문이 완전히 전소되지 않고 그 뿌리가 살아있다는 것은 그나마 불행 중 다행이다.

내가 초등학교 시절 학비(월사금)를 내지 못한 아이들을 수업시간에 돈을 가져오라고 집으로 돌려보낸 일이 있었다. 나의 아버지는 말을 못하시고 나의 항변을 듣고만 계셨다. 나는 그때 무능한 아버지라고 생각했다. 그런데 세월이 흐른 후 눈을 감은 채 듣고만 계시던 아버지의 그 무능이 바로 사랑인 줄 알게 되었다. 온갖 잡것들이 나면을 끓여먹고 오줌을 깔기는 등 흙먼지 속에서 더럽혀도, 불에 타죽는 마지막 순간까지도 침묵으로 일관하는 숭례문처럼 그렇게…… 뿌리를 위하여 씨알이 썩는 것처럼 사랑할수록 무능해지는 것을.

5. 어머니 품속 같은 「망향가(望鄕歌)」

어매여, 시골 울엄매여!
어매 솜씨에 장맛이 달아
시래기국 잘도 끓여주던 어매여!

어매 청춘 품앗이로 보낸 들녘
가르마 트인 논두렁길을
내 늘그막엔 밟아 볼라요!

동짓冬至날 팥죽을 먹다가
문득, 걸리던 어매여!

새알심이 걸려 넘기지를 못하고
그리버 그리버, 울엄매 그리버서
빌딩 달 하염없이 바라보며
속을음 꺼익 꺼익 울었지러!

앵두나무 우물가로 시집오던 울엄매!
새벽마다 맑은 물 길어 와서는
정화수井華水 축수축수 치성을 드리더니
동백기름에 윤기 자르르한 머리카락은

뜬구름 세월에 파뿌리 되었지러!

아들이 유학을 간다고
송편을 쩌가지고 달려오던 어매여!

구만리장천에 월매나 시장허꼬?
비행기 속에서 먹어라, 잉!

점드락 갈라면 월매나 시장허꼬
아이구 내 새끼, 내 새끼야!

돌아서며 눈물을 감추시던 울엄매!
어매 뜨거운 심정이 살아
모성의 피되어 가슴 절절 흐르네.

어매여, 시골 울엄매여!
어매 잠든 고향 땅을
내 늘그막엔 밟아 볼라요!

지나는 기러기도 부르던 어매처럼
나도 워리워리 목청껏 불러들여
인정이 넘치게 살아 볼라요!

자운영紫雲英 환장할 노을진 들녘을
미친 듯이 미친 듯이 밟아 볼라요!
　　　　　　　　　─ 자작 시 「망향가(望鄕歌)」 2 ─

　다음 글은 장영창 시인이 저술한 '한국전쟁실기' 『서울은 불탄다』 중
1950년 8월 13일의 기록 중 일부다. 자작시 「망향가」와 관련이 있다고 여겨
져서 한 단락을 소개하고자 한다.

고향……고향을 생각하니, 소련의 유명한 작가 시모노프가 쓴 「러시아 사람들」이란 작품 속에서 나오는 고향에 관한 문장이 머릿속에 떠오르는 것이었다. 아마도 그 유명한 스탈린그라드 작전 때에 있었던 일로 기억되었다. 소위 '인민빨치산'으로 구성된 소련의 전투원들은 잠시 동안의 휴식을 취하기 위하여 어느 구릉丘陵 위에서 쉬게 되었다. 그때, 한 전투원이 이런 말을 꺼냈다. "우리들은 조국을 위해서 싸우고 있는데, 도대체 조국이라고 하는 것은 무엇일까?" 그러자, 한 여자 빨치산이 다음과 같은 말을 했다. "나는 조국이라고 하면 그래요……다른 것이 생각나는 것이 아니라, 내가 자랐던 작은 마을……그 가난한 농촌이 마음속에 떠올라요……그리고 그 마을에 서있는 포플러들과 또 그 위를 흘러가는 하얀 구름……언제나 그것을 생각해요. 나의 조국이란 결국 그것밖엔 없어요.……" 사실상 고향이 제각기의 조국이라고 해서, 누가 이에 반대할 사람이 있겠는가? 실감적인 조국은 바로 제각기의 고향인 것이다. 볼셰비즘의 세계에서까지도 고향을 조국이라고 생각하고 있는 실정이다. 그런데도 불구하고, 그들은 왜 남의 고향을 파괴하는 것일까? 여하튼 고향을 생각할 때 사람은 선량해질 수 있을 것이라는 생각이 들었다.

내 나이 16세 때 나의 어머니는 36세 젊은 나이로 아버지와 사별하셨다. 집도, 전답도 없는 타향에서 어머니는 4남매를 길렀다. 새벽마다 동네 샘에서 맑은 물을 길어 와서는 장독대에 정화수 떠놓고 동서남북, 사방팔방 절하면서 어찌하던지 자식들 건강하고 성공하게 도와달라고 천지신명께 빌고 빌었다.

가르마를 쪽 고르게 타고 뒷머리에 비녀를 꽂으신 어머니의 그 가르마는 하얀 신작로를 연상케 했다. 어머니의 쪽 고른 가르마를 닮은 신작로 양쪽으로는 자운영 꽃이 흐드러지게 피어있었다. 그 자운영紫雲英은 녹비용으로 사용되었다. 자운영 거름은 못자리에 밟혀져서 밑거름이 되었다.

어머니의 삶은 자운영 같다는 생각이 든다. 꽃자주 빛깔의 자운영 꽃처럼 곱게 늙으신 어머니는 자식들을 위해서 한평생 못자리의 거름처럼 밟혀지

고 썩어졌다. 어머니의 밟힘과 썩어짐으로 하여 내가 이렇게 존재하고 있는
게 아닌가.

인정이 많은 어머니는 가난한 살림에도 덕을 베푸셨다. 뭐든지 주기를 좋
아하셨다. 심지어는 지나가는 동네 아낙을 불러들여서는 자기 몫으로 둔 밥
을 솥에서 꺼내주고는 자기는 탈탈 굶는 것이었다. 소천댁, 엉골댁, 하고 불
러들여서 마루에 앉게 하고, 자기 몫을 꺼내어주던 어머니처럼 세상 사람들
이 모두 공생共生하고 공영共榮하면 얼마나 좋을까? 그리하여 공의公義의
사회가 오면 얼마나 좋을까?

박경수의 소설 『동토(凍土)』에는 가난한 고향 얘기가 나오는데, 그 서두
부분은 다음과 같다. "아버지는 품팔이 농사꾼이었고 어머니는 직부織婦였
다. 지금도 내 귀에는 어머니의 그 베 짜는 베틀소리가 쟁쟁히 들리는 듯하
다. 북을 주고받으며 째그락탁 째그락탁……산에서 나무를 하여 지고 돌아
올 때는, 집은 보이지 않지만 어머니가 짜고 계시는 그 베틀소리는 들린다."

6. 순수시절, 그 여름날의 추억

　우리 마을 황 노인 집 우물은 여름마다 생수가 솟았다. 우물 옆구리에서 다량으로 샘솟는 생수가 향나무 울타리 사이 미나리꽝 앞으로 해서 과수원 쪽으로 흘렀다. 그 물은 이가 덜덜 떨리도록 시리고 맑아서 동네 여인들에게 각별한 사랑을 받았다. 여인들은 그 샘도랑에서 채소를 씻는가 하면 인적이 뜸한 밤에는 목욕을 하곤 했다. 당시 농경사회의 여인들은 여름 볕에 땀을 흘리며 밭일을 했기 때문에 밤이면 그 시원한 샘도랑에서 목욕을 하는 게 낙이었다.

　어느 날 우리 또래의 조무래기들은 마을의 끝집인 그 황 노인 집을 지나서 반딧불을 잡으려고 들녘으로 나갔다. 그런데, 병에다 반딧불을 잡아들고 귀가할 때 여인들이 그 샘도랑에서 목욕을 하고 있는 게 아닌가. 집으로 가려면 그 샘도랑 앞을 지나쳐야 했지만 숫기 없었던 나와 친구들은 차마 그 앞을 지나가지 못하고 언덕바지 한 쪽에서 목욕이 끝날 때까지 기다리기로 했다.

　기다리는 동안 우리는 어둠 속에서도 아슴푸레하게 전개되는 그 곡선의 시야를 즐기고 있었다. 여인의 비눗물 같은 흰 구름, 아니 새털구름이라고 할까, 조개구름이라고 해야 할까? 밤하늘의 신비로운 구름 사이로 비치는 달빛에 여인들의 그 곡선의 나상을 훔쳐보았다. 그래도 저만치 어둠 속에서 바라보기 때문에 자세히는 볼 수 없었다. 그저 어둠 속에서도 약간의 아슴푸레한 곡선과 물 떨어지는 소리, "아유, 차가워!" 하며 외마디 소리를 내지르는 여인들의 목소리 등이 숫기가 생길락 말락한 우리들의 호기심을 자극하기에 충분했다. 그 후 화가가 되지는 못했지만 마음속에는 그 여름 밤 샘도랑 풍경을 오래도록 간직하고 있다.

가까이 가지도 않았습니다.
탐욕의 불을 켜고
바라본 일도 없습니다.

전설 속의 나무꾼처럼
옷을 숨기지도 않았습니다.

그저 그저
달님도 부끄러워
구름 속으로 숨는 밤
물소리를 들었을 뿐입니다.

죄가 있다면
그 소리 훔쳐들은 죄밖에 없습니다.

그런데, 그런데,
그 소리는 꽃잎이 되고 향기가 되었습니다.

껍질 벗는
수밀도水蜜桃의 향기…
밤하늘엔 여인의 비눗물이 흘러갑니다.

아씨가 선녀로 목욕하는 밤이면

수채도랑은 온통 별밭이 되어
가슴은 은하銀河로 출렁이었습니다.
　　　　　　　　　　　　　　　　　—「샘도랑집 바우」앞부분 —

　세월이 흐를수록 상상력이 보태어져서 그 샘도랑은 어느새 시와 수필이라는 문학 장르 속에 자리 잡게 되었고, 음악으로까지 발전하게 되었다. 2001년 중국연변대학에 객원교수로 가 있을 때, 중국조선족 작곡가인 최연숙 씨가 작곡, 연변인민가무단 단원인 홍인철 씨가 부른 「샘도랑집 바우」가 바로 그것이었다. 그 변형된 가사는 다음과 같다.

　　　몰래 가까이 가지도 않았습니다.
　　　탐욕의 불을 켜고 본 일도 없었습니다.
　　　전설에 나오는 나무꾼처럼
　　　날개옷을 숨기지도 않았습니다.
　　　달님도 부끄러워 구름 속으로 숨는 밤
　　　물소리에 끌려간 죄밖에 없습니다.
　　　아씨가 선녀처럼 목욕하는 밤이면
　　　샘도랑은 은하수로 출렁입니다.

　　　손목 한 번 잡은 적도 없습니다.
　　　얘기를 나눈 적도 없었습니다.
　　　아슴한 어둠 저편, 희부연 곡선
　　　떨어지는 물소리에 정신을 잃었습니다.
　　　유두 같은 물방울이 떨어질 때마다
　　　마음으로 껴안은 죄밖에 없습니다.
　　　아씨가 선녀처럼 목욕하는 밤이면
　　　샘도랑은 은하수로 출렁입니다.

　여기에 나오는 '바우'라는 인물은 지식수준은 낮지만 순박하기 그지없는 사람이다. 나무꾼이 지순하지 않으면 선녀를 만날 수 없는 이치라 하겠다. 손목 한번 잡은 적도 없는데, 목욕하는 물소리에 마음이 끌려간 그 지순한 상상의 감주에 왜 취하고 싶을까? 세상이 너무도 되바라지고 까져서 노트르담의 꼽추나 벙어리 삼룡이, 바보 용칠이 같이 순박한 인물이 그리워지기 때문이 아니겠는가. 바보스러울 정도로 순박한 시골의 젊은이 상의 전형典型을 그려보고 싶었다.

7. 평면적 언어와 입체적 시어詩語

문득, 의무를 다해야 권리를 주장할 수 있다는 생각이 든다. 대체적으로 시를 안일하게 쓰기 때문이다. 고심한 흔적이 많아 보이지 않는다. 그저 자연발생적으로 썼거나 어떠한 상태를 나타낸 글들이 다수 보였다. 어설픈 기교에 매달리거나 잔소리의 나열을 보게 될 때 역겨움을 느낀다. 소위 무관의 제왕이라는 시인이 이래가지고 만인들로부터 존경과 사랑을 받을 수 있겠는가 하는 의구심을 떨칠 수가 없다.

존경과 사랑은 정성을 대해야 가능하게 된다. 피아노의 줄에 연결된 핀이 풀리면 저음으로 내려가서 연주를 제대로 할 수 없게 된다. 이제 시인들은 시정신을 바로잡기 위한 조율부터 팽팽하게 해야겠다는 생각이 든다.

강한 감정을 자연스럽게 흘러나오게 하는 게 시라면, 무쇠를 녹여서 물처럼 흐르는 것으로 보일 정도의 언어의 숙련이 요구된다는 점은 아무리 강조해도 좋을 것이다. 시는 대중문학이 아니다. 그것은 고급문학이기 때문에 상징과 은유 등의 고도한 기법을 요한다. 시어를 경제적으로 사용하기 위한 긴축정책과 구조조정이 요구된다. 여기에 충실하면 훌륭한 시로 탄생할 가능성이 높지만, 등한하거나 무관심하면 좋은 시작품을 기대할 수 없게 된다.

시가 다른 장르에 비하여 소량으로 승부를 거는 까닭은 평면적 언어를 지나서 입체적 시어이기 때문이다. 평면적으로 나타난 언어 말고, 그 언어가 거느리고 있는 잠세적潛勢的 시어詩語에 고차원의 묘미가 응축되어있다는 점을 간과해서는 안 된다. 누가 그 잠세적 시어를 풍부하게 거느리며, 형상화하느냐에 따라서 시의 차원을 달리하게 된다.

여기에 차원次元이라는 말이 나왔는데, 가령 김상용의 시 「남으로 창을 내겠소」의 마지막 구절 "왜 사냐건 / 웃지요"에서의 그 '웃지요'는 만고풍상을 겪은 후에 인생을 달관한 듯한 느낌을 줄 정도로 격조 높은 잠세어를 내포하고 있다. 그러니까 시라면 입체적이며 잠세적 언어를 내포하지 않으면 안 된다.

가령 평면적 언어가 모래로만 이루어진 강변의 모래밭이라고 가정한다면, 잠세어가 풍부한 입체적 시어란 그 모래밭에 사금이 반짝이는 강변이라 말할 수 있을 것이다. 따라서 요즈음 발표된 시들을 보면 몇 편을 제하고 나머지 시들은 대부분 사금이 섞여있지 않기 때문에 반짝이지 않는 모래밭이라 할 수 있겠다.

구태여 반짝이지 않는 모래밭을 거론할 필요는 없겠고, 사금이 섞여서 반짝이는 입체적 시어를 음미하고자 한다.

6월, 들판에 나가면/ 저마다 고운 이름 하나씩/ 다 갖고 있으면서도/ 드러내기 그래서/ 이름 감추며 사는/ 꽃들을 만난다.
누우러니까 누우렁이/ 점 있으니 점박이듯/ 들에 사니까 들꽃/ 이러면 되는 것을// 크막한 명함을 달고/ '나다' 하는 사람들
작지만 저마다/ 애기똥풀, 개망초, 가새덩굴……/ 그 좋은 이름 감춰가며/ 그냥 살아가는/ 이름보다 더 화려한 들꽃
6월의 푸르른 들판에 나가/ 이제라도 한번 낮은 자세로/ 큰 명함을 감추고/ 들꽃 앞에 서서/ 키 낮춘 작은 꽃들의/ 당당한 모습을 지켜볼 일이다.
— 정형태의 시 「6월, 그리고 들꽃 앞에서」 전문 —

평범 속에서 비범함을 보이는 이 시는 내용과 형식이 자연스럽게 어울리고 있다. 『논어(論語)』「옹야편(雍也篇)」에는, "질승문즉야(質勝文則野) 문승질즉사(文勝質則史) 문질빈빈(文質彬彬) 연후군자(然後君子)"라는 글이 있다. 질(質)이라는 내용이 글(文)이라는 형식보다 더하면 야(野)해지고, 글(형식)이 질(내용)보다 더하면 황홀해지는 까닭에 질과 글, 즉 내용과 형식이 조화를 이루어야 한다는 뜻이다.

이 말은 비단 시문학 뿐 아니라 모든 예술 형태는 내용과 형식의 균형 있는 조화가 요구된다는 점을 단적으로 예시하고 있다. 이 시에서의 내용이란 시인으로서의 시인다운 양식을 말한다. 그것은 어떠한 양식인가? 시인으로서의 염치를 아는 양식이다. 염치란 결백하고 정직하며 부끄러움을 아는 마음이다. 가령 시인이 지체 높은 사람 곁에서 사진에 찍히기 위해서 보기 민망한 행동을 보인다거나 큰 상을 타보겠다고 요란을 떠는 것과는 거리가 있는 양식이다.

다음으로 눈에 들어오는 시는 김종원의 「가을 바다」였다.

물 빠진 을왕리 해변/ 홀로 남은 조개 한 마리/ 추억이 머물다 간 모랫벌에/ 바닷바람 소소히 불 때마다/ 텅 빈 가슴 크게 뚫려/ 낙엽처럼 뒹구는 사연

청춘은 한여름 밤 잔치의 불꽃/ 확 달아올라 터질 것 같던 열기/ 열정이 빠져나간 해변은/ 임 떠나보낸 간이역

내일을 꿈꾸는 갈매기 날갯짓 너머/ 파도소리 가물거리는/ 갈증난 마중물

이 시는 앞의 시에 비하여 입체성은 떨어지지만, 서정성을 무리 없이 살려내고 있어서 편안하게 읽혀진다. 균형 있는 조화와 자연스러움과 편안함, 혐오감과는 상반되는 이것은 아름다움의 여부를 가름할 수 있는 척도인 동시에 시문학 작품, 예술성 여하를 가름하는 본질적 시 본령의 기준이 된다.

요즈음 문학 인플레 현상이 만연되어 있는가 하면, 시심이랄까 정서의 샘이 고갈되어 바닥이 드러난 정신춘궁기에 정형태의 시(6월, 그리고 들꽃 앞에서)는 6·25의 하얀 풋말까지를 연상하게 하는 청량제라 하겠다. 좋은 시를 명검, 보검으로 가정한다면, 그것은 녹이 있을 수 없다. 시인은 스스로 쇠붙이처럼 대장간 화덕에서 스스로 달구어지고 망치에 두들겨져서 녹부터 제거해야 할 일이다.

> 김치를 썰다가 문득,
> 날 선 창을 알몸으로 견디는
> 골고다 십자가를 만난다.
> 칼 쥔 손에 힘을 주면
> 삭둑삭둑 잘리는 허상 앞에
> 그는 오롯하게 살아있다.
> 살아서 날마다
> 더해지는 상처를
> 온 몸으로 감싸 안는다.
> 상처를 아름답게 품고 사는
> 그에게서 나는
> 죽은 듯이 사는 법을 배운다.
>
> ─옥효정의 시 「도마」─

'도마'라는 사물에서 사는 법을 배우는 삶의 태도가 기발하다. '도마'를 희생과 봉사의 상징으로 볼 수 있는 안목에 믿음이 간다. 시인 자체에 대한 자극적인 감성이 '도마'라는 생활적 사물을 통하여 의미망으로 투사되기 때문이다.

8. 서정시 본령에의 복귀

현대시가 아무리 변모과정을 거친다 할지라도 그 과정에서 시의 본령本
領을 훼손해서는 안 된다. 모더니즘도 좋고 실험정신도 좋다. 물론 이 세상
에 존재하는 모든 사물은 변하기 마련이다. 어느 한 가지도 변하지 않는 게
없다. 변하지 않으면 향상 발전할 수 없기 때문이다. 그러므로 실험정신으
로 새로운 방법을 모색하는 창작해위는 부단히 계속돼야 한다. 그런데 문제
는 그러한 변화도 시의 본질을 손상하지 않는 상태를 유지할 수 있는 차원
에서 시도돼야 한다는 전제가 따른다. 여기에서 잠깐 얘기를 효과적으로 전
개하기 위해서 가상의 예를 들어보고자 한다.

가령, '귀뚜라미'의 경우, 과거 농경사회의 귀뚜라미는 농어촌이라든지,
공해와는 거리가 먼 자연 환경에서 서식하였다. 그의 서식지는 풀밭이나 초
가의 토담, 툇마루 밑, 부엌 등지였다. 그러던 귀뚜라미에도 환경의 변화가
왔다. 풀밭이나 초가가 있던 자리는 아파트나 빌딩이 들어서게 되었다. 풀
밭이나 장독대, 그리고 세월이 좀 더 흐른 후에는 구공탄 창고 같은데 서식
하던 귀뚜라미는 아파트의 베란다나 서재 같은데 서식하게 되었다.

귀뚜라미는 생활환경의 변친과정을 기쳐 오는 동인에도 질 적응했고, 제
소리를 내고 있었다. 귀뚜라미는 참여의식이 강하면서도 순수를 지키고 있
었다는 얘기가 된다.

사람들의 사회에서도 변화가 왔다. 농경 사회에서 도시 산업사회로 변화되고, 느림의 미학이 속도전으로 휩쓸리게 되었다. 첨단과학이 지배하는 아이티(IT) 시대를 맞이하여 거기에 적응하기 위해서 심혈을 기울이고 있다. 그러는 동안에 시인은 시심을 잃어가고, 인간성, 인간미를 잃어갔다.

카프를 탈퇴하면서 순수예술을 지향한 박영희가 남긴 말이 "얻은 것은 이데올로기며 상실한 것은 예술 자신이었다."고 했다면, 오늘의 현실은 "얻은 것은 실험적 방법이요 잃은 것은 서정시의 바탕이 되는 소박한 정서"가 아니겠는가. 좀 풍자적으로 말해서 디지털 카메라를 얻은 대신에 따뜻한 인간미라든지, 그러한 정서를 잃은 게 아닌가 한다.

여기에서 우리는 시창작에 있어서나 삶에 있어서 가변성과 불변성의 자각이랄까 인식이 요구된다. 그동안 우리는 변화에 적응하기 위한 가변성에 정신을 빼앗긴 채 놓쳐서는 안 되는 불변성을 망각한 것으로 보인다. 그래서 서정시는 전통을 잃고, 그 양상이 매우 난해하고 낯선 방향으로 흐른 경향을 보여 왔다.

지난해 신춘문예 당선작인 「나무를 맛있게 먹는 풀코스법」은 그 실험성은 이해되지만, 혐오감을 일으킬 정도로 서정성을 말살하는가 하면, 당선작 제목만 봐도 「엘리펀트맨」이라든지, 「트레이싱 페이퍼」 「스트랜딩 증후군」 등 외국어를 무절제하게 남발하는 것도 우리의 소박한 순수정서를 좀먹고 푸지지 못하게 하는 경우들이라 하겠다. 실험이나 유행이 지나쳐서 혐오감을 주는 비본질적인 시의 단적인 예가 바로 이처럼 무책임한 국적불명의 언어의 남발이라 하겠다.

앞으로는 제목에서까지 기어코 외국어를 쓰고자 한다면, 엘리펀트맨(Elephant man), 스트랜딩 증후군(Stranding syndrome), 트레이싱 페이퍼(Tracing paper)로 이렇게 앞에 모국어로 표기해서 우리의 언어를 지키려는 노력이 필요하다. 이러한 차제에 정삼일의 시 「감잎 단풍에 담은 연서」는 반가움과 신선함을 준다.

붉게 타는 저녁놀/ 끄트머리/ 갈 길 먼데/ 떠날 줄 모르고// 열어주지 않
으면/ 열리지 않는/ 육신은 자물쇠/ 정신은 열쇠// 아직도/ 단풍은 안 들었
는데/ 마음만 먼저 가서/ 물들어 있네.

갈 길이 먼데 떠날 줄 모른다는 말은 그리움이 연연한 상태를 붉은 색채
를 배경에 깔고 있다면, 2연은 남녀상열지사 쪽의 연연한 풍향을 은유로 깔아
서 독자를 감질나게 넌지시 속살 한 자락을 내비치고, 3연 결구는 마음부터
붉게 물든다고 연문을 내비치고 있는데, 여기에 서정시의 즐거움이 따른다.

여인은 새벽을 열고/ 안개 짙은 수인선 작은 간이역으로/ 외로운 점하
나 되어 걸어간다.// 좁은 철길을 쉴 새 없이 달리는/ 협궤열차 속에는 삶
에 지친 여인의 한숨이 잠겨있고/ 고독에 허기진 나그네가 초점 잃은 눈
동자로 앉아있다.// 오랜 세월의 뒤안길에/ 깊이 묻혀버린/ 이 조그만 열
차는/ 인간의 애환을 온몸에 가득 싣고/ 쉬임 없이 달린다.
— 최정자의 시 「협궤열차」 —

철 이른 코스모스 꽃무리가/ 강 언덕을 끌어안고 나붓거리는 해거름/
멀리 새떼들이 산등성이를 넘고/ 마지막 숨결이듯/ 붉은 피를 머금은 구
름은/ 강심으로 가라앉아/ 서서히 하루를 지우고 있다
— 안재진의 시 「영혼의 소리」 중 첫 연 —

이 두 편의 시는 풍부한 정서를 발산하면서, 결말에 뭔가 새로운 진경을
보여줄 만한 기대를 갖게 했는데, 그 매듭이 미온적이라서 아쉬움이 남는다.

태어날 때부터 머슴꾼이다/ 늦가을 수소라서 어깨가 더욱 휘어지도
록/ 70여년을 일해 오면서 늙어가는 소가/ 무슨 할 말이 더 있겠소/ 태형
쏨꼐로 감으며/ 인생을 되새김질할 따름이다./ 커다란 눈망울에 맺히
는/ 높은 하늘 구름 한 번 쳐다보고
— 장윤우의 시 「뚜벅이 반추(反芻)」 중 앞부분 —

자아성찰이다. 자아의 내면에 집중된 체험을 현재의 시점에서 파악하여 표현하고 있다. 수소라는 대상적 사물을 끌어들여 자아화自我化하고 있다는 점에서 서정시의 본질에 접근하고 있다.

> 강바닥에 숨은 돌이/ 입을 열어 말한다/ 강 위에 널린 자갈돌이/ 입을
> 닫고 말한다// 큰 물살 작은 물살/ 가슴 벽을 치고 있다
> — 임지현의 시 「청령포 · 2」중 앞부분 —

강바닥의 숨은 돌과 강 위의 널린 자갈돌이 입을 열고 말하기도 하고 닫고 말하기도 한다는 게 재미있다. 숨은 돌이 입을 열고 말하고, 널린 돌이 입을 닫고 말한다는, 얼핏 보면 정반대로 피력하는 그 까닭이 궁금하다. 역사와 문화의 흔적에 대하여 그 해석이나 의미부여는 독자의 몫으로 남겨두고 있다.

현대시의 산문화 경향에도 불구하고 서정시가 아직도 운문 형식을 유지하여 율동성을 살리고 있는 것은 운율이 그 자체로서 감정 표출의 효과를 창출하기 때문이다. 이 기회에 말해두고자 하는 것은 온갖 실험정신으로 변화를 꾀하다가 그 새로운 기법에 정신이 쏠려서 현대시의 양상이 매우 메마르고 난해한 방향으로 흩어지고 있다는 비본질적인 현실의 자각이다.

세계적인 명시는 서정시라는 점을 간과해서는 안 된다. 자연발생적인 글도 문제지만, 독자를 어리둥절하게 우롱하는 글도 문제다. 독자가 "그러니어떻다는 말입니까?" 하고 물었을 때 시인은 대답할 수 있어야 한다. 그리하여 까닭 없이 난해하지 않고 메마르지 않는 시의 본질로 가다듬어 서정시본령(本領)으로 복귀(復歸)해야 한다.

9. 메마른 시와 촉촉한 시

진부한 말이지만 시를 쓰기 전에 우선 사람이 되어야 한다는 말부터 하고 싶다. 그는 어떠한 사람인가? 좋은 사람. 어떻게 좋은 사람? 건강한 누에가 양질의 명주실을 뽑아내듯, 시어(詩語)의 향기가 배어들어서 그 시를 읽고 싶어 하는 사람이 많아질 수 있는 사람.

그렇게 좋은 사람은 큰 사람 [德人] 이라 할 수 있겠는데, 큰 산 같아도 좋고 아니면 작으마한 조약돌 같아도 좋겠다는 생각이 든다. 그의 고상한 인품이 시에 스며들어서 시의 향기가 예술성과 영원성으로 발화될 수만 있다면 그만이기 때문이다. 그러자면 아무래도 동양적 인간형인 대장부 호연지기(浩然之氣) 쪽으로 마음을 키우고 명덕(明德)을 길러서 인의(仁義)나 박애(博愛), 자비(慈悲) 등으로 따뜻한 사람이기를 바란다.

그런데 요즈음 시들은 왜 그리도 메마를까? 시심이 바닥났기 때문이다. 왜 시심이 바닥났을까? 시의 샘물이 고갈되었기 때문이다. 신문이건 잡지건 시 같지도 않은 메마른 글이 넘쳐나고 있다. 시는 아니고 시 같은 글이 범람한다. 이건 아니라고 도리질을 해보아야 소용이 없다. 그런 글이 너무도 흔한 현실이기 때문이다.

독자가 외면할 수밖에 없는 글들이 도처에서 점령군처럼 무표정하게 자리를 차지하고 있는 데에는 여러 요인이 있을 수 있겠지만, 우선 생각해 볼 수 있는 것은 영상매체의 범람과 자본주의 속성인 상업주의, 문단정치에서 파생되는 문학 인플레 현상, '이유 없는 미움'이 들끓을 수 있는 증오의 이념 등을 들 수 있을 것이다. 이유 없는 미움이 들끓는 사회에서는 시심이 살아날 수 없다. 미움이 들끓게 하는 어설픈 증오의 철학에서는 모국어가 황폐화되기 때문이다. 이러한 풍토에서도 촉촉한 시를 만나게 된 것은 반가운 일이 아닐 수 없다.

경제학의 ABC는 적은 투자에 큰 효과라고 했다. 이 말은 시창작에도 그대로 적용된다. 최근에 발표된 문효치의 시「백제시」만 봐도 그 뜻을 수월하게 알 수 있을 것이다.

> 가슴 속에/ 매 한 마리 키우네// 서늘한 기류 밖/ 푸른 별 하나 낚아챌// 매 한 마리/ 숫돌에 부리를 갈아 날을 세우고/ 옹이를 찍어 발톱에 힘을 기르네// 날마다 하늘을 우러러보며/ 별 하나 표적을 찾아/ 눈을 닦고 있는/ 매 한 마리 자라고 있네

일본 황실에 매 사냥법을 가르쳐준 백제인의 치열한 의식이 신선한 충격을 지나서 진중한 종소리의 떨림처럼 전해온다. "숫돌에 부리를 갈아 날을 세우고/ 옹이를 찍어 발톱에 힘을 기르네"라고 놀라운 얘기를 하고 있는 것이다. 시를 맹물처럼 쓰는 사람들은 이 시를 열 번, 스무 번 읽어볼 일이다. 다음으로 임성조의 시「中原吟·2」을 살펴보고자 한다.

> 사막은 백색 비명인가/ 백색 투명의 의문과 서술로/ 깔린 欲動의 변형인가// 발소리도 뽑히는 적요/ 모두들 앗아간 카라브란*/ 그 씻긴 새 자리/ 눈부신 石英들의 무량한 陵裸/ 그 관능의 종극은 어디쯤인가// 텅빈 묵음의 비명을 넘어/ 쓰러진 지평에 음표를 단다/ 포플러의 잎소리가 운율로 반짝인다// 모두가 허상이다// 여기가 어디쯤일까
>
> ─林性照의 시「中原吟·2」─

'다크라마칸 사막에서'라는 부제가 붙은 이 시는 신강 위구얼 자치구에 있는 사막을 소재로, "텅빈 묵음의 비명을 넘어/ 쓰러진 지평에 음표를 단다"고 실상과 허상을 자유롭게 넘나들고 있다. 그런데 그가 묵음으로 나타내는 실상이 재미있다. 그가 추구하는 '눈부신 무량한 陵裸'라고 하는 관능의 미학은 '텅빈 묵음'에서 시치미를 떼고 있기 때문이다. 여기에서 독자는 '비명을 넘어'를 붙들고 눈치를 챔으로써 제몫을 챙겨야 하는 과제를 안게 된다.

> 서릿발 치는 고목枯木 가지에/ 빨간 점 하나 찍혀 있다// 빗겨 가는/ 까치새 한 마리/ 그물코 찢고/ 하늘 멀리 날아간다.// 산은 산을 이고/ 구름 밖을 내다보고.
>
> — 金義岩의 시「禪日記·102」—

평범 속의 비범함이 예사롭지 않다. 선풍(禪風) 또한 그렇다. 잔소리의 나열이 흔한 요즈음 언어의 긴축이 신선하다. 그물코를 찢고 하늘 멀리 날아가는 까치새를 바라보는 시선에서 구가하는 자유를 본다. 고요 속에 움직이는 '靜中動'의 선풍이 감미롭다.

> 바다가 멀찌감치 도망치고 없었다./ 가기도 전에 개펄은 없어진 채/ 비릿한 소문이 무성한 갈대숲만 남겨 놓고/ 먼 시베리아의 철새처럼 가버렸다./ 그렇다, 짜디짠 맛은 개펄에 두고 간다./ 쉽게 몸이 졸아들어 아득해질 줄 알았다면/ 오지 말 것을// 하늘은 잠자리 날개에 얹혀 졸음을 쫓고 있다/ 물때 이는 소리가 귀를 간지럽게 후빈다./ 바다의 뱃속에 깊이 박힌 새들의 노래는 즐비하다/ 세월은 푸른 흔적만 질펀히 누워 있을 뿐/ 농게 한 마리 건너섬의 안부가 궁금한지/ 소금냄새를 훑으며 지나간다./ 쓸쓸함이 우수수 쏟아져 바다가 된다.
>
> —박영택의 시「개펄」—

지성적 감각이 번득이는 시다. 여기에서 '비릿한 소문'의 주인은 누구일까? 주의 깊게 살펴야 할 곳은 '짜디짠 맛'과 "바다의 뼛속에 깊이 박힌 새들의 노래" 그리고 "쓸쓸함이 우수수 쏟아지는 바다"다. 심상치 않은 사연을 넌지시 내비치면서도 그것이 아리송하게 모호성과 명료성을 섞어서 느낌을 장려하여 궁금증을 일으킨다. 상징과 은유가, 지성과 감성이, 모호성과 명료성이 뒤섞여서 양파를 까 들어가듯이 그렇게 읽히는 시다.

> 가진 것 없어 허기진 마음 들거들랑/ 새벽 숲으로 가라/ 어슴한 허공에 새들이 길을 내고/ 수평선 너머 새 날을 물고 와 빛을 뿌리면/ 숲은 경계를 해제한다.// 소나무와 상수리나무 사이/ 왕거미의 곡예로 전화선이 연결되고/ 견우성과 직녀성이/ 밤새 쏟아 내린 은하별의 밀어/ 찔레 순이 초록이슬을 털며 까치발을 든다.// 인동초 꽃향기 그윽한 오솔길/ 뻑꾹뻑꾹, 뜨음뜸, 두루루루, 쩩/ 툭툭 불거지는 단음의 연주/ 악보도 지휘도 없는 자연스런 하모니/ 노천극장 빈 벤치가 쉬어 가라 손짓한다.// 세상이 불공평하다고 생각될 때는/ 아침 숲길을 걷자/ 아직은 가격표가 붙지 않은 공기 속 미네랄/ 가난한 사람이나 노약자도 양껏 마실 수 있는/ 자연은 우리에게 공평하지 않은가.
>
> — 이종순의 「새벽 숲으로 가라」—

신선한 감각으로 표현의 자유를 누리고 있다. 우선 사물을 투시하는 통찰력이 예리하거니와 주제를 위해서 동원되는 언어를 시어로 부려 쓸 줄 안다. 세상이 싫어질 때 인간은 자연을 찾기 마련이다. 대자연은 인간세상에서처럼 죄악과는 상관이 없기 때문이다. 노장사상老莊思想은 무위자연無爲自然을 횡적으로 말하지만, 기독교는 신과 인관과 자연 을 종적縱的으로 질서화 한다. 인간은 신의 계명을 어기고 타락했지만, 자연 만물은 타락할 것도 없이 자율성을 유지하고 있다. 그래서 타락한 인간은 염세를 느낄 때 신성이 스며있는 대자연의 품을 찾게 된다. 이런 맥락에서 보게 될 때 이 시는 평범하면서도 비범하다. 표현의 자유를 누릴 만큼. 평범한 진리에 근원을 드리운 촉촉한 시들이 나름대로 반짝인다. 사금처럼 반짝이는 시들이 마음을 푸지게 일용할 양식으로 위안을 준다.

> 바람이 거세면 잎 날을 세우고
> 흔들리다 지치면
> 퍼런 잎 날을 칼처럼 세우고
> 바람을 가르는 대이파리 소리
> 내가 살아 있음을
> 별이 뜨는 소리 들을 수 있음을
> 지금도 저 푸른 대숲에서
> 바람을 거부하는 대이파리에서 듣는다.
> 대이파리에서 떨어지는 빗물을 본다.
> 하루를 지는 빗물을 받으며
> 온몸이 젖어
> 발끝까지 젖어
> 빗물이 울면 함께 우는 대이파리를 본다.
> ─ 정군수의 「대이파리」 중 일부 ─

천이두 교수가 평한 바와 같이 대상을 관조하는 시인의 감성이 당돌하거나 까다롭지 않다. 그러면서도 그 감성이 섬세하고 신선한 느낌을 준다. 삶을 응시하는 자세에서 만만치 않은 의연함도 느끼게 된다.

10. 신석정의 춘궁여담(春窮餘談)

―「산중문답」과「이야기」―

　　신석정 시인의 참여론은 "시인에게 있어서 행동이란 바로 작품 활동을 하는 것"[1]으로 요약된다. 즉 시를 써서 자신의 감정과 사상을 만인에게 공개한다는 자체가 바로 그 시인의 행동이며 참여라고 인식하고 있다. 작품에서도 이러한 사상을 찾아볼 수 있다.

　*　송화松花가루 꽃보라 지는
　　뿌우연 산협山峽

　　철그른 취나물과 고사릴 꺾는
　　할매와 손주딸은 개풀어졌다.

　　할머이
　　<엄마는 하마 쇠자라길 가지고 왔을까?>
　　<……………………………………>

---

1) 辛夕汀, 「詩精神과 參與의 方向」(『文學思想』創刊號, 1972. 1), pp.238―239.

풋고사릴 지근거리는
퍼어런 잇빨이 징상스러운 산협山峽에

뻐꾹
뻐꾹 뻐억 뻐꾹[2]

　　　　　　　　　　　　—「산중문답山中問答」중 4장

　이 시는 이제까지 자주 논의된 작품은 아니다. '춘궁여담春窮餘談'이라
는 부제副題에서도 알 수 있듯이, 지극히 평범한 어조로 일관하고 있다. 제
목은 이백李白의 「山中問答」과 같으나, 이백의 "복사꽃 냇물이 아득히 흘
러가는, 다른 천지가 있으니 사람 세계가 아니다"라는 낭만적 낙원의 경지
와는 달리, 각박한 사회 현실과 자연의 통합된 경지를 보여주는 점에서, 신
석정辛夕汀 시의 위상을 재조명해 볼 기회를 갖는다. 그 결과 통합적이며
조화적 경지를 구축한다는 점을 확인하게 된다.
　이 때 통합적 경지에 앞서, 이 시의 배경이 되는 산을 중심으로 전개하는
짧은 이야기 식의 구성을 살펴보면, 일제日帝와 6·25를 전후하여 흔히 있
었던 일로서 경제적으로 궁핍하여 산나물을 캐거나 쑥 뿌리를 뽑아다가 삶
아 먹기도 하고, 나무껍질을 벗겨 송피松皮떡을 만들어 먹던 시절의 늦은
봄, 춘궁기의 이른바 보릿고개를 먼저 상정하고 있고, 할머니와 손주딸이
함께 등장하고 있으며, 소녀의 어머니는 산협(山峽) 현장에는 자리하지 않
고 있다.
　소녀의 입 안 가득 뜯어먹은 산채가 그 "퍼어런 잇빨이 징상스러운" 채로
할머니에게 쇠자라기를 얻으러 간 어머니의 안부를 묻는다. 굶주려 허기진
배를 쇠자라기로 채우기 위해서다. 그러나 어머니는 아직 소식이 없는 상태
에 있다. 춘궁기 이야기는 다시 뻐꾸기 울음소리로 전환된다. 먹을 것이 없

---

2) 辛夕汀, 『山의 序曲』(嘉林出版社, 1967), pp.42—43.

어서 철이 지난 고사리와 취나물을 뜯어먹고, 어머니는 돼지도 독해서 먹지 않는다는 쇠자라기(소주를 내리고 남은 술지게미)를 구해 와야만 하는 비극적 현실이 자연 속에 용해되어 있다.

그러나 이야기 전체를 이끌어 가는 주체적 화자는 '소녀'이다. 그리고 뻐꾸기 소리는 시 전체의 분위기를 자연 속에 포용시키고 있다. 즉 소녀와 뻐꾸기의 울음소리는 현실의 어려움, 모순을 건져내어 주는 역할을 하고 있다.

특히 뻐꾸기 울음소리가 주는 효과란 비극적 사회 현실에 공감하고 있는 독자를, 즉 '소녀'라는 대체된 인물로 표상되고 있는 독자 자신을 다시 관조의 세계로 그 영토를 이동하여 확장시켜 주기도 한다. 비극적 시대의 사회상에 대한 고발을 자연 사물과의 조화를 통한 관조적 표현으로 순화시키고 있다. 대치된 상태에서 자칫 흥분하게 될 모순된 인식과 거리감을 획득케 함으로써 극복과 관조의 자세를 이룩하게 하는 것으로 보인다.

독자로 하여금 같은 산 속의 소녀로서 공존하게 하고, 후에는 그 산을 한 폭의 그림을 보듯 멀리서 관조하게 하는 것은 문학성이 이룩한 궁극적 미학이라 하겠다. 절대가치로부터 괴리된 현실모순의 상황을 산이라는 자연물에 설정하고, 그 현실모순 속에서 고통 받는 인간을 소녀로 대체하고 있는 이 시는, 마침내 뻐꾸기 울음소리로서 그 현실 초탈의 해결을 시도한다.

그러나 뻐꾸기의 울음소리는 엄밀하게 두 가지의 경우로 나누어 살필 수 있다. 그 하나는 앞서 독자 혹은 관찰자로 하여금 그 산으로부터 멀리 떨어지는 효과, 즉 관찰자가 뻐꾸기라는 새가 되어 그 산으로부터 멀어지는 경우이며, 또 다른 하나의 경우는 뻐꾸기 즉 산으로부터 이탈이 가능한 새를 상정시킴으로써 작품 내에서의 '소녀'인 모순된 현실 사회의 '인간'을 비참한 현실로부터 구원하려는 의식이다. 그러나 작품 전체에서 볼 때 이 시는 의미상 유추의 관계 이전에 완벽한 서정성과 참여성을 보이고 있다.

"송화(松花)가루 꽃보라 지는/ 뿌우연 산협(山峽)"에서는 온화한 관조의 자세, 그러한 연민의 정을 드러내고 있다. 이는 '어머니'의 경우에서도 찾아볼 수 있었던 자연과 자연으로의 인도자의 역할을 다시 되새기게 한다.

신석정은 결국 자연이라는 안식처를 찾아감으로 인해서 의식 속에 자리한 갈등을 여과시킬 수 있게 되었다. 그는 노자(老子)와 도연명(陶淵明), 그리고 타고르, 한용운(韓龍雲), 정지용(鄭芝溶), 김기림(金起林), 김안서(金岸曙) 등의 영향을 받았다 하고, 또 한시(漢詩)에도 깊은 관심을 가졌다고 하지만, 그 중 어느 누구의 작시체(作詩體)도 그대로 이어받지는 않은 것 같다.

상나무가 둘려있는 마을 샘에서는 <숲안떡>이랑 <양년이>네 언니랑 그 지긋지긋한 감저순과 봄내 먹어 내던 쑥을 헹기면서 <돌쇠> 엄마가 가엾다고들 이야기하였다.

옥같은 서리쌀밥에 저리지를 감아 한 사발만 먹고프다던 <돌쇠> 엄마는 해산한 뒤 여드렐 꼽박 감저순만 먹다가 그예 세상을 떠나고 말았다.

감저순은 속을 몹시 깎아낸다는 이야기, 그러기에 흉년 너무새론 쑥을 덮어 먹을 게 없다는 이야기, 소같이 마냥 먹어내던 쌀겨도곤 차라리 피를 훑어 죽을 끓여먹는 게 낫다는 이야기……

샘을 둘러 서있는 상나무에서도 감저순과 쑥내음새가 구수하고 마을 아낙네의 새로운 生存哲學 講義에서도 너무새 내음새가 자꾸만 풍겨온다.

하늘이여, 피가 돌기에 마련이면, 어찌 독새기를 먹어야 하는 가뭄과 농토를 앗아가고 쌀겨를 먹이는 물난리와 자맥을 먹는 벼이삭에 몹쓸 바람을 보내야 하는가.

가을도곤 오는 봄을 근신하는 마을 아낙네의 서글픈 이야기가 오늘도 내일도 퍼져가는 한 地球는 영원히 아름다운 별일 수 없다.

　　　　　　　　　　　　　　　　　　　　　　　　　　　—「이야기」 전문

굶어죽은 이웃에 대한 연민, 암담한 사회 현실에 대한 분노와 체념 등의 갈등은, 단지 제삼자나 방관자로서의 시선과 목소리가 아니라 자기 자신의 현실로서, 즉 자기 자신의 문제로서 절규하고 있음을 알 수 있다. 그러기에 추상적 관념적 구호가 아니라 감동적인 절규로 받아들이게 된다.

그리고 이러한 현실적 체험에서 우러나온 생명의 소리이기에, 서정성과 사회성, 개성과 현실성, 심미성과 목적성이 하나로 어울려 융합된 포에지를 창조하게 된다.

시인에게 있어서 사회적 부조리나 부패 등 갖가지 사항에 관한 비판의 당위성과 그 방법론에 대한 의문은 꾸준히 계속되어 온 문제이며, 다양한 설명이 수반되어 왔다. 대체로 우리 순수시는 사회의식이 빈약하고, 참여시는 미학적 수준이 결여되어 있다는 이분법적 사고에 익숙해 있다.

또한, 문학이 사회에 관심을 기울이게 되면 미적 완결성을 잃게 되고, 반대로 문학이 사회적 관심을 거두어 자족적인 예술 세계에 안주하게 되면 사회성이 떨어질 수밖에 없다는 기계론적 사고에 함몰되는 경우가 종종 있는데, 신석정의 경우는 그러한 도식적 이분법과 순수시와 참여시 사이에 놓인 예술적 벽을 극복하여, 참여시가 예술적 완결성을 놓치지 않고, 또한 높은 시적 정서가 사회적 관심과 별개의 것이 아님을 동시에 보여주고 있다. 신석정의 사회적 관심이 예술적 품격을 잃지 않는 미학적 비결이 여기에 있다.

역사와 사회 현실의 인식으로부터 뿌리내리는 문학을 추구하되 문학의 문학다움을 잃지 않음으로써 참다운 문학의 지평은 열릴 수 있을 것이다. 그리고 그처럼 내용과 형식의 일체화의 범주로서, 문학은 참여성(사상성)과 순수성(예술성)이 조화될 때 진정한 가치를 지닌다.

이제까지 신석정의 시 「山中問答」과 「이야기」, 이 두 편의 시를 살펴보았는데, 그 진면모는 자연과의 관계에 있어서 친화적이면서도 사회와의 관계에 있어서는 비판적인 인간의 면모를 보이고 있음을 알 수 있다. 나아가서 자연과 사회, 이 양면성에 있어서 비극적 사회 현실에 연민의 정을 느끼면서도 자연과 교감하고 친화함으로써 서정과 참여의 통합적 경지를 보여주고 있는데, 이는 종전보다는 한층 성숙된 의식의 승화라 하겠다.

따라서 신석정의 춘궁여담은 정신춘궁기에서 자살자가 속출하고 있는 사회 현실에서 의지박약을 의심 받게 하는 문인들로 하여금 문학 본령의 길을 찾아가도록 제시하는 나침반이 되어줄 것으로 여긴다.

11. 수필을 패러디한 노랫말

2001년 여름, 중국 연변대학에 가있을 때였다. 그곳 시인들 가운데 노랫말을 작사하는 모임이 있었는데, 그 대표인 이상각 시인이 나를 거기에 합류시켰다. 연변 자치주 주정부에서 예산을 타다가 풍광 좋은 연자산장燕子山莊에서 5일 동안 침식을 하면서 자유롭게 작사를 하는가 하면, 가사를 가지고 토론에 붙여서 다듬기도 하는 것이었다.

그런 조탁의 과정을 거쳐서 노랫말이 완성되면, 그 다음으로는 작곡가들이 그 가사를 가지고 5일 동안 함께 침식을 하면서 작곡을 하고, 작곡이 완성되는 마지막 날에는 가수들이 와서 노래를 부르는 것이었다. 그때 나는 4일 동안에 6편의 노랫말을 지어내게 되었다.

달이 휘영청 밝은데, 잠은 오지 않고 해서 툇마루에 걸터앉아 동산을 바라보고 있을 때 문득 윤오영 선생의 수필 「달밤」이 생각났다. 그 「달밤」에는 그가 달이 몹시 밝아서 김군을 찾아 나섰다가 그는 만나지 못하고 돌아서다가 맞은편 집 툇마루에 앉은 노인과 얘기를 나누게 되는데, 농주를 한 사발씩 나누어 마시고 헤어진다는 얘기였다.

나는 그 얘기를 패러디해서 노랫말을 쓰기 시작했다. 농촌의 달밤 풍경이 아름다울 뿐 아니라 처음 보는 생면부지生面不知와 죽마고우竹馬故友처럼 다정하게 농주를 나누어 마시는 그 인정미학이 너무도 좋아 보였기 때문이다.

살구나무 가지로 기어오른 달이/ 너무도 밝아서 달빛 밟고 나서니
툇마루에 앉아서 농주 마시던 노인이/ 달빛을 안주 삼아 취해 보자네
바람은 산들산들 불어오고/ 잠이 없는 별들은 반짝이는데
노인은 잠이 들고 나만 남았네/ 얼근한 보름달과 나만 남았네

이 「달밤에」라는 노랫말은 최연숙 작곡, 안용수 노래로 제작되었다. 다음으로, 「반딧불 냇물이 흐르네」에 얽힌 에피소드를 얘기하고자 한다. 한 밤중 잠에서 깨어나 밖으로 나왔을 때 그 숲 속에는 수많은 반딧불들이 반짝이고 있었다. 그 반딧불들은 한국의 것보다 작았지만, 밝기는 전깃불처럼 밝았다. 중국의 깊은 산중의 숲 속에서 깊은 밤에 바라보는 반딧불은 그렇게 경이로울 수가 없었다.

문득, 일본영화 「홋다루가와(螢川)」가 떠올랐다. 이 영화는 장호강 장군 시인과 함께 이곳 만주벌판에서 광복군으로 독립운동을 하던 문상명 시인이 영화진흥공사에 있을 때 시사회에서 본 작품이었다. 한말에 의병으로 투쟁하다 만주로 건너가 독립운동을 하던 부친(문석택)의 차남으로 출생한 문상명 선생은 임시정부 산하 광복군 제3지대원으로 일본군의 점령지인 하남성 개봉에서 지하운동을 하다가 해방 후 귀국하여 6·25 때 참전한 분이었다.

그 영화에서는 고향 얘기가 나오는데, 반딧불이 마치 시냇물이 흐르듯이 그렇게 산골짜기에 반짝이는 것이었다. 그 순간에 나의 뇌세포에는 알전등이 켜지는 것만 같았다. 창조적 상상력은 노랫말을 향하여 분해와 결합과 변화를 시도하는 것이었다. 나는 한밤중에 노랫말 가사를 쓰기 시작하였다.

반딧불이 냇물처럼 흘러내리네/ 산천은 고요히 잠이 들고
만월은 하늘에 떠서 가는데/ 오작교 밑으로 반딧불이 흐르네
아아— 아아— 하늘에는 별무리/ 땅에는 반딧불 반딧불이 냇물처럼
흘러내리네

반딧불이 냇물처럼 흘러내리네/ 첫사랑 빛나는 눈동자처럼
티없이 맑은 물 반딧불 냇물/ 이 세상 어디에도 찾을 수 없어라/
아아— 아아— 하늘에는 별무리/ 땅에는 반딧불 반딧불이 냇물처럼
흘러내리네

이 가사는 최연숙 작곡, 박경숙 노래로 중국인민방송에 방송되었고, 「꽃
잎처럼」 「그리움」 「눈꽃」 「달걀생각」과 함께 여섯 곡이 녹음띠(카세트 테이
프)로 만들어져서 귀국할 때 가져오게 되었다.

해마다 여름이면 중국조선족 시인들과 함께 작사와 작곡을 했고, 중국조
선족인민가무단 가수들이 노래를 부르던 그 연자산장(燕子山莊)이 눈앞에
선하게 떠오른다. 그곳은 우리의 조상들이 농사를 짓는가 하면, 조국독립을
위해서 일본군과 치열하게 혈투전을 벌이던 곳이 아닌가. 아니, 고구려 그
이전의 고조선 시대에도 우리의 조상들이 말달리며 살던 곳이 아닌가.

초가집 마당가에 봉선화 채송화 맨드라미 해바라기가 지천으로 피어있
는 곳, 인정이 너무도 많아서 냉면과 개고기 인심을 감당하기 힘들어하던
곳을 고향 찾듯 찾아가고 싶었다. 그러나 올해도 가기는 틀린 것 같다. 금년
도 해외 세미나를 그곳 연변대학에서 하기로 하였으나, 베트남에서 하자고
도중에 누군가가 비틀었기 때문이다. 그러나 베트남 나들이는 무산되었다.

언제 중국 연길에 가게 되면 윤오영 선생의 수필을 패러디한 노래랑, 일
본 영화에서 착상을 얻어 창작한 노래랑 부르게 하고, 그곳 문우들과 함께
즐거운 한 때를 보내고 싶은 게 나의 소원 중의 하나로 남아 있다.

연길에 가지도 않았는데, 벌써부터 음악이 흘러나와 나의 전신을 감싸는
듯하다. "살구나무 가지로 기어오른 달이…" 하고.

12. 창조적 상상의 종횡무진

손에 쥔 칼을 슬며시 내려놓는다
선뜻 그에게 칼을 댈 수가 없었다
파리로 가는 비행기 안 기내식 속에
그는 분홍 반달로 누워 있었다
땅에서 나고 자란 내가
바다에서 나고 자란 그대가
하늘 한가운데 3만5천 피트
짙푸른 은하수 안에서 만난 것은
오늘이 칠월 칠석이어서가 아니다
그대의 그리움과 나의 간절함이
사람의 눈에는 잘 안 보이는
구름 같은 인연의 실들을 풀고 풀어서
드디어 이렇게 만난 것이다
나는 끝내 칼과 삼지창을 대지 못하고
내가 가진 것 중 가장 부드럽고 뜨거운
나의 입술을 그대의 알몸에 갖다 대었다
내 사랑 견우여

　　　　　　　　　—문정희의 「새우와의 만남」—

　이 시는 창조적(생산적) 상상력의 소산이다. 지은이는 파리로 가는 비행기 안에서 기내식을 하려다가 반달처럼 누워있는 새우를 보게 된다. 시인이

새우를 보는 순간 문득 떠오른 착상, 그것은 하늘 한 가운데 3만5천 피트 高
空에서 새우와의 만남은 특별한 의미가 있을 것이라는 예감이다. 하늘나라
에서 견우와 직녀가 만난다고 하는 설화를 차용하는 데서부터 구체적 형상
화는 이루어진다. 여기에 불교의 윤회 환생설까지 가미되어 상상은 확대되
고 심화된다. 상상력을 통한 시간과 공간의 자유왕래는 윌리엄 블레이크의
말을 떠올리게 한다. 時空間的 無限小와 無限大의 절충, 微視的 顯微鏡的인
눈과 巨視的 望遠鏡的인 눈(眼目)은 연인관계로 비약하게 한다. 想像을 통
한 類推로 인해서 선뜻 그(새우)에게 칼을 댈 수가 없게 된다. 하늘나라 은하
수 속에 있음직한 牽牛와 織女 說話를 끌어들여서 詩로 再構成하기에 이른
다. 여기에서는 因緣說이 한 몫을 해낸다. 뛰어난 상상력이 놀랍다. 시인은
새우가 戀人일 수도 있다는 佛敎的 因緣說을 활용한다. 적절한 詩語 선택과
組立能力이 능숙하다. 먹는 자와 먹히는 자를 단순한 식사의 弱肉强食을 지
나서 견우와 직녀 같은 연인관계로 보았다는 것은 창조적 상상의 소산이다.
그러니 선뜻 칼을 댈 수가 없다는 것이다. 기발한 상상력의 발상이 아니고
는 이러한 시가 탄생될 수 없다.

> 설사도 똥이라고 석삼년을 누다 보니
> 이 몸으로 무얼 하겠나 싶은 게
> 내리내리 부끄러웠거늘
> 오늘에야 누런 똥 누고 보니
> 옹골지구나 그놈
> 날 닮아 어미 속 어지간히 끓인 놈
> 속이 다 타서 없어지것시야 할 때까지
> 속 썩인 놈.
>
> ─ 오봉옥의 시 「똥」 ─

할머니는 쌍것이었다, 죽어도 쌍것이었다

논이 되어 밭이 되어 허리 구부리고
살았을 뿐
시집은 시집이어서 하자는 대로
살림은 살림이어서 하자는 대로
절대로 쌍것인갑다, 여자인갑다 했을 뿐
"그건 안 되겠어라우" 한마디 못하셨다
하긴 전쟁터에 지아비 보낼 때도
곧 오마 하는 소리 들었을 뿐
감히 나가볼 생각 못했다
하긴 혼자되어 깔 비고 손 비고
똥장군까지 질 때에도
감히 재가는 꿈도 꾸지 못했다
할머니는 여자였다 죽어도 여자였다
하나 있는 손녀 시집가는 길 위에서
오늘도 "남편 말에 복종 잘하고…" 하신다
두 번 세 번 눈물 찍으며 당부하신다

—오봉옥의 시 「할머니」—

앞의 시 「똥」은 자신의 이야기요 그 다음의 시는 할머니의 이야기다. 오봉옥 시인은 일찍이 학창시절부터 진보적인 사회활동을 하면서 많은 사람에게 영향을 주었다. 그가 사서 고생을 하는 동안에 육체는 망가질 대로 망가져서 똥다운 똥을 싸보지 못하다가 옹골찬 똥을 싸게 되어 '똥'이라는 시를 낳게 되었다. 「할머니」라는 시에서는 남녀 차별에 대해서 치열하게 비판하고 있다. 오봉옥 시인은 상상을 활용하기보다는 온몸을 던져서 혼신으로 시를 쓰는 시인이라고 말할 수 있을 것이다.

눈물
투명한
날이면

첼
로
를

켠
다

태양을 삼킨
나무 아래 신의 藏書를 읽는
그의 머리에서 발끝까지 순전한
향유 부어 닦으면 꿈꾸듯 다가오는
다갈색 눈부신 나신, 심연에 걸린
네 현을 조율하여 허무의 활대 방황의
나래 접고 힘찬 혈맥을 타면
핏빛 울리는 원융무애,

끝없이 여울지는 낮은음자리표의 간절한 음성, 마음과 목숨과 뜻을 다한 사랑은 아름답거니

죽는 날까지 그 사랑 우러르는
해바라기, 달맞이꽃, 별똥지기의 눈빛 만발한
세상은 향기로우리. 질풍에 쓰러지고 비틀
거리다가도 끝내는 고색창연한 色으로 물드는
가을 산야, 그 넉넉한 품과 든든한 어깨에 기대어
잠든 달빛에 이슬 내리는 밤, 골방의 기도로 붙인
등불 들고 걸어가는 사람의 옷자락은 낡을수록
고귀한 뜻 품었으니 世世生生 영원무궁토록
변함없이 울리리 新生의 울림
끝없이 펼치리 再生의
선율
|
|
|
|

—임미옥의 「첼로」—

　　이 시는 미래파 시인들이 시도했던 것처럼 과거의 詩形을 떠나서 회화적으로 표현했다. 첼로의 형태를 이루고 있는 언어 가운데 특별히 관심이 가는 낱말을 추출해 보면 그의 내면의식이 적나라하게 나타난다. 그것은 다음과 같다.

신(神) 눈물 투명 태양 침묵 눈썹 입술 가슴 손끝 발끝 향유 나신 조율 혈관 허무 방황 혈맥 핏빛 심연 기도 천지 창공 목숨 사랑 향기 질풍 햇볕 이슬 커피 골방 등불 영원 무궁 新生 再生 선율 메아리 해바라기 달맞이꽃 별똥지기.

위의 낱말을 몇 가지로 나눠보면 다음과 같다.

身 ― 눈썹 입술 가슴 손끝 발끝 나신 혈관 혈맥 목숨 / 生 ― 해바라기 달맞이꽃 新生 再生 / 物 ― 별똥지기 이슬 커피 골방 / 心 ― 허무 방황 사랑 / 聲 ― 메아리 선율 / 陽 ― 태양 햇볕 / 意 ― 新生 再生 / 色 ― 투명 핏빛 / 形 ― 심연 천지 / 動 ― 조율 질풍 / 情 ― 눈물 / 明 ― 등불 / 靜 ― 침묵 / 食 ― 향유 / 空 ― 창공 / 香 ― 향기

이 시는 '눈물'과 '첼로'로 시작하여 '재생의 선율'로 끝난다. 그리고 중간에는 몸에 해당되는 '태양'이나 목숨, 혈관, 혈맥, 사랑, 태양, 핏빛, 기도 등이 긍정적인 치열성을 보이고 있다. 여기에서 몸(身)이 가장 많이 나오는 까닭이 어디에 있을까? 이상세계에 관심하면서도 현실세계에서 뿌리를 내리고자 하는 원망공간에 기대를 걸고 있다는 증좌라 하겠다. 여기에는 일종의 나르시시즘의 요소도 약간은 포함되어 있다는 점도 지나칠 수 없다.

굽이굽이 흐르는 강물을 따라
깎이고 부서지는 여울목에서
새알처럼 곱게곱게 다듬어지는
내 마음은 조약돌
사랑의 조약돌

끝없이 굽이치는 강물을 따라
깎이고 부서지는 여울목에서

둥글게 사랑을 엮어 가는
내 마음은 조약돌
사랑의 조약돌

—김연하의 「조약돌」—

단순하면서도 통일된 주제에 음악성을 살려내고 있다. 과거에는 詩歌나
詩吟이라는 말을 즐겨 사용했었다. 요즈음은 일부의 산문화 현상으로 음악
성이 배재되는 경향이 있는데, 이는 바람직하지 못하다. 시각적 색채의식과
함께 청각적 음향의식 또한 중요한 이미지이기 때문이다.

1
그대 귓볼을 만지며
이런저런 궁시렁거리는
그대 말 귀담아 들어주겠네
모락모락 찰진 밥상을 차려
후후 불어 입에 넣어주고
고등어자반의 한 점 살을 뚝 떼주며
장독대같이 정갈한 그대 고운 이마를 향해
나는 싱긋 웃음으로 답하리
이렇게 정실이 오누이같이 살아간다면
별들이 마당 가까이 내려오는
첩첩산중 그 너머에 새길을 닦겠네

2
한번쯤 다른 생을 산다면
조그만 오막살이라도 행복에 겨워하겠네
텃밭에는 옥수수가 가지런히 익어가고
지붕엔 연초록 애동호박이 달릴 때 쯤
생된장에 풋고추로 막걸리상 마련하여

족두리꽃 수줍게 피어 있는
사립문 열어두고 오가는 사람 반기겠네

3
또 다시 계절이 오고
늙어감도 고요히 받아들이겠네
봄비 소리에 푸른 새순 같은 마음을 건네고
얇은 모시옷으로 여름밤 은하수를 따라가며
떨어지는 잎새에 작별을 잊지 않겠네
화롯불엔 군밤이 익어가고
무늬도 고운 지난 이야기로
긴 긴 겨울밤
함박눈은 며칠째 내리겠네
창호지에 눈그림자 새벽처럼 번지면
오롯이 그대 가슴에 엎혀 생을 마감하는
그런 생을 한번쯤은 살고 싶네
　　　　— 박기동의 「그대와 한번쯤 다른 생을 산다면」 —

　시는 설명하기보다는 표현되어야 한다는 방법론으로 보면 이 시는 관심 밖으로 밀려날 수도 있다. 잔소리의 나열로 보일수도 있기 때문이다. 그러나 시의 본질에 들어가면 이러한 시정신이야말로 찾아 세워야 할 서정성이다. 우리의 현실은 너무도 메말라 있다. 시상이 메마른 상태에서는 아름다운 시를 기대할 수 없다. 시심이 메마르지 않고 샘솟는 데에서 서정시는 출발되어야 한다. 우물이 바닥나듯이 시심이 바닥난 상태에서는 아무리 방법을 찾아보아도 시체에 화장하는 식이다. 생명과 사랑이 없는 글, 시심이 메마른 글은 회칠한 무덤일 뿐이다. 이 시에는 새록새록 살아나는 인정미학에 지은이의 정겨운 개성이 실감나게 내비치고 있어서 읽는 이의 마음을 편안하게 한다. 기교는 한껏 부리되 혐오감을 주는 시보다는 기교 없이 마음 편한 시가 마음을 끌기 마련이다. 몸에 해로운 색소 음료수보다는 아무것도 섞이지 않은 약수가 호감을 주듯이….

문명의 도시를 벗어나
언덕으로 산으로 줄달음 치는
거구의 사내가 씽씽 운다.

일체의 눈물을 모르는
산 같은 무게로 우뚝 선 채
모든 잔소리는 땅 속에 묻고
눈길은 언제나 먼 하늘로 뻗는다.

눈보라 몸서리치는 밤이면
줄줄이 손잡은 채 함묵하는 파수병
온갖 부귀로도 달래지 못할
서러움을 못질하며 씽씽 울다가

이산 저산 능선마다
붉은 피 배어나면
북녘으로 남녘으로 치달리며
기운 찬 산맥 줄기줄기
지신 밟는 사내가 교신한다.

— 지창영의 시 「송전탑」—

　명료성과 모호성이 균형을 유지하고 있다. 치열한 내용을 흥분에 들뜨지 않도록 절제하고 있어서 믿음이 가는 작품이다. 남북 분단의 슬픔을 내밀하게 숨긴 채 넌지시 내비치고 있어서 그 여운이 생명을 더하고 있다. 송전탑과 거구의 사내의 몸짓이 동일시되면서 미래의 소망을 예견하는 교신에서 어떤 암시 한 자락을 기대하게 된다. 사물을 관조하거나 통찰하는 인식의 눈이 예사롭지 않다.

열여덟 복사꽃 필 때였지라. 고향엔 모다 서울로 떠나뿌리고 나도 오늘밤처럼 뿌옇게 떠오른 보름달 꿈을 안고 집을 떠났지라. 이십년도 넘은 야그구만요. 기차역에서 그 남자만 만나지 않았드라도 팔자가 요로코롬 되어뿌리지는 않았을 것이어라. 아매도 나가 집을 나온 처녀같이 보였던가. 난중에 안 일이지만 처녀인줄만 알았어도 여그에 나를 팔아뿌리지는 않았을 거라고 하드라만서도 그기 이제와 무신 소용이 있것소. 날쌔게 가로채 물어다가 후미진 뒷골목에 내팽개친 남정네에게 첫 순정 모다 줘뿌린 내 청춘이 서럽고 서러웠지라. 내 몸뚱어리 짓밟힌 꽃값 받아들고 빈 하늘 보며 하염없이 하염없이 울었지라. 인자는 나도 늙었는지 고향 들판에 흐드러지게 핀 자운영 꽃빛에 서러워지고 복사꽃이 환하게 반기는 꿈을 꾸지라. 어릴 적 친구 순자, 영숙이, 정순이…우리 엄니가 보이는구만요. 썩어 문드러진 이 몸이 무신 낯짝으로 고향산천에 얼굴을 돌리겠소. 여그에 들어와 한 번도 나가보지 못허고 인연 끊고 산지가 수십 년이 되니게 나를 찾아오는 손님이 그렇게 반갑고 고맙지라. 여기저기서 찢기어 서러운 빈 가심 방구들마냥 따숩게 데워뿌려잡고 싶구만이라우. 연극이야기 같은 그기 가당키나 헌 소리것소. 근디 이상허요 허망헌 세상 말라붙은 가심에 차마 떠올리기도 아까운, 손 한 번도 잡아뿌지 못헌, 생각만 혀도 삐비 꽃물이 달착지근허게 입안에 고이는 그 사람이 보고 싶구만이라. 그 오살놈 말고, 내 첫사랑, 손 한 번도 못 잡아뿌고 가심만 뛰던 기태 말이지라! 그 손 한번만 잡아보고 죽어도 원이 없것구만이라우!

— 송선애의 「불임깻잎」 —

풍부한 정서가 살아나는 까닭은 사투리의 덕이다. 이 산문시를 만일 표준어로 사용했다면 이 정도의 효과를 거두지는 못할 것이다. 인간은 누구를 막론하고 진미선(眞美善)을 추구한다. 여기에서 중요시되고 있는 것은 진실한 순정이다. 불임깻잎 같은 인생이 호소력 있게 노정되고 있다. 이런 시는 활자매체보다는 낭송을 하는 경우에 보다 효과적일 수 있다.

＞＞＞
목수의 연장통 속에는
暗喩의 먹통이 들어있다
톱날보다 날카로운
먹줄을 줄줄이 감아 숨긴 채

눈을 감으면
무수히 떠오르는 공간
밤낮을 가리지 않는
고딕 도시의 그림자

밋밋한 널빤지에
비틀어진 나무둥치에
직선으로 그어지는
정확한 본심의 선……

목수는
함부로 먹줄을 놓지 않는다
마음속의 먹통이 흔들림 없이
여백을 겨냥하고 있으므로.
　　　　　　　— 이병훈의 「먹통」 —

이병훈의 시 「먹통」에서는 직선으로 그어지는 먹줄을 통하여 본심을
지키고자 하는 正覺正行의 의지가 보인다. 그것은 도시 산업사회에 도전하
는 문명비판이다. 기계적으로 움직이는 문명에 대해 인간적으로 반발한다.
이 시의 주제는 결구(結句)에 스며있다. 그것은 목수란 함부로 먹줄을 놓지
않고 마음속의 먹통이 흔들림 없이 여백을 겨냥하고 있다는 발성이다.

노동에 익숙한 손으로
수분을 길어 올리고 있었어.

가슴에 일렁일렁
투명하게 반짝이는 물비늘
어머니의 손끝에서 묻어나던
그 정갈함이 쌓이자
삶의 진실이 반짝이고 있었어.

어둠 속에서 슬픔을 접고
바다의 땀방울을 증발시킨
짭짤한 인생의 결정체였어.

잡다한 번민을 증발시키면
침전된 생애의 부산물들…
재에서 추출한 그리움의 핵연료.

욕망의 그물에 걸리지 않고
새롭게 살아나는 바다 숨쉬기
들숨 날숨 사이의 눈물이었어.

― 박은숙의 「염전(鹽田)」 ―

소금은 바다의 입방체다. 그것은 건강의 상징이다. 그것은 '땀'이라고 하
는 노동을 통해서 주어진다. "투명하게 반짝이는 물비늘"은 진실로 반짝이
는 삶으로 연결되고, 정갈한 어머니로 유추되면서 "짭짤한 인생의 결정체"
로, 그리고 그리움의 핵연료로 생명창조를 구가하고 있다. 건강한 땀으로
거듭나는 생명의 호흡이 느껴지는 시다.

연화좌(蓮華坐)를 한
장독대 항아리 안에서
간장이 선(禪)에 들었다.

숯과 고추는 하늘에 동동
금줄은 풍신한 항아리에
햇살은 들숨날숨 넘나들었다.

어머니 정갈하게
행주질하는 손길에 장은 깊어가고

변함없는 세월 속에서도
맛을 지킬 수 있었던 건
할머니의 할머니로부터
대를 이어 내려온
손맛 때문이라고……

볕 좋은날
독안에 너울거리는 모시옷
구름 한 점 한가롭다.

　　　　　　　　　—김점숙의 「장독대」—

　김점숙 시인은 전통을 소중하게 여긴다. 그녀는 우리 민중생활의 저변에
흔히 보이는 사물의 정경이나 인간에 대한 관조에서 특이한 서정을 이끌어
내고 있다. 흔히 요즘 일반화되어가는 어설픈 기법의 무의식적 추구, 이런
흐름을 거부하고 누구나 읽어서 해득이 되는 쉬운 언어로 시를 쓰고 있다.
이러한 걸음걸이는 건강한 의식에서 기인된다. 공동체 속의 민중생활이란
아무리 형상되어가더라도 민중의 가슴 속의 감정과 정서는 순수하기 그지
없을 것인즉 시인이 이러한 삶의 근본을 따라 시를 생각하고 또 써나가는

것은 당연한 일이다. 첫 연과 마지막 연이 범상치 않아서 기대된다.

한 마리의 거대한 짐승
먼 산이 꿈틀대며 다가온다.

물안개, 봄 아지랑이
겨울 내내 꼼짝도 않던
커다란 한 마리의 짐승 마침내
훈훈한 입김을 뿜으며 털을 세운다.

그 속에 품은 풀이며 나무, 시냇물
심지어 묘지 속 삭은 뼈마저도
봄 입김에 가지런히 일어서는 부활의 숨결

새들은 노래하고, 눈 녹인 훈훈한 바람
길고도 깊었던 겨울잠을 흔들어 깨우나니
우련히 온몸으로 퍼져나가는 엷디엷은 색조

한 마리의 거대한 짐승
먼 산이 꿈틀거리며 내게로 다가온다.
— 윤재학의 「깨어나는 산」 —

　윤재학 시인의 「깨어나는 산」은 수월하게 설명되어 있다. 산을 거대한 짐승으로 표현하려 한 게 바람직하다. 부동의 산을 움직이는 동물로 동일시함으로써 생동감을 일으키고 있다. 지은이는 이 시를 통해서 다시 살고 싶은 재생과 부활의 의지를 진솔하게 내비치고 있다. 시간은 싹이 트는 봄이고, 공간은 정밀하게 약동하는 산이다. 여기에 거대한 짐승으로 비유되는 산은 역동적인 존재로서 야성적이면서도 원시적인 생명감을 충일케 한다.

여기에서는 퇴화되고 노쇠한 존재가 아니라 젊고 힘이 넘치는 존재가 아름다운 산하를 배경으로 약동하고자 하는 시어를 통한 꿈꾸기가 여실히 반영되어 있다.

아들놈 휴대전화의 은어隱語들
그 암호를 해독하는 순간에
눈물은 주식이 되었다.

1번은 손자, 2번은 며느리, 3번은 아들,
그리고 4번은 애완견,
나는 애완견보다 못한 5번이었다.

끝내는 아들 내외가
산 좋고, 물 좋고, 인심 좋은
시골 고향 살이 어떠시겠느냐고
낙향을 유인하는 것이 아닌가!

그래 그게 답이라면 떠나야지 하고
편지 한 장 남기고 길을 나섰다

3번아, 5번 찾지 말고 잘 살아라
5번이 3번인 너를 배 아파서 낳고,
가슴에 싸서 1번처럼 길렀건만,
애완견만도 못하게 밀려난단 말이냐

뻐꾸기는
어미도 모른다고 하지만

고향 가는 길

마을 앞 회관을 지날 적에
먼 산 보며 할미꽃이 묻거든
무어라 대답해야 하느냐

그저 고향이 좋아서 왔다고
눈길을 피해 얼굴을 돌리는데
남루한 옷자락이 바람결에 떨린다.

돌덩이보다 무거운 발길이
수렁 논 소처럼 더듬거려진다.
　　　　　　　── 김원명의 「3번아 5번 찾지 말고」──

　김명원 시인의 「3번아 5번 찾지 말고」는 코믹하면서도 내용을 중시한
시다. 사물이나 현실을 객관적으로 바라본다는 것은 대상과의 사이에 거리
를 둔다는 이야기가 되겠는데, 이 작품이 그런 시론을 딛고 있는 한 실례라
하겠다. 웃음이 나오면서도 측은지심을 느끼게 되는 그런 시의 내용이 이
작품에는 분명히 스며있다.

산발한 억새풀들
깨어진 기왓장 틈에서
흘러간 세월에 숨죽여 운다.
찬바람 몰아치는 고도古都
무너진 성터 곱사등 드러낸 채
낙엽들도 바스락대며 운다.
부귀영화는 쓸려간 지 오래인데
아직도 잠들지 못한
한 서린 영혼의 슬픈 노래가
갈대밭을 휘돌아
성벽을 맴돌고……

산마루에 쉬어가는 구름도
노을을 마시고 벌겋게 운다.

―황동기의 「남산 성벽」―

이 작품은 인생을 직접적으로 노래하는 시의 유형에 속한다. 인생을 직접적으로 말할 때는 운율이 보다 강해져야 한다. 따라서 철저히 운문이 돼야 하고 형태도 산문시하고는 구별이 된다. 황동기 시인의 경우가 그러하다. 운문으로 말하게 되는 것이므로 거기에는 음악이 없을 수 없다. 이것은 외형률, 내재율 할 것 없이 철저해 질 수밖에 없다. 황동기의 「남산성벽」은 부귀영화 쓸려간 낡은 성벽의 애수를 노래한다. 리듬이 비교적 조용하고 또 스산한 느낌을 준다. 이만큼 내용을 채우려면 무척 애를 썼을 것이다. 운율시는 하나의 격식과 형태로 만들어지는 것이기 때문이다. 여기에서는 '산발한 억새풀'이라든지, '깨어진 기왓장' '무너진 성터' 등의 역사적 유물을 통하여 감춰진 내면세계, 즉 "부귀영화는 쓸려간 지 오래인데/ 아직도 잠들지 못한/ 한 서린 영혼의 슬픈 노래"를 넌지시 내보이는 형식으로 구체적 형상화를 꾀하고 있다.

민속촌에서
내 유년시절 할머니를 바라본다.
기억에 살아남은
정갈한 잔상을.
할머니는
누에고치 실을 뽑고 계셨다.

비단실을 내기 위해
번데기가 떠도는
펄펄 끓은 물에서
명주실을 물레에 감으시는 할머니.

너 시집 갈 때 비단이불 해줄꺼
번데기 같은 할머니의
명주비단 같은 말씀이
아홉살 소녀 귀에 쟁쟁하다.

번데기가 나비되어 청산 가듯,
명주옷을 입으시고
꽃상여 타신 할머니는
꽃구름 속으로 훨훨 날아 가셨다.

—오남희의 「민속촌에서」—

오남희의 「민속촌에서」는 여성시인으로서의 여린 감성과 감정이 두루
잘 표출된 시다. 어디까지나 인생의 체험과 사상을 토대로 시를 축조하는
것이므로 거기에는 잔잔한 멜로디가 절로 풍겨지고 인생의 희로애락이 그
늘을 드리우고 있다. 할머니의 추억이 샘에 깃들었고, '번데기가 나비되어
청산 가듯', 명주옷 입고 떠나는 노인의 가뿐한 정경이 봄날의 신기류 같이
반짝 빛난다.

삶과 죽음의 갈림길에서
죽음보다 깊은 잠의 계곡을 지나
실낱같은 의식으로 떠오를 때
내면의 혼곤한 의식을 깨우며
신천지에 들려오는 소리
아베마리아
아득히 들리는 여명이다가
한 줄기 햇살이 창으로 들어왔다
얼마나 떠내려갔는지 알 수 없어도
재생의 먼빛이 꿈틀거렸다.
병실의 베개가 흥건히 젖을 때

소리 속의 소리를 듣고 있었다.
우주에 떠다니는 물오르는 내면의 소리
깊은 곳에서 뾰족 뾰족 움터오는
천지간의 속잎의 소리를.

—김길순의 「아베마리아」—

절박한 상황을 담담하게 정리한 시다. 슈베르트의 명곡 '아베마리아 성
모여'가 병실에서 의식을 깨웠을 때 성모병원 창문에 아침 햇살이 눈부시게
부서지고 있었다고 한다. 이 시인은 "얼마나 떠내려갔는지 알 수 없어도 재
생의 먼빛이 꿈틀거렸다."고 토로한다. 생사의 갈림길에서 다시 살게 된 은
총이 빛과 음악을 통하여 신비롭게 다가온다.

바닷가에 서면
해변에 반짝이는 그대
야자수 그림의 남방셔츠에
귀엽게 매달리고 싶습니다.

당신 가슴 열고 닫을 때
미소로 다가오며
옷깃 스쳐오는 바람결에
귀엽게 실려가고 싶습니다.
지금은 반짇고리에
버려진 채 세월을 보내지만
그대 셔츠에 붙게 되는 날
순간에서 영원으로 이어지는
사랑의 징표가 되고 싶습니다

—김길순의 「단추」—

하찮은 단추에서 소박한 바람이 특별한 의미로 다가온다. 남방셔츠가 주

체라면 단추는 하나의 부속품이다. 자그마한 단추의 처지에서도 만족할 수 있는 것은 사랑이라는 연결고리가 있기 때문이다. 시인은 부속물의 소중함을 알고 있다. 아무리 보잘것없어 보여도 제자리에 있을 때 가치가 드러나는 진리를 이야기하고 있다. 단추가 없으면 셔츠도 완전하지 못하다. 사랑의 고리 안에서 셔츠와 단추는 하나가 된다. 소박하면서도 우주의 원리가 깃들어있다. 나서지 않고 언제나 한 발짝 뒤에 머물 줄 아는 모습, 드러나기보다는 숨어서 봉사하는 모습의 여성상이다.

예순 두 해까지 아웅다웅
여덟 식구의 보금자리로 충실했다.

꼿꼿한 허리
귀품 넘치던 당당함은
변화하는 신세대에 밀려
기능을 잃은 채 황혼을 맞았다.

희로애락 온몸으로 지켜주다가
옆구리 스며드는 칼바람에
한 점씩 떨어져나가는 살점들
치료의 손길만을 기다렸다.

흰 눈발 성성이는 날
이빨을 치켜든 기세등등한 괴물이
그의 혼신을 한 입씩 베어갔다
산산이 부서진 몸, 저항할 기력도 없다.

마지막 울부짖음 끝에 우지직—
살과 뼈가 분해된 잔재

더러는 땔감으로 실려 가고
땅속깊이 깊이 묻혀버렸다.

내 어머니처럼.

　　　　　　　　　　　　—안순옥의 「헌집」—

　안순옥 시인은 좋은 시를 쓸 수 있는 마음의 천을 지니고 있다. 그 천을 다루는 디자인과 바느질솜씨의 숙련이 요구된다. 사물(「헌집」)을 보는 인식의 눈, 그 통찰이 예사롭지 않다. '헌집'과 '어머니' 사이의 유사안식에 호감이 가는 것은 그의 따뜻한 시선 때문이다. 그 따뜻한 측은지심의 시선을 살려서 예술의 본령을 찾아가면 좋겠다는 생각이 든다. '헌집'은 전통적으로 계승된 가정의 생활문화재일 뿐 아니라 농촌 인구의 도시집중 현상으로 인해서 초래된 우리 사회의 변화양상이다. 그동안 얻은 게 경제적 부라면 잃은 것은 다정한 인정미학이라 하겠다. 이 시는 시대 변화에 따라서 우리 사회가 앓고 있는 아픔(상처)의 축도라 하겠다.

13. 나의 시작노트

나의 시는 내가 말하고자 하는 발성의 고양된 형태다. 나의 발성을 시적 (예술적)으로 표현할 따름이다. 나의 발성이 시가 될 때 나는 살아서 꽃피고 열매를 맺게 된다. 나의 시가 살아서 탄산동화작용을 활발히 하기 위해서는 무엇보다도 뿌리가 튼튼해야 하고, 꽃 핀 뒤에는 열매가 제대로 여물어서 건실한 씨방을 지녀야 하는데, 이 씨방을 가리켜 주제라 한다. 씨방다운 주제가 없으면 글은 시가 되지 못하고 쭉정이로 날려서 휴지통으로 전락하게 된다.

나의 시는 영감으로 태어나기도 하고, 수사로 만들어지기도 한다. 나의 시가 태어나는 것은 자질론(본성론)이요, 만들어지는 그 방법은 창작과 조탁 과정의 작시법이다. 나의 시에 있어서 자질론이 진흙 덩이라면, 작시법은 도공의 물레 돌리기로 비유할 수 있다. 물론 양질의 진흙 덩이로 태어나면 좋지만, 물레 돌리기에 게을러도 안 된다.

양질의 진흙이 못되거나 물레 돌리기에 게으르면 양질의 작품을 생산할 수 없기 때문이다. 그러므로 잘 태어나야 하고 잘 다듬어져야 한다. 잘 태어니는 인연이 부모와 스승이라면, 잘 다듬는 인연은 심다(三多)의 근면성이다. 많이 읽고 쓰고 생각하는 노력 없이는 문학작품이 탄생될 수 없다.

나의 시는 번갯불에 콩 구워먹기다. 그러나 그 과정은 단순하지 않다. 물끓는 순간을 위하여 불을 진득하게 지피듯이, 나는 나의 시상의 포착을 위하여 내 의식의 가마솥에 진득하니 불을 지핀다. 처음에는 미적지근하게 맴돌던 시상일지라도 계속 정서의 열을 가하면 시나브로 따뜻해지다가 어느 한 순간에 관념의 물이 끓게 되는데, 이는 마치 애무에서 절정에 이르는 성애와도 같은 성질의 것이다. 이는 양적 변화를 거쳐서 이행되는 새로운 질적 변화의 한 순간의 형이상학(혁명)을 말한다.

시인은 神의 저술을 읽는다. 신이 창조한 삼라만상은 신이 저술한 도서로 차있는 도서관이라 할 수 있다. 대자연의 온갖 사물들은 신의 언어로 표현된 걸작품들이다. 시인은 그 신의 걸작품들을 모방하여 창작을 시도한다.

神으로부터 창조성을 부여받은 인간(시인)은 그 신이 창조하는 것처럼 시를 생산한다. 신은 인간을 포함한 피조물을 낳고, 피조물로 태어난 인간은 신을 표현하는 동시에 시를 탄생시킨다. 나는 좋은 시를 쓰기 위하여 인간사회에서 인간끼리 통용되는 음성언어와 문자언어 이외에 신의 속성이 스며있는 넓은 의미로서의 시어를 찾아 나선다.

시는 어디까지나 언어의 예술이다. 언어는 마음의 집이다. 언어라는 집에서 마음이라는 관념이 시로 표상된다. 성서 요한복음 1장 1절에 "태초에 말씀(言)이 계시니라. 이 말씀이 하나님(神)과 함께 계셨으니 이 말씀은 곧 하나님(神)이시니라"는 구절이 있다. 주역(周易)에는 "道也者는 言也니 一陰一陽之謂道"라는 말도 있다. 이 두 말은 하이데거가 말한 "言語는 存在의 집이다"는 말을 뒷받침하여 준다.

마음[心]이 말씀[言]으로, 글[文]로 나타나게 되는데, 그 마음의 상태에 따라서 말과 글이 달라지게 된다. 이는 마치 명주실을 뽑아내는 누에로 비유될 수도 있다. 건강한 누에는 상품(上品)의 명주실을 뽑아내지만 병든 누에는 하품(下品)의 실을 뽑을 수밖에 없기 때문이다. 아름다운 시를 쓰기 위해서는 타락성(墮落性) 근성(根性)을 청산해야 한다. 타락성 근성을 청산하지 않으면 좋은 시가 나올 수 없다. 우리가 선을 지향하는 것은 타락성 근성을 청산하는 과정에 있다.

구체적으로 말해서 三毒(불교에서, 착한 마음을 해친다는 탐진치(貪瞋痴)의 세 가지 번뇌) 五慾(다섯 가지 욕심 재물욕 명예욕 식욕 수면욕 색욕)이라는 말도 여기에 해당된다.

자기의 글이 제대로 완성되었는가를 스스로 평가하는 일반적인 기준은 다음과 같다. 스스로 살펴보고 판단할 필요가 있다.

①자기가 쓴 글이 이해하기 쉬운가(편이성), ②독창성이 있는 새로운 내용으로서 신선한 충격을 줄만한가(독창성), ③글속에 가치 있는 내용이 담겨있는가(가치 있는 주제), ④소재나 제재는 주제를 위해서 기여하고 있는가(주제의 통일성), ⑤글의 내용이 분명한가(명료성), ⑥어쩐지 확연하지 않으면서도 감흥을 주는 느낌이 살아있는가(모호성, 신비성), ⑦논리를 초월하면서도 논리적인가(예술성과 논리성), ⑧표현이 풍부하고 다양한가(충분한 표현), ⑨구체적으로 형상화가 이루어져 있는가(언어 선택의 적절성)

자기의 글을 스스로 확인할 필요가 있다. 그래서 퇴고推敲나 조탁彫琢의 과정이 필요하다. 이러한 과정을 등한히 하면서 좋은 글을 쓰겠다는 것은 마치 빨래(세탁)를 하지 않은 채 깨끗하고 고운 옷을 입겠다는 처사와도 같다.

대학생 리포트

『문학사계』(2008 가을호)를 읽고

한지희

인문학의 위기에 대한 거론은 비단 어제 오늘 일이 아니다. 실용주의와 합리주의로 대변되는 서구 사상 중심의 현대사회에서 정신적 가치와 아날로그적 사고방식은 시대에 뒤쳐진 것 내지 고리타분한 것으로 받아들여지고 있다.

인문주의는 모든 사람의 존엄성과 가치를 주장하는 한편 실용주의는 결과와 행동, 그리고 객관적 검증을 진리 판단의 근거로 삼는다. 본래 서양의 인문주의는 가톨릭 중심의 경직된 사회를 비판하면서 생겨난 인간해방운동에서 시작되었으며, 실용주의는 19세기 후반 이후 독일 중심 관념론을 지양하면서 생겨난 미국의 독자적인 철학사상이다.

그러나 실용주의라 하더라도 그 속에 유럽 전통의 사상이 없는 것은 아니다. 오히려 그것을 바탕으로 유럽의 새로운 경험론이나 과학주의의 흐름을 따르면서 종래의 추상적이면서도 관념적인 논쟁을 지양하고자 하였다. 다시 말해서 우리가 흔히 알고 있는 실용주의조차 그 발생적 근원을 살펴보면 이전의 서양 사상을 모두 아우르고 있는 가운데서 한 단계 도약한 사상이라고 할 수 있다.

이처럼 실용주의도 맥락과 역사를 따져보면 그 중심에 인간이 놓여 있다는 것을 알 수 있다. 결국 인문주의와 실용주의는 대치되는 것이 아니라 상호 보완적인 관계로 보아야 한다. 그러나 우리는 이 둘을 철저히 분리시키려 한다. 그리고 좋은 것 혹은 나쁜 것으로 이분하고 있다.

지금 우리가 실용주의에 멍들고 있다고 하지만 이는 잘못된 표현이다. 우리는 실용주의에 멍든 것이 아니라, 왜곡된 실용주의에 멍들고 있는 것이다. 모든 것을 적과 흑으로 이분법 하고자 하는 사고는 포스트모더니즘 사회에서 보면 낡고 뒤쳐진 생각이다. 그보다는 인문주의가 뒷받침된 실용주의, 실용주의로 연결된 인문주의와 같은 변증법적인 총체성 획득이 중요하다.

「차별성과 유사성」에서도 언급하듯이 차별성과 유사성, 진보와 보수, 좌익과 우익 등과 같은 편 가르기는 오늘날 우리 사회에서 전근대적 사고방식이라고 할 수 있다. 이 둘의 맥락을 따져보면 결국 하나이다. 조화와 균형의 세계에서 흑과 백으로 구분하려는 우리의 사고방식은 정체성 혼란을 가중시킬 뿐이다.

최문자 시인의 「깊은 해변」은 변화와 경제성을 중시하는 현대사회에서 갈 곳을 잃은 구세대에 대한 애정과 연민의 눈길이 느껴진다. 파고다 공원을 배회하는 노인들도 한 때는 우리 사회의 중심이었으며, 파란만장했던 우리네 역사의 적극적 참여자이기도 했다. 어찌 보면 개인으로서의 삶보다는 국가와 가족을 위해 희생을 강요받았던 세대이기도 하다.

그러나 지금 그들은 주변부로 밀려나 사회에서 연거푸 외면당하고 있다. 매스컴에서는 고령화 사회에 대한 우려를 표방하고 있는데, 이는 인간을 경제력 창출의 도구로 인식하는 데서 나온 비극적인 결과이다. 그렇다면 그들의 인생과 역사는 도대체 어디로 사라진 것인가?

할 일없이 사회를 유영하는 노인들은 사람들로 빽빽한 종로 3가역의 빠른 풍경과 철저히 대조되면서 그 비극성이 극대화된다. 사람들은 3분 간격으로 전동차를 타고 도대체 무엇이 그토록 그들을 바쁘게 하는지에 대한 인식은 접어둔 채 무심한 얼굴로 하루하루를 살아간다. 바쁜 일상에서 배제된, 파고다 공원을 배회하는 노인들의 의미는 어쩌면 공원을 뒤덮고 있는 비둘기 떼에 불과한 것이지 않을까.

확실히 비둘기 떼와 노인은 닮았다. 한때는 평화의 상징이었던 비둘기이지만 지금은 사회에서 처치 곤란한 불결함을 상징하는 새로 전락했다. 언젠가 신문에서 보았는데, 서울에 비둘기 떼가 도심 풍경을 해치고 청결을 방해한다는 이유로 인위적인 살생을 한다는 내용이 나와 있었다. 그것을 보고 참으로 기가 막혔다. 결국 사회를 가장 망가뜨리는 것이 인간인데 죄 없는 동물들의 생명을 그토록 하찮게 여기는 것을 보고 그 다음은 과연 누구 차례일까 하는 회의감마저 들었다.

이러한 사회의 분위기 속에서 무엇보다도 각 개인의 깨어있는 의식이 중요하다고 생각한다. 인간을 경제적 수단으로 평가하는 사회 속에서 그것의 노예가 되지 않기 위해서는 인문주의적 사고방식과 그것을 바탕으로 하는 실용주의의 참뜻을 되새겨야 할 것이다.

한편 최문자 시인의 시와 함께 2008 올해의 좋은 시로 선정된 홍일표의 「새가 나는 법」과 이정록의 「시인」 역시 눈여겨 본 시이다. 홍일표의 「새가 나는 법」은 구체적으로 시가 말하고자 하는 바는 다소 모호했다고 생각한다. 그러나 새를 조선가위로 비유하는 참신함과 그것에서 파생되는 동양적 미는 우리에게 아름다운 이미지를 선사해주고 있다.

지상의 인간에게 있어 새는 동적인 이미지가 강하다. 그러나 이 시에서는 새의 움직임을 정적인 이미지로 압축시켰으며, 그것에서 풍기는 한국의 멋은 참신함 그 자체이다. 새가 나는 것을 따라가다 보면 마치 조선가위로 아름답게 재단하는 한복이 그려지기도 하고, 호롱불이나 버선코 등과 같은 우리네 전통적 풍경이 연상되기도 한다.

시인은 새가 나는 일상의 풍경으로부터 우리 전통의 미를 드러내고자 한 것이 아닌가 생각된다. 한편 시 앞부분에서 무언가 고독과 외로움의 정서가 드러난다고 하였는데, 개인적인 생각으로는 동양의 미 혹은 우리 전통의 미에서 느껴지는 여백의 정서가 아닐까 싶다.

이정록의 「시인」은 오늘날 사회에서 점점 퇴색되어 가는 아름다운 시와 아름다운 시인에 대한 경종을 울리고 있다는 생각이 든다. 물질주의 시대에서 벗어나 시의 정신으로 회귀하기란 쉽지 않다. 그 과정에서는 면도칼과 같은 숱한 시련이 반복될 것이다. 그러나 끝까지 흑심을 품고 나아가리라는 모습에서 비장함이 느껴진다.

계간 종합문예지 『문학사계』에서 뽑은 2008년도 올해의 좋은 시 세 편을 소개하면 다음과 같다.

파고다공원.
노인들이 출렁거린다. 독립선언 이후 여기는 노인들의 허기만 파도치는 깊은 해변. 노인들이 하루종일 녹는다. 흰 알약이 녹을 때처럼 표정이 나가고 힘줄이 녹고 질긴 지느러미만 남아서 기형의 유영을 끝내고 엉거주춤 나와 앉는다. 얼어붙은 입술이 태양에 녹는다. 노여움이 서서히 해동되다 허옇게 거품 문다.

가슴 뜯긴 얘기로부터
그림자가 된 빈 시간에 대하여
자모가 뭉개지는 말에 대하여
물체가 된 몸뚱어리에 대하여

종로 3가역. 거품투성이다. 허연 거품이 어둑어둑해지면 희미했던 하루를 뚝뚝 꺾으며 전동차는 3분 간격으로 해변을 출발한다. 없는 모래를 탈탈 털며 더 깊이 빠지러 가는 노인들. 끼리끼리만 알아듣는 거품 속 대화를 파도가 달려와 덮친다.

- 최문자의 시 「깊은 해변」-

　　　새는 허공을 자르는 조선가위다
　　　달의 중심을 싹둑 베고 날아가는
　　　뾰족한 주둥이에 가을의 찬 서리가 내린다
　　　수직의 허리를 휘어놓고
　　　하늘을 유유히 흐르는 강물
　　　지상의 일을 끝낸 철새들은
　　　비행운 같은 발자국을 남기며 북으로 가고,
　　　철새들의 행로를 더듬어 따라가다 보면
　　　나는 슬며시 하늘에 걸린 기다란 횃대가 된다
　　　끊임없이 수직의 벼랑을 허물어
　　　수평의 땅을 일으켜 세우는
　　　새의 발가락,
　　　하늘 한복판 가로세로 균형을 맞추는 수평자에
　　　눈금 한 점씩 찍으며
　　　끼룩끼룩 조선가위 날아간다

- 홍일표의 시 「새가 나는 법」-

　　　몽당연필처럼,
　　　발로 쓰고 머리로는 지운다.
　　　면도칼쯤이야 피하지 않는다.

　　　夢堂의 생,
　　　자투리에 끼운 볼펜대를 冠이라 여긴다.
　　　하얀 뼈로 세운 사리탑!
　　　끝까지 黑心 품고 산다.

　　　한 사람의 손아귀,

그 작은 어둠을 적실 때까지.

검게 탄 맘의 뼈가 말문을 열 때까지.

－이정록의 시「詩人」－

과연 물질만능주의, 한탕주의의 소용돌이 속에서 우리는 어떻게 살아가야 하는 것인가? 이영숙의 「유토피아」는 우리가 믿고 있는 유토피아에 대한 환상에 대해 이야기하고 있다. 이 글을 읽으며 나는 과연 유토피아라는 정해진 완벽의 세계가 있는 것인가에 대한 의문이 들었는데, 이것은 마치 우리가 마음속에 그리고 있는 완벽한 이상형의 이성이 실제로 존재하는가와 비슷한 맥락이라고 생각되어졌다. 우리가 믿고 있는 것이 과연 정답이 될 수 있는가에 대해 재정립해 볼 수 있는 기회가 되었다.

역사 이래로 수많은 학자들이 유토피아를 제시해 왔지만, 실제로 그것이 현실화된 적은 단 한 번도 없었다. 인간 본성의 이중성 — 이것이 유동적 요인이라고 할 수 있겠다.

오늘도 우리는 자신만의 유토피아라는 환상을 가지고 그것을 실현하기 위해 살아가고 있다. 그러나 그것은 인간의 욕구를 충족시키기 보다는 정의와 평등, 자연과 이성, 법과 도덕, 행복과 쾌락이 공존하는 고도의 자제력과 덕성이 요구되는 사회이다. 그것에 대한 열망의 촛불을 밝히며 오늘도 하루를 살아가는 우리이다.

이영숙의 「껍질」은 「유토피아」를 쓴 동명이인이 맞는가가 의심될 정도로 대조적인 필체를 드러내고 있는 작품이다. 죽음은 또 다른 탄생을 위한 시작이라는 점에서 과연 불교적인 윤회사상이 떠올랐다. 나무의 껍질을 보고 나무의 일생을 떠올리는 작가의 세심한 눈길 역시 아름답게 느껴진다.

보통 우리는 죽음은 유형에서 무형으로 돌아가는 것으로 생각하여 쓸모 없고 잊혀 버리는 것으로 여긴다. 따라서 죽음을 애도하고 그것을 인정하고 받아들이는 데 많은 시간을 보낸다. 그러나 자연의 시각에서 보면 죽음은 새로운 탄생이다. 따뜻한 봄이 존재하기 위해 겨울의 휴식이 필요하며, 생명이 의미를 갖기 위해서는 죽음이 전제되어야 한다.

우리의 죽음은 삶과 연결되어 있고, 우리는 무수한 타인과 연결되어 있으며, 인간은 자연과 온 우주에 연결되어 있다. 지금 이 시간에도 무수한 생명이 지고 또 탄생하기를 반복한다. 하지만 이 모두가 자연의 아름다운 이치임을 깨닫는 순간 우리는 진정 자유로워질 것이다.

김 현의 「유리창을 닦으며」와 이연순의 「숨어있는 돌」 또한 자기반성과 성찰이 아름답게 어우러진 작품이었다. 「유리창을 닦으며」에는 삶을 바라보는 작가의 건강하고 긍정적인 시각이 돋보인다. 구름 한 점 없는 맑은 하늘을 바라보기 위해 신문지를 구겨 유리창을 닦는 행위는 「숨어있는 돌」에서 작가가 묵정밭을 일구기 위해 돌을 캐내는 그것과 닮아있다. 과연 나이를 한 해 한 해 먹어간다는 것은 그만큼의 삶의 다양한 향기를 품게 되는 것이리라. 자연의 섭리에 순종하며 나에게 주어진 것들을 즐기리라는 깨달음은 세월의 흐름이 아니고서는 깨닫기 힘든 소중한 진리이다.

특히 이연순의 천진난만하고 순수한 문체는 읽는 이의 마음에 따뜻한 미소를 일깨운다. 다른 이들에게 돌멩이는 감추고 싶은 과거이며 인정할 수 없는 또 다른 나이다. 그러나 그녀는 돌멩이의 이미지에 집착하지 않고, 오히려 그것에 사색과 질서를 부여한 후 예술로 승화시키는 용기를 보인다. 더불어 사랑하는 이와의 평범한 일상, 그리고 번져나는 건강한 웃음은 인간이라면 누구나 꿈꾸는 소박한 행복일 것이다.

한편 김민구의 「근조, 숭례문을 떠나보내면서」와 황송문의 「숭례문 무너지는 소리」는 모두 화재로 인한 숭례문 소실을 소재로 하고 있다. 김민구의 「근조, 숭례문을 떠나보내면서」가 우리나라 문화재 관리의 허술함에 대한 직접적인 비판과 분개를 폭발해내는 반면, 황송문의 「숭례문 무너지는 소리」는 오늘날 직업훈련소로 전락한 대학의 현실 속에서 숭례문으로 대변되는 정신적 가치의 부재를 비판하고 있다. 그럼에도 불구하고 결국 이 두 작품 모두 숭례문 붕괴는 우리 모두의 책임이라는 점을 부각시키고 있다.

황송문의 「숭례문 무너지는 소리」는 평소 대학교 내에서 나 역시 뼈 속 깊이 공감하는 내용이었다. 지성의 상아탑, 학문의 보루였던 대학 강단에 언제부터인지 모를 자본주의의 물결이 출렁이기 시작했다. 학생들은 인문학을 비롯한 순수문학에서 점차 멀어지게 되었는데, 그 이유인즉 실용적이지 않다는 것이다. 우리 학교도 철학과에 이어 사학과도 점차 사라질 운명에 있는 듯하다. 또한 인문학부 중에서도 중국어 등과 같은 시대의 흐름에 유리한 학과에만 학생들이 몰리고 있으며, 독일어나 프랑스어 학과 등은 사라질 위기에 처해 있다.

학생들의 수업 태도 역시 예의에 어긋난 지는 오래되었다. 소위 대출(대리 출석)이 빈번할 뿐 아니라, 리포트 베끼기, 수업 중 휴대전화 사용 등과 같은 것은 으레 당연한 것으로 생각한다. 인터넷에서 짜깁기한 리포트가 판을 치고, 그러한 것들이 돈으로 거래가 되기도 한다. 자신의 노력 여하에 관계없이 성적에 목숨을 거는 학생들과 그로 인해 변질되는 학교의 모습을 보면 씁쓸함 마저 느낀다.

그러나 나는 여기서 한 가지 방향을 제시하고자 한다. 그것은 우리 모두가 현재 이 상황을 인정해야 한다는 것이다. 지금 이 현실 속에서 무조건 학생들만을 비판하고 그들의 의식을 구조적으로 뜯어 고치려 한다면 이는 계란으로 바위 치는 꼴이 된다. 또한 의미 없는 메아리가 될 것이며, 시대에 뒤처진 고리타분한 이야기로 간주되기 쉽다. 이는 전적으로 학생들만의 책임이 아니며, 학생들 역시 사회의 요구와 흐름에 농락당하고 있는 피해자다.

이와 같은 흐름 속에서는 무엇보다도 학교가 그 중심을 잘 잡아야 하며, 변화한 학생들에 맞춰 교수법에도 더욱 심혈을 기울여야 할 필요성이 있다. 현실을 비판하고 한탄하기보다는 학생들과 인문학이 마음과 마음으로 소통할 수 있도록 노력해야 한다.

　개인적으로 나는 인문학의 의미와 중요성에 깊이 공감하는 학생 중 한 사람이다. 하지만 주변 학생들의 시각에서 바라본다면 어렵고 따분하기만 한 인문학 수업이 있는가하면 마음의 심금을 울리는 깊이 있는 인문학 수업이 있다고 한다. 이런 점에서 보듯이 이것이 과연 학생들만의 문제인가 하면 그렇지만도 않은 것 같다. 학생들도 분명 인문학의 매력을 느끼고 싶다. 대학의 붕괴 속에서 어느 하나만의 탓도 할 수 없다. 결국 우리 모두의 노력이 필요하다.

『문학사계』(2008 가을호)를 읽고

김지연

문학사계 2008년 가을호를 읽으면서 많은 생각들이 내 머릿속을 스쳐 지나갔다. 책의 시작이 '차별성과 유사성' '실용주의와 인문주의' 등의 동전의 양면처럼 같이 존재해야 하는, 그래야 모든 것들이 올바르게 돌아갈 수 있다는 이야기에서부터 '경제 논리에 휩싸이지 않고 미래를 생각하며, 인간을 생각하며 차를 재배하고 계시는 김기철씨의 이야기' 였고, 마지막이 '치열하게 시를 쓰고 있지 않은, 시인인플레이션 시대의 시인들에 대한 교수님의 논평'과 함께 '문학을 하고 싶었지만 문학을 하기엔 절절할 정도로 시대가 따라주지 않았던 교수님의 젊은 시절 어려웠던 상황이 드러난 일기'가 실려 있어서, 마치 수미상관 식으로 하나의 커다란 이야기들이 돌아가는 것 같다는 생각이 들었다.

그리고 '올해의 좋은 시'를 선정하는 좌담의 글을 보고서, 역시 의식 있는 분들은 다르구나 하는 생각이 들었다. 특히 임미옥 시인의 말이 가슴을 찔렀다.

한 편의 시가 하나의 문학작품이 되려면 거기엔 뭔가 내 세울만한 주제가 있어야 하고, 나아가 독자를 감동시킬 만한 진실이 담겨 있어야 (…중략…)

신변의 가벼운 소재들을 가지고 신세타령이나 한다든지 하면서 감정의 배설로 그치는 내용들이 너무 많아요.

위의 부분에 대해서는 교수님께서도 수업시간에 말씀을 하신 부분이었다. 그저 배설의 시가 되어버리면 안된다고, 그 배설하고 싶은 무언가에 대해서도 많이 생각하고 그것을 은유와 같은 기법을 통해서 형상화시켜야 '진짜 시'가 될 수 있다고 하셨다. 이 말에는 나도 전적으로 동감이다. 지난 학기에 숙제를 해야 해서 현대 시인의 시를 찾아본 적이 있었는데, 정말 너무하다는 생각이 들 정도였다. 그저 의미 없는 말들, 특이해 보이는 단어들의 나열에 지나지 않는가 하면, 너무나도 자기중심적인 신변잡기에 그쳐, 읽는 사람이 '그래서 어쩌라고' 라는 생각을 하게 만드는 시들이 많았다. 너무 화가 나서 나도 한자 써봤다. '이 세상엔 시인이 너무 많다. / 들고 나와 인정받았다 자랑하면 너도 나도 시인 / 넘치는 활자 속에는 심려의 한 그늘도 보이지 않는데 / 내가 사랑하던 시는 도대체 어디로 갔을까.' 물론 시를 쓰겠다고 생각하고 쓴 것도 아니고, 내 주제도 그들과 그렇게 다르지 않지만 '그래도 나는 적어도 인쇄된 잉크, 언젠간 사그라질 그것을 자랑하지는 않았으니 내가 백배는 더 낫다.'라고 마음먹어버리고 말았다.

그런데 정말 최문자 시인의 「깊은 해변」은 읽으면서 마음 한 구석이 쿵하고 또 쿵 하고 낮지만 힘 있게 울려왔다. 찌는 듯한 여름에도, 아니 지구의 어딘가가 망가지고 있어 녹아내릴 듯한 여름에 공원에서 녹아내려가는 노인들의 모습이 눈에 보이는 것 같았다. 이사하기 전에만 해도 그 근처에 살아서 걸어 다니면서 할아버지 할머니들을 많이 뵀는데, 사실 그냥 지나다닐 때만 해도 파고다 공원과 할아버지 할머니들이 뭉뚱그려져 하나의 '풍경'처럼 받아들여졌었던 게 사실이었다. 그저 '그런가 보다.' 마치 어린애들이 할아버지 할머니는 옛날부터 계속 할아버지 할머니였을 거라고 무지불식간에 믿어버리는 것처럼, 그냥 거기에 있었던 것이고 계속 거기에 있을 것이라고 생각했었다. 참으로 어리석기 그지없는 생각이었다. 거리에서 나를 스쳐가는 사람들 나름의 인생이, 나름의 이야기가 있었을 텐데, 그들을 그저 배경으로만 생각하고 나를 중심으로만 생각해왔다. 참 어처구니없다.

　최문자 시인의 시 말고도 실려 있는 많은 시들 중에 조기호 시인의 「술안주」라는 시가 참 재미있다고 생각했다. 술잔 앞에서 씹히고 씹는 사람들 사이의 행동이 눈에 보이는 것 같이 그려졌다. 그것도 내가 씹을 때는 '간간하니 맛있'고, 내가 씹힐 때는 '쓸개까지 씹혀 자근자근 쓰리다.' 라고 말한다. 이것도 참 재미있는 표현인 것 같다.

　　　술잔을 앞에 놓고
　　　누군가를 씹는다
　　　그 친구 지은 죄 없이
　　　술좌석 안주거리가 되어 씹힌다
　　　간간하니 맛있다

　　　어느 날
　　　그 사람 술잔 앞에
　　　내가 술안주 되어 씹힌다
　　　자근자근 쓸개까지 씹힌다
　　　쓰라리게 쓰다

　　　하릴없으면
　　　천길 벼랑 위에 핀
　　　철쭉꽃을 꺾어다 바치고 나서
　　　수로부인
　　　옷고름이나 풀어볼 노릇이지

　　　저
　　　씹힐 줄은 왜 몰라
　　　봄날 술잔에

꽃잎 띄워 마시니
씹을 안주 없어도
술이 말갛게 취하거늘

내년 봄 복사꽃 흐드러지게 필 때까지
술잔을 기울릴 수나 있으려는지
그것조차 아슴한
먼산바라기 같은 것을.

　　　　　　　　　　　　　－조기호의 시 「술안주」－

　그리고 이연분 시인의 「어머니의 식탁」은 읽고 나서 나도 같이 '깔깔한 눈물'을 흘릴 것만 같았다. 내 입맛도 그렇게 '어른'의 그것에 가깝지는 않지만, 80의 할머니께서 차려주셨는데, 참, 안타깝다는 생각이 들었다. 그리고 생각했다. 시 속에서 화자가 울 것 같은 건, 단순히 80 노모의 고생 때문만이 아니라, 변해버린 아이들의 입맛과 변하지 않은 어머니의 손맛 사이에서 아무것도 할 수 없는 무기력한 처지여서 나온 것 같다는 생각을 했다.

　칼럼은 장윤우 교수님의 「시의 향기」라는 칼럼으로 시작했는데, 요새 문화콘텐츠 사업이 늘면서 시비를 만들거나 시인을 위한 거리를 만드는 등의 사업이 많은데, 그 사업 자체는 나쁘지 않으나, 걸리는 시들이 대중없이 아무렇게나 선정되는 것 같아, 그것이 마음에 들지 않는다는 말인 것 같았다. 하긴 조금만 유명해도 아무렇게나 내걸리는 경우가 허다하기 때문은 아닌가 싶다. 그러고 보면 지하철 '스크린 도어'에도 자세히 보면 벽 한 쪽에 시가 써있는 경우가 많던데, 그런 경우에도 시는 골라서 들어가야 할 것 같고 생각했다.

　그리고 구명숙 교수님의 글(「긍정적인 아이들」)을 보고는, 수업시간에 교수님께서 말씀하시던 '순수에의 지향'이라는 이야기가 생각이 났다. 어렸을 적 초등학교 동창들에 대한 선생님의 '굳건한 믿음'을 보고서, '참 그럴 만하다.'라고 생각하게 됐다. 맑고 맑은 아이들, 공부하고 싶어 하는 아이들, 물건을 아낄 줄 아는 아이들, 그렇게 바르고 맑은 아이들이 자라났으니, 그 아이들의 앞으로의 삶에 대해서 '굳건한 믿음'을 지니는 것은 당연한 일인 것 같다고 생각했다.

그리고 교수님의 「숭례문 무너지는 소리」를 읽었다. 읽자마자 나의 대학생활에 대해서 생각해 보게 되었다. 나의 대학생활도 이제 끝나가려 하고 있다. 안전하게 어떤 틀 안에서 내가 보내왔던 시간들이 저 멀리로 지나가고 있다. 나는 지금까지 무엇을 해왔던 걸까? 무엇을 생각하고 있었던 걸까? 대학생활을 마감하면서 문득 그런 생각이 들었다. 막연히 대학생활이 끝나면 내 손에 무언가가 남아있을 것이라고 생각해왔다. 뭔가 대단한 사람이 되어있을 것이라고 생각했다. 그런데 막상 그 시기가 되니 나에게 남은 것이라고는 아무것도 없었다. 그저 멍하니 하루하루를 보내고 있을 뿐이었다. 분명히 나도 알고는 있다. 내가 이래서는 안 된다는 것을, 좀 더 노력해야 하고 빠릿빠릿하게 공부에 매진해야 한다는 것을, 머릿속으로는 이해하고 있는데 몸이 그 이해하는 것을 따라가지 못하고 있다. 그저 한없이 늘어져서 '어떻게든 되겠지.'를 입버릇처럼 남발하며 그냥 그렇게 한구석에 존재하고 있다. 내 인생, 내 삶, 지금은 이렇게 방치되고 있지만 언젠가 내가 다 책임져야 할 것들이라는 것도 알고 있는데, 그런데도 멍하니 서서 그저 쳐다보고만 있다. 언제부터였을까? 내가 이렇게 기력 없이 그저 하루하루를 보내는 데만 급급해 진 것. 그리고 나만 이런 대학생활을 보내고 있는 것일까? 선생님의 단편소설 「숭례문 무너지는 소리」를 읽으면서, '아, 선생님께서는 나처럼 대학생활을 보내고 있는 아이들이 많이 안타까우신 가 보다. 너무나도 안타까워서 어쩔 줄을 모를 정도로 어떻게든 해주고 싶으신가 보나. 그래서 이 책을 쓰셨나 보다.' 라는 생각을 하게 됐다. 물론 선생님이 그게 아니었다고 하신다면 할 말은 없지만, 졸업반인 내가 소설을 읽으면서 가슴 한켠이 따끔따끔했던 건, 아마 그 때문이었을 것 같다.

학생들에게 / 말의 씨가 먹히지 않을 때는 / 씨가 먹히는 씨 있는 말을 하고 싶다.

특히 이 부분이었다. 등신불처럼 학생들 앞에서 분신자살을 시도한 '문예신' 교수의 시의 첫머리였다. 원래 백 마디의 말 보다 한 마디의 시가 더 설득력이 있다고 평소에 생각해왔는데, 이 부분에서의 충격은 이루 말할 수 없을 정도였다. 얼마나 가슴 먹먹하게 '씨가 먹히지 않는' 것에 대해서 고뇌를 했으면, '씨가 먹히는 씨 있는 말'을 하고 싶다고 생각하게 되었을까. 정말 짐작조차 할 수 없는 경지인 것 같다. '말의 씨가 먹히지 않는다.' 라는 관용 어구를 사용해서 '씨가 먹히는 씨 있는' 이라는 표현을 이끌어 낸 것도 굉장히 참신하다고 생각했다. 누구나 아는 말이기 때문에 더 확실하게 눈에 들어오게 되는 것일 것이라고 생각했다.

나의 말다운 말을 / 듣고 보고 행하라고 / 씨가 있는 말을 하고자 한다.

누구도 그냥 말을 해서는 들어주지 않는, 허공에 대고 소리쳐 메아리조차 돌아오지 않는 상태가 이어지자, '문예신' 교수가 선택한 방법은 '분신'이었다. 그 '분신'이 문예신 교수의 씨 있는 말이었을까 생각하면 참 슬프다. 죽어가는 문예신 교수에게 있어서, 그것은 하나의 명예로운 죽음이고, 일깨우기 위한 죽음이니, 충신 애국열사의 그것에 진배없다. 아무리 충신 애국열사의 죽음이라도, 죽음이기에, 아니 충신 애국열사의 죽음이기에 슬프다. 하지만 그의 병든 노모와 행방불명인 딸과 부인에게 있어서 그의 분신은 얼마나 큰 충격일까 생각하면 그것 또한 슬프다. '라면 하나 끓일 줄 모르는 딸을 시집보내는' 기분으로 졸업생을 바라본다던 문예신 교수님의 말이, 대학에 와서 공부를 했으면 그 분야에 있어서는 무엇보다도 날카롭게 날이 선 상태로 자신 있게 당당하게 성장하기를 바라는 부모의 마음 그 이상인 것 같아서 마음이 텁텁해진다. 이렇게나 학생들을 생각해주시는 정말 말 그대로 '선생님' 이시고 '스승'이신데 그런 분이 '분신'이라는, 경악스러운 선택을 해야 했던 원인의 80% 이상이 다른 누구도 아닌 '학생', '나 자신'

에게 오는 것 같다는 생각이 들었기 때문이다. 그래서일까? 교수님의 애제자인 '박명숙'양이 선생님을 따라 간 것은. 어쩌면 그 대학의 누구보다도 '문예신' 교수의 행동에 신경 쓰고 주시해왔던 그녀라서, 다른 누구에게도 말 못할 비밀을 상의하려 했던 그녀라서 더욱 그 상황에 놀라고 안타까워 그런 행동을 한 것이 아닐까 생각된다. 조선시대 대쪽같은 '선비정신'의 고고함에 빛나는 '문예신' 교수님과 그의 애제자 '박명숙'양의 연이은 자살은 책을 읽는 나의 처지에서 굉장한 충격이었다. 그 강연에 참석했던 국문과 학생 모두가 그렇게 생각했겠지 하면 굉장히 무겁게 다가온다.

　세상이 각박해지면서 '죽음'이라는 단어가 굉장히 가볍게 느껴지고 있는 것이 사실이다. 자신의 뜻을 관철시키기 위해 '자살'을 선택하는 사람들도 분명히 있지만, 정말 뒤돌아 생각하면 아무것도 아닌 일에 지레 겁먹어서는, 어떻게 주어진 자기 인생인데 그것을 쉽게 놔버리는 사람들이 있다. 하지만 '문예신' 교수님의 죽음은 그런 가벼운 죽음이 아니다. 자신을 위해서가 아니라 '타인을 위해서' 그것도 '대다수의 타인'을 위해서 자신의 목숨을 던진 그 것은 정말로 대단하고 무거운 죽음이라고 할 수 있다. 왜 '박명숙'양이 '문예신 선생님의 분신'을 '타 버린 남대문'에 비유했는지 알 것 같다는 생각이 들었다. '국보'에 대해서는 평소 아무런 관심도 가지지 않고 오히려 무던해져버린 사람들에게 '숭례문이 불탐'이라는 사건으로 인해 '국보'에 대한 관심을 더욱 불러일으켰던 것 같은, 그런 '각성'을 위한 죽음이었기 때문이다. 참 대단하고 대단하다는 말 밖에는 나오지 않는다. 이 시대에 보기 힘든 교수님이지 않은가 싶다.

　청년백수들이 늘고 있는 상황에서 학생들이 인문학 강좌에 관심이 없는 것도 당연할지 모른다. 하지만 아무리 취직이 중요하고 실용이 시대적 가치라 하더라도 대학이 그 본분인 진리탐구를 내팽개칠 수 있는가.

　그렇다. 대학은 진리탐구를 하는 곳이다. 모두가 잊고 있는 가장 중요한 사실이다. 그런데 사람들은 대학에 와서 진리를 찾지 않고 실용을 찾는다.

물론 실용도 필요하다. 그래서 교수님께서도 '균형을 이뤄야 한다.'고 말씀하신다. 하지만 지금 우리들의 대학에서 우리의 삶에서 우리는 너무나도 '진리탐구' 부분을 경시하고 있다. 대학 4년을 졸업해도 자기 분야에 자신감을 가질 수 없는 게 현실이다. 그저 학점을 채워 졸업을 하고 졸업을 해서 다음 단계로 넘어가고 넘어가는 게 목적이 되어버린다. '상아탑'이었던 대학이 어느 순간엔가 '과정 중의 하나'가 되어버렸다. 대한민국 국민이면 다들 나온다는, 보장되어 있는 초등학교와 중학교 과정처럼 하나의 과정이 되어버렸다. 상아탑이 과정이 되어가면서 가지고 있던 '진리탐구'를 잃어버리고 말았다. 그저 사라지고 말았다.

그래서 '문예신' 교수님은 '분신'으로 '경각심'을 일깨우고자 하셨다. 타 버리자 모두가 주목하게 된 '남대문'처럼, 진리에 등 돌리고 실용에만 빠져 있는 모두들에게 '안 된다고 안 된다고' 아무리 말을 해도 씨가 먹히지 않아, 씨 있는 말을 전하기 위해 몸을 던지셨다. 이 소설 속에서 얘기하고 싶은 것이 바로 그것인 것 같다. '너는 지금 치열하게 살고 있느냐'고 이 세상의 모든 대학생들에게 묻고 있는 것 같다는 생각이 든다.

그리고 『문학사계』에 실린 모든 글들도 그런 것 같다는 생각이 든다. 시인들에게, 읽고 있는 독자들에게, 대학생들에게 '당신은 의식을 가지고 치열하게 살고 있습니까?' 하고 묻고 있는 책인 것 같다는 생각이 들었다. 너무나도 편리만을 좇으며 생각 없이 살아가려하는 지금 시대의 사람들에게, 문학을 하는 이는 그러면 안 된다고, 공부하는 이는 그러면 안 된다고 온몸으로 말하고 있는 것 같다는 생각이 들었다.

찾아보기

▶황송문(黃松文)

詩人, 소설가, 문학박사, 선문대학교 명예교수.
선문대학교 인문학부장, 인문대학장 역임.
한국문인협회 이사, 국제펜클럽한국본부 이사,
한국현대시인협회 부이사장 역임.
한국현대시인상 등 5개 문학상 수상.
저서에『황송문시전집』『師道와 詩道』
『현대시창작법』『소설창작법』『수필창작법』
『문장론』『신석정 시의 색채 이미지 연구』
『팔싸리와 연탄사상』『건달들의 게걸음』
『중국조선족시문학의 변화양상연구』등 78권.
현재『문학사계』편집인 겸 주간, 서울디지털
대학교와 용산 아이파크문화센터 출강.

황송문 교수의 현대시 창작법

지은이 황송문

1쇄 발행일 2009. 05. 12
5쇄 발행일 2018. 02. 20
펴낸이 정진이
편집장 김효은
편집 디자인 우정민 우민지 박재원
마케팅 정찬용 정구형 이성국
영업관리 한선희
펴낸곳 국학자료원 새미(주)
　　　　등록일 2005 03 15 제25100-2005-000008호
　　　　서울시 강동구 성내동 447-11 현영빌딩 2층
　　　　Tel 442-4623 Fax 6499-3082
　　　　www.kookhak.co.kr
　　　　kookhak2001@hanmail.net

ISBN 979-11-86478-80-6 *93800

가격 28,000원

＊ 저자와의 협의하에 인지는 생략합니다.
　잘못된 책은 구입하신 곳에서 교환하여 드립니다.
　국학자료원 · 새미 · 북치는마을 · LIE는 국학자료원 새미(주)의 브랜드입니다.